LES PIONNIÈRES

DE LA MÊME AUTEURE

TRILOGIE « CASSANDRA »

L'Héritage de Cassandra, L'Archipel, 2020 ; Archipoche, 2021.
Cassandra et ses sœurs, L'Archipel, 2019 ; Archipoche, 2020.
Le Destin de Cassandra, L'Archipel, 2018 ; Archipoche, 2019.

SAGA « SWAN HILL »

Les Pionniers, L'Archipel, 2020.

ANNA JACOBS

LES PIONNIÈRES

Une place au soleil

traduit de l'anglais
par Catherine Delaruelle et Martine Desoille

l'Archipel

Ce livre a été publié sous le titre
A Pennyworth of Sunshine
par Hodder & Stoughton, Londres.

Notre catalogue est consultable à l'adresse suivante :
www.editionsarchipel.com

Éditions de l'Archipel
34, rue des Bourdonnais
75001 Paris

ISBN 978-2-8098-4036-0

1

Mars 1859

Keara Michaels hissa le seau hors du puits et le déposa sur la margelle. Elle étancha sa soif, puis trempa le bas de sa jupe dans l'eau pour éponger son front en sueur. Elle venait d'arracher les pommes de terre, un travail harassant pour une fille de seize ans qui n'avait que la peau sur les os. Mais à la maison, tous criaient famine, et sa mère, arrivée presque au terme de sa grossesse, ne pouvait pas se baisser.

C'était son père qui aurait dû se charger de ce genre de besognes, mais il était allé rendre visite à des cousins qui vivaient non loin du domaine où il travaillait comme palefrenier. Il trouvait toujours un prétexte pour s'éclipser quand leur mère était près d'accoucher. Il reviendrait quand le bébé serait né, pour lui choisir un nom et se pavaner, comme si c'était lui qui l'avait porté dans son ventre, surtout si c'était un garçon.

Keara ne se faisait aucune illusion sur son père, ni sur rien d'autre d'ailleurs, mais il lui restait malgré tout quelques rêves : avoir l'estomac plein, une maison avec des sols carrelés plutôt qu'en terre battue, et une chambre séparée pour que les enfants n'entendent pas les ébats de leurs parents. Elle baissa les yeux sur sa jupe rapiécée et ajouta un petit souhait à sa liste : des vêtements présentables.

Le père Cornelius disait qu'on devait se contenter de ce qu'on avait, car telle était la volonté du Seigneur. Mais jamais elle ne s'y résoudrait. Pourquoi certains avaient tout alors que sa famille et elle n'avaient rien ? C'était trop injuste !

Elle avait songé à partir chercher du travail à la ville, car il n'y avait aucun avenir pour elle à Ballymullan, mais elle savait que sa mère n'aurait pas pu se débrouiller sans elle. Sans compter que ceux qui partaient tenter leur chance ailleurs revenaient rarement au pays. Imaginez qu'elle ne puisse plus jamais revoir ses sœurs, Mara et Ismay ! Si bien qu'elle acceptait toutes les tâches qu'on voulait bien lui confier ici et là : défricher la terre, aider à la moisson, seconder une jeune accouchée, et plus récemment, faire la lessive et le ménage dans la grande maison.

Les quelques pennies qu'elle gagnait, elle s'empressait de les dépenser en nourriture pour elle, sa mère et ses sœurs, sans quoi son père les lui aurait pris pour aller boire. Quand elle acceptait un emploi, elle faisait toujours en sorte qu'on lui remette sa paie en main propre.

Au même instant, Mara déboucha au détour du sentier, sa poupée de chiffon dans les bras, et sourit en apercevant sa sœur. Elle n'était pas bien grande pour ses sept ans. Mais comment s'en étonner dès lors qu'elle n'avait jamais mangé à sa faim ?

Soudain, un cri perçant leur parvint de la chaumière. Keara sursauta violemment, manquant faire tomber le seau au fond du puits. Sa mère était en train d'accoucher !

Oh, non ! supplia Keara. *Pas déjà ! Mon Dieu, je vous promets de bien me conduire et de dire une centaine de Je vous salue Marie.* Elle avait eu l'intention de faire le ménage en grand, de laver les langes et de les faire sécher en plein vent avant la naissance du bébé.

— Cours vite chercher Ismay ! cria-t-elle à Mara, puis elle fila vers la maison, pieds nus dans la boue.

À l'intérieur, elle trouva sa mère pliée en deux sur le matelas rembourré de paille, agrippée des deux mains à son ventre, et grimaçant de douleur.

— Il est en route ? demanda Keara.

Sa mère hocha la tête sans ouvrir les yeux.

— Oui. Et l'est pressé de sortir, Dieu merci. Va chercher Mme Raney, tu veux bien, ma chérie ?

— Cours chercher l'accoucheuse, ordonna Keara à Ismay qui venait d'entrer dans la maison, et emmène Mara avec toi. Moi, je reste avec maman.

Ismay ressortit aussitôt. À onze ans, elle était assez grande pour protéger leur petite sœur des aléas de leur misérable existence, des coups de poing et de pied de leur père, des souffrances de leur mère. Deux bébés étaient arrivés mort-nés après Mara. Leur père était allé les enterrer un soir dans un coin du cimetière. Leur mère avait pleuré pendant des jours entiers. Après Keara, un garçon était né, mais il n'avait pas survécu plus d'un an, et après Ismay, il y avait eu une fille, mais elle non plus n'avait pas survécu.

— J'serai bin contente quand ce sera fini, dit sa mère dans son patois du Lancashire. C'est qu'il m'en fait voir, le drôle !

Quand Mick avait ramené sa jeune épouse avec lui d'Angleterre, des années auparavant, elle avait appris à parler comme les gens d'ici, et les habitants de Ballymullan l'avaient dans l'ensemble bien accueillie, quoiqu'en lui faisant comprendre qu'elle ne ferait jamais partie du clan.

— Agrippe-toi à moi, maman, l'encouragea Keara, mais Betsy ne l'écoutait pas, se tordant de douleur tandis qu'elle commençait à accoucher.

Pourvu que Mme Raney arrive à temps, supplia Keara.

À son grand soulagement, un bruit de pas résonna au-dehors. Elle tourna la tête, mais ce n'était qu'Ismay, seule.

— Mme Raney est allée voir sa fille, annonça la fillette. Mais on la préviendra quand elle sera de retour. Je peux aider à quelque chose ?

— Non, tu es trop jeune, répondit Keara. Tu ferais mieux d'aller faire un tour avec Mara jusqu'à ce que tout soit fini.

Elle s'approcha de la porte et regarda ses sœurs s'éloigner sur le sentier, Ismay tenant la main de Mara, qui tenait sa poupée de chiffon dans son autre main. Keara eut l'impression de se revoir à leur âge. Tout le monde disait qu'elles se ressemblaient comme trois gouttes d'eau, avec les boucles brunes héritées de leur père, et ses yeux d'un bleu éclatant et ourlés de longs cils noirs.

Keara rentra dans la maison et commença à trier les langes.

— Mme Raney... sera bientôt là ? demanda Betsy.

— Elle est sortie, maman. Mais elle viendra dès qu'elle sera de retour.

— C'est trop tard ! Il arrive !

Le dernier était arrivé trop tôt et il était mort-né, songea Keara, en se rappelant le petit corps violacé et inerte entre ses bras.

Elle s'agenouilla à côté de la paillasse.

— J'étais avec toi la dernière fois, m'man, dit-elle. Je sais comment faire.

— Mais tu es trop jeune pour t'occuper de ces choses-là.

— Je crois bien que nous n'avons pas le choix, fit remarquer Keara en s'obligeant à sourire.

Quelques minutes s'ensuivirent, durant lesquelles Betsy poussa et grogna. Puis ce fut la délivrance. Elle se renversa sur le lit et demanda :

— Qu'est-ce que c'est ?

— Une fille.

Se rappelant les gestes de Mme Raney, Keara se saisit aussitôt du bébé et lui appliqua une vigoureuse tape sur les fesses.

— Comment va-t-elle ? Je ne l'entends pas crier.

— Elle ne respire pas, maman.

— Donne-lui encore une tape.

— Elle… elle n'est pas normale.

— Montre voir.

Betsy scruta du regard le petit corps sans vie à la tête hypertrophiée, et soupira tristement :

— Coupe le cordon et enveloppe-la dans un linge.

Quand Mme Raney arriva, elle félicita Keara sur la façon dont elle avait géré la situation, puis voyant la pâleur spectrale de Betsy, murmura :

— Il ne faut plus le laisser vous approcher. Vous ne pouvez pas continuer comme ça.

— Mais comment pourrais-je l'en empêcher ? demanda Betsy, les yeux baignés de larmes.

— Si c'était moi, je lui flanquerais un bon coup de pied là où ça fait mal ! rétorqua Mme Raney sans ambages, même si elle savait pertinemment que Betsy Michaels ne pourrait jamais empêcher son mari de la chevaucher chaque fois qu'il en avait envie. Pour beau et séduisant qu'il fût, ce Mick n'en était pas moins un vaurien, égoïste, teigneux et irresponsable.

Plus tard, ce soir-là, lorsqu'elle le croisa sur le sentier, l'accoucheuse lui dit le fond de sa pensée sans prendre de gants : s'il ne laissait pas sa femme en paix, un jour viendrait où il se retrouverait seul à devoir élever ses enfants.

— Ah, ouais ? rétorqua-t-il. Et qu'est-ce que vous en savez ?

— J'ai eu toutes les peines du monde à stopper l'hémorragie aujourd'hui. Elle est pâle comme une morte.

Il passa son chemin sans répondre, et aurait fait fi de ses recommandations si une veuve de Dublin n'était pas venue s'installer dans le village voisin la semaine suivante – une femme qui n'était plus en âge d'enfanter mais qui avait besoin d'un homme dans son lit et avait laissé clairement entendre à Mick qu'elle le trouvait à son goût.

*

Le lendemain, Diarmid O'Neal, le régisseur du domaine, leur fit parvenir cinq shillings de la part de M. Mullane qui, depuis qu'il avait épousé une femme riche, avait pris l'habitude de marquer chaque nouvelle naissance avec une obole.

— Ce n'est pas grand-chose, dit Theo à Diarmid. Une demi-guinée pour un enfant en vie, et cinq shillings pour un mort-né.

— Pas grand-chose peut-être, mais suffisamment pour faire se retourner votre père dans sa tombe.

Il était bien connu que le vieux père Mullane était grippe-sou comme pas deux avec ses métayers, alors que lui-même ne se privait de rien. Au point qu'il avait dilapidé la fortune familiale, contraignant son fils à épouser une riche héritière.

Theo passait désormais presque tout son temps au Lancashire, car sa jeune épouse n'aimait pas l'Irlande, mais il venait régulièrement en visite à Ballymullan.

Les gens du village n'aimaient guère la femme du maître, qui faisait toujours une tête de six pieds de long. Comment pouvait-on être malheureux quand on était grasse comme une oie, qu'on avait de belles toilettes et un grand domaine ? Cela les dépassait.

Keara guetta la venue du messager, puis s'empressa d'empocher les cinq shillings et d'aller les cacher avant que son père ne rentre du travail.

Il aurait beau la battre comme plâtre, jamais elle ne les lui donnerait, sans quoi il filerait aussitôt les boire chez Benny Noonan avec ses amis, « les compagnons du tord-boyaux », comme les appelait Mme Raney.

— Donne l'argent à ton père, ma chérie, la supplia Betsy depuis son lit, tandis que son père la bourrelait de coups de poing.

Mais Keara tint bon, en criant comme un putois chaque fois que son père la cognait, pour le dissuader de continuer. Et il finit par renoncer.

— Espèce de sale petite morveuse, lâcha-t-il, en la poussant violemment à travers la pièce. Voilà ce qui arrive quand une femme ne sait rien faire d'autre que des filles.

Il dévora la moitié des pommes de terre que Keara avait préparées pour le dîner puis alla noyer son chagrin à la taverne.

Ce n'est qu'alors qu'Ismay reparut avec Mara.

— Il en a laissé pour nous ?

— Il a presque tout mangé, ce porc !

Les deux sœurs échangèrent un regard consterné, puis Keara divisa en parts égales ce qu'il restait de nourriture et apporta une assiette à sa mère.

Betsy la repoussa.

— Mange, toi. Je n'ai pas faim.

— Il faut que tu reprennes des forces, m'man. Si tu ne manges pas, je ne mange pas non plus.

Une fois expédié leur maigre repas, les trois filles se mirent au lit et, blotties sous la couverture, Keara leur raconta une histoire. Après qu'Ismay et Mara se furent endormies, elle resta un long moment éveillée, l'estomac tenaillé par la faim. Dès lors que leur père ne pouvait pas subvenir aux besoins de la famille, elle allait devoir chercher du travail.

Ce soir-là, il ne rentra pas. Elle entendit sa mère sangloter doucement, mais ne dit rien. Sa mère ne pleurait que lorsqu'elle pensait que personne ne pouvait la voir ou l'entendre.

*

Son père revint à l'heure du petit-déjeuner. Furieux de voir qu'il ne restait plus rien à manger, il tourna les talons, non sans décocher un méchant coup de poing à Keara au passage.

— Tu vas me donner ce satané fric, ce soir ! brailla-t-il en faisant claquer la porte derrière lui.

Une fois son père parti, Keara alla déterrer l'argent, qu'elle avait caché au fond du jardin. Puis elle fila à l'épicerie du village, où, après une longue discussion avec Arla quant à la meilleure façon de dépenser ses sous, elle acheta une miche de pain et un morceau de fromage, dont elle décida de laisser une moitié à la boutique, de crainte que son père n'en fasse qu'une bouchée s'il le trouvait.

Avec ce qui lui restait d'argent, Keara acheta de la farine pour compléter les pommes de terre. Négligé par leur père, leur misérable lopin ne produisait pas suffisamment pour pouvoir subvenir à leurs besoins. À la seule pensée de beignets de pommes de terre, bien chauds et croustillants, l'eau lui vint à la bouche. Ils seraient encore meilleurs avec du beurre, mais c'était une denrée rare chez les Michaels.

— Cette petite a la tête sur les épaules, dit Mme Lynch à la cliente suivante.

— Elle n'a pas le choix, avec une famille comme la sienne, répondit la femme d'un ton aigre. Mick est de plus en plus dépravé, et cette pauvre Betsy n'a jamais réussi à le mettre au pas. Vous êtes au courant pour la veuve qui lui fait les yeux doux ?

— Naturellement. Et vous avez vu les bleus sur la figure et les bras de la petite ?

— Oui. Voilà qu'il se met à la battre, elle aussi, en plus de sa mère.

Les deux femmes émirent un claquement de langue désapprobateur en secouant la tête. Arla ne pouvait s'empêcher de penser au visage émacié de Keara. Elle lui rappelait sa propre fille, Shealagh, morte durant la grande famine, dix ans auparavant. Elle avait attrapé la fièvre et s'était éteinte comme une bougie. Depuis lors, Arla avait pris l'habitude de secourir les filles les plus nécessiteuses du village. Son mari et elle ne roulaient pas sur l'or, car dans ce bourg minuscule la boutique ne rapportait pas grand-chose. Mais ils se débrouillaient, car Brian ne rechignait pas à la tâche, contrairement à certains, de sorte qu'ils pouvaient se permettre d'aider occasionnellement l'une ou l'autre en cas de besoin.

Le père Cornelius disait que c'était une bonne action, et que cela aidait certainement Arla à oublier son chagrin. Après la grande famine, ses règles s'étaient taries, et elle n'avait plus jamais eu d'enfants.

La dernière fille dont elle s'était occupée avait quitté le village pas plus tard que la semaine dernière pour prendre un emploi de domestique. Grâce à la nourriture prodiguée par Arla, elle avait pris des forces et avait pu apprendre à lire et à écrire. Le prêtre faisait classe aux enfants chaque après-midi, mais aucun ne progressait vraiment, car tous devaient aider à la maison. Si bien que Brian s'efforçait de leur faire faire leurs devoirs.

Elle alla trouver son époux, et lui demanda :

— Tu penses que Keara est trop grande ?

— Non, il n'y a pas d'âge pour apprendre. On devrait aller la trouver ce soir même, suggéra-t-il avec douceur.

— Je vais lui parler la prochaine fois qu'elle viendra à la boutique, répondit Arla.

Quelque chose dans le regard clair et vif de Keara, lui disait que c'était une fille volontaire, résolue à prendre sa vie en main.

*

Après avoir descendu une bouteille de vin, Theo Mullane gravit sans bruit les escaliers, et se dirigea vers la chambre de sa femme. Mais lorsqu'il voulut faire tourner la poignée, celle-ci résista.

Quand Lavinia l'avait menacé de le bannir de son lit, il ne l'avait pas prise au sérieux. Cette femme était l'indolence et la bêtise incarnées. Mais il ne s'en était rendu compte qu'après l'avoir épousée.

Il fronça les sourcils, contrarié. Si sa chère épouse s'imaginait qu'il allait rebrousser chemin, ou se laisser intimider, elle allait trouver à qui parler. Un sourire amer étira ses lèvres lorsqu'il se jeta avec toute la force de son corps contre la porte. Celle-ci céda légèrement. Il éclata d'un rire sarcastique et recommença jusqu'à ce que la serrure saute complètement.

Dans la chambre voisine, Dick Pearson entendit Madame pousser des cris d'orfraie et supplier Mary, sa femme de chambre, de rester avec elle.

Theo décocha un regard noir à la soubrette, qui déguerpit sans demander son reste, puis il fit claquer la porte à demi défoncée et s'approcha du lit d'un pas martial.

Outre l'argent de la dot, il s'était marié pour avoir des enfants, et rien ni personne ne l'empêcherait d'exercer ses droits d'époux.

— Ne faites plus jamais ça ! rugit-il en tapant du poing sur un guéridon.

Un bibelot sauta en l'air et alla s'écraser à terre dans un tintement de porcelaine brisée.

Lavinia remonta les couvertures jusqu'à son cou et se mit à chouiner.

— Arrêtez tout ça de suite ! aboya-t-il.

Comme elle redoublait de sanglots, il la gifla à la volée sans même réfléchir. Puis il la fixa du regard. Il s'en voulait d'avoir perdu son sang-froid, mais c'était plus fort que lui, cette femme égoïste et pleurnicharde avait le don de l'exaspérer.

— J'ai dit arrêtez ! répéta-t-il, en la secouant comme un prunier.

Elle hoqueta puis se tut, l'air terrorisé.

— Theo, non ! supplia-t-elle, ses yeux bleu pâle se remplissant de larmes.

Cette femme était on ne peut plus insipide : des cheveux ni bruns ni blonds, une peau pâle marquée de rouge là où sa main l'avait frappée, et puis ces petits yeux porcins, noyés dans la chair, qui le scrutaient d'un air affolé.

— Si vous vous refusez encore une fois à moi, énonça-t-il lentement et distinctement, je ferai ôter la porte de votre chambre.

— Vous êtes un méchant homme, gémit-elle.

— Pff ! Qu'y a-t-il de méchant à vouloir partager le lit de sa femme ? Je veux des enfants de vous, étant donné que vous êtes mon épouse.

— Je ne suis pas encore remise de ma dernière fausse-couche.

— Le docteur dit que vous avez eu plus de temps qu'il n'en faut pour vous remettre. Et maintenant que votre porte est cassée, nous avons le choix entre copuler au vu et au su de tous ou nous retirer dans ma chambre. C'est vous qui décidez.

Son corps plantureux criant au martyre sous son hideuse chemise de nuit en flanelle, Lavinia se traîna jusqu'à la chambre voisine. Là, étendue sur le lit tel un poisson mort, elle le laissa accomplir l'acte qui, avec l'aide de Dieu, lui donnerait un héritier en pleine santé.

Ensuite, elle quitta la chambre sans rien dire, et il l'entendit faire sa toilette en maugréant, puis se remettre au lit.

Theo resta un long moment éveillé, les yeux grands ouverts dans le noir. Il avait eu tort d'épouser Lavinia Hardwick, mais son père l'y avait poussé, insistant sur l'état désastreux de leurs finances. Et le père de Lavinia lui avait offert une dot parfaitement extravagante – il savait pourquoi à présent – s'il acceptait d'épouser son idiote de fille. Et c'est ainsi que, pour pouvoir conserver le domaine de Ballymullan, il avait accepté à la condition expresse que la dot lui fût versée directement à lui et non au vieux Mullane. Ce qui avait donné lieu à maintes querelles et discussions.

C'était d'une femme au sang chaud dont un homme tel que lui avait besoin, et non pas de cette fade créature qui grimaçait dès que vous l'effleuriez. Et puis il lui fallait un héritier, sinon, à quoi bon conserver le domaine ? Il rêvait d'avoir des enfants – légitimes, cela va sans dire. Les bâtards ne vous rapportaient que des ennuis, et il avait toujours pris garde de ne pas engrosser ses maîtresses.

De retour dans sa chambre, Lavinia, furieuse contre son mari, resta un long moment à méditer. Pourquoi son père ne l'avait-il pas laissée emmener Nancy, sa nourrice, avec elle, après son mariage ? Avec Nancy, elle s'était toujours sentie en sécurité. Mais son père avait décrété que le temps était venu de se séparer de la vieille bique, et il lui avait donné son congé.

C'était injuste. Elle se mit à sangloter bruyamment jusqu'à ce que Theo vienne frapper à sa porte en rugissant :

— Taisez-vous !

*

Quand Keara revint à l'épicerie, le lendemain, Arla échangea un sourire entendu avec son mari. Elle servit la jeune fille, la regarda ranger ses maigres emplettes dans son vieux cabas élimé, puis croisa les bras et lui demanda si elle avait un moment car elle voulait lui parler.

— Que dirais-tu de venir dans l'arrière-boutique pour prendre une tasse de thé ?

Keara se figea, stupéfaite. Rares étaient ceux qui avaient l'honneur d'être invités chez les Lynch. Elle avait entraperçu une fois ou deux l'intérieur de leur logis ; un véritable petit palais, avec un sol carrelé, une table recouverte d'une vraie nappe en lin, deux fauteuils à bascule tapissés de rouge et une carpette aux couleurs chatoyantes.

— Comme c'est joli chez vous, madame Lynch !

Arla regarda autour d'elle avec satisfaction.

— J'aime quand tout est bien rangé. Et maintenant...

Elle lui expliqua ce qu'elle avait en tête, tout en observant attentivement Keara, qui restait bouche bée, puis demanda pour conclure :

— Eh bien ? Qu'en dis-tu ?

La jeune fille fixa sur elle des yeux pleins de larmes, incapable de proférer un mot. Au village tout le monde savait que les Lynch avaient aidé Breda et Colleen, puis Mona. Ils les avaient nourries et leur avaient appris tout ce qu'elles devaient savoir pour trouver un emploi de domestique. Mais elle ne s'attendait pas à ce qu'ils la choisissent elle aussi. Elle déglutit avec force puis répondit :

— Oh, madame Lynch ! Je ne sais comment vous remercier !

— Tu prendras tes repas ici même, reprit Arla. Pas question de les ramener chez toi pour les partager. Si j'avais assez pour vous tous, ce serait avec joie. S'il ne tenait qu'à moi, je nourrirais tout le village.

Keara rougit. La pensée l'avait en effet effleurée de réserver quelques morceaux pour ses sœurs.

— Je sais que c'est difficile, mais nous voulons être sûrs que tu en tireras tout le bénéfice, expliqua Arla en voyant se peindre la déception sur les traits de la jeune fille. Mais peut-être y aura-t-il un petit quelque chose de temps en temps pour Ismay ou Mara.

— Merci, madame Lynch.

— Brian va t'apprendre à lire et à écrire. Et moi, je t'apprendrai les bonnes manières et la façon dont on tient un intérieur, ainsi que deux ou trois choses sur les habitudes des grandes maisons.

Arla, qui avait été femme de chambre à Sligo avant de se marier, savait de quoi elle parlait.

— Vous ne le regretterez pas, madame Lynch, s'écria Keara, pleine de gratitude. Je vous le promets. Je vais travailler dur et apprendre autant que je le pourrai.

— Je n'en doute pas une seconde, dit l'épicière en ôtant son tablier.

Elle prit son bonnet et le noua fermement sous son menton. Je vais te raccompagner chez toi et nous annoncerons la nouvelle ensemble à ta mère.

Mais au grand désappointement de Keara, son père était là, lui aussi. Un cheval lui avait décoché un méchant coup de sabot qui l'avait assommé, et on l'avait ramené à la maison dans une charrette. Dès le premier regard, elle comprit qu'il était d'une humeur de chien. Elle tira sur la manche d'Arla et lui glissa :

— Ça vous ennuierait de revenir à un autre moment, madame Lynch ? Papa n'a pas l'air… bien. Il risque de refuser votre proposition.

Arla eut l'air surprise.

— Allons bon ! Mais pourquoi refuserait-il ?

Keara baissa la tête, incapable de lui expliquer combien son père était déraisonnable, surtout depuis qu'elle avait gardé l'obole de l'accouchement, et que tous les prétextes lui étaient bons pour lui mener la vie dure et la rosser !

Arla se dirigea d'un pas ferme vers la maison, convaincue que son offre allait être accueillie avec gratitude. Après avoir échangé les salutations d'usage, elle fit son annonce.

Mick l'écouta, un regard assassin dans les yeux, et avant que quiconque ait pu dire un mot, déclara froidement :

— Non. Merci bien, Arla, mais je vous conseille de trouver quelqu'un d'autre, quelqu'un de plus méritant.

Keara sentit les larmes lui monter aux yeux. Comment pouvait-il lui faire ça ? N'était-ce pas dans son intérêt à lui aussi qu'elle trouve à se faire employer et qu'elle rapporte un salaire à la maison ?

Betsy posa une main sur le bras de son mari, mais il la repoussa sans ménagement.

Il bondit sur ses pieds, sa tête bandée lui arrachant une grimace.

— J'ai dit non ! brailla-t-il. Je suis le maître chez moi !

Il était tellement enragé qu'Arla fit un pas en arrière, puis un deuxième.

Keara s'élança hors de la maison en pleurant à chaudes larmes.

Arla la suivit, mais la jeune fille était introuvable. L'épicière prit le chemin du retour, encore sous le choc de la réaction du père de Keara.

Dans la chaumière, Mick savourait sa victoire, satisfait comme un chat qui vient de dévorer un moineau.

— Mais enfin, pourquoi as-tu réagi ainsi ? lui demanda Betsy.

— Parce que tant qu'elle vivra sous mon toit, ta fille va devoir filer doux. C'est moi qui commande ici, oui ou non ?

Aveuglée par les larmes, elle se dirigea vers la porte et l'ignora lorsqu'il rugit :

— Reviens ici tout de suite !

— Je vais leur montrer qui est le chef ! grommela Mick puis il se rassit brusquement lorsque les murs de la pièce se mirent à tourner.

Quand il fut un peu remis, il alla chercher sa bouteille dans la dépendance et en prit une longue rasade en soupirant d'aise. Rien de tel qu'un bon coup de gnôle pour vous requinquer.

— Bien fait pour elle ! grinça-t-il en descendant une autre lampée de tord-boyaux.

Un peu plus tard, lorsque Ismay passa la tête dans l'embrasure, il lui beugla d'aller au diable.

Lorsqu'il eut vidé la fiasque, il s'affala sur la table, la tête sur ses bras croisés, et sombra dans l'inconscience.

2

Betsy avança à tâtons jusqu'à la petite église. Elle s'arrêta un instant pour reprendre haleine. Elle s'était rendue là sans réfléchir, c'était le seul endroit où elle pouvait trouver un peu de calme et de solitude. Elle entra, se signa machinalement et alla se réfugier sur un banc du fond.

Que faire ? La pensée que Keara risquait de perdre cette occasion unique lui était insupportable. C'était peut-être la seule chance qu'aurait jamais sa fille d'avancer dans la vie.

Elle tenta de prier pour y voir plus clair, mais ne trouva pas d'autres mots que « s'il vous plaît, mon Dieu, s'il vous plaît ». Elle renonça et baissa la tête, laissant échapper un flot de larmes qui parlait pour son cœur. Comme souvent, elle regrettait le jour où elle avait fait la connaissance de Mick Michaels. Elle était domestique auprès des Hardwick dans le Lancashire quand Mick avait débarqué, envoyé par le vieux Mullane. Chas Hardwick, cherchait un bon palefrenier et Mick avait envie de voir du pays.

Elle était jolie à l'époque et elle s'était laissée séduire. Quand il avait un coup dans le nez, Mick braillait que c'était la pire erreur de sa vie et que c'était à cause de ça qu'il s'était mis à boire.

Pour elle aussi, ç'avait été la pire erreur de sa vie. Elle la payait cher jour après jour. M. Hardwick avait contraint le jeune homme à épouser la domestique enceinte puis s'était empressé d'expédier le couple sur ses terres irlandaises. Hors de question qu'il tolère sous son toit un coureur de jupons et une traînée. Des mots sans pitié pour deux gamins esseulés qui s'étaient crus amoureux. Elle, en tout cas, avait cru à l'amour. Pour Mick, ç'avait été purement physique.

— Qu'est-ce qui ne va pas ? demanda une voix dans son dos.

Elle sursauta et se retourna nerveusement, affolée à l'idée que Mick l'ait suivie. C'était le père Cornelius, ce qui ne valait guère mieux. Le curé n'avait pas grand-chose à voir avec les braves prêtres qu'elle avait connus dans le Lancashire. Tout ce qu'il trouvait à lui dire, c'était qu'elle devait obéir à son époux, et de surcroît il la sermonnait parce qu'elle n'arrivait pas à convaincre ce même époux de venir plus souvent à la messe.

— Dis-moi ce qui ne va pas, Betsy Michaels, ordonna-t-il.

Son inquiétude pour sa fille lui fit oublier ses réticences.

— C'est Mick. Il est prêt à détruire la vie de Keara par pure méchanceté.

Quand elle lui eut tout raconté, elle attendit en soupirant que le curé lui dise qu'elle devait accepter la volonté de son mari, dans cette affaire comme dans toute autre. Mais sa réaction l'étonna.

— Laisse-moi discuter de ça avec les Lynch, puis je parlerai à ton mari. C'est une aubaine pour ta fille, et ce serait mal de l'en priver.

— Merci, mon père, mais ça ne changera rien. Mick est buté comme une mule.

— C'est ce que nous verrons. Et maintenant, prions ensemble et implorons l'aide du Seigneur. Puis tu vas rentrer chez toi et me laisser faire.

Il la raccompagna à la porte de l'église et regarda sa silhouette frêle et fatiguée s'éloigner lentement dans la rue boueuse. Comme beaucoup de femmes de la paroisse, Mme Michaels faisait beaucoup plus que son âge. Elle était si maigre qu'une bourrasque aurait pu l'emporter, et ses yeux profondément cernés révélaient une mauvaise santé chronique. Il tombait un léger crachin, la boue éclaboussait le bas de sa jupe et ses mollets nus mais elle ne semblait pas s'en rendre compte. Contrairement aux autres pauvresses du village, elle ne marchait jamais pieds nus, mais ses chaussures nouées avec une vieille ficelle étaient aussi usées que ses vêtements et lui tenaient mal aux pieds.

*

Le lendemain matin, les enfants Michaels n'eurent rien à manger parce que Mick avait trouvé le morceau de pain que Betsy avait mis de côté pour eux et l'avait dévoré sans en laisser une miette. Il prétendit qu'il devait reprendre des forces après son accident. Puis, à contrecœur, il alla prendre quelques pommes de terre dans la remise et, une fois revenu de cette pénible mission, s'affala à table et commença à s'en prendre à sa famille.

— Tu n'es même pas fichue de me donner un fils viable, pas vrai ? lança-t-il à Betsy.

Celle-ci baissa la tête sans rien dire. Elle savait qu'il ne servait à rien de répondre.

Frustré, Mick se tourna vers Ismay et Mara, qui le regardaient nerveusement du fond de la pièce.

— Fichez-moi le camp d'ici, vous deux. Un homme malade a droit à un peu de paix, non ?

Keara était occupée à laver les linges ensanglantés de sa mère. Elle s'attendait à ce qu'une insulte fuse dans sa direction, mais par chance Diarmid fit irruption au même moment.

— Comment ça va, mon gars ?

— Mal !

Diarmid regarda le visage enflé avec son énorme ecchymose.

— Alors mieux vaut que tu restes encore un jour à la maison.

— Mais on a besoin de l'argent.

— On ne retirera rien de ta paye. J'ai vu ce qui s'est passé. Tu faisais ton boulot, rien d'autre.

Une fois le régisseur parti, Mick laissa échapper un ricanement.

— Ça fait du bien d'être payé à rien faire, pour une fois. Cet O'Neal, il nous fait trimer comme des esclaves.

Un peu plus tard, le père Cornelius fit son apparition. Mick l'accueillit d'un grognement.

— Et vous, qu'est-ce que vous voulez ?

— Parler avec toi, mon fils.

— Moi, je n'ai rien à vous dire et je ne suis pas votre fils.

Betsy eut le souffle coupé devant une telle grossièreté mais le curé n'en prit pas ombrage.

— J'ai entendu dire que tu refuses de laisser Arla instruire ta fille.

— Qui vous a raconté ça ? demanda Mick, les yeux fixés sur Betsy.

— Tout le village est au courant.

Le père Cornelius eut beau user de toute son éloquence, Mick se contenta de répliquer par de nouvelles insultes. Le curé s'en alla, la bouche pincée, se demandant s'il ne devrait pas dénoncer l'ivrogne à son patron. C'était affreux de voir un homme priver sa famille de nourriture à cause de la boisson.

Il croisa les deux dernières dans l'allée et s'arrêta pour leur parler.

— Vous avez faim ?

— Oui, mon père.

Il ne supportait pas de voir cette expression famélique sur le visage des enfants.

— Si vous venez avec moi, on tâchera de vous trouver un morceau de pain.

Toutes contentes, se poussant du coude, les deux fillettes suivirent le curé jusqu'au coquet petit presbytère qui jouxtait l'église.

Passé midi, Mick commença à se plaindre qu'il n'y avait rien à manger dans la maison.

— Donne-moi de l'argent et j'irai acheter de la nourriture.

De la part de Betsy, c'était une pure provocation. Tous deux savaient pertinemment que l'avant-veille, il avait dépensé ses derniers deniers pour acheter de la gnôle. D'où sa gueule de bois le lendemain, et sa négligence avec le cheval.

— Tu n'as qu'à demander à Arla Lynch de nous faire crédit, aboya-t-il. Dis-lui que je la réglerai samedi, quand j'aurai reçu ma paye.

— Hier, tu l'as offensée. Elle me rira au nez.

— Je viens de te dire d'y aller ! insista-t-il en lui balançant une bourrade qui l'envoya cogner contre la porte. La fille aînée courut s'interposer entre ses deux parents en lui lançant un regard noir auquel il répondit en montrant le poing. Elle suivit sa mère dehors avec une expression de mépris non dissimulée.

— Keara, tu m'accompagnes au village ? J'ai besoin de ton bras.

— Bien sûr, m'man ! Pourquoi ne me laisses-tu pas y aller à ta place ?

— Parce qu'il prétendra que tu n'as pas su demander, et qu'il te cognera.

Keara avait vu qu'il n'hésitait même plus à frapper aussi sa mère. Il était de pire en pire. Pourquoi Dieu les avait-elles gratifiées d'un père pareil ?

Betsy avançait d'un pas fatigué, s'appuyant lourdement sur le bras de sa fille. Elle ne s'était pas encore remise de l'accouchement. À peine entrée dans le magasin, elle se sentit défaillir et dut s'appuyer contre le comptoir.

Arla la regarda, leur fit signe d'attendre et fila dans l'arrière-boutique. Elle revint avec deux tranches de pain beurré. En les posant sur le comptoir, elle lut dans le regard de Betsy.

— Vous allez me manger ça tout de suite. Pas question que vous en rapportiez pour lui !

— Mais les petites…

— Mieux vaut pour elles que leur mère ne manque pas de s'évanouir parce qu'elle n'a rien dans le ventre. Dis-moi, Betsy Michaels, c'est quand la dernière fois que tu as mangé ?

Des larmes où la gêne se mêlait à l'épuisement coulèrent sur les joues de Betsy.

Keara regarda la tartine en salivant. Elle tendit la main puis la rétracta, attendant la permission de sa mère. Son geste n'échappa pas à Arla.

— Allez, mange. Puis envoie-moi les petites, je leur donnerai une tartine à elles aussi. Mais juste cette fois, hein ? Je ne suis pas Crésus.

— Mais Mick va avoir faim, et quand il est dans cet état, il…

Betsy ne termina pas sa phrase. Tout le monde savait qu'il tabassait sa femme et ses gosses, mais de là à l'admettre publiquement…

— Celui-là, je lui donnerai ce qu'il mérite, c'est à dire rien du tout !

Arla croisa les bras et resta de marbre. Quand elle était de cette humeur, personne n'aurait osé la contredire, pas même son époux. Après un moment d'hésitation, Betsy prit le pain et mordit une petite bouchée. Les yeux fermés de délectation, elle savoura la mie à peine sortie du four puis se tourna vers Keara.

— Mange lentement, ma chérie, tu profiteras mieux.

Mick les interpella dès qu'elles furent rentrées.
— Alors ?
— Arla m'a dit qu'elle ne fait pas crédit. Et après la façon dont tu lui as parlé, elle ne te donnera rien.
Il répliqua par une torgnole qui fit tomber Betsy. Mara, qui venait de rentrer, éclata en sanglots. Mick beugla à sa femme de faire taire cette satanée mioche et sortit en coup de vent.
Betsy finit par se relever en se frottant la joue.
— Il est parti ?
— Il va vers la grande maison, annonça Keara en poussant un soupir de soulagement. Est-ce que je dis à Ismay et à Mara d'aller manger leur tartine chez Mme Lynch ?
— Accompagne-les, c'est plus sûr. Je crois que je vais dormir un peu. Betsy nota l'air triste et résigné sur le visage de sa fille. Elle comprenait sa déception. Et au fait, Keara, mon chou, rapporte-nous pour trois sous de soleil. J'en ai assez de toute cette pluie.
C'était une expression coutumière de Betsy. En l'entendant, Keara comprit que sa mère commençait à aller mieux.
— Seulement trois sous ?
— Ça ira pour commencer.
— Et dans quoi je le porte ?
— Recueille-le dans le creux de tes mains et n'en renverse pas en chemin.
— D'accord, m'man.
Du plus loin qu'elle s'en souvînt, Keara avait toujours entendu Betsy lancer cette petite blague. Elle adorait sa mère, par contre elle en était arrivée à détester son père. Il ne pensait qu'à lui. Elle ne comprenait pas du tout ce que sa mère avait bien pu lui trouver.
Elle aurait bien aimé pouvoir rapporter du soleil pour de vrai. L'humidité faisait tousser sa mère et ils n'avaient même pas de quoi se chauffer correctement.

*

Le régisseur sursauta en voyant sa cousine Arla faire irruption dans son bureau.

— J'ai besoin de ton aide, Diarmid. Et pas question que tu me la refuses.

Il l'écouta avec une irritation croissante. Depuis quelque temps, Mick Michaels n'était jamais vraiment sobre, même s'il ne l'avait pas surpris une seule fois en train de boire au travail. Mais il savait vraiment bien s'y prendre avec les chevaux, ce qui le rendait précieux, tout ivrogne qu'il fût. S'il avait su se tenir, Mick aurait pu arriver à quelque chose dans la vie mais il était revenu d'Angleterre aigri et plein de ressentiment et désormais, il ne vivait plus que pour les chevaux et la gnôle.

— M. Mullane vient dans quelques jours. J'en parlerai avec lui. Mais je ne promets rien, ajouta Diarmid d'un ton brusque. Certes, il pouvait donner au palefrenier l'ordre de laisser Keara étudier avec Arla, mais Mick se vengerait sur sa fille. Déjà qu'elle avait la vie dure… Non, mieux valait s'en remettre à Theo. C'était l'une des rares personnes que Mick craignait. Quand Theo Mullane voulait quelque chose, il l'obtenait. Et même si Diarmid considérait son patron comme un ami, il savait quand il ne fallait pas lui dire « non ».

Quand le curé débarqua à son tour, noir comme une corneille sous son grand parapluie, Diarmid lui servit la même réponse.

— Vous êtes sûr que M. Mullane interviendra ?

— Oui, mon père, certain.

Il en était presque certain, Theo avait bon cœur. Encore fallait-il qu'il n'ait pas été poussé à bout par son idiote de femme.

*

Dans le Lancashire, la tempête faisait rage et la pluie battait contre les vitres d'Eastwood House. Theo regardait par la fenêtre d'un air renfrogné en attendant que Dick finisse de préparer sa valise. Dick était à la fois son valet, son palefrenier et presque son ami, tous deux se connaissaient depuis Ballymullan.

— Tu as fini, Dick ? Va voir si Madame est prête. Je descends prendre le courrier.

Dick réprima une grimace. Ses maîtres avaient de plus en plus tendance à communiquer par domestiques interposés, ce qui les mettait, Mary et lui, dans une position délicate.

— Oui, monsieur.

— Allez, appelle-moi Theo comme tu l'as toujours fait jusqu'à ce que je me marie.

— Mme Mullane n'aime pas ça, monsieur.

— On s'en fiche, de Mme Mullane.

— Vaut mieux pas, monsieur. Il lâcha un sourire. Disons, pas quand elle est dans les parages.

Theo réapparut avec une poignée de lettres et commença à les trier. Dick reprit :

— Mary a fait les valises comme vous l'avez demandé, mais Madame est encore au lit. Elle semble plutôt, hum… contrariée.

Theo soupira. Cela signifiait qu'elle était encore en train de se lamenter, protestant qu'elle n'était pas en état de voyager. Il devait la voir.

Sans se donner la peine de frapper, il ouvrit d'un coup la porte qui reliait les deux chambres et resta un moment à observer sa femme, les poings sur les hanches. Elle sanglotait pitoyablement sur l'oreiller mais ne manqua pas de lui jeter un regard en coin pour guetter sa réaction.

— Vous allez prendre froid si vous voyagez en chemise de nuit, lança-t-il d'un ton badin. Elle interrompit ses sanglots pour demander :

— Que voulez-vous dire ?

— C'est clair. Nous partons par le premier train, et si vous n'êtes pas habillée quand il sera l'heure de quitter la maison, vous allez devoir venir telle que vous êtes.

— Vous n'oseriez pas !

Les larmoiements s'étaient mués en colère.

— Ah ? Vraiment ? Il croisa les bras et l'observa d'un regard dépassionné. Elle était pâle et grassouillette parce qu'elle restait toute la journée prostrée et refusait de lever le petit doigt sauf en cas de nécessité absolue. Et de surcroît, totalement idiote ! Pour la millième fois, il se demanda pourquoi il ne s'en était pas rendu compte quand il la courtisait.

Il connaissait la réponse. En fait, ce n'était pas elle qui l'avait attiré mais son argent, qui seul pouvait lui permettre de sauver son domaine. Le père de la jeune fille n'avait reculé devant rien pour la mettre en valeur, et jamais il ne s'était retrouvé seul avec elle. Quant à sa mère, malade, elle était morte peu après leur mariage. Oui, le vieux Hardwick avait très bien joué et Theo s'était laissé piéger.

Deux ans après, son beau-père avait péri dans un accident de calèche. Lavinia, ou plus exactement, son époux, avait hérité de tout, mais la famille était beaucoup moins fortunée qu'il ne l'avait cru, sans compter toutes les dettes dues à l'incurie du père Hardwick. Parfois, Theo se disait qu'il aurait mieux fait de vendre son domaine et de partir aux colonies où, disait-on, il était facile de faire fortune. Mais impossible d'imaginer Lavinia dans une telle aventure.

Il chassa ces pensées. À quoi bon ruminer des chimères ? Elle était sa femme, et il devait faire avec. Il tira sa montre de son gousset et annonça :

— Nous partons très exactement dans une demi-heure, que vous soyez habillée ou non. Et ne mettez pas une de ces satanées crinolines pour le voyage ou je vous l'arrache de mes mains. Cette mode est parfaitement inepte !

Lavinia le regarda sortir de la chambre, l'air maussade. Elle le détestait. Et elle détestait sa demeure irlandaise toute de guingois où les domestiques se montraient d'une insupportable familiarité, comme s'ils se considéraient comme vos égaux.

— Je crois que vous feriez bien de vous habiller, madame. Vous savez comment Monsieur peut se comporter quand il a décidé quelque chose.

Lavinia se redressa lourdement.

— Très bien. Trouve-moi une robe, n'importe laquelle, de toute façon je ne survivrai pas à ce voyage. Et prépare une boîte de bonbons à la cerise, pour me donner des forces.

Mary se précipita pour exécuter les ordres.

Lavinia resta allongée quelques instants de plus, mais elle savait qu'elle ne pourrait éviter le voyage. Une demi-heure plus tard, elle laissa Mary l'escorter pas à pas jusqu'au rez-de-chaussée.

La porte de la maison était ouverte et Theo attendait impatiemment dans l'entrée en tapant du pied.

— Dépêchez-vous, que diable ! Le train n'attend pas.

Lavinia ralentit encore un peu plus l'allure, mais dès qu'elle mit le pied dans l'entrée son mari l'empoigna par le bras et la tira avec vigueur, sans tenir compte de ses criaillements et sans aucun égard pour sa dignité.

Une fois à la gare, il coinça une main ferme sous son coude et veilla à ce qu'ils marchent rapidement vers le train.

— Aujourd'hui, Mary, tu voyages avec Dick, lança-t-il par-dessus son épaule en ouvrant la porte de leur compartiment.

— J'ai besoin d'elle, protesta Lavinia. Elle voyage toujours avec moi !

— Eh bien, pas aujourd'hui. Vous n'avez pas besoin de son aide pour rester assise dans un compartiment. Allez, Mary.

La chambrière esquissa une petite révérence, tendit un panier à sa maîtresse et trottina d'un pas vif pour rejoindre Dick sur le quai.

Une fois le train en route, Lavinia voulut prendre le petit panier avec les provisions de bouche, mais Theo l'intercepta avant qu'elle ait eu le temps de l'ouvrir. Il en extirpa une coupe remplie de bonbons à la cerise, un roman aux pages encore non coupées, un morceau de gâteau enveloppé dans une fine serviette et des biscuits, également dans une serviette. Il disposa le tout bien en rang sur le siège à côté de lui.

— Vous engraissez à vue d'œil, mon amie, ce n'est pas bon pour vous.

Sans un mot de plus, il prit toutes les provisions et les jeta par la fenêtre, serviettes comprises, puis lui rendit le panier qui ne contenait plus que le livre et une coupe d'argent vide.

En état de choc, elle émit un piaillement strident suivi de quelques sanglots puis n'ouvrit plus la bouche jusqu'à Liverpool, laissant son regard exprimer toute sa rancœur.

Ils embarquèrent et on les accompagna à leurs cabines adjacentes. Elle claqua la porte de la sienne et mit le loquet.

Il attendit qu'elle ouvre sa porte à sa femme de chambre, à laquelle il emboîta le pas.

— Pour Madame, pas de sucreries, de gâteaux ou de biscuits en dehors des repas, Mary. Et si je te surprends à désobéir, je te renvoie sur-le-champ. C'est compris ?

— Oui, monsieur.

Lorsqu'il fut ressorti, elle se tourna vers sa maîtresse qui semblait au bord de la rébellion.

— Je suis désolée, madame, mais je n'oserais jamais lui désobéir, même au péril de ma vie.

Elle était bien payée pour s'occuper de Mme Mullane. La tâche n'était pas des plus faciles, mais elle ne voulait pas perdre son emploi.

Lavinia piqua alors une splendide crise de nerfs et rien de ce que tenta Mary ne réussit à la calmer. Au bout de quelques minutes, Theo refit irruption dans la cabine. Il secoua sa femme sans ménagements.

— Arrêtez de beugler comme un cochon qu'on égorge ou je vous bâillonne. Ça vous est donc égal que tout le monde puisse vous entendre ?

— Pourquoi êtes-vous si cruel avec moi ? articula-t-elle, un peu plus calme.

— Parce que je veux un fils. Ou une fille, peu importe. Quand ce sera fait, je serai ravi de vous laisser totalement en paix. Bon, est-ce que vous allez vous installer, maintenant ?

Elle hocha la tête. Quand il fut ressorti, elle fixa la porte avec une expression mauvaise.

— Si jamais j'ai un fils de lui, je l'étranglerai à la naissance. Des comme lui, il y en a déjà trop.

De sa vie, elle n'avait connu telle déception. Quand son père lui avait fait miroiter ce parti, elle l'avait trouvé bel homme. Plutôt grand, avec un corps musclé et cette bonne mine que donne la vie au grand air. Elle avait toujours aimé les bruns, et puis il avait des yeux gris-vert qui souriaient au monde entier quand il était de bonne humeur.

Mais elle avait vite déchanté. Il frayait avec les domestiques et il n'y avait que deux choses qui semblaient compter pour lui : ses chevaux et avoir un enfant. Quant à elle, rien de tout cela ne l'intéressait. Personne ne l'avait instruite de ce qui se passait dans la chambre à coucher, sinon elle n'aurait jamais accepté de se marier, ni avec lui ni avec aucun autre. Quand ils n'avaient pas d'invités, ils passaient des soirées entières sans échanger un mot. Elle préférait la compagnie de ses amies, qu'elle adorait entendre raconter les derniers potins et avec qui il n'y avait jamais besoin de meubler le silence.

Et quelle idée, cette obsession d'enfant ! Elle n'en voulait pas. Les gosses étaient des créatures sales et bruyantes, elle ne les avait jamais aimés, même quand elle était petite. Ils se moquaient d'elle et la traitaient d'idiote. Sans la présence de Nancy, son enfance aurait été très malheureuse.

Mary attendait sans rien dire. La traversée s'annonçait houleuse et bientôt sa maîtresse serait trop mal en point pour faire la moindre scène. D'ailleurs, Mary elle-même se sentait barbouillée, mais elle devait rester vaillante. Lavinia Mullane exigeait qu'on soit aux petits soins pour elle, tempête ou pas. Qu'il fût pénible de marcher sur un pont tanguant pour aller vider des seaux d'eau sale ou des cuvettes de vomi ne lui aurait jamais traversé l'esprit.

*

Diarmid finit de régler avec Theo Mullane les affaires du domaine avant d'aborder le problème de Mick Michaels avec sa fille. Ils étaient attablés devant une bouteille de bordeaux dans la remise à fusils.

— Comme si j'avais besoin d'un problème de plus ! soupira Theo. Et pourquoi est-ce que je devrais me sentir concerné, après tout ?

— C'est Arla Lynch qui vous a trouvé votre cuisinière, c'est elle qui l'a formée. Sans Arla, vous auriez du mal à trouver de bons domestiques. Seules les filles d'ici acceptent de travailler dans un lieu aussi isolé. Et puis, ce que fait Arla pour les jeunes filles du village, c'est bien.

Diarmid n'en dit pas plus. Il fixa son verre en espérant que son patron l'ait entendu. Comme Theo ne réagissait pas, il ajouta :

— Allez ! Keara est une brave petite, elle mérite une vie meilleure. Elle n'est pas sotte du tout. Pour ça, elle tient de son père même si elle détesterait entendre ça. Le Mick, c'est un sale bougre. Rancunier en plus. Tout ce qu'il sait faire, c'est s'occuper des chevaux et lever le coude. Ce serait sacrément dommage de le laisser empêcher sa fille de faire quelque chose dans la vie. C'est sa seule chance.

Theo haussa les épaules. Il avait joué avec Diarmid, quand ils étaient gamins. Avec lui il se sentait à l'aise. Ce n'était pas comme avec son régisseur d'Eastwood House, qui était incapable de se détendre en sa compagnie.

— D'accord. Je veux bien jouer les satanés philanthropes pour te faire plaisir. Mais qu'est-ce que tu veux que je fasse au juste ? Ordonner à Mick de laisser sa fille étudier avec Arla ?

— Non. Si on le lui ordonne, il se vengera sur elle. Il cogne sa femme et ses mômes, sans compter qu'il boit sa paye et que souvent elles n'ont rien à manger. Quand la fille pourra se placer comme domestique, avec ses gages elle changera l'existence de sa mère et de ses sœurs. Si ça se trouve, elle leur sauvera la vie.

Theo laissa échapper un grondement de rage. Lui qui n'avait pas d'enfant apprenait qu'un de ses employés laissait mourir de faim les gosses qu'il avait faits sans même les vouloir.

Diarmid sirota une gorgée de bordeaux avant d'ajouter :

— Peut-être que vous pourriez… ruser un peu ?

Theo leva les yeux au ciel et se resservit un verre. Puis un sourire en coin se dessina sur son visage.

— Est-ce qu'il est revenu au travail ?

— Oui.

— Eh bien, dans ce cas, allons faire un tour aux écuries.

*

Ils trouvèrent Mick en train de curer un box. Il parlait à voix basse au cheval qui était attaché à l'extérieur. Quand il vit arriver son patron, le palefrenier s'interrompit et le salua d'un signe de tête respectueux tout en le regardant d'un air méfiant. Diarmid parla en premier.

— Alors mon garçon, comment va ta tête aujourd'hui ?

— Elle me fait encore un peu mal, monsieur.

— Et ta famille ? demanda Theo. J'ai appris que vous avez perdu un bébé, je suis désolé. Tiens, bois un coup pour te remonter le moral, ajouta-t-il en lui lançant une pièce de six pence.

Mick l'attrapa au vol et son visage s'éclaira.

— Et félicitations pour ton aînée, reprit Theo en caressant l'encolure du cheval.

Mick resta coi, le sourcil froncé, se demandant ce que son patron voulait dire exactement.

— Elle a de qui tenir, on dirait. Aussi maline que toi, hein ?

— Merci, monsieur, répondit Mick sans enthousiasme. Mais je préférerais avoir un fils. Ça me fait trois filles, et le bébé aussi était une fille.

Theo soupira. Lui, une fille l'aurait comblé. Il maîtrisa son irritation et reprit d'un ton amical :

— Ça te sera bien utile pour tes vieux jours, d'avoir une fille placée comme domestique, non ? Keara pourra vous aider, ta femme et toi, quand tu seras trop vieux pour travailler. Vous pourrez échapper à l'asile des pauvres.

— Ah bon ? Mick avait du mal à penser avec sa tête endolorie.

— Mais oui. Les femmes de chambre qui ne se marient pas travaillent jusqu'à un âge avancé, et après on leur donne une pension. Souvent, elles envoient l'essentiel de ce qu'elles gagnent à leur famille. Ce sera vraiment d'une grande aide pour vous, d'avoir une fille placée. Quand elle commencera à travailler, c'est toi qui recevras ses gages.

Mick en resta bouche bée, et Theo se demanda comment diable Diarmid pouvait le trouver malin. Ce jour-là, il avait l'air particulièrement idiot.

— Je pense qu'hier tu n'avais pas les idées en place quand Arla est venue te parler, à cause de ta tête. Tu as reçu un sale coup.

Mick saisit la balle au bond.

— Vous avez bien raison. Ma pauvre tête était sonnée comme un tambour. Elle l'est toujours, d'ailleurs.

— Tu devrais passer chez Arla ce soir et faire la paix avec elle, conclut Theo, satisfait que son stratagème ait si bien marché. Diarmid, laisse partir notre gars une demi-heure plus tôt, d'accord ? Bon, et si tu as terminé ta tâche, Mick, amène-moi cet alezan, que je voie un peu comment il bouge. Il m'a l'air nerveux.

— Mais il marche comme un prince et on va bientôt lui apprendre les bonnes manières, dit Mick avec affection. Il n'était pas certain de vouloir soutenir Keara, mais M. Mullane avait raison, ça pouvait se révéler très avantageux.

Arla leva les yeux vers Mick quand il entra dans la boutique.

— Je n'ai rien à te dire.

— Arla, je viens m'excuser. Je me suis pris un coup de sabot sur la tête et je n'avais pas les idées en place le jour où tu es venue me parler. Il posa une main sur son torse et baissa la tête. J'espère que tu pourras me pardonner… Allez, Arla ! Tu es toujours d'accord pour prendre mon aînée, non ?

Arla soupira. Elle voulait vraiment faire de Keara sa protégée.

— C'est bon, je la prends. Mais il faut que tu arrêtes de passer tes nerfs sur elle, entendu ? Si jamais je lui vois un bleu, je me plains auprès de mon cousin Diarmid.

— Pourquoi est-ce que je la frapperais ? Elle sera mon bâton de vieillesse si elle est placée comme domestique, c'est M. Mullane lui-même qui me l'a dit.

Arla resta interloquée. M. Theo était intervenu en personne ? Puis elle sourit, comprenant que c'était grâce à Diarmid. Elle avait aidé trois filles, jusqu'à présent. Toutes avaient commencé par travailler dans la grande maison, mais depuis, Breda et Colleen avaient trouvé de meilleures places, à Sligo et à Belfast. Elle leur donnait le premier coup de pouce, mais après c'était à elles de faire leur chemin dans le monde. Si sa propre fille avait vécu, elle aurait fait pareil. Dans le village, il n'y avait pas la moindre perspective pour ces gamines.

Arla se rappela que Keara avait deux sœurs. Ismay était très dégourdie, ça c'était sûr. Quant à Mara, il était encore un peu trop tôt pour savoir ; elle restait collée à sa sœur et ne parlait guère. Arla se réjouit intérieurement. Elle pourrait encore en aider d'autres.

Puis elle se rendit compte qu'elle restait plantée devant la porte comme une bêtasse alors qu'elle avait mille choses à faire. Tenir la boutique, donner à manger à la chèvre, s'occuper du jardin, coudre une chemise pour Brian… Elle rentra en hâte.

3

Mark Gibson débarqua à Londres par un matin gris et pluvieux de mars et se rendit aussitôt à l'agence des transports maritimes.

— C'est votre jour de chance, jeune homme, lui dit le préposé. Il reste de la place sur le paquebot pour l'Australie dans trois jours – enfin, à condition que le vent souffle dans la bonne direction, sans quoi vous allez devoir rester à quai et prendre votre mal en patience. L'homme sourit à sa propre plaisanterie puis scruta un instant Mark du regard et demanda en fronçant les sourcils : Vous vous êtes bagarré ?

Mark hocha la tête. Inutile de nier, avec sa figure couverte d'ecchymoses et ses côtes fêlées qui lui arrachaient une grimace chaque fois qu'il faisait un mouvement.

— J'espère que vous n'êtes pas coutumier du fait. Ils n'aiment pas ça à bord.

— Je suis tombé dans un guet-apens, un soir, en rentrant du travail. Si j'avais su me battre, mes agresseurs ne m'auraient pas flanqué une telle raclée.

Gamin, il avait appris à tenir les cogneurs en respect, mais aucun homme ne pouvait tenir tête aux trois frères Burns quand ils vous tombaient dessus à bras raccourcis pour vous punir d'avoir mis leur sœur en cloque.

L'employé l'observa, l'air pensif, puis dit :

— Bon, du moment que le message est passé.

Il se pencha à nouveau sur le formulaire qu'il était en train de remplir.

— Célibataire ?

— Oui.

— Comment est-il possible qu'un grand et beau gaillard comme vous ne soit pas encore marié ?

Un autre regard insistant, puis :

— Il y a des gars qui s'embarquent pour l'Australie pour fuir le foyer conjugal, savez-vous ?

Mark se raidit.

— Eh bien, pas moi. Je n'ai jamais été marié, et je ne le serai pas tant que je ne pourrai pas nourrir une famille.

Ce n'était pas tout à fait vrai. Il fut un temps où il gagnait bien sa vie, mais jamais aucune femme ne lui avait donné envie de lui passer la bague au doigt.

— Ma foi, vous vous êtes bien débrouillé pour être encore libre à votre âge. Les demoiselles peuvent se montrer très obstinées, et la plupart des gars se font prendre. C'est mon cas. L'homme soupira, son regard se perdit un instant dans le vague, puis il signa la fiche. Vous allez devoir passer une visite médicale, mais vous m'avez l'air en pleine santé, exception faite des coquards. Ça fera vingt livres.

Une fois payé son billet, Mark confia à l'agent de voyage le soin de surveiller ses bagages puis alla voir le médecin pour faire viser le formulaire d'embarquement.

Après un rapide examen, le docteur lui dit que ses ecchymoses allaient bientôt disparaître et ses côtes se ressouder, puis il le déclara apte à prendre la mer et signa la fiche.

— Vous devez la rapporter à l'agence, dit-il à Mark. Vous avez un hébergement ?

— J'avais pensé prendre une chambre d'hôtel pour une nuit ou deux.

— Nous préférons que vous logiez dans le hangar des émigrants, avec les autres passagers. C'est gratuit. Tenez, voici un laissez-passer.

Le docteur lui remit un papier portant sa signature.

Le temps que Mark accomplisse toutes les formalités, il était déjà 16 heures. Il était complètement épuisé et n'avait rien dans le ventre quand il alla remettre la fiche à l'employé de l'agence, qui lui indiqua une bâtisse qui faisait l'angle non loin du quai.

— On va servir le souper dans une heure ou deux, dit l'homme en fourrant un autre papier dans la main de Mark. C'est la liste de tout ce dont vous allez avoir besoin pour la traversée. Assurez-vous de ne rien oublier.

Le gardien du hangar examina le laissez-passer, puis fit entrer Mark et, tout en égrenant une longue liste de consignes, lui indiqua une couchette libre.

— Vous pouvez mettre vos bagages dessous en attendant, mais demain il faut qu'ils soient prêts à être embarqués à 14 heures précises. La plupart des autres passagers de troisième classe ont déjà embarqué les leurs.

Debout à côté de sa couchette, Mark balaya l'entrepôt d'un œil las. Des châlits à deux étages, avec juste assez d'espace pour se tenir debout entre chaque, s'alignaient le long des murs, et une rangée de tables et de bancs de bois blanc occupait le centre de la pièce.

Il y avait des gens partout : des enfants en train de jouer, des femmes échangeant des potins, des groupes d'hommes debout discutant de choses sérieuses. Quelques-uns étaient étendus sur leurs couchettes, le dos tourné à la pièce ou un bras ramené devant la figure.

Mark s'assit en soupirant sur le lit qui lui avait été attribué. Aussitôt, une famille qui occupait les châlits voisins du sien s'approcha pour se présenter, l'obligeant à se lever à nouveau.

Le père, un homme court sur pattes, la mine austère et le cheveu rare et grisonnant, lui tendit la main.

— Alex Jenner, et voici ma femme, Nan... ma fille Patience, et mon fils Harry.

Le garçon était plus grand que son père et devait avoir dans les seize ans. Il sourit à Mark en inclinant la tête, mais sans dire un mot. Le frère et la sœur étaient tous deux de constitution frêle, avec de beaux cheveux blonds.

— Mark Gibson.

— Et vous venez du nord, à en juger par votre accent. D'où cela ?

— Bilsden, se surprit-il à répondre sans même réfléchir.

— Connais pas. Nous sommes de Todmorden. Nous allons rejoindre mon frère et sa famille à Melbourne, puisse le Seigneur nous protéger des périls de la mer.

Il soupira profondément, comme s'il en avait douté.

Quand la cloche du dîner sonna, Mark n'eut d'autre choix que de s'asseoir avec les Jenner, même si le père lui déplaisait fortement. L'homme était plein de suffisance, et aucun des membres de sa famille n'osait ouvrir la bouche et encore moins le contredire tant qu'il n'avait pas fini ses péroraisons. Ces gens étaient si différents des parents de Mark. Chez eux, les repas en famille étaient l'occasion de joyeux échanges où les gens se coupaient la parole sans façon et riaient de tout et de rien. La conversation avec M. Jenner était un exercice solennel, rempli de citations bibliques et de déclarations péremptoires qui empêchaient toute discussion.

Tandis qu'ils attendaient que le repas leur soit servi, Mme Jenner lui demanda quelle sorte de nécessaire de voyage il s'était procuré.

— Un nécessaire de voyage ? demanda Mark sans comprendre.

M. Jenner intervint aussitôt.

— Eh, pardi, vous n'en avez pas encore, jeune homme ? On ne vous a pas remis une liste de tout ce dont vous alliez avoir besoin ?

— Euh, si, reconnut Mark en tirant de sa poche un papier chiffonné qu'il n'avait pas encore consulté.

Son compagnon le lui prit des mains, le lissa soigneusement, et le tapotant de l'index, déclara :

— Tenez ! Vous voyez ! Vous devez fournir vos propres draps et couvertures, articles de toilette et couverts de table. On les trouve en lots déjà tout prêts. C'est plus pratique.

L'homme hésita, puis demanda :

— Vous avez de quoi en acheter un ?

Mark hocha machinalement la tête, incapable de se concentrer.

M. Jenner s'étant levé pour aller chercher les plats, Mme Jenner dit à Mark d'une voix douce et amicale :

— Vous avez l'air épuisé, monsieur Gibson. Pourquoi ne pas laisser mon époux vous emmener chez le shipchandler demain matin ? Vous allez aussi avoir besoin de provisions de bouche pour le voyage. Les jeunes gens de votre âge ont un solide appétit.

— Je croyais que la nourriture était comprise dans le prix du billet.

La femme rit, et sa fille sourit elle aussi gentiment. Sitôt le père parti, l'atmosphère s'était détendue.

Mme Jenner secoua la tête.

— Hélas, ils ne fournissent que le strict minimum chaque semaine : viande boucanée, farine, avoine, saindoux, riz, raisins secs, cornichons, ce genre de chose. Pour moi, ce n'est pas assez.

— Et du jus de citron aussi, maman, dit Patience. Pour prévenir le scorbut, monsieur Gibson. Nous avons emporté des noix et des fruits secs, du fromage sec et un tas de cornichons. Mon oncle dit dans sa lettre qu'on a des envies de cornichons quand on est en mer pendant aussi longtemps.

M. Jenner revint avec le fricot, et les deux femmes se turent. Avant de commencer, M. Jenner se leva et récita le bénédicité d'une voix forte. La plupart des gens assis autour de la table posèrent leurs couverts et baissèrent la tête, mais quelques-uns l'ignorèrent et commencèrent à manger.

L'homme semblait ne jamais devoir s'arrêter, songea Mark, alors qu'une courte prière aurait suffi compte tenu du grand nombre d'enfants présents.

— J'ignorais que j'allais avoir besoin d'un paquetage, reconnut-il quand M. Jenner se tut enfin. Du coup, je crois bien que je vais devoir me procurer d'autres choses aussi. Je suis parti… euh, un peu précipitamment. Sentant tous les yeux sur lui, il s'empressa d'ajouter : pour raisons familiales.

À son soulagement, personne ne posa de question.

Mark servit la fille, puis la mère, M. Jenner s'étant servi en premier sans se donner la peine de passer les plats.

Après quelques bouchées, l'homme dit :

— Je vous conduirai chez le shipchandler après le petit-déjeuner. Ce sera l'occasion de me dégourdir les jambes.

— Oh… merci.

La compagnie d'Alex Jenner le rebutait plus qu'autre chose, mais s'il voulait que ses bagages soient prêts le lendemain à 14 heures, Mark allait devoir s'en occuper rapidement.

Le repas lui sembla interminable. Ses contusions le faisaient souffrir, et c'est avec un immense soulagement qu'il se leva de table et regagna sa couchette. Dormir parmi tous ces inconnus le mettait mal à l'aise, c'est pourquoi il n'ôta ses vêtements qu'une fois sous la couverture.

Juste avant l'extinction des feux, à 21 heures précises, le gardien sortit de son bureau et cria :

— Cinq minutes.

Alex Jenner s'agenouilla, imité par sa famille, et se mit à prier haut et fort. Son fils semblait gêné, jetant des regards autour de lui, mais les femmes suivirent l'exemple du père, gardant les paupières closes.

Un homme s'approcha du châlit et grimpa sur la couchette du haut. Il salua Mark de la tête, puis désignant les Jenner du menton, déclara :

— Quel braillard ! Moi, je garde mes distances avec ces gens-là, et tu ferais mieux d'en faire autant.

Mark hocha la tête. Il regrettait déjà d'avoir accepté que M. Jenner l'accompagne chez le shipchandler, mais il était trop tard pour changer d'avis. Il s'enveloppa dans la couverture grise et rêche et essaya de s'endormir. Mise à part une veilleuse fixée au mur près de la porte d'entrée, le reste de la pièce était plongé dans l'obscurité, mais il fallut longtemps pour que le silence se fasse tout à fait dans le hangar plein à craquer. Il soupira, gigota pour essayer de trouver une position confortable sur la couchette dure et étroite.

Il se sentait terriblement seul. Il ne pouvait plus compter que sur lui-même désormais. Il avait pris la fuite et laissé derrière lui ses huit frères et sœurs et leurs enfants. Il sentit une boule se former dans sa gorge. Qu'allaient-ils penser de lui ? Quant à son père, il savait déjà ce qu'il pensait, John Gibson ayant déclaré sans mâcher ses mots :

— Tu n'es plus mon fils.

Et cette condamnation paternelle était la pire de toutes.

Il tourna le dos à la partie la plus éclairée de la salle et laissa couler ses larmes dans l'obscurité. Il songeait à émigrer en Australie depuis des années, car on racontait qu'il faisait toujours beau là-bas, contrairement au Lancashire. Mais voilà qu'il n'était plus certain de vouloir y aller.

Quoi qu'il en soit, il était trop tard pour changer d'avis. Il avait fichu sa vie en l'air et allait devoir repartir de zéro. Alors pourquoi pas en Australie ?

*

Le petit-déjeuner était aussi peu ragoûtant que le dîner de la veille, mais Mark était affamé. Il mangea son porridge grumeleux agrémenté d'une cuillérée de miel pour laquelle il avait dû payer un supplément d'un penny. Il se demanda combien d'argent le gardien et sa femme recevaient pour nourrir un aussi grand nombre de bouches, et quelle marge ils se faisaient grâce aux à-côtés comme le miel. Il se serait mieux débrouillé qu'eux. Il avait appris toutes les ficelles du métier, savait préparer des plats simples en grande quantité, et sa rôtisserie lui avait rapporté de confortables bénéfices.

Pour pouvoir sortir de l'entrepôt, Mark et M. Jenner durent obtenir un laissez-passer du gardien.

— On se croirait en prison, grommela Mark tandis qu'ils longeaient la rue. Comment osent-ils m'interdire d'aller et venir à ma guise ? Je suis un sujet anglais qui a choisi de quitter son pays en homme libre, pas un criminel qu'on expédie dans les colonies !

— Ils veillent à ce qu'il n'y ait pas de passagers clandestins, et puis ils doivent s'assurer que nous sommes en bonne santé. Imaginez les dégâts si une épidémie de rougeole venait à éclater quand nous serons en mer.

La colère de Mark s'éteignit aussitôt.

— Je suppose que vous avez raison.

M. Jenner s'arrêta de marcher, et le saisissant par le bras, lui dit de but en blanc :

— Écoutez, je ne veux pas me mêler de ce qui ne me regarde pas, mais je vois bien que vous n'êtes pas dans votre assiette. Je ne vous poserai pas de questions sauf une : êtes-vous certain de vouloir aller en Australie ?

— Je ne suis sûr de rien, monsieur, mais je dois m'expatrier, et j'ai pensé à l'Australie. Un pays qui semble… intéressant. Et ensoleillé. C'est pour cela que je l'ai choisi.

— Bah, si vous doutez, vous pouvez toujours vous en remettre au Seigneur et prier. Vous avez une bible ?

— Euh… non.

— Dans ce cas achetez-en une. On n'est jamais seul quand on peut lire la parole du Seigneur.

Mark répondit par un vague grognement, mais heureusement ils étaient arrivés chez le shipchandler et M. Jenner n'insista pas.

L'entrepôt était gigantesque et plein à ras bord de vivres et de fournitures de toutes sortes. Mark écouta attentivement les recommandations de l'employé et de M. Jenner : vérifier la qualité et opter pour l'offre la plus avantageuse. Il porta finalement son choix sur un paquetage comprenant des draps et des couvertures, une gourde, une cuvette, une assiette et un bol, une timbale d'une contenance d'une pinte, des couverts, plus trois livres de savon, un nécessaire à écriture et un cahier vierge.

— Beaucoup de gens tiennent un journal de bord, expliqua le vendeur. Ça les aide à passer le temps.

— Oui, je suppose que c'est une bonne idée.

— Certains renvoient leur journal en Angleterre, pour que leur famille sache comment s'est passée la traversée. D'autres en font même des copies.

— Dans ce cas, je vais en faire autant, approuva Mark.

Il avait également pris des sous-vêtements, des chemises et des pantalons, car il n'avait pas pu emporter toutes ses affaires avec lui. Pour finir, se rappelant le conseil de Mme Jenner, il avait acheté des conserves, car en temps normal il était doté d'un solide appétit.

Il réalisa qu'il y avait peut-être là une occasion de faire des bénéfices et sourit intérieurement. Il n'était pas le frère d'Annie Gibson pour rien. Toujours à l'affût d'une bonne affaire ! Il demanda à l'employé :

— Est-ce que les gens achètent des vivres ou d'autres choses pour les revendre ensuite en Australie ? Ou même à bord ?

Il aurait pu fractionner une boîte de raisins secs en plusieurs petits lots et les revendre au moins le double de ce qu'il les avait payés.

— Oh oui, monsieur. Et pas que de la nourriture. Des souliers aussi, et des épingles à cheveux et des rasoirs. Il y a une forte demande de petits ustensiles en Australie à ce qu'il paraît.

Si bien que Mark piocha un peu plus que prévu dans son pécule, rejetant certaines suggestions et en acceptant d'autres. L'Australie ne devait pas être bien différente du Lancashire en ce qui concernait les produits de première nécessité. Pour finir, il fit tellement d'emplettes qu'il dut acheter une cantine en fer pour pouvoir toutes les ranger.

— Je vois que vous n'êtes pas à court d'argent, constata M. Jenner lorsqu'ils ressortirent de l'entrepôt.

— J'ai ce qu'il faut, répondit sèchement Mark, qui n'aimait pas l'homme et son air calculateur.

Lorsqu'ils regagnèrent le dortoir, M. Jenner alla lire sa bible de son côté tandis que Mme Jenner se chargeait d'inspecter le paquetage de Mark, avec l'aide de sa fille. Il avait deux sacs et une cantine à présent, et devait caser des vêtements dans chacun et répartir les autres denrées dans l'espace qui restait. Lorsqu'ils eurent fini, Patience alla chercher le gardien afin qu'il inspecte les bagages qui iraient dans la cale, car certains articles, comme les armes à feu et les boissons alcoolisées, par exemple, étaient interdits à bord.

Tous les sacs devaient être soigneusement marqués à son nom, et pour quelques pièces de plus le gardien lui vendit un pinceau et de la peinture blanche. Mark pourrait emporter un sac avec lui à l'entrepont, ainsi que les vivres et les fournitures nécessaires à la traversée. Le deuxième pourrait être remonté de la cale en cours de route pour qu'il puisse changer de vêtements, et le troisième lui serait remis deux ou trois jours avant son arrivée en Australie.

— Vous devriez mettre vos meilleurs habits dans celui-ci, monsieur Gibson, conseilla Mme Jenner. Il va falloir faire bonne impression quand vous chercherez du travail.

Elle hésita, puis demanda à brûle-pourpoint :

— Mon Harry va devoir voyager de son côté dans le quartier réservé aux hommes seuls. Vous voudrez bien veiller sur lui ? Patience sera en sécurité dans le quartier réservé aux demoiselles, car il y a une surveillante, mais les jeunes garçons peuvent être turbulents, et mon fils a reçu une éducation stricte. Il n'est pas habitué à la dissipation. Je vais me faire du souci de le savoir seul.

Assis sur une couchette non loin de là, Harry eut un petit sourire gêné. Mark répondit sans hésiter :

— Mais bien entendu. Je vais veiller sur lui et lui sur moi. Mes frères et sœurs vont me manquer.

Sa voix se brisa sur ce dernier mot, et il laissa Mme Jenner s'occuper de ses affaires, car le chagrin l'avait brusquement submergé et il était à deux doigts de fondre en larmes. Si seulement il avait pu faire de vrais adieux à sa famille ! Son frère cadet, Luke, de qui il se sentait le plus proche, l'avait aidé à transporter ses affaires jusqu'à la gare, et par le plus grand des hasards son neveu William s'était retrouvé dans le même train que lui. Mais la fuite de Mark allait provoquer une onde de choc parmi les siens.

Ce soir-là, son moral tomba si bas qu'il songea à rentrer chez lui, mais presque aussitôt il réalisa que rentrer à Bilsden signifierait épouser Nelly Burns, ce qui était au-dessus de ses forces, quoi que puisse dire son père. Quand il était petit, il avait assisté à la ruine de toute la famille quand son père s'était remarié avec une femme irresponsable, qui avait sombré dans la boisson et dépensé tous les sous du ménage, au point qu'ils avaient dû vivre de charité. Il avait eu faim plus souvent qu'à son tour. Quand sa marâtre avait succombé à la fièvre, de même que sa petite sœur et son frère, sa sœur Annie avait sauvé ceux qui restaient en les prenant avec elle, et il lui en serait éternellement reconnaissant.

Mais plus jamais il ne se laisserait réduire à la misère. *Pas même par la mère de son enfant à naître !*

C'était la malédiction des Gibson, ainsi que l'appelaient ses frères et lui, par allusion au fait que les hommes de la famille faisaient des enfants un peu trop facilement. Son père en avait eu neuf encore vivants de ses trois épouses.

Du moins Mark avait-il pourvu aux besoins de Nelly et de son enfant – et sans mégoter – avant de s'en aller. De ce côté-là, personne ne pourrait rien lui reprocher. Et il avait confié la gérance de sa rôtisserie à son frère Tom, afin que Nelly et le petit – qui n'était peut-être pas de Mark – aient de quoi vivre.

Mais ses frères et sœurs le blâmeraient à coup sûr d'avoir pris la fuite.

Il avait honte, mais ne pouvait supporter l'idée de vivre ne serait-ce qu'un mois en compagnie de Nelly Burns, et encore moins une vie entière.

Ce fut un soulagement quand les passagers de l'entrepont furent autorisés à monter à bord. Mais en voyant les conditions de promiscuité dans lesquelles il allait devoir voyager, Mark eut un choc qui l'arracha à ses sombres pensées. La réclame disait qu'il s'agissait d'un paquebot moderne et confortable, mais il ne voyait pas où était le « confort ». Le quartier des hommes seuls était divisé en minuscules cabines pareilles à des boîtes disposées en cercle autour d'un espace garni de tables et de bancs rivés au plancher. Ils se trouvaient deux étages au-dessous du pont et l'air était confiné. De plus, ils allaient devoir vivre tout le temps dans une lumière crépusculaire et se servir de lampes pour pouvoir circuler. Les fines cloisons de bois ne montaient pas jusqu'au plafond afin de laisser passer l'air, de sorte qu'il était impossible d'avoir une conversation privée. La plupart des cabines étaient équipées de quatre étroites couchettes laissant juste assez de place au sol pour se tenir debout quoique sans pouvoir écarter complètement les bras. Des couvertures tendues sur des cordes faisaient office de portes.

— On est un peu les uns sur les autres, non ? dit Harry.

Un homme plus âgé sortit la tête de la cabine voisine et leur sourit de toutes ses dents.

— C'est le luxe, les gars ! Si vous aviez vu comment on voyageait sur les vieux rafiots la première fois que je suis allé en Australie. Il y avait pas de cabines à l'époque, juste des couchettes superposées, larges de six pieds, sur lesquelles on s'entassait à quatre. Là, oui, on était les uns sur les autres ! (L'homme regarda par-dessus son épaule au moment où un groupe de garçons dégringolait l'escalier.) Si vous avez deux sous de jugeote, dépêchez-vous de prendre les couchettes du haut. C'est pas drôle d'avoir quelqu'un qui gigote toute la nuit au-dessus de votre tête.

Ils firent ce qu'il leur suggérait et quand ils se retournèrent, ils trouvèrent un jeune garçon au visage poupin debout dans l'embrasure.

— Moi, c'est Ned Leigh, mais on m'appelle Ginger[1], je vous laisse deviner pourquoi, dit-il en désignant ses boucles blond-roux.

---

1. Gingembre, en anglais. (*Toutes les notes sont de la traductrice.*)

Fasciné, Mark se retrouva malgré lui à serrer la main du jeune homme enjoué qui devait avoir son âge et ne semblait pas le moins du monde rebuté par son air renfrogné.

— Les couchettes du bas sont libres ?

— Oui.

— Dans ce cas on va s'installer ici. Les jeunes avec les jeunes. Hé, Bert, par ici !

Mark se présenta, puis présenta Harry, un sourire forcé aux lèvres, et pas d'humeur à faire la conversation.

— J'ai cru comprendre qu'on allait devoir s'organiser par groupes de huit pour préparer le frichti. L'un de vous sait faire la tambouille ? Parce que si vous comptez sur moi, vous allez souffrir.

Ginger laissa échapper un autre rire sonore.

Mark réfléchit un instant, puis haussa les épaules.

— Je tenais une rôtisserie avant. Je m'y connais un peu.

Après tout, il n'avait pas envie de manger de la ragougnasse préparée par un type qui ne savait pas faire cuire un œuf.

Ginger le regarda bouche bée, puis ricana et lui donna une tape dans le dos.

— Ma foi, on dirait que c'est notre jour de chance. Te voilà élu capitaine de tablée et chef cuistot.

— Dieu soit loué ! s'écria son compagnon avec ferveur.

*

Le lendemain le capitaine monta à bord et le *Matilda Mary* gagna l'estuaire où ils durent attendre qu'un vent favorable se lève pour pouvoir faire cap au sud.

À la grande joie de tous, ils purent prendre la mer le lendemain, mais Mark n'avait pas le cœur à la fête tandis que, debout parmi la foule en liesse, il regardait les côtes de l'Angleterre disparaître dans la distance.

Il allait se retrouver très loin de tout ce qu'il connaissait, et tout ça parce qu'il s'était comporté comme un imbécile. Il avait toujours rêvé de partir vivre dans un pays chaud et ensoleillé, mais pas dans ces circonstances.

Ce qui était certain c'est qu'il n'allait pas écrire à sa famille tant qu'il ne serait pas devenu quelqu'un. De toute façon, il était grand temps qu'il apprenne à voler de ses propres ailes, sans l'aide d'Annie.

*

Keara chantonnait gaiement sous le soleil d'avril. L'arrivée du printemps la mettait de bonne humeur.

Il lui arrivait d'aller travailler dans la grande maison ponctuellement, mais jamais quand les maîtres y séjournaient. Elle répétait tout bas « les maîtres de maison » en prenant un accent qui la faisait sourire. Arla lui avait prodigué un tas d'excellents conseils tandis que Brian Lynch lui donnait des cours de lecture et d'écriture.

Elle avait un accent irlandais, comme tous les gens du village, mais Arla lui apprenait à parler avec un accent différent, plus châtié, comme en Angleterre.

Keara s'arrêta de marcher pour dire une petite prière. Puisse le Ciel l'aider à faire honneur à tous ceux qui l'avaient encouragée ! Même M. Mullane avait dit du bien d'elle à son père. Imaginez un homme de son importance connaissant son existence !

Il avait plu durant la nuit, et les arbres et les buissons étaient constellés de gouttelettes qui brillaient au soleil.

— Oui, monsieur Mullane, s'exerçait-elle à dire. Puis exécutant une petite révérence : Non, monsieur. Certainement, madame.

La gouvernante allait lui confier le soin de faire les lits aujourd'hui, une écrasante responsabilité, vu la quantité de couvertures, édredons et courtepointes ! Mais comme on devait y être bien au chaud, même en plein hiver, sans avoir besoin de se serrer les uns contre les autres, comme elle et ses sœurs !

Elle venait juste de commencer son service quand le maître et son épouse arrivèrent dans leur calèche, à la surprise générale, car ils passaient généralement la nuit à l'auberge à leur descente du ferry qui les amenait d'Angleterre, et prenaient ensuite le train en milieu de matinée pour Sligo.

— Ils sont là ! Ils sont arrivés plus tôt que prévu ! cria une voix dans le hall, et il s'ensuivit une ruée dans l'escalier, car la coutume voulait que tous les domestiques se rassemblent sur le perron pour souhaiter la bienvenue à M. et Mme Mullane.

Keara considéra le lit inachevé. Que devait-elle faire ? Bah, elle allait finir de ranger au cas où la maîtresse de maison voudrait s'allonger. De toute façon, qui se rendrait compte qu'elle n'était pas avec les autres ? Après tout, elle ne faisait pas vraiment partie du personnel.

Deux minutes à peine plus tard, elle entendit quelqu'un monter le grand escalier en sanglotant et en soufflant bruyamment. Monsieur en personne parut en compagnie de M. Pearson, tous deux soutenant la maîtresse entre eux. La pauvre femme avait l'air mal en point, les yeux rouges et gonflés. Sans attendre les ordres, Keara rabattit promptement la courtepointe et se recula pour laisser Mme Mullane s'étendre sur le lit.

— C'est bien, dit le maître.

Son épouse continuait de pleurer. Keara attendit une minute, mais M. Mullane ne bougea pas d'un pouce, se contentant de fixer sa femme d'un œil furieux. Cette dernière faisait peine à voir. S'approchant du lit, Keara posa une main sur son épaule :

— Allons, allons, madame, la consola-t-elle comme elle faisait avec sa petite sœur quand Mara s'était fait une égratignure. Que puis-je faire pour vous aider ?

Voyant le regard courroucé du maître, Keara songea qu'elle avait fait une bourde. Mais M. Mullane n'eut pas le temps de protester car sa femme s'agrippa au bras de Keara en redoublant de sanglots. La jeune fille se laissa choir sur le lit, et l'attirant contre elle, se mit à la bercer en faisant de petits bruits apaisants avec sa bouche.

Peu à peu les pleurs se tarirent et Keara lança un regard en coin à Monsieur pour savoir ce qu'elle devait faire. Plus songeur que contrarié à présent, il lui fit un petit signe de tête approbateur.

La cuisinière entra, suivie de Theresa, la femme de chambre.

— Qui est la nouvelle ? demanda Theo à la cuisinière à voix basse.

— Keara Michaels. Une bonne petite, travailleuse. Arla m'a aidée à la former.

— C'est mieux qu'une brave petite, dit Theo, cette fille fait des miracles. C'est la première fois que ma femme arrête de pleurer depuis notre descente du ferry.

— Mary n'est pas avec vous, monsieur ?

— Non.

Il lança un coup d'œil furtif du côté de son épouse, puis se pencha et murmura à l'oreille de la cuisinière :

— Malheureusement, la pauvre femme est tombée pardessus bord pendant la tempête et a été emportée par la mer déchaînée.

La femme réprima un haut-le-corps et se signa en marmonnant une prière à la Sainte Vierge.

— Mais comment est-ce arrivé ? demanda-t-elle en fronçant les sourcils.

— Ma chère épouse a insisté pour que Mary aille quérir le garçon de service malgré la forte houle. Apparemment, un ivrogne qui se précipitait sur le pont pour aller vomir l'a heurtée de plein fouet et fait basculer par-dessus le bastingage.

Theo remarqua que la jeune fille caressait toujours le bras blanc et dodu de sa femme sans cesser de lui chuchoter des mots apaisants dans lesquels Lavinia semblait trouver un certain réconfort.

— Cette fille pourrait-elle rester et s'occuper de mon épouse jusqu'à ce que nous lui ayons trouvé une nouvelle femme de chambre ? Elle s'en sort bien mieux que quiconque pour la calmer depuis l'accident.

— Oh, mais bien sûr, monsieur. Seulement Keara ne fait que commencer – elle ne saura pas tout faire. Elle n'a pas encore dix-sept ans.

Il se tourna pour examiner la jeune servante. Sa silhouette, très frêle, était celle d'une fille qui n'avait pas fini sa croissance. Elle aurait pu être jolie si elle avait été mieux habillée et coiffée, mais ses cheveux étaient rassemblés sous un vilain bonnet dont s'échappaient quelques mèches folles.

— Elle fait plus que son âge.

— C'est qu'elle n'a pas eu la vie facile. Le caractère de Mick Michaels ne s'arrange pas avec le temps, et sa femme est en mauvaise santé.

— Mick s'occupe bien des chevaux, et c'est tout ce qui m'importe. Puisque Keara a une bonne influence sur ma femme, elle sera sa suivante… tout au moins temporairement.

La cuisinière hocha la tête et le regarda quitter la pièce, avant de se tourner vers le lit, les sourcils froncés. La fille ne savait pas comment se comporter en présence des gens du monde. Avait-on idée de bercer sa maîtresse ainsi ? Elle ravala un soupir outré quand Keara passa un bras autour des épaules dodues de Mme Mullane pour l'aider à s'asseoir, puis dénoua son bonnet et lissa ses cheveux en désordre comme elle l'aurait fait avec une gamine.

Et Madame se laissait faire, comme si elle prenait plaisir à être choyée comme une petite fille.

— Quand nous vous aurons lavé la figure vous vous sentirez mieux, murmura Keara, avant d'ajouter avec un temps de retard : Madame.

— Oui, oui, tu as raison. Faites monter de l'eau chaude, dit Mme Mullane à la cuisinière.

Lavinia ne lâchait pas Keara, trouvant dans l'étreinte de sa main jeune et ferme un grand réconfort après les heures de réprimandes de la part de son mari.

La cuisinière donna un coup de coude à Theresa.

— Allons, remue-toi donc et va chercher de l'eau chaude pour Madame.

— Moi ? Mais c'est à *elle* de le faire ! protesta-t-elle en désignant Keara.

— Elle ne peut pas laisser Madame, tu vois bien ? Et puis tu n'en mourras pas.

À l'office, Theresa, dépitée, dit à Mona, l'aide-cuisinière, que Keara Michaels cherchait à manigancer pour se faire bien voir de Madame. Bah, de toute façon, Keara tomberait en disgrâce dès demain. Leur maîtresse était impossible à satisfaire, changeant d'avis à tout bout de champ, elle soufflait constamment le chaud et le froid, et vous toisait d'un air hautain. Theresa ricana. Et quel tarin ! Mme Mullane n'avait sûrement pas été choisie pour sa beauté. Ou son bon caractère. Ici, tout le monde sautait de joie quand Madame retournait au Lancashire.

Monsieur en revanche était quelqu'un de bien. Toujours un mot aimable, et bel homme avec ça.

*

Dans sa chambre, Theo ôta ses habits de voyage avec l'aide de Dick, puis descendit prendre un petit-déjeuner tardif. Plus tard, il écrirait à la famille de Mary pour leur expliquer ce qui était arrivé, car Lavinia avait horreur de faire de la correspondance.

Lorsqu'il eut fini de manger, il alla trouver la cuisinière et lui demanda :

— Comment va Mme Mullane ? Elle a réclamé une collation ?

— Une tasse de thé et des toasts, monsieur. Je les lui ai montés.

Elle hésita, avant d'ajouter :

— Je dois reconnaître que la petite Keara se débrouille bien. Elle n'a pas l'habitude du monde, mais j'espère que vous lui pardonnerez ses manières un peu… maladroites.

— Elle traite ma femme comme une petite fille, mais qu'importe du moment que Mme Mullane est calme. Ce qui est rarement le cas, comme vous l'aurez remarqué.

Ils échangèrent un regard entendu, puis il se retira dans le petit salon pour méditer. Il était déprimé. Lavinia avait fait trois fausses couches, mais sa troisième grossesse s'étant prolongée plus que les autres, il s'était pris à espérer. Idiot qu'il était !

Le docteur lui avait dit que lorsque Lavinia serait complètement remise ils pourraient essayer à nouveau d'avoir un enfant. À condition toutefois qu'elle prenne soin d'elle, car elle était d'une santé délicate. Mais Theo devait lui accorder un long répit avant cela, avait-il insisté, tout en précisant qu'elle risquait de ne jamais pouvoir amener un enfant à terme, ce qui n'était guère réjouissant pour un homme qui avait besoin d'un héritier.

Dès que le docteur lui donnerait carte blanche, Theo essayerait à nouveau. Car même s'il savait que son épouse allait protester, il ne pouvait pas se résoudre à rester sans enfants.

4

Avril 1859

À la surprise de Mark, les passagers de l'entrepont avaient beaucoup à faire pendant la traversée. Ils devaient nettoyer eux-mêmes leur cabine et aider également au lessivage des ponts. Et gare à qui se montrait négligent !

Ces tâches ne gênaient pas Mark, au contraire, elles aidaient à tuer le temps. Le problème, c'était de réussir à se ménager un peu de solitude. Il tenta de tenir un journal. Comme il ne trouvait pas les mots justes pour exprimer ce qu'il ressentait, il se limitait à consigner brièvement la latitude, la longitude et le trajet parcouru depuis la veille. Quand il le relisait, il le trouvait ennuyeux à mourir mais il persévéra, par ennui. Il aurait préféré mille fois gérer une affaire et s'occuper des comptes.

Il refusa de se joindre à la chorale des hommes, déclina l'offre de participer à un groupe de lecture et eut du mal à se débarrasser d'un couple têtu qui voulait qu'on enseigne à lire, à écrire et à compter aux passagers illettrés. Qu'est-ce qu'il en avait à faire, des analphabètes ?

Le plus difficile fut de résister aux tentatives de M. Jenner qui voulait l'entraîner sur le pont tous les matins pour la prière. Ce bonhomme était une vraie sangsue qui essayait en permanence de vous asséner sa religion. La plupart des gens faisaient leur possible pour l'éviter. Le problème, c'est que Mark avait sympathisé avec Harry et qu'il appréciait beaucoup la compagnie de Patience Jenner. C'était une jeune fille douce et sensible, autour de laquelle les enfants gravitaient spontanément. Et il était agréable de lui faire la conversation quand son père n'était pas dans les parages à espionner.

Harry se lamentait et faisait de la résistance. Il pensait que tout ce lessivage, c'était bon pour les femmes. Sur ce point, d'ailleurs, il était d'accord avec son père. Mais les corvées étaient obligatoires pour tout le monde, le capitaine exigeait que son navire soit impeccable.

Dès qu'il le pouvait, Harry paressait dans leurs quartiers.

— C'est merveilleux de pouvoir rester assis à ne rien faire, observa-t-il un jour.

Mark avait remarqué que, à l'instar de sa sœur, Harry changeait du tout au tout en présence de son père. Il devenait silencieux et obéissant. Toute la famille se mettait au garde-à-vous devant Alex Jenner. Même sa femme le regardait avec appréhension et ne le contredisait jamais. Mark ne pouvait imaginer son propre père dans ce rôle de dictateur.

S'il voulait profiter de la compagnie de Patience, Mark n'avait toutefois d'autre choix que de supporter la famille. Sa voix douce, ses remarques pertinentes sur la vie à bord ne lui portaient pas sur les nefs, contrairement aux plaisanteries stupides de Ginger ou aux éternelles protestations de Harry. Parfois, Patience et lui se contentaient de contempler les flots sans rien dire, accoudés au bastingage. Quand la tempête les cantonnait à l'entrepont, il était triste d'être privé de sa compagnie. Encore heureux qu'il ne souffrît pas du mal de mer.

Patience restait frêle même si elle avait repris un peu de couleurs. Elle ne se plaignait jamais de son état de santé et répétait que l'air du large lui faisait du bien. Elle n'avait cependant pas le pied marin, et après le moindre coup de vent, elle émergeait de l'entrepont la mine défaite et le teint blafard.

Quelques jeunes gens l'avaient remarquée mais sa mère veillait et la gardait à ses côtés, la laissant seulement se promener sur le pont avec Harry ou Mark.

Un jour, Ginger lança à Mark avec un sourire en coin :

— Tu as un faible pour miss Jenner, non ?

— Pardon ?

— Elle est jolie. Un peu mollassonne à mon goût, et de toute façon ses parents ne me laisseraient jamais me promener sur le pont avec elle. Par contre, toi, ils t'ont repéré, et tu es en train de te faire piéger.

— Comment oses-tu dire une chose pareille ? Patience n'est pas du tout calculatrice. Tu as une façon détestable de parler. Pas étonnant qu'ils ne veuillent pas te laisser seul avec elle.

Les deux hommes échangèrent un regard noir. Mark ne s'était jamais cru de nature querelleuse, mais il dut s'éloigner sinon il aurait rossé son compagnon de voyage.

Le soir, quand il alla chercher la tambouille pour la chambrée, Ginger le suivit sur le pont.

— Écoute, Gibson… je n'avais aucune envie d'insulter miss Jenner. C'est juste qu'en vous voyant tous les deux, j'ai pensé que vous aviez l'air de bien vous entendre, c'est tout. Vu ta réaction, je comprends que c'est du sérieux.

— Et moi je suis désolé d'avoir réagi au quart de tour. J'aime beaucoup Patience… hum, miss Jenner et je la respecte profondément, mais je ne ferai la cour à aucune femme tant que je ne serai pas établi à Melbourne et que je n'aurai pas de quoi faire vivre une famille.

De cela, il était certain. Il avait déjà failli gâcher sa vie à cause d'une femme, il n'était pas près de recommencer.

Quand il revint avec le dîner – petit salé, pommes de terre bouillies et pudding aux raisins secs – les jeunes gens se ruèrent dessus avec leur appétit habituel. Une fois rassasiés, ils commencèrent à parler de leurs espoirs pour la vie dans le pays qui les attendait. Certains voulaient aller directement vers les gisements aurifères, où, s'enflammaient-ils, on pouvait rapidement faire fortune. Mark n'avait jamais envisagé de devenir chercheur d'or mais soudain, il eut envie de tenter sa chance. Quant à Harry, il affirma d'un ton mélancolique qu'il aurait aimé pouvoir en faire autant, et comment ! mais que jamais son père ne l'y autoriserait.

Les autres se moquèrent de lui en disant qu'il n'était qu'un petit garçon obéissant, et il passa le reste de la soirée à bouder.

Le lendemain matin, Mark ne rechercha pas la compagnie de Patience mais demanda à M. Jenner si celui-ci pouvait lui accorder quelques instants. Gêné, il s'expliqua brièvement :

— Quelqu'un m'a dit en plaisantant que je courtisais votre fille. Je ne suis pas en situation de me marier, monsieur, et donc si je vous ai indûment donné des espérances, je vous prie de bien vouloir m'en excuser.

Alex Jenner fronça les sourcils.

— En effet, jeune homme, vous avez passé beaucoup de temps avec elle et nous pensions que vous aviez des intentions sérieuses.

— Je suis désolé.

— Eh bien, moi aussi. Vous auriez dû être plus avisé.

Il tourna les talons, la mine renfrognée.

Après cet épisode, ses rapports avec les Jenner, à l'exception de Harry, se limitèrent à de brèves salutations quand ils se croisaient sur le pont. Parfois, Patience lui lançait un regard mélancolique mais Mark tint bon. Au moins, il avait été honnête, il s'était comporté en gentleman. À dire vrai, la compagnie de Patience lui manquait terriblement.

Il se retrouva à passer du temps avec un homme d'un certain âge qui rentrait en Australie après avoir visité sa famille en Angleterre. Ce Walter parlait des mines d'or avec un enthousiasme intarissable. Elles pouvaient vous apporter la fortune, et d'ailleurs c'est comme ça qu'il avait pu se payer le voyage en Angleterre.

— J'ai dépensé presque tout ce que j'ai gagné, mais j'en ai sacrément bien profité et je suis certain que je pourrai encore trouver de l'or, malgré tout ce qu'on raconte sur ces nouveaux concasseurs qui devraient nous remplacer.

— Vous n'avez pas fait d'économies ?

— Non. À quoi bon ? Je n'ai pas de bonne femme pour m'embêter, et je n'ai pas envie de me ranger. La vie est courte, il faut en profiter. Voilà ma devise ! Et puis j'aime bien la vie de chercheur d'or. On se fait des bons copains, sur les gisements. Des types qui savent prendre du bon temps.

Mark n'avait jamais connu personne dans le genre de Walter. Dans sa famille, on ne se préoccupait pas beaucoup de prendre du bon temps. On travaillait dur, on épargnait, et on essayait de faire son chemin dans la vie.

Et voilà où ça l'avait conduit !

— Sans vouloir être indiscret, qu'est-ce que tu comptes faire une fois arrivé ? demanda Walter un soir, alors qu'ils approchaient de Melbourne. Je croyais que tu voulais ouvrir un petit restaurant, mais on dirait que tu as changé d'avis.

— Oui, en fait j'envisage d'aller sur les gisements aurifères avec les autres, voir un peu ce que ça donne.

— Ne fais pas ça !

— Et pourquoi pas ?

— Parce que ces types, ils n'y connaissent rien, ils ne sauront pas s'y prendre. Tu ferais mieux d'y aller avec un bonhomme comme moi, qui connaît toutes les ficelles du métier.

— Mais pour toi, quel intérêt ?

Walter le regarda d'un air amusé.

— J'ai besoin de fonds pour démarrer et toi, il te faut un associé qui sache se débrouiller. Si tu apportes les capitaux, je te montre tout ce que je sais. On partage ce qu'on trouve moitié-moitié.

— Et si je dis non ?

— Je trouverai un autre morveux dans ton genre. Mais je préférerais que ce soit toi. C'est à toi que j'ai pensé en premier parce que tu as quelque chose dans le ciboulot, dit-il, puis il pointa un index sur le biceps de Mark et éclata de rire. Mais il faut que tu te fasses du muscle, mon garçon. Tu te l'es coulée douce, jusqu'à présent, on dirait.

— J'ai vingt-cinq ans, protesta Mark, je ne suis plus un gamin.

— J'approche de la cinquantaine et pour moi tu es toujours un gamin, dit Walter, qui aspira une longue bouffée de sa pipe d'argile. Réfléchis, mon gars. Ce n'est pas la pire des solutions, loin de là.

Mark redoutait le jour où il faudrait descendre du bateau et se débrouiller dans un pays inconnu. Et l'idée de s'associer à quelqu'un qui connaissait le métier n'était pas dénuée de sens.

— Bon, d'accord. Pourquoi pas après tout ? Mais je veux être remboursé de l'argent que j'aurai investi dans l'équipement. Sans intérêt, je précise.

Walter fit la grimace et haussa les épaules.

— Dis donc, tu n'es pas qu'un peu radin, toi.

— C'est à prendre ou à laisser.

Mark n'était pas disposé à donner son argent durement gagné à un panier percé comme Walter. S'ils trouvaient de l'or, tout irait bien, mais dans le cas contraire c'était lui qui aurait pris tous les risques.

Walter lui assena une claque sur l'épaule.

— Entendu. De toute façon, ça n'a pas d'importance puisque nous allons gagner des mille et des cents. Tu verras. Je sens que je vais avoir de la veine, comme l'autre fois.

*

Quand M. Mullane lui annonça qu'elle pouvait prendre quelques heures, elle manifesta son étonnement.

— Mais Madame n'a rien dit.

— Oui, ma femme oublie que ses domestiques ont aussi une famille, et droit à un peu de repos. Je lui dirai. Tu peux aller voir ta mère.

— Merci beaucoup, monsieur.

Il la regarda s'éloigner. Elle était affreusement mal attifée, avec une robe sombre qui tombait comme un sac et des chaussures usées beaucoup trop grandes pour elle. Malgré tout, il y avait chez elle un je-ne-sais-quoi de très séduisant. C'était étrange, en général sa femme se gardait bien de prendre des domestiques jeunes ou jolies. Mais Keara Michaels s'était montrée si attentionnée avec Lavinia que celle-ci la voulait désormais auprès d'elle.

Et puis Lavinia prenait plaisir à former sa nouvelle recrue. Elles passaient des heures à faire et à refaire des chignons, à enfiler des robes. La jeune paysanne apprenait vite. Et sur le domaine, tout le monde pensait du bien d'elle sauf son père. La pauvre ! Inimaginable, qu'un père puisse parler avec mépris de sa propre fille.

Il avait entendu sa femme et Keara s'esclaffer. Il avait presque oublié le rire de Lavinia. Elle ne riait qu'en compagnie des commères malveillantes qu'elle appelait ses amies, jamais en sa présence.

Comme Keara mangeait mieux, son teint s'était éclairci, sa peau laiteuse avait pris un éclat rosé… Il secoua la tête, irrité contre lui-même. Qu'avait-il donc en tête ? Il ne couchait pas avec les femmes de chambre de son épouse, c'est un vilain oiseau que celui qui souille son nid. Peut-être pourrait-il se trouver une maîtresse ici, en Irlande. Un homme a des besoins, même un gentleman, contrairement à ce que pensait son épouse.

Gentleman ! Un mot piégé. Theo, lui, se sentait simplement homme. Il détestait les manières alors que sa femme n'était pas fichue de boire une tasse de thé si le rituel n'était pas accompli à la perfection, et gare à qui aurait disposé une petite cuillère de travers !

Keara, inconsciente des pensées inconvenantes que son patron nourrissait à son endroit, se dépêcha d'aller dire à la cuisinière qu'elle avait reçu quartier libre pour l'après-midi puis partit chez elle, heureuse de ne pas avoir croisé son père.

En chemin, elle pensa à la gentillesse de M. Mullane. Tout le monde avait droit à son sourire, même elle, la plus humble de ses servantes. Elle n'avait jamais imaginé qu'on puisse trouver sympathique un patron, un propriétaire terrien comme lui, mais ses domestiques l'aimaient bien. En plus, il était bel homme, toutes les filles étaient d'accord sur ce point. Toujours propre et tiré à quatre épingles. Son père sentait l'écurie en permanence mais M. Mullane, qui pourtant passait beaucoup de temps avec ses chevaux, laissait ses bottes crottées dans l'arrière-cuisine et enfilait des habits propres pour le dîner. Ces riches, ils n'arrêtaient pas de se changer.

Elle aussi était plus propre parce que la cuisinière mettait un point d'honneur à ce que les femmes de chambre se lavent tous les jours. Même Arla n'en demandait pas tant. Du coup, sa peau était plus lumineuse.

La cuisinière avait fait un paquet avec les reliefs du déjeuner et le lui avait donné pour sa famille. Keara était ravie de pouvoir apporter ces régals qui amélioraient grandement l'ordinaire. Elle sourit en pensant à tout ce qu'elle avait appris depuis qu'elle travaillait dans la grande maison. Avant, elle ne savait même pas ce qu'étaient les « à-côtés ». Theresa lui avait expliqué ce à quoi chaque domestique avait droit selon un protocole très strict. Tant qu'elle pouvait récupérer des restes, Keara se fichait bien de savoir ce dont bénéficiaient les autres.

Quand elle entra dans la chaumière, Mara accourut vers sa sœur les bras tendus. Keara posa son paquet par terre, elle prit l'enfant dans ses bras et la fit tourbillonner jusqu'à ce que la petite hurle de plaisir. Keara débordait d'amour pour Mara et Ismay. Quand elle reposa la gamine sur ses pieds, elle la serra un moment contre elle.

À l'autre bout de la pièce, Ismay les regardait, aussi réservée que d'habitude. Keara alla vers elle et l'embrassa brièvement parce que Ismay n'aimait pas les effusions, puis se précipita dans les bras tendus de sa mère, qui l'accueillait toujours avec un long câlin.

Pour la première fois, Keara fut sensible à l'odeur aigre qui se dégageait de leur corps et de toute la pièce. Elle s'en voulut de l'avoir remarquée.

— C'est drôlement bien de te voir, ma chérie. Ils t'ont donné ton après-midi ?

— Oui, M. Mullane m'a dit que je pouvais aller vous voir. Regarde ce que j'ai apporté. (Elle étala fièrement les reliefs sur la table.) Tu as intérêt à manger un morceau maintenant, m'man, avant qu'il ne rentre et n'engloutisse tout. Regarde, il y a un beau morceau de jambon. Prends-le. Et tu pourras utiliser le gras pour faire frire des patates, non ?

Betsy en eut presque les larmes aux yeux bien qu'elle eût peu d'appétit. Du jambon ! Elle n'en voyait pas tous les jours.

— Ma fille, tu ne devrais pas parler de ton père sur ce ton.

— C'est lui qui ne devrait pas prendre l'argent de mes gages pour le boire. (La cuisinière lui avait raconté que Mick avait payé la tournée à tous ses copains.) Il ne t'a pas donné un sou, pas vrai ?

— En effet, mais ce n'est pas la peine d'en faire une histoire, mon chou. Les hommes, ils font ce qu'ils veulent et tu ne changeras pas ton père en lui criant après. Il ne fera que s'entêter.

Keara remarqua une ecchymose sur la joue de sa mère et l'effleura avec douceur.

— Et cette fois, pourquoi est-ce qu'il t'a cognée ?

— Toujours la même raison, parce que je ne voulais pas qu'il…

Elle haussa les épaules sans terminer sa phrase. Le docteur avait beau avoir prévenu Mick qu'une autre grossesse risquait de tuer sa femme, il voulait quand même son corps de temps en temps. Même le père Cornelius l'avait réprimandé, mais quand il avait bu, rien n'y faisait.

— Il ne t'a pas… forcée ?

— Non, ma chérie, pas cette fois. Et la dernière fois, ça n'a pas eu de conséquences. Je crois que la Sainte Vierge veille sur moi, ajouta Betsy en posant une main sur son ventre plat.

Keara savait que son père avait imposé des rapports à sa mère plusieurs fois depuis son dernier accouchement, mais s'il la tuait à cause d'une nouvelle grossesse, elle ne lui adresserait plus jamais la parole. Parfois, elle souhaitait sa mort. Elle n'avait aucune envie de parler avec lui, ni ici ni à la grande maison. Et malgré toutes les pénitences que lui donnait le père Cornelius quand elle confessait ces méchantes pensées, elle n'arrêtait pas de se dire que la famille serait beaucoup moins malheureuse sans lui. Il y avait ses gages de domestiques, et Ismay, qui avait maintenant douze ans, était assez grande pour faire quelques menus travaux çà et là. Même Mara pouvait trouver à s'employer à l'occasion dans les champs, pour effaroucher les oiseaux ou arracher des mauvaises herbes.

Elle se laissa aller quelques instants à sa rêverie préférée, où elles vivaient toutes ensemble sans lui, quand elle sentit une petite main tirer la sienne.

— Est-ce qu'on peut aller se promener dans les bois ? S'il te plaît ? (Mara la regardait d'un air implorant.) Maman est toujours trop fatiguée, et il fait bon dehors.

Keara se tourna vers sa mère.

— C'est d'accord ? Juste une heure ou deux.

— Bien sûr, ma chérie. Ça lui fera du bien de sortir un peu. Pourvu qu'il ne pleuve pas.

— Ismay, tu veux venir avec nous ?

— Non. Arla m'a dit qu'elle aurait un peu de travail pour moi cet après-midi. Je l'aide beaucoup ces derniers temps parce qu'elle est souffrante, mais surtout n'en parle à personne. Il ne faut pas que papa sache que je suis souvent chez Arla. Il croit qu'elle me paie uniquement en nourriture, mais elle me donne quelques pennies et je les mets de côté. Ça pourrait servir un jour.

Étonnée de ces révélations, Keara contempla un instant sa sœur. Ismay était calme et soignée, comme d'habitude. Elle allait sur ses treize ans et grandissait à vue d'œil. Keara se retourna vers sa mère.

— Repose-toi bien pendant qu'on se promène !

— Oui, mon cœur, c'est ce que je vais faire.

Elle les accompagna jusqu'au bout du jardin, puis lança à l'improviste :

— N'oubliez pas de me rapporter mes trois sous de soleil !

— Tu dis toujours la même chose, répliqua Keara.

— C'est que j'aimerais bien que ce soit possible. Ça fait des lustres qu'on n'a pas eu une belle journée.

Elle les regarda s'éloigner sur le chemin. Keara était une grande belle jeune femme et on aurait facilement pris les deux sœurs pour une mère et sa fille. Le soleil perça entre les nuages. Betsy leva le visage pour mieux profiter de sa chaleur.

Elle ne rentra que lorsque le soleil eut de nouveau disparu. Elle avait les larmes aux yeux en regagnant la chaumière. Ce n'était pas une vie ! Elle avait bien saisi l'expression sur le visage de Keara. Elles vivaient presque comme des bêtes et c'était entièrement de la faute de Mick. Diarmid aurait pu leur trouver un cottage moins misérable mais le loyer aurait été plus élevé, et donc Mick avait décrété qu'ils étaient très bien comme ça, dans cette masure d'une seule pièce ! Avec ses filles qui demain seraient des femmes !

Au moins, elle avait réussi à conserver sa respectabilité. Ses filles étaient bien élevées, elles n'étaient ni des mendiantes ni des voleuses. Quant à Keara, Betsy savait qu'elle n'était pas dévergondée. Elle avait déjà parlé de ça avec sa fille, elle lui avait dit qu'elle devait rester pure. Elle ne voulait pas que ses filles commettent la même erreur qu'elle et passent leur vie à le regretter.

Elle s'étendit sur la paillasse qu'elle partageait avec Mick. Des images continuaient de défiler dans sa tête. Keara, surtout. Qu'est-ce qui l'attendait ? Déjà qu'il était difficile pour une jolie fille comme elle de rester convenable… Ce qu'elle voulait éviter à tout prix, c'était qu'elle épouse un gars dans le genre de Mick. Aucune de ses filles ne devait se retrouver à mener la même vie qu'elle. Elle pria la Sainte Vierge pour elles et se sentit un peu mieux. Dans un demi-sommeil apaisé, elle laissa ses pensées divaguer d'une fille à l'autre.

Ismay était la plus silencieuse, la moins démonstrative, mais il était clair que toutes les trois s'aimaient tendrement. Betsy était certaine qu'elles veilleraient les unes sur les autres si un malheur lui arrivait. Elle adorait les voir courir dans le jardin, avec leurs chevelures brunes et bouclées volant dans le vent et leurs yeux bleus pétillants de vivacité.

Au début, Mick aussi était comme ça. Il avait quand même réussi à partir du village, à trouver un emploi dans le Lancashire. Ce qui l'avait mis en rage, c'était d'être obligé de l'épouser et de revenir à Ballymullan. Elle avait été sotte de lui céder mais elle avait cru qu'il l'aimait. Ça avait détruit sa vie, beaucoup plus que celle de son mari même s'il prétendait le contraire. Malgré tout, quand elle pensait à ses filles, elle se disait que de ce côté-là, il n'y avait rien à regretter.

Mick avait vieilli, la calvitie le guettait. Son visage était bouffi et ses yeux injectés de sang. Son ivrognerie allait détruire toute la famille, elle le savait. Il était de plus en plus colérique, il la cognait, il battait ses enfants, et elle ne savait pas quoi faire. Parfois, elle était si épuisée qu'elle avait l'impression qu'elle n'avait plus de squelette pour la porter, et lui, comme si de rien n'était, attendait qu'elle fasse tout à la maison.

Elle savait que son corps était en train de la lâcher mais ne voulait pas mourir tant que ses filles ne seraient pas en mesure de se débrouiller sans elle. Keara était prête, mais pas Ismay et Mara. La pire hantise de Betsy, c'était que les deux petites finissent à l'hospice des pauvres. Même si mille fois le curé et les habitants du village lui avaient répété que ça ne pourrait pas arriver, pas sur le domaine de M. Mullane. Elle-même avait connu l'hospice dans son enfance et en gardait un souvenir horrible. Elle y avait été placée à la mort de sa mère et avait dû y rester jusqu'à son premier emploi de domestique à l'âge de douze ans.

Arrête de te dire des bêtises, pensa-t-elle. Tout cela, c'était du passé, et rien de tel n'allait arriver à ses filles. M. Mullane était un bon maître, contrairement à son père. Il n'avait pas chassé Moira quand son mari était mort. Il ne chasserait pas ses filles s'il lui arrivait quelque chose.

Elle n'avait plus sommeil. Elle se leva et alla grignoter quelques bouchées des restes apportés par Keara, pour se donner un peu de forces, mais n'eut même pas l'énergie d'aller se recoucher.

Quand les deux filles revinrent de leur promenade, elles trouvèrent leur mère endormie à la table, la tête dans les bras.

Keara mit un doigt sur sa bouche et fit signe à Mara de ressortir sans faire de bruit en lui donnant quelques friandises pour qu'elle ne proteste pas. Avant de partir, elle devait dire à sa mère de cacher de la nourriture, sinon son père allait tout engloutir. Il n'arrêtait pas de quémander des restes à la cuisinière, et en plus il dévorait tout ce qu'il trouvait chez lui. Une brute insatiable.

Elle-même avait faim après la promenade mais comme la nourriture était abondante à la grande maison, elle ne prit rien. Elle se contenta de regarder avec satisfaction Mara qui mangeait de bon cœur. Bientôt, la petite réveilla sa mère par ses éclats de rire joyeux et Keara vit qu'il était l'heure de partir. Elle se leva à regret, étreignit sa petite sœur et se tourna vers sa mère.

— Tu m'accompagnes au bout de l'allée, m'man ?

Elles sortirent d'un pas lent avec Mara qui gambadait devant elles.

— T'es un amour, ma fille, déclara Betsy en lui disant au revoir.

L'émotion faisait ressortir son accent du Lancashire.

— Toi aussi, t'es un amour de maman, répliqua Keara en imitant son accent.

— Et… tu restes pure, comme je t'ai dit ?

— Mais oui, tu le sais bien. Avec qui veux-tu que j'aille ? M. Mullane ?

L'idée qu'un gentleman comme lui puisse être intéressé par une fille comme elle la faisait rire.

— T'es une gentille fille.

— T'es une gentille maman.

Sa mère répondit par un éclat de rire qui la rendit presque jolie.

Travailler à la grande maison signifiait rester éloigner de sa mère et de ses sœurs, mais au moins elle pouvait aller les voir plusieurs fois par semaine. Et la cuisinière lui avait dit qu'une fois que les Mullane seraient retournés en Angleterre, elle aurait plus de temps libre. Keara plaignait les filles qui devaient quitter le village pour trouver du travail. Quant à elle, elle n'avait aucune envie de partir.

*

— Je pense que je vais ramener Keara dans le Lancashire avec moi, annonça Lavinia le soir même au dîner. Elle travaille bien, cette petite.

Le ton décidé de sa femme, autant que ce qu'elle disait, laissa Theo bouche bée, la fourchette suspendue en l'air.

— Je pense que ce n'est pas une bonne idée. Elle est très ignorante, c'est à peine si elle sait lire et écrire. Les autres domestiques lui mèneraient la vie dure.

— Elle ne travaillera pas avec les autres, elle sera seulement avec moi. Et je peux lui apprendre, non ?

— Lavinia, elle ne peut pas être votre femme de chambre. Elle est trop jeune, trop inexpérimentée. Il observa la coiffure de sa femme, moins empesée que d'habitude, et se dit que peut-être ce n'était pas si grave. Lavinia semblait plus heureuse qu'à l'accoutumée, elle était aussi plus jolie. Elle avait même perdu sa pâleur malsaine parce que Keara avait miraculeusement réussi à la convaincre de faire quelques pas, pour aller admirer un étang ou un massif en fleurs. Theo fronça les sourcils. Pouvait-on vraiment attribuer tous ces changements à l'influence d'une gamine de seize ans ?

Lavinia fit un geste d'impatience.

— Je serai contente de lui apprendre le métier, dit-elle, prenant un ton presque cajoleur auquel il n'était pas habitué car depuis longtemps, leurs échanges étaient pour le moins froids, sinon hostiles. S'il vous plaît, Theo, j'ai besoin de Keara. Elle me met de bonne humeur. Cela fait un temps fou que je ne me suis pas sentie aussi bien.

— Je vais y réfléchir.

Il décida de les observer quand elles seraient ensemble. Si vraiment Keara était la raison de la gaieté soudaine de Lavinia, alors il n'hésiterait pas à la ramener en Angleterre avec eux.

— Lui avez-vous demandé si elle souhaite quitter l'Irlande ?

— Lui demander ? Mais voyons, elle sera ravie de cette occasion d'améliorer sa condition.

— Ce n'est pas si sûr.

Theo savait par Diarmid à quel point Keara était dévouée à sa famille, et combien ses proches avaient besoin d'elle.

— Theo, elle ne peut pas refuser ! Theo, vous ne le permettrez pas, n'est-ce pas ?

Il fut étonné de la véhémence de sa femme, et heureux de constater qu'elle prenait à cœur la formation de la jeune servante. Elle négligeait la plupart de ses obligations de maîtresse de maison, tant ici que dans le Lancashire, et il avait quasiment renoncé à lui demander de s'occuper un peu de leurs gens.

— Bien entendu. Si je décide de la faire venir, je veillerai à ce qu'elle ne puisse pas refuser.

Bon, sa femme souhaitait ardemment quelque chose. Et lui, il voulait quelque chose d'elle. Si elle lui était reconnaissante, et plus épanouie, peut-être serait plus facile pour eux d'essayer d'avoir un enfant.

*

Keara fixa sa maîtresse d'un air atterré, incapable de dissimuler sa détresse.

— Partir en Angleterre avec vous ? Oh, je suis désolée, madame, mais c'est impossible pour moi. Impossible. Ma mère ne peut pas se débrouiller sans moi.

Lavinia était encore plus horrifiée qu'elle.

— Tu ne sais pas ce que tu dis, Keara. Pour toi, c'est une occasion unique d'améliorer ta condition. Et puis de toute façon... j'ai besoin de toi.

Sa voix vacilla et des larmes brillèrent dans ses yeux pâles.

Le ton de Keara s'adoucit quand elle tenta de convaincre sa maîtresse que ce n'était pas une bonne idée.

— Madame, quand vous serez dans votre belle maison en Angleterre, vous aurez besoin d'une femme de chambre qui s'y connaisse en robes, en chignons, et tout le reste. Vous le savez bien. Vous avez dû tout m'apprendre et je sais encore si peu de choses, seulement les coiffures les plus simples. Je suis sûre qu'ils se moqueraient de moi, en Angleterre.

— Eh bien moi je veillerai à ce qu'ils s'abstiennent.

Lavinia aimait beaucoup qu'on lui brosse longuement les cheveux.

— Vous êtes très bonne, madame, mais...

Après quelque hésitation, Keara parla plus en détail de ce qui se passait chez elle. Sa mère avait absolument besoin de sa présence.

Theo, dans la pièce voisine, écoutait sans vergogne la conversation. Il les avait bien observées depuis deux jours, et il était arrivé à la conclusion que c'était en effet grâce à cette fille que Lavinia était de meilleure humeur. Étonnant, que si jeune elle soit déjà si capable. Étonnant aussi que Lavinia prenne plaisir à la former. Une expression narquoise se peignit sur son visage. En fait, avec Keara, elle pouvait se sentir supérieure, ce qui n'était pas souvent le cas vu qu'elle n'était pas douée pour grand-chose. Ses prétendues amies en Angleterre la supportaient par habitude et parce qu'elles appartenaient au même monde.

Il continua d'écouter en silence et fut contrarié d'apprendre que Mick dépensait en boisson tous les gages de sa fille. Il n'avait pas pris la mesure du problème quand il avait décidé de remettre l'argent au père.

*

Le lendemain, alors qu'elle allait voir sa mère, elle entendit des pas derrière elle dans les bois et une voix qui l'interpellait.

— Attends !

Elle se retourna et eut la surprise de voir son maître marcher dans sa direction. Il était rare qu'il sorte autrement qu'à cheval.

— Monsieur !

Il s'approcha d'elle et la dévisagea. Elle se demanda si elle était dépeignée. Parfois, il la regardait longuement, et à d'autres moments il ne la voyait pas plus que si elle avait été un grain de poussière. Lui, par contre, on ne pouvait manquer de le remarquer.

— As-tu bien réfléchi à l'idée de venir avec nous dans le Lancashire ?

Elle secoua la tête, le cœur serré.

— Je suis désolée, monsieur, mais ce n'est pas possible.

— Et pourquoi ?

— Je vous l'ai dit, ma famille a besoin de moi.

— Ce dont ta famille a besoin, c'est de bonne nourriture. Si tu viens avec nous, elle en aura. Et un meilleur logement aussi.

Keara sentit les larmes lui monter aux yeux.

— Mais je ne veux pas les quitter, vraiment pas. Je suis désolée, monsieur, mais je ne changerai pas d'avis.

Elle allait reprendre sa marche mais il l'agrippa par le bras.

— Un moment. Il n'y a pas que ta volonté qui compte, Keara. Je veux que ma femme soit heureuse, et avec toi elle est plus heureuse qu'avec quiconque. Ta mère veut pouvoir donner un bon repas à tes sœurs tous les jours pour qu'elles puissent grandir vigoureuses et en bonne santé. N'est-ce pas ?

Elle le regardait, incapable d'articuler le moindre mot, sentant la force de cette main qui la retenait. Jusque-là, elle avait toujours considéré que M. Mullane était un homme bon, mais soudain elle sentait le pouvoir derrière l'affabilité. Elle frémit légèrement.

— Je ne te demande plus ton avis, Keara, reprit-il. C'est comme ça, tu viens avec nous en Angleterre, et tu vas continuer à faire ce qu'il faut pour que ma femme soit contente.

Voyant qu'elle allait répliquer, il ajouta :

— Si tu refuses, ton père perdra son emploi et ta famille sera expulsée de cette masure que vous appelez votre maison.

— Oh, monsieur, vous ne feriez pas ça ?

— Si, Keara. Quand je veux quelque chose, je fais ce qu'il faut pour l'obtenir. Si tu viens avec nous, ta famille aura un des cottages neufs, pour le même loyer.

Ce qu'il voulait le plus au monde, c'était un enfant de sa femme. Lisant la détermination dans son regard, Keara fléchit. Elle avait vu des oiseaux paralysés de peur entre les griffes d'un chat. Elle se sentait comme ça. Piégée. Elle ne pouvait plus bouger, elle était pétrifiée par la menace qu'il venait de faire peser sur sa famille. Elle sentit monter en elle, déjà, la nostalgie de ce qu'elle était sur le point de perdre.

Il la lâcha et recula d'un pas.

— Bon, fini de réfléchir ! Keara Michaels, tu viens avec nous en Angleterre, un point c'est tout.

Elle ne protesta plus, un léger gémissement resta coincé dans sa gorge.

Theo lutta contre la compassion qu'il éprouvait devant la douleur qui se lisait sur le visage de la jeune fille. Il n'allait pas expulser sa famille, jamais de la vie ! Mais il ne fallait pas qu'elle s'en doute.

— Quand tu rentreras, annonce à ma femme que tu as changé d'avis. Dis-lui que tu ne supportais pas l'idée de la quitter, même si je sais aussi bien que toi que tu agis par affection pour les tiens. C'est clair ?

Elle ne répondit pas, ses beaux yeux bleus pleins de larmes.

— Bon, heu… tu as compris ?

La détresse la rendait muette. Cela tuerait sa mère de perdre la maison et de se retrouver sur les routes, ou, pire encore, de retourner à l'asile des pauvres. La vie d'Ismay et de Mara serait détruite. Elle ne pouvait pas leur faire ça. Sans compter que sa mère serait évidemment très contente d'avoir un cottage moins délabré. Elle rêvait de respectabilité et faisait tout pour maintenir les apparences. Quand la cuisinière avait donné à Keara quelques vêtements usagés, Betsy avait été ravie. Elle les avait retouchés avec soin et les avait arborés fièrement à la messe le dimanche suivant, même si les chaussures lui blessaient les pieds et que la robe marron la faisait paraître encore plus pâle.

Keara lui lança un dernier regard, l'implorant silencieusement de revenir sur sa décision. L'espace d'un instant, elle crut lire de la honte dans les yeux, mais elle avait dû se tromper car il se contenta de demander d'un ton froid :

— Eh bien ?

— Je n'ai pas le choix, monsieur.

— Non, tu n'as pas le choix.

À sa grande surprise, il ajouta :

— Je suis désolé, mais on ne peut pas penser uniquement à soi, c'est la vie.

Keara ne répondit pas. Un jour, elle trouverait le moyen de fuir l'Angleterre et de revenir auprès de ses sœurs. Un jour, quand sa mère n'aurait plus besoin de ses gages.

Quand elle leva les yeux, elle perçut sur son visage une expression d'une tout autre nature, qui la mit mal à l'aise. Grands Dieux ! Il la regardait comme un homme regarde une femme. Sa mère aurait eu une attaque si elle avait vu ça.

Puis l'expression de son maître changea de nouveau, et elle se dit qu'elle avait rêvé. Évidemment ! Comment un beau gentleman comme lui aurait-il pu être attiré par une petite paysanne fruste comme elle ?

— Au revoir, Keara, lança-t-il abruptement en tournant les talons.

Elle le regarda s'éloigner. Elle avait beau lui en vouloir, elle ne pouvait s'empêcher d'admirer sa vitalité. En chemin, quelques larmes coulèrent sur son visage, qu'elle essuya du revers de la main. Elle regarda autour d'elle. Les arbres, les buissons au feuillage vert tendre, tout lui paraissait plus beau que jamais.

Et le Lancashire, comment était-ce ? Sûrement pas aussi beau que Ballymullan, avec ses hautes collines souvent coiffées de nuages. Elle connaissait par cœur chaque sentier, chaque arbre, chaque rocher. Les saisons défilèrent dans sa mémoire, les bois à l'automne, les champs de fleurs, la douceur de l'air les soirs d'été. Ses larmes reprirent de plus belle.

Comment pourrait-elle supporter de quitter l'Irlande ? Son pays faisait partie d'elle, autant que sa famille. Avant d'arriver, elle s'arrêta un instant pour reprendre contenance. Elle ne voulait pas inquiéter sa mère et devait faire semblant d'être ravie d'aller en Angleterre. Une chose était sûre, cependant : jamais elle ne pourrait faire semblant d'être contente de quitter sa famille. Jamais.

À sa grande déception, sa mère salua la nouvelle avec une explosion de joie. C'était la chance de sa vie, répétait-elle.

— Mais je dois vous quitter, protesta Keara.

— Et alors ? Tu serais partie un jour ou l'autre de toute façon, ma chérie. Les filles de ton âge ne restent pas chez leurs parents. Elles se marient ou vont travailler ailleurs. Elle regarda autour d'elle, laissant paraître pour la première fois le dégoût que son logement lui inspirait. Et si on nous installe dans un de ces nouveaux cottages, c'est la meilleure chose qui puisse arriver à tes sœurs. Tu as vu ce taudis ? Heureusement que tu le quittes ! Allez, ma fille, arrête de pleurnicher. Tu verras, tu te réjouiras d'avoir eu cette chance, et tu vas en tirer le meilleur parti. Ce que tu fais aidera toute la famille.

Mais quand sa fille fut repartie, Betsy poussa un gros soupir. Sa fille allait lui manquer affreusement. Comme si elle perdait à la fois une fille et sa meilleure amie. Elle éclata en sanglots, puis pressa un poing contre sa bouche. Elle ne devait pas pleurer. Pour Keara, elle n'aurait pas pu rêver mieux. Il fallait puiser son réconfort dans cette pensée.

*

Une fois rentrée à la grande maison, Keara annonça qu'elle avait changé d'avis, comme son patron le lui avait ordonné.

Mme Mullane la gratifia d'un sourire radieux.

— Oh Keara, comme je suis contente !

Elle remarqua l'air triste de la jeune fille et ajouta :

— Je sais que tu aimes beaucoup les tiens, mais au moins nous allons rester ensemble. De toute façon, on ne fait pas toujours ce qu'on veut dans la vie.

Elle chassa bien vite cette idée déplaisante et poursuivit :

— Tu dois juste faire de ton mieux. Et puis tu verras, je suis sûre que tu vas adorer Eastwood House. La maison est beaucoup plus belle qu'ici, beaucoup plus grande, et le domaine est tout près de la lande, c'est très joli. Monsieur m'a dit que ta mère est du Lancashire, elle a dû t'en parler.

Keara fit semblant d'être contente et encouragea sa maîtresse à lui décrire la maison avec tous ses conforts, mais l'Angleterre était un pays étranger qui ne signifiait rien pour elle.

Et déjà, elle commençait à avoir du mal à supporter Mme Mullane.

*

Un après-midi, le père Cornelius trouva Keara pleurant à chaudes larmes dans la petite église.

— Qu'est-ce qu'il y a, mon enfant ?

Elle répondit dans un hoquet :

— Je ne veux pas aller en Angleterre.

— Comment peux-tu dire une chose pareille ?

— C'est la vérité.

— Pense à ta famille. Pense à l'aide que tes gages vont apporter. Et on va les installer dans un des nouveaux cottages, grâce à toi.

— Mais c'est papa qui dépensera tout l'argent que je gagne pour se payer à boire. C'est injuste. Ma mère et mes sœurs continueront de ne pas avoir assez à manger.

Le curé réfléchit un moment. La jeune fille avait raison sur ce point, c'était proprement honteux.

— Et si je demandais à M. Mullane de verser tes gages à Arla ? En précisant que cet argent ne doit servir qu'à acheter de la nourriture ?

— Vous pourriez faire cela, mon père ?

— Mais oui. Je suis sûr que M. Mullane trouvera lui aussi que c'est une bonne idée. On te laissera un shilling ou deux parce que tu auras besoin d'un peu d'argent, mais le reste sera pour ta mère. Est-ce que tu te sens mieux, maintenant, mon enfant ?

— Oui, merci.

Elle devrait quand même se séparer de tout ce qu'elle connaissait et de tous les êtres qui lui étaient chers, mais la pensée que sa mère et ses sœurs mangeraient correctement lui était d'un grand réconfort.

— Tu sais, c'est une bonne chose pour toi aussi.

Il examina son visage, toujours joli malgré les pleurs, et ajouta une mise en garde :

— À condition que tu ne te laisses pas courtiser et que tu ne te retrouves pas mariée quand tu seras là-bas.

Keara laissa échapper un rire amer.

— Mariée ? Moi ? Je ne me marierai jamais, mon père. Jamais de la vie ! J'ai vu ce que le mariage fait aux femmes et je ne laisserai pas un homme détruire ma vie, ça c'est sûr !

Le prêtre laissa échapper un sourire dubitatif en la regardant s'éloigner, le dos courbé et la tête basse. Il en avait entendu, des protestations véhémentes de ce genre, mais presque toutes les filles finissaient par se marier. Et heureusement. Il fallait assurer la descendance.

Il pria le ciel que Keara ne se mette pas dans le pétrin en Angleterre, comme l'avaient fait son père et sa mère. Le péché mortel. Il fallait qu'il lui en touche deux mots avant son départ.

5

Avril-mai 1859

Quelques jours plus tard, Keara se rendit à la gare en calèche en compagnie de Dick, le valet de M. Mullane. Voyant qu'elle était en larmes, il la semonça :

— Le maître sera mécontent s'il te voit pleurer.

— Il n'avait qu'à pas m'obliger à quitter ma famille.

Il lui tendit un mouchoir.

— Allons, essuie tes yeux, lui dit-il, radouci. On sera de retour dans un mois ou deux, va. Tu ne seras pas partie pour toujours.

— Oui, monsieur Pearson.

— Appelle-moi Dick. Je n'aime pas les manières.

Elle battit des paupières et sourit. « Dick. » L'appeler ainsi la faisait se sentir plus adulte, plus importante.

Une fois à la gare de Sligo, Dick lui conseilla d'aller voir si Madame avait besoin de ses services.

— N'oublie pas qu'on te paye pour être aux petits soins pour elle.

Dick entretenait des rapports cordiaux avec le maître. Ils se connaissaient depuis qu'ils étaient enfants et Theo le traitait plutôt comme un ami. Ses fonctions de valet de chambre ne lui demandaient guère de travail, car Theo n'était pas du genre à faire des frais de toilette ou à se pomponner. Il ne portait pas ces grands favoris que tous les messieurs arboraient ces temps-ci, ni même la moustache. Trop de tracas, disait-il. Et quand, sur l'insistance de Lavinia, ils avaient essayé de le coiffer avec la raie au milieu depuis le front jusqu'à la nuque et de grosses touffes de cheveux de part et d'autre, Theo avait éclaté de rire. Au diable les dandies ! Il ne voulait pas ressembler à une figurine de mode.

Lavinia déplorait le manque de « style » de son mari, mais les autres femmes ne semblaient pas y trouver à redire, et les rares fois où il sortait dans le monde, Dick avait remarqué qu'elles lui tournaient autour.

Keara s'approcha de sa maîtresse, et avec une petite révérence lui demanda, d'une voix morne et sans entrain, si elle avait besoin de quelque chose.

M. Mullane la regarda en plissant les yeux, comme s'il avait deviné ce qu'elle ressentait. Mais Mme Mullane lui répondit avec un sourire suffisant :

— Pas pour l'instant, ma chère.

Tout en retournant auprès de Dick Pearson, Keara jetait des regards fascinés autour d'elle. Elle n'était jamais venue à Sligo et n'avait jamais pris le train. Arla lui avait expliqué à quoi ressemblait un chemin de fer, mais elle ne s'était pas attendue à voir ce monstre de métal qui venait d'entrer en gare en crachant bruyamment de la fumée. Voyant son air affolé, Pearson lui sourit.

— Tout va bien, la rassura-t-il. Ce n'est qu'un peu de vapeur. Comme lorsqu'on fait chauffer la bouilloire.

Le chef de gare se chargea lui-même d'accompagner les Mullane jusqu'à leur compartiment, et quand Keara voulut les suivre, Dick la tira en arrière.

— Nous, on voyage en deuxième classe. Viens, c'est par ici.

Elle déglutit avec force quand ils montèrent dans le wagon, s'efforçant de ravaler sa terreur, puis droite comme un i, attendit la suite des événements. Quand le train sursauta et bondit de quelques centimètres, elle poussa un couinement en s'agrippant au bord de la banquette. Puis il y eut un coup de sifflet et un gros nuage de vapeur enveloppa le convoi.

— Bon sang, fillette ! s'écria Dick. Les gens prennent le chemin de fer tous les jours.

Le train s'ébranla, le nuage de fumée se dissipa, et ils se mirent à rouler dans la campagne, à une telle vitesse que Keara se demanda comment la machine faisait pour ne pas dérailler.

Mais peu à peu le cliquètement régulier des boggies finit par l'apaiser.

— Je suis désolée, dit-elle soudain.

— Hein ? De quoi ? demanda Dick en relevant le nez de son livre.

— De m'être comportée comme une idiote ! À propos du train.

— N'y pense plus, lui dit-il en se replongeant dans sa lecture.

Faute de pouvoir faire la conversation, elle se perdit dans la contemplation du paysage. Quand le train fit une halte, Dick la conduisit jusqu'aux toilettes des dames. Voyant qu'elle hésitait à entrer, il la poussa à l'intérieur.

— Allons, vas-y, sans quoi tu ne pourras pas tenir jusqu'à Belfast.

Quand elle ressortit, il n'était plus là. Prise de panique, elle se dépêcha de regagner son wagon et y trouva Dick, toujours occupé à lire. Mais de quoi donc pouvait bien parler son livre ? Elle avait appris à lire, un peu, mais pas les mots trop longs ni les gros ouvrages comme celui-là. Quelle drôle d'idée de rester lire chez soi quand on pouvait sortir gambader dans la campagne !

Le voyage semblait ne jamais devoir finir. Elle n'était pas habituée à rester assise sans rien faire. Si elle avait eu de quoi s'occuper elle n'aurait pas ressassé des idées noires en songeant à sa mère et à ses sœurs.

*

Le ferry était tout aussi effrayant que le train, et quand le bateau leva l'ancre, elle se signa instinctivement.

— Arrête ! intima Mme Mullane avec humeur.

— Quoi donc, madame ?

— De te signer ainsi à tout bout de champ. Nous ne sommes pas catholiques et nos gens non plus. Ils vont se moquer de tes manies superstitieuses.

— Je... je vais essayer, madame, répondit-elle, bien que n'étant pas sûre d'y arriver, car elle le faisait machinalement.

— Bien, et maintenant, je vais aller m'étendre un peu. Viens. Je souffre du mal de mer et je risque d'avoir besoin de la cuvette.

Keara suivit sa maîtresse et la regarda s'allonger sur l'étroite couchette, tandis qu'elle-même dut se contenter d'une chaise raide et inconfortable. À travers le hublot, elle apercevait l'eau gris-vert de la mer d'Irlande, dont le mouvement montant et descendant lui donnait mal au cœur.

— La cuvette ! Vite ! hurla soudain Mme Mullane avant de vomir tripes et boyaux.

Elle régurgita à plusieurs reprises, mais refusa que Keara aille vider la bassine. Elle était terrorisée à l'idée que sa nouvelle femme de chambre puisse mettre ne serait-ce que le bout de son nez dehors après le terrible accident qui avait emporté Mary.

L'aube commençait à se lever quand ils débarquèrent à Liverpool, et sa maîtresse avait recouvré suffisamment de forces pour se plaindre de devoir se lever d'aussi bonne heure. Keara, qui n'avait pas fermé l'œil de la nuit, lançait des regards affolés autour d'elle. C'était encore pire que Sligo. Jamais elle n'avait vu autant de gens ! Mais qui étaient-ils ? D'où venaient-ils ? Et pourquoi n'étaient-ils pas chez eux à vaquer à leurs occupations domestiques ?

D'un claquement de doigts M. Mullane héla un fiacre pour son épouse, puis un autre pour Dick et Keara, tandis que lui-même s'occupait de superviser le déchargement des bagages.

— On sera à la maison avant midi, expliqua Dick lorsqu'ils eurent pris place à bord d'un autre train. Tu vas trouver Ellerdale très différent de Ballymullan.

— Oui, c'est ce que m'a dit ma mère.

— Oh, ça a beaucoup changé depuis que ta mère est partie. C'est devenu une vilaine ville crasseuse, mais tu ne la verras guère parce que Eastwood House se trouve à la campagne. Theo ne supporterait jamais de vivre en ville.

— Vous appelez le maître Theo ? demanda-t-elle en roulant de grands yeux.

— En privé, oui. On a fait les quatre cents coups ensemble quand on était gosses.

Il se cala sur la banquette et ferma les yeux en soupirant. Keara n'osa rien ajouter. Chaque minute qui passait l'éloignait un peu plus de sa famille. Elle songea qu'elle ne pourrait même pas s'enfuir si elle ne se plaisait pas en Angleterre, car elle n'avait pas de quoi payer le billet de retour jusqu'à Ballymullan. Et quand bien même elle aurait eu de quoi, elle n'aurait pas su comment faire.

Les calèches privées de M. Mullane les attendaient à la gare d'Ellerdale, et même celle des domestiques était propre et confortable. Keara observait, incrédule, les rangées de maisons grises qui montaient jusqu'en haut de la colline, et sur l'autre versant les grandes cheminées qui crachaient une fumée noire.

— Pourquoi est-ce que tout est si sale ? murmura-t-elle.

— C'est à cause des usines, expliqua Dick.

— Mais d'où vient toute cette fumée ?

— Des moteurs qui font tourner les machines, répondit-il sans donner plus d'explications.

La pauvre fille semblait épuisée et Mme Mullane n'allait pas se gêner pour la faire courir à droite et à gauche lorsqu'ils seraient arrivés.

Une demi-heure plus tard, la calèche du maître s'arrêta devant une grande et hideuse bâtisse de brique rouge, tandis que Keara et Dick étaient conduits sur l'arrière. Il la mena à l'office, la fit asseoir et lui dit d'attendre Mme Bertram.

Keara dut patienter un quart d'heure avant que la gouvernante ne la reçoive, l'air renfrogné.

— Reste debout, ici, lui dit-elle en retournant s'asseoir derrière son bureau. Quel âge as-tu ?

— Seize ans, madame.

— Madame Bertram.

— Oui, pardon, madame Bertram.

— On te donnerait plus.

Que répondre à cela ? se demanda Keara.

— J'aurai bientôt dix-sept ans, madame Bertram.

Elle ne comprenait pas pourquoi la gouvernante avait l'air si contrariée.

— Bien. Je ne sais pas comment tu t'y es prise pour t'attirer les faveurs de la maîtresse, mais sache que je ne me laisse pas aussi facilement charmer. Des femmes de chambre à Ellerdale, il y en a treize à la douzaine. Et elles filent doux, crois-moi. Ce n'est jamais bon d'être le toutou de la maîtresse, alors ne va surtout pas te monter la tête.

Keara resta silencieuse, réprimant une folle envie de riposter. Comme si elle était venue de son propre gré !

— Tu n'as pas une seule robe convenable, et Mme Mullane me dit que ta famille est trop pauvre pour t'en acheter une, si bien que nous allons devoir te la fournir nous-mêmes. Mais nous en reparlerons demain. Pour l'heure, Madame te réclame.

Elle ouvrit la porte et cria :

— Minnie, viens chercher Keara, la nouvelle femme de chambre de Mme Mullane, et emmène-la au premier.

Minnie resta bouche bée en voyant Keara et se tourna vers la gouvernante.

— Tu m'as entendue, Minnie ?

— Oui, madame Bertram. Désolée. Suis-moi, Keara, c'est par là.

Mme Mullane la reçut avec un :

— Ah, te voilà enfin. Ma pauvre tête me fait atrocement souffrir. J'ai besoin que tu me masses les tempes.

Keara réprima un soupir. Elle aussi était épuisée, mais elle réussit si bien à soulager sa maîtresse que Mme Mullane était tout sourire quand elle alla rejoindre son mari dans la salle à manger.

Restée seule dans la chambre, Keara entreprit de mettre de l'ordre. Sentant monter les larmes, elle se tança : Ah quoi bon pleurnicher ? Maintenant qu'elle était ici, elle allait devoir s'y faire.

Elle se perdit dans les escaliers quand elle voulut redescendre à l'office, et trouva tous les autres déjà en train de souper autour d'une longue table. Huit paires d'yeux la dévisagèrent. Elle sourit timidement, mais personne ne lui rendit son sourire.

— Tu es en retard, lui lança Mme Bertram qui présidait le dîner.

— Je vous prie de m'excuser. J'ai dû mettre de l'ordre dans les affaires de Mme Mullane.

— Minnie aurait dû monter te chercher.

La gouvernante foudroya l'intéressée du regard.

— Désolée, madame Bertram. J'ai oublié.

Keara voyait bien que Minnie n'était pas désolée du tout et elle se demanda s'il s'agissait vraiment d'un oubli.

— Bien, assieds-toi et dépêche-toi de souper, lui ordonna la gouvernante.

Keara prit une chaise vide et découvrit que quelqu'un lui avait réservé une assiette de nourriture. De la bonne nourriture, mais elle n'avait pas faim. Elle baissa la tête pour dire son bénédicité, puis se força à manger. Les visages qui l'observaient l'intimidaient. Elle sentit monter les larmes et les essuya subrepticement, mais Minnie avait tout vu et la dévisageait d'un regard plein de morgue.

Plus tard, Dick descendit à l'office et l'informa que Mme Mullane n'aurait plus besoin de ses services ce soir. Minnie et une autre fille échangèrent un regard en ricanant. On mena ensuite Keara jusqu'à la chambre commune, qu'elle allait devoir partager avec quatre autres domestiques, dans la soupente. Lorsqu'elle sortit sa chemise de nuit rapiécée, Minnie roula des yeux effarés et donna un coup de coude à sa voisine, qui gloussa et murmura quelque chose derrière sa main.

Keara se mit au lit en se demandant comment elle allait pouvoir vivre ici.

— Ne me dis pas que tu es encore en train de pleurnicher ? dit une voix dans le noir. Tu devrais être contente d'être ici. Il faudra que tu nous expliques comment faire pour s'attirer les faveurs de la maîtresse.

— Je ne suis pas venue ici de mon propre gré, si vous voulez tout savoir !

Minnie ricana.

— C'est ça, comme si on allait te croire ! Et de toute façon, tu ne resteras sûrement pas. Personne ne reste ici. Un jour viendra où tu t'en mordras les doigts.

Keara s'en mordait déjà les doigts, mais elle ne chercha pas à répondre. Elle sombra dans le sommeil et dormit à poings fermés jusqu'au lendemain matin, quand Minnie la secoua pour la réveiller.

*

Keara était désespérée. Les sept jours qui s'étaient écoulés depuis son arrivée étaient les pires qu'elle ait jamais vécus. Non seulement son pays et sa famille lui manquaient, mais les autres n'arrêtaient pas de se moquer d'elle.

Un jour, Minnie lui ordonna d'aller chercher « un seau de vapeur » à la buanderie. Manquant s'étrangler de rire, la lingère lui avoua que c'était une plaisanterie. Rouge de honte, Keara retourna vaquer à ses occupations.

Plus tard ce matin-là, elle commit une autre bévue dont Minnie ne se priva pas de se gausser pendant le repas de midi.

Tous rirent à gorge déployée aux dépens de Keara qui, furieuse, repoussa sa chaise si violemment qu'elle tomba à terre. Puis elle courut hors de la maison en hurlant comme une enfant. Sans réfléchir où elle allait, elle fonça tout droit vers les écuries. En voyant un homme arriver dans sa direction, elle bifurqua et détala en direction d'un bois. Elle voulait être seule. Elle se jeta dans l'herbe au bord d'un ruisseau et pleura toutes les larmes de son corps.

Un peu plus tard, quelqu'un lui toucha l'épaule. Pensant qu'il s'agissait d'une des domestiques, elle la repoussa en criant :

— Laisse-moi tranquille !

— Keara.

Elle ouvrit les paupières en sursautant. C'était le maître qui s'était accroupi à côté d'elle et lui tendait un mouchoir.

— Qu'est-ce qui ne va pas ?

Elle s'assit dans l'herbe sans cesser de sangloter.

Marmonnant quelque chose dans sa barbe, il s'agenouilla et l'attira entre ses bras, puis attendit que ses larmes se tarissent. Quand elle se fut calmée, il lui demanda :

— Que s'est-il passé, Keara ?

Elle le regarda sans rien dire.

— Laisse-moi deviner, dit-il en s'asseyant à côté d'elle. Les autres t'ont tourmentée ? Dis-moi qui est la meneuse et j'y mettrai bon ordre.

Elle savait que si elle le lui disait, elle ne ferait qu'aggraver les choses. Elle n'était pas stupide.

— Personne en particulier, murmura-t-elle en évitant son regard. C'est… c'est moi, qui n'arrête pas de faire des bêtises.

Il y eut un silence, puis il lui tapota l'épaule et dit :

— Je comprends que tu ne veuilles dénoncer personne. Mais il faut que cela cesse.

Keara était trop précieuse à son épouse. Il se remit debout et l'aida à se relever.

L'espace d'un instant ils se regardèrent l'un l'autre, puis il marmonna quelque chose et se recula. Elle s'essuya les yeux et lorsqu'elle voulut lui rendre son mouchoir, il dit dans un sourire :

— Tu n'auras qu'à le laisser à la buanderie.

— Je vous prie de m'excuser, monsieur.

— Ce n'est rien. Et maintenant rentre et lave-toi la figure. Je vais dire deux mots à Mme Bertram.

Voyant qu'elle boitillait, il la rappela :

— Eh, tu as mal aux pieds ?

— J'ai des ampoules, monsieur.

— Montre-moi ça.

Elle releva le bas de sa jupe, révélant l'arrière de sa cheville.

— Et l'autre aussi ? Tu dois souffrir le martyre !

— C'est que mes souliers sont trop grands et que je n'en ai pas d'autres.

— Tu aurais dû le dire et nous t'en aurions fait faire sur mesure. Pauvre Keara, je n'aime pas que les gens soient malheureux sous mon toit.

Ses paroles lui firent chaud au cœur. C'était un homme bon, et les autres avaient beau dire que c'était un cavaleur qui recevait des maîtresses dans une fermette quelque part sur le domaine, elle ne les croyait pas.

C'est étrange, songea-t-elle, tandis qu'elle regagnait la maison à contrecœur. Il dit ne pas aimer voir les gens malheureux alors que sa propre épouse est la personne la plus misérable qui soit.

Et il ne laissait jamais Mme Mullane tranquille le soir, exactement comme son père avec sa mère.

Keara en vint à se dire que tous les hommes étaient taillés dans la même étoffe, et que les aristocrates n'étaient pas différents des autres.

Le lendemain, Minnie l'intercepta dans l'escalier et lui murmura :

— Merci de ne pas m'avoir dénoncée pour les blagues.

Les blagues ? C'était bien plus que des blagues ! Mais réalisant que c'était une tentative de réconciliation, Keara haussa les épaules et déclara :

— Je ne ferais jamais une chose pareille.

— C'est donc vrai que tu ne voulais pas venir ici ?

Keara sentit les larmes lui monter aux yeux. Craignant d'éclater en sanglots, elle répondit par un hochement de tête.

— Moi, je tuerais père et mère pour être femme de chambre, reconnut Minnie.

— Moi, je ferais n'importe quoi pour pouvoir rentrer chez moi.

— Drôle de monde, hein ? Elle tapota le bras de Keara. Allez, t'en fais pas. Tout ira bien maintenant.

Keara soupira et s'essuya les yeux. Quand bien même les choses s'arrangeraient, elle ne verrait pas sa famille pour autant.

*

Mark Gibson observait les côtes de l'Australie tandis que le paquebot entrait dans le port de Phillip Bay. Le rivage semblait plat et boueux, et la végétation était d'un vert morne et triste. Il s'était attendu à trouver un soleil éclatant et une végétation luxuriante, avec une ville majestueuse scintillant tel un joyau sur le rivage. À la place, il tombait du crachin qui ajoutait une touche grise au paysage.

— Pas vraiment ce à quoi je m'attendais, confia-t-il à Harry.

— Non. Ça m'a plutôt l'air d'un endroit misérable, et ce sera encore pire quand je retournerai vivre avec *lui*.

— Ton père ?

Harry hocha la tête.

— Il ne nous laisse pas un moment de répit. Avec lui, il faut prier, prier, prier. Si seulement je pouvais partir chercher de l'or avec toi.

— Il faut de l'argent pour pouvoir acheter une concession.

— Je me débrouillerai pour en trouver. Tout plutôt que de retourner vivre chez mon père.

Mark ne fit pas de commentaire, mais il ne put s'empêcher de penser à son propre père et combien il lui manquait.

Walter Hudson vint se joindre à eux devant le bastingage.

— Il y a beaucoup plus de maisons que la dernière fois que je suis venu. Cette ville commence à prendre tournure, dites donc.

Pour Mark, ça n'avait rien d'une belle ville. Vues d'ici, toutes les maisons semblaient ratatinées et laides, et la terre autour, ingrate, avec seulement quelques buissons épineux et des arbres au tronc tordu par le vent. Il sentit son moral sombrer. Pourquoi était-il parti aussi loin sur un coup de tête ? Il aurait pu aller à Londres et repartir de zéro là-bas. Ils lui manquaient tous tellement, surtout Luke.

À supposer qu'il ne les revoie plus jamais ?

Sur sa gauche, à quelques pas, se tenait la famille Jenner. Patience releva la tête. Il y avait de la tristesse dans ses yeux. M. Jenner le fusilla du regard et fit signe à son fils de les rejoindre. Avec un soupir, Harry laissa ses amis et alla se poster sans rien dire à côté de son père.

Une fois le bateau au mouillage, ils durent attendre que tous les bagages soient jetés au petit bonheur sur le quai, pour pouvoir débarquer à leur tour.

Avec un sourire narquois, Walter dit à Mark.

— Garde bien tes affaires à l'œil. Ça va être la ruée.

Trois heures plus tard ils récupérèrent leurs bagages, et Walter se débrouilla pour leur trouver une carriole.

Mark était content que Walter sache s'orienter, parce que la ville était beaucoup plus étendue qu'il ne se l'était imaginé. Il y avait çà et là quelques beaux immeubles modernes, mais la chaussée était boueuse et il commençait à comprendre pourquoi tous les gens ici portaient des bottes.

Ils passèrent devant un cabaret dont les portes étaient grandes ouvertes. Des couples dansaient à l'intérieur. Deux hommes sortirent en titubant, des femmes vêtues de couleurs criardes aux bras.

— Les veinards, dit Walter. Chez Barlow, ce ne sont pas les filles obligeantes qui manquent. J'y suis resté deux jours entiers une fois. Pour faire la bringue, soupira-t-il. Ça te dirait d'aller boire un coup ?

— Non. Je suis fatigué et puis il faut qu'on trouve à se loger.

— C'est vrai.

Mark voyait bien qu'il était déçu, mais tant pis. S'ils avaient la chance de trouver de l'or, il n'était pas question qu'il dépense son argent en filles ou en boisson. Pouvait-on réellement faire fortune rien qu'en creusant la roche ? Si ce n'était pas le cas – car quoi que puisse en dire Walter, il doutait qu'ils puissent déterrer des pépites rien qu'en se baissant – il reviendrait à Melbourne et chercherait du travail. Après tout, il avait appris un métier quand il était au Lancashire, et devrait être capable de gagner sa croûte ici, en Australie. Car il fallait bien se nourrir où qu'on soit sur terre.

*

Debout à côté de sa malle, Patience regarda la grande silhouette de Mark Gibson disparaître au loin. Elle soupira. Son père disait que c'était la volonté de Dieu si Mark n'avait pas voulu l'épouser. Mais sa mère, plutôt placide d'ordinaire, avait perdu patience, déclarant qu'elle aurait dû faire plus d'efforts pour l'attirer dans ses filets. Sauf que Patience n'avait pas la moindre idée de comment s'y prendre. Elle savait juste qu'elle appréciait la compagnie de Mark plus que tout au monde.

Harry aussi le trouvait sympathique, même si Mark était un peu trop sobre à son goût, et pas suffisamment enclin à s'amuser. Apparemment, Harry n'avait pas boudé son plaisir en l'absence de leur père, et maintenant, c'était la guerre entre eux. Quand Harry lui avait dit qu'il voulait partir chercher de l'or, leur père était sorti de ses gonds, déclarant que la cupidité était la cause de tous les maux.

Patience avait hâte que ses parents aient fini de rassembler tous les bagages, hâte qu'ils aient une maison et que la vie reprenne son cours normal. Elle n'avait pas aimé voyager dans le quartier des demoiselles. Les filles de son âge passaient leur temps à cancaner et à rire. La moitié d'entre elles faisaient le voyage jusqu'en Australie pour se trouver un mari, tandis que les autres, comme elle, y venaient parce qu'elles y étaient forcées par leurs parents.

Ils avaient cru comprendre que leur oncle serait là pour les accueillir, mais ne le voyant pas arriver, Alex Jenner commençait à s'agiter.

Pour finir, un homme s'approcha et lui demanda s'il était M. Jenner.

— Oui. Vous avez un message de la part de mon frère ?

— Euh, non. De la part de son épouse. Je suis au regret de vous informer que votre frère est mort brutalement il y a trois mois. Pamela m'envoie vous dire que vous allez devoir vous débrouiller seuls, mais que vous pouvez séjourner quelques jours chez elle jusqu'à ce que vous ayez trouvé à vous loger.

La mère de Patience fondit en larmes. Harry fourra ses mains dans ses poches, l'air maussade. Pour une fois, son père semblait réduit à quia.

Leur beau rêve était en train de voler en éclats. Leur oncle leur avait tellement chanté les louanges de l'Australie, une terre de promesse pour un honnête homme qui n'avait pas peur de retrousser ses manches, qu'Alex, dont l'épicerie n'avait jamais prospéré, avait décidé de venir le rejoindre. Et voilà qu'ils allaient devoir se débrouiller seuls dans ce pays inconnu. Et tout cela parce que la tante Pamela était une indolente qui allait se reposer sur eux au lieu de les aider à prendre leurs marques.

Tout allait de travers.

Il leur fallut des heures avant de réunir tous leurs bagages et de trouver une voiture, et quand ils arrivèrent chez la tante Pamela ils avaient l'estomac dans les talons.

La maison leur parut toute petite.

— Entrez, entrez, leur dit Pamela avec un sourire gêné. Vous devez être épuisés. Je vous ai fait préparer des lits, mais je crains que vous ne deviez tous dormir dans la même chambre et laisser vos malles dans la réserve, car il n'y a guère de place à l'étage. J'imagine que tout votre linge est sale et que vous allez avoir besoin de faire une bonne lessive.

Cette pensée semblait la contrarier, bien que la chose allât de soi après un aussi long voyage.

Lorsqu'ils redescendirent, le père de Patience dit :

— Je suis très peiné que le Seigneur ait choisi de rappeler votre époux à lui, ma sœur. J'espère que les gens de la paroisse vous ont soutenue dans votre malheur.

— Hum, à vrai dire, je n'ai pas fait appel à eux. Mais entrez et asseyez-vous. J'ai quelque chose à vous dire. Venez dans le petit salon.

La tante semblait très mal à l'aise, et Patience s'étonna qu'elle ne leur ait pas encore proposé de rafraîchissements.

Un homme se trouvait déjà dans le salon. Vêtu de ce qui ressemblait à des habits du dimanche, il semblait tout aussi embarrassé qu'elle.

— Je vous présente Ralph. Sa boutique était… *est* à côté de la nôtre et, euh, lui et moi nous sommes mariés. Il a perdu son épouse l'année dernière et il fallait bien s'entraider.

La mère de Patience eut un haut-le-corps. Elle se tourna vers son mari, qu'elle savait être en toute occasion de bon conseil. Harry, quant à lui, regardait par la fenêtre comme s'il ne faisait pas vraiment partie de la famille.

Une minute ou deux s'écoulèrent avant que leur père ne se décide à parler.

— Les coutumes sont donc à ce point différentes en Australie, que les gens ne prennent pas le temps de porter le deuil avant de se remarier ? demanda-t-il d'une voix mal assurée.

— Pour moi, elles le sont, dit tante Pamela en se rapprochant de son nouvel époux.

— Votre frère avait commencé à se comporter bizarrement avant de mourir, lança Ralph de but en blanc. Il n'avait plus toute sa tête et semblait… désorienté. Au point que nous avons été obligés de l'attacher une ou deux fois. Sa disparition a été un soulagement pour cette pauvre Pamela.

— Et puis j'avais besoin de quelqu'un pour prendre soin de moi et m'aider avec la boutique, ajouta-t-elle. Je n'étais même pas au courant de votre venue en Australie. Il ne m'en avait rien dit. Il était devenu cachottier sur la fin. Certains jours il se comportait à peu près normalement, mais d'autres il était… bizarre. Quand j'ai trouvé vos lettres en rangeant ses tiroirs, il était déjà trop tard pour vous prévenir. C'est pourquoi plus rien ne se passera comme prévu. Il n'y a pas de travail pour vous à la boutique. Ce sont les frères de Ralph qui s'en occupent.

Le front du père de Patience se plissa.

— Les mots me manquent, dit-il. Les voies du Seigneur sont parfois mystérieuses, et hors d'atteinte pour nous, pauvres mortels. Mais c'est un lourd fardeau à porter et nous allons devoir implorer le Seigneur pour qu'Il nous montre la voie.

Pamela échangea un regard avec son nouvel époux, comme si tous deux semblaient douter de l'efficacité des prières.

— Nous avons envoyé les enfants chez des amis, pour que vous puissiez avoir où dormir pendant une semaine ou deux. Nous allons faire tout notre possible pour vous aider, mais en réalité tout repose sur votre capacité à trouver du travail, votre fils et vous, et à refaire votre vie ici. L'Australie est très différente de l'Angleterre. Certains parviennent à s'y faire une place, d'autres pas.

Le ton de sa voix laissait entendre que leur tante les rangeait dans la deuxième catégorie. Patience songea que son père avait tout fait pour venir jusqu'ici, mais qu'il s'attendait à travailler dans la boutique de son frère, qui lui avait chanté les louanges de la paroisse et des gentils membres de la congrégation.

Comme si la même pensée lui avait traversé l'esprit, Alex Jenner demanda :

— Et dans la paroisse ? Il n'y a personne qui puisse nous aider ?

— Il n'y a pas de paroisse. Tout était dans sa tête. Il n'allait même plus à l'office vers la fin.

Même Alex Jenner n'avait pas de réponse à cela. Il était d'humeur si sombre que ce fut un soulagement quand ils montèrent se coucher. Étendue dans l'obscurité, à côté de sa mère, Patience entendait son père se tourner et se retourner nerveusement sur son matelas jeté à même le plancher. Harry et lui allaient certainement trouver du travail, tandis que sa mère s'occuperait de la maison, comme d'habitude. Mais pourquoi Patience ne chercherait-elle pas à se faire embaucher, elle aussi, maintenant qu'elle avait repris des forces ?

Mais oui, bien sûr. Ils allaient bientôt reprendre les choses en main. Ils n'avaient pas fait tout ce chemin pour rien.

6

Juin-août 1869

Ils étaient rentrés dans le Lancashire depuis à peine trois mois que M. Mullane commença à montrer des signes d'impatience et toute la maisonnée en fut affectée.

— Il devient grincheux. Il va bientôt vouloir la traîner en Irlande, expliqua Minnie. Et évidemment elle va faire une de ces scènes… Je n'aimerais pas être à ta place.

— Qu'est-ce que tu racontes ? Madame ne m'a rien dit à ce sujet.

— Si ça ne tenait qu'à elle, ils n'iraient jamais. C'est lui qui adore être sur ses terres. Et il aime ses chevaux beaucoup plus qu'elle, ça c'est sûr. Pourtant, il n'y reste jamais longtemps. On pourrait croire qu'avec tout l'argent qu'il a, il serait content, mais il a toujours l'air insatisfait. Elle aussi, d'ailleurs… Moi, à leur place, je serais comme un coq en pâte.

Deux jours plus tard, Mme Mullane, en larmes, lui annonça qu'ils repartaient en l'Irlande pour quelque temps. Keara ne put s'empêcher de battre des mains en lançant un grand sourire à sa maîtresse, auquel celle-ci répondit par un regard hargneux

— Évidemment, tu es contente, tu vas retourner chez toi. Mais cet endroit n'est pas chez moi et ne le sera jamais.

Elle continua de se lamenter tant et plus. Keara l'aurait volontiers secouée comme un prunier pour la calmer. Au début, elle pensait que sa maîtresse était traitée injustement, mais elle avait fini par se rendre à l'évidence. Son maître avait épousé une femme indolente et stupide, qui pouvait en outre se montrer désagréable même quand on faisait son possible pour la satisfaire.

Un peu plus tard, M. Mullane l'arrêta dans le couloir.

— Tu as l'air bien gaie !

— Oui, j'ai hâte de revoir ma famille.

Pour elle, c'était ce qu'il y avait de plus important au monde. De loin.

*

Quand ils arrivèrent à Ballymullan, Keara aperçut son père dans l'enclos et l'appela d'un ton joyeux, mais Mick lui jeta un regard renfrogné et s'éloigna. Qu'il la rejette ainsi lui donna envie de pleurer.

La cuisinière était aux fourneaux.

— Bonjour, Keara.

Puis, remarquant l'expression sur le visage de la jeune fille, elle demanda :

— Qu'est-ce qui ne va pas ?

— C'est papa, il ne m'a même pas adressé la parole, il s'est éloigné.

— Ah ça, ce n'est pas de ta faute, ma fille. Mick a de plus en plus mauvais caractère. Il n'y plus que les chevaux qui l'intéressent… et la gnôle.

Keara avait oublié l'attitude amicale et détendue des domestiques à Ballymullan.

— Il boit toujours autant ?

— De plus en plus ! Et maintenant il y a des gars qui distillent eux-mêmes du tord-boyaux. Un de ces jours, ils vont se faire prendre, moi je te le dis.

Le lendemain après-midi, Mme Mullane lui lança en soupirant :

— Tu ne seras bonne à rien tant que tu n'auras pas vu ta famille. Allez, je te donne deux heures.

Keara courut au village dès qu'elle eut fini de ranger la chambre de sa maîtresse. Elle ne s'arrêta pas en chemin, faisant juste un signe de la main aux connaissances qu'elle croisait. Par réflexe, elle allait prendre le chemin qui conduisait à leur ancien logement mais on lui cria que sa famille avait déménagé dans un des nouveaux cottages et elle repartit vers la grand-rue. Devant les quatre chaumières neuves, elle se rendit compte qu'elle ne savait même pas laquelle était la bonne et se sentit comme une étrangère. Une femme sortit et lui indiqua que c'était la dernière.

Il faisait beau, la porte était grande ouverte. Apercevant sa mère qui cuisinait en chantonnant, Keara resta quelques instants sur le seuil, les larmes aux yeux. Puis elle s'annonça.

— M'man, je suis rentrée.

Betsy poussa un cri de joie, lâcha son couteau et prit sa fille dans ses bras. Elle s'extasia sur sa bonne mine, puis appela la benjamine.

— Mara, ma chérie, ta sœur est là !

Un autre cri retentit et la petite déboula dans la cuisine. Keara la souleva, l'embrassa et la fit tournoyer comme elle l'avait toujours fait. Elle la reposa et lui dit d'un ton enjoué qu'elle avait pris du poids. La gamine hocha gravement la tête.

— Maintenant, on a plein à manger.

Keara se tourna vers sa mère.

— C'est joli ici. Il y a trois pièces ?

— Oui, répondit Betsy fièrement. Viens, je vais te montrer.

Elle lui fit voir les deux chambres avec les quelques meubles que Diarmid leur avait donnés.

Keara était ravie pour sa mère mais se rendait compte à quel point elle-même dépendait désormais des Mullane.

Elle s'assit sur un tabouret, Mara collée contre elle. Elle ne savait pas trop quoi dire.

— Tu as l'air en forme, m'man.

— Je mange bien. Nous allons beaucoup mieux toutes les trois, et c'est grâce à toi, ma chérie. Regarde les joues roses de Mara. Et Ismay a grandi au moins d'un pouce, tu verras.

— J'ai croisé papa mais… il s'est détourné. Elle ravala ses larmes à grand-peine.

— C'est pas Dieu possible ! Il est en colère contre toi, ma chérie, parce qu'il ne reçoit plus tes gages. Arla ne lui donne pas un sou, et moi, maintenant, je ne me laisse plus faire. Il est vraiment en rogne, ajouta Betsy en soupirant.

Keara réussit à esquisser un faible sourire. En fait, elle aurait voulu entendre qu'on ne pouvait pas se passer d'elle, qu'elle leur manquait trop. Naïvement, elle avait presque espéré que sa mère l'implore de rester.

— En tout cas, je suis contente que vous habitiez ici.

— Dis donc, tu commences à parler avec l'accent anglais, plaisanta sa mère.

— Là-bas, il faut parler comme eux, sinon ils se moquent de toi. Au fait, où est Ismay ?

— Elle aide Arla ce matin. Arla l'emploie régulièrement. C'est la bonté même, cette femme.

Keara bavarda encore un peu avec sa mère puis sortit se promener avec Mara. Ça, au moins, ça n'avait pas changé, sa petite sœur agrippait toujours sa main en lui racontant tous ses secrets d'enfant.

— La nouvelle robe de m'man, elle vient d'où ?

— De la grande maison. Mme O'Neal nous a envoyé des habits. Il y avait une jolie robe bleue pour maman et papa a essayé de la vendre, mais Mme O'Neal s'est fâchée et il l'a rendue. Maman la porte le dimanche à la messe. Elle reste assise sans bouger, et parfois elle regarde sa robe en souriant.

Tandis qu'elle rentrait vers la grande maison, Keara se rendit compte qu'elle n'était plus chez elle avec les siens. Elle n'était plus chez elle nulle part. Ce retour n'avait résolu aucun problème, il lui avait juste permis de comprendre que désormais, elle n'avait d'autre choix que de travailler comme femme de chambre pour Mme Mullane.

*

Theo sortit pour voir les nouveaux poulains avec Diarmid. Il était enchanté d'être de retour. La demeure du Lancashire, avec son protocole rigide, lui sortait par les yeux. Il ne se sentait chez lui qu'à Ballymullan, où il pouvait débarquer dans la cuisine à l'improviste et cajoler la cuisinière pour qu'elle lui donne un morceau à grignoter. Ou se promener dans le jardin avec Diarmid en bavardant de tout et de n'importe quoi. Même avec Dick, il se sentait parfaitement à l'aise.

— Est-ce que ça se passe bien avec Keara ? demanda Diarmid à brûle-pourpoint.

— Oui. J'avoue que ça m'étonne. Ma femme est beaucoup plus gaie depuis qu'elle travaille pour nous.

— Keara, c'est une gentille fille.

— Plutôt une femme, maintenant, rétorqua Theo d'un ton brusque. Elle a pris des formes depuis qu'elle mange correctement.

Diarmid lui lança un regard en coin.

— Ne me dites pas que vous avez…

— Tu sais que je ne fricote pas avec mes domestiques, même si je dois avouer que j'ai été tenté. Cette tignasse bouclée donnerait des idées à n'importe quel homme. Et elle a les plus beaux yeux du monde.

Ces commentaires enthousiastes ne manquèrent pas de préoccuper quelque peu Diarmid. Mais il y avait une ligne à ne pas franchir avec Theo, et il changea de sujet.

*

Ils étaient arrivés depuis une quinzaine de jours lorsque Theo annonça à sa femme que, cette fois, il souhaitait passer plusieurs mois à Ballymullan. Elle fondit en larmes et l'implora de la laisser retourner seule dans le Lancashire.

— Vous pourrez rentrer dès que vous porterez notre enfant. Pas avant.

Ces propos déclenchèrent une crise d'hystérie qui se répercuta dans toute la demeure. Theo, que ce tintamarre exaspérait, sonna Keara pour qu'elle s'occupe de sa femme.

— Use de ta magie, ma fille. Tu dois convaincre Madame qu'elle ne va pas mourir si elle reste un peu plus longtemps en Irlande.

Puis, sous le regard médusé de Keara, il sortit en claquant la porte. Sans réfléchir, celle-ci se précipita vers Lavinia, la prit dans ses bras et commença à la bercer comme un bébé. C'était la meilleure façon de la calmer. Keara se demanda si sa maîtresse avait jamais eu droit à un câlin. Sa mère à elle l'avait toujours câlinée, et ça lui manquait.

Une heure plus tard, elle sortit de la chambre sur la pointe des pieds et alla trouver Dick.

— Madame ne descendra pas pour le dîner. Tu veux bien prévenir Monsieur, s'il te plaît ? Et pourrais-tu demander à la cuisinière de faire monter un plateau avec quelque chose à grignoter ? Elle n'a pas faim, mais moi, si !

Elle regagna la chambre de Lavinia. Celle-ci dormait à poings fermés. Au bout de quelques minutes, elle entendit qu'on entrait dans la chambre et chuchota sans même se retourner :

— Pose ça sur la table, merci.

— Poser quoi sur la table ?

Keara sursauta et se leva d'un bond.

— Pardon, monsieur, je ne savais pas que c'était vous.

Lavinia marmonna vaguement et se blottit contre l'oreiller.

— Il t'a fallu combien de temps pour la calmer, cette fois ? demanda-t-il à voix basse.

— Plus d'une heure.

— Est-ce qu'elle est en état de me recevoir cette nuit ?

Keara sentit ses joues s'enflammer. Lui poser cette question, à elle !

— Eh bien, réponds ! insista Theo.

Visiblement, son embarras l'amusait. Alors, elle releva la tête et le regarda droit dans les yeux.

— Je pense qu'il vaudrait peut-être mieux la laisser se reposer cette nuit, monsieur.

— Elle passe sa vie à se reposer. Mais bon, je n'insiste pas pour ce soir. Essaye de la faire sortir un peu, à partir de demain.

Keara hocha la tête. Une fois son mari sorti, Mme Mullane se tourna sur le dos et lança :

— Merci, Keara. Mon mari est un monstre.

— C'est juste un homme. Ils sont tous pareils, ils ne pensent qu'à ça.

— Qu'est-ce que tu racontes ?

— C'est comme ça, madame.

— Qu'est-ce que tu en sais ? rétorqua Lavinia, les sourcils froncés.

— Dans notre ancien cottage, il n'y avait qu'une seule pièce. J'étais aux premières loges. Mon père a beau avoir déjà plusieurs enfants, rien n'y fait. Il faut qu'il ait sa dose, pour le plaisir. Et j'ai entendu beaucoup de femmes parler de leur homme, c'est toujours la même chose.

Sa maîtresse l'écoutait avec des yeux ronds.

— Eh bien si c'est comme ça, je ne veux pas d'enfants ! Je déteste ça. C'est horrible !

Keara sentit qu'elle était au bord de l'hystérie mais se dit qu'il valait mieux lui parler franchement.

— Il ne se calmera pas tant que vous ne lui aurez pas donné un enfant. Vous pouvez pleurer tant et plus, ça ne changera rien.

Lavinia lui lança un regard indigné.

— En voilà une façon de me parler !

Keara ne se donna même pas la peine de répondre et Lavinia se rendormit. Au moins, elle avait fait comprendre quelque chose à sa maîtresse. La vie est bizarre, quand même, se dit-elle. Tout l'argent du monde ne pourrait apporter à M. Mullane l'enfant qu'il désirait si ardemment, et même avec tout l'argent du monde, Mme Mullane ne pourrait pas être libérée des assiduités de son mari. Soudain, elle réalisa qu'elle allait rester encore plusieurs mois près des siens. Elle pourrait les voir presque tous les jours. Un sourire se dessina sur son visage. À quelque chose malheur est bon…

Quelques semaines plus tard, Lavinia manifesta des signes de grossesse et son époux cessa ses visites nocturnes. Quand sa femme commença à souffrir de nausées, on le vit arpenter le domaine en sifflotant, le sourire aux lèvres.

Keara était contente pour lui. C'était un être si bon ! Elle espérait épouser un homme dans son genre, un de ces jours. Elle ne lui en voulait pas de passer si peu de temps avec sa femme, mais du coup c'était elle qui devait lui tenir compagnie toute la journée.

Lavinia s'ennuyait avec acharnement. Elle ne sortait quasiment pas de sa chambre et se lamentait sans relâche.

— Tu vois ? pleurnichait-elle. Pour lui, je ne compte pas. La seule chose qui l'intéresse, c'est l'enfant.

— Parlez-moi encore de quand vous étiez petite, madame, j'adore ça.

C'était un pieux mensonge. Elle avait entendu mille fois ces histoires d'enfance, avec les amies et la nounou Nancy, mais Lavinia ne se lassait pas de les ressasser.

Le maître avait beau arborer un air comblé, il régnait dans la maison une tension palpable. La cuisinière expliqua à Keara que Madame avait déjà perdu plusieurs bébés.

— Eh bien, celui-là, je ferai de mon mieux pour qu'elle ne le perde pas.

— C'est le Seigneur qui décide. Elle déteste être enceinte. Tu verras. Plus le bébé grandit, plus elle est insupportable.

La cuisinière avait vu juste, hélas ! Keara avait l'impression qu'elle haïssait autant le petit être qui envahissait son corps que son propre mari. Elle devint de plus en plus lunatique. Elle s'en prenait à Keara sans raison et alla jusqu'à la gifler une fois ou deux.

Elle avait toujours été difficile, mais là, ça dépassait tout.

*

Melbourne étonna Mark. C'était une ville de contrastes où étaient juxtaposés pêle-mêle des immeubles élégants et de misérables taudis. Le moyen de transport le plus courant était un chariot à deux roues appelé « grelot », tiré par un seul cheval. Il était équipé de banquettes en bois et d'un auvent carré qui protégeait fort mal des intempéries. La première fois que Mark en prit un, il lui sembla qu'il allait en descendre brisé en mille morceaux. En voyant son expression, Walter éclata de rire.

— Tu t'y habitueras, mon garçon. Tu seras bien obligé, pour les types comme nous, c'est ça ou rien.

— J'aimerais bien visiter un peu la ville, malgré tout. On ne pourrait pas passer quelques jours ici avant de partir pour les gisements ?

Le sourire de Walter se mua en grimace.

— Tu verras la ville plus tard, quand tu auras gagné un paquet de pognon. Nous devons partir le plus tôt possible sinon les autres arriveront avant nous. Ce n'est pas en bavardant qu'on trouve de l'or.

Mark n'avait pas l'impression que les prospecteurs faisaient la course, mais il se dit que ce n'était pas la peine de contredire son associé.

Le soir, Walter l'emmena à Canvas City, la ville de tentes plantées dans la baie de Melbourne. C'était là que ceux qui avaient trouvé de l'or allaient fêter leur bonne fortune. Mark fut atterré de voir tous ces hommes gaspiller leur argent à qui mieux mieux. Ils se payaient tous leurs caprices, brandissaient de coûteuses bouteilles de champagne comme si c'était de la mauvaise bière, s'achetaient une fille pour la nuit ou épousaient celle qu'ils venaient de rencontrer, et offraient la tournée à tous ceux que ces largesses ne manquaient pas d'attirer.

— On a le droit de s'amuser quand on a travaillé aussi dur, répliqua Walter d'un ton revêche. Tu changeras de chanson quand toi aussi tu te seras cassé les reins à creuser pendant quelques mois.

Désormais, Walter sortit seul le soir. Il allait voir de vieux copains qui « flairaient les bons tuyaux » et rentrait de ces virées plutôt amoché, sous le regard réprobateur de leur logeur.

Pendant la journée, toutefois, il ne chômait pas. Ils devaient acheter un permis de mine. Le droit de chercher de l'or coûtait vingt shillings par an.

— C'est mieux qu'avant, reconnut Walter d'un ton bougon. Dans le temps, ça coûtait trois livres par semaine. Enfin… si on se faisait prendre par la maréchaussée, ajouta-t-il avec un sourire malicieux.

Quand Walter parlait des premiers temps de la prospection, il dressait le tableau d'une vie sans foi ni loi, et lorsqu'il annonça qu'ils devaient acheter des pistolets pour se défendre, Mark se demanda avec inquiétude si les choses avaient vraiment changé. Lui-même n'avait jamais tenu une arme de sa vie. Walter l'emmena dans un bois des environs pour qu'il s'entraîne. Il se débrouillait plutôt bien mais n'était pas sûr qu'il serait capable de tirer sur un autre homme.

Sous la houlette de Walter, Mark fit l'acquisition de chemises molletonnées, de pantalons de moleskine et d'un chapeau tressé à large bord, confectionné avec les feuilles d'un palmier appelé « arbre à chou », qui ressemblait fort à un classique chapeau de paille. Tout cet attirail, complété par une paire de bottes, n'avait pas grand-chose à voir avec les vêtements qu'il avait apporté avec lui et qu'il comptait laisser à Melbourne.

Et puis il ne fallait pas oublier le matériel de prospection, ainsi qu'une petite tente, des couvertures et des ustensiles de cuisine, y compris un pot et des tasses en fer blanc pour le thé.

— Tu ne sais pas ce que c'est d'avoir soif tant que tu n'as pas trimé sous le soleil d'Australie, mon garçon. Il n'y a rien de plus désaltérant au monde que le thé noir, tu verras. Tu ne mettras plus jamais de lait dans le tien, une fois que tu t'y seras habitué.

Mark s'arrangea avec leur logeur. Moyennant une somme modique, il pourrait entreposer dans le grenier un sac et une malle. L'homme semblait honnête. Et puis, comment aurait-il pu veiller sur ses possessions tout en cherchant de l'or ? Il entassa ce qu'il emportait dans un petit coffre robuste en métal, ajoutant quelques articles qu'il pourrait revendre le cas échéant, et cacha son argent dans une ceinture porte-billets qu'il garda sur lui en permanence.

Une fois équipés, ils se payèrent le trajet vers les gisements sur un gros char à bœufs qui apportait aux mineurs de la nourriture et d'autres biens de base. Cinq livres chacun. Une somme extravagante pour voyager dans de telles conditions, protesta Mark.

— On n'a pas le choix, dit Walter. Impossible d'y aller à pied avec tout notre barda. Mais il va falloir que tu m'avances l'argent du billet, je suis raide.

Mark se demanda comment son compagnon avait pu claquer tant d'argent pour se payer du bon temps, s'il était aussi fauché.

— Comment te serais-tu débrouillé si tu ne m'avais pas rencontré ?

— J'aurais trouvé un autre blanc-bec qui veut devenir prospecteur. (Walter lui assena une bourrade sur l'épaule.) Allez, on aura bientôt gagné assez pour que je te rembourse. Et grâce à moi, tu ne feras pas les mêmes erreurs que les autres débutants, donc tu y gagnes.

— J'ai intérêt à bien consigner ce que je te prête, alors. Mark sortit le petit carnet et le crayon qu'il avait toujours avec lui.

— Tu veux dire l'écrire ?

— Oui.

— Bon sang, tu n'as pas confiance en moi ?

— Je pense juste qu'il faut éviter tout malentendu. Donc, j'inscris la somme, et tu signes à côté, pas d'embrouille. Marc regarda son associé droit dans les yeux.

Walter résista quelques instants puis détourna le regard et cracha par terre.

— C'est bon, comme tu voudras.

Mark avait noté le prix de chaque article qu'ils avaient acheté. Il divisa le tout en deux et ajouta la somme qu'il venait de prêter à Walter. Il avait déjà engagé beaucoup de frais, et pourquoi ? Parce qu'il existait une faible éventualité qu'ils tombent sur un bon filon ?

En grimpant sur le chariot attelé de cinq paires de bœufs, il se demanda s'il avait vraiment confiance dans son compagnon. Certes, l'homme connaissait le métier, mais pour le reste ? Il avait probablement eu tort de s'associer avec lui.

Il était trop tard pour changer d'avis. Et puis quand même, aller prospecter de l'or, c'était une aventure autrement excitante que tout ce qu'il aurait pu trouver dans le Lancashire.

Le cocher fit claquer son fouet pour faire démarrer les bêtes et le chariot se mit lourdement en branle.

*

Le trajet fut ponctué par les cris du cocher qui hélait ses bœufs sur tous les tons, parfois en termes fort peu châtiés. Quand le chemin était particulièrement boueux, il claquait du fouet pour les encourager. Le chariot s'enlisait souvent jusqu'aux essieux. Mark s'habitua à devoir descendre pour alléger la charge, et il s'accoutuma même à la boue, omniprésente dans sa nouvelle vie.

Il ne comprenait pas ce paysage nouveau pour lui et ça l'irritait de ne connaître aucune plante. Il posait des questions, ce que Walter trouvait parfaitement farfelu. Même la piste n'avait rien d'anglais. Elle se divisait parfois en plusieurs ramifications et il se demandait comment le cocher arrivait à s'y retrouver.

— J'essaie seulement d'éviter les chemins les plus boueux, jeune homme. Tous les embranchements finiront par se rejoindre dès que nous aurons atteint un terrain plus sec.

Le premier soir, Mark voulut goûter le thé noir infusé directement dans le pot, que Walter avait tellement vanté. Chaque homme avait mis son pot d'eau à chauffer sur le feu. Quand l'eau bouillait, on versait une pincée de thé et on remplissait à la louche sa tasse de fer blanc. Après une longue journée sur la route, le breuvage était en effet merveilleusement désaltérant et il ne fallut pas longtemps à Mark pour l'apprécier.

À mesure qu'ils s'éloignaient de Melbourne, ils commencèrent à voir le long de la piste des sites de prospection abandonnés. Il ne subsistait qu'une série de trous creusés comme au hasard dans le sol, des tas de terre et des taches noircies là où il y avait eu des feux de camp. Des lambeaux de toiles encore accrochés à trois piquets disposés en triangle, vestiges d'une tente, claquaient dans le vent. Rien d'autre ne bougeait, ce qui renforçait l'impression d'étrangeté.

— Où sont-ils partis ? demanda Mark.

— Qui sait ? Quand on ne trouve plus d'or dans un endroit, on part ailleurs. Parfois, c'est rapide. Ça fait partie du plaisir. Qui voudrait rester dans le même coin pendant plus de quelques mois ? Pas moi, en tout cas.

Le cocher fournit à Mark une autre explication. D'après lui, dans la plupart des gisements, l'or de surface avait été récolté et il fallait désormais creuser plus profond avec des machines perfectionnées et des broyeuses pour extraire l'or du filon. Walter démentit et affirma qu'il y aurait toujours de l'or si on était assez malin pour le trouver. Il fallait juste aller plus loin, c'était tout. Et parfois oui, il fallait creuser un peu, mais pas besoin d'une machine compliquée pour faire ça.

Ils se rapprochaient du nouveau gisement de Jarandyne. Les yeux de Walter commencèrent à briller, une excitation fiévreuse s'empara de lui et se communiqua à Mark. Le cocher ne partageait pas leur enthousiasme.

— Nous arrivons, annonça-t-il en, pointant un index crasseux.

Le champ aurifère s'étendait sous leurs yeux, une grande tache ocre creusée dans le paysage verdoyant des champs et des bois. En s'approchant, ils virent les hommes qui s'agitaient dans la boue comme des fourmis, tellement absorbés par leur labeur qu'ils ne prêtèrent aucune attention à eux.

Le cocher s'arrêta devant une tente sur laquelle était peint en grosses lettres « Épicerie – Quincaillerie ».

— Nous y voilà.

Walter avait déjà sauté du chariot.

— Décharge tes affaires et reste ici, mon garçon. Je vais jeter un œil. J'ai du flair pour l'or. Dès que j'aurai trouvé un bon emplacement, j'enverrai quelqu'un te chercher.

Il s'éloigna avant que Mark ait le temps de protester.

Ce n'est qu'au bout de trois heures qu'un garçonnet l'aborda en lui demandant s'il était bien M. Gibson.

— M. Hudson m'a envoyé vous chercher. Il a dit que vous devez me donner un shilling.

— Tu l'auras quand tu m'auras conduit à lui, pas avant, répondit Mark en regardant son barda. Il nous faut une charrette à bras.

— Je connais un type qui en a une. Mais vous allez devoir payer pour l'emprunter. Le gamin partit en courant et revint avec un vieil homme qui poussait une charrette bringuebalante. Il demandait cinq shillings pour une heure. Quand Mark protesta que c'était du vol, le vieillard ricana.

— Tu ne peux pas transporter tes affaires sans moi, tu n'as pas le choix. Cette charrette me rapporte plus que ce que j'ai jamais gagné en cherchant de l'or, mon gars. Et c'est moins fatigant.

Du coup, Mark se demanda si sa première idée – apporter des victuailles aux prospecteurs – n'était pas, au fond, bien plus judicieuse.

Les jours suivants, il travailla avec acharnement sur leur bout de terrain. Les premières fois, il renversa sur ses pieds la poêle pleine de gravier et d'eau, ce sur quoi son associé le traita de fichu maladroit et décida qu'il leur fallait une boîte à fond basculant appelée berceau pour laver le minerai. Ils arrêtèrent de prospecter pour en construire une. Du coup, ils étaient obligés d'aller chercher de l'eau à la rivière la plus proche pour laver la boue qu'ils avaient récoltée.

Bientôt, les courbatures de Mark le firent moins souffrir et il ne s'endormait plus avant la fin de son dîner. Il avait appris à reconnaître l'éclat des grains d'or qui parfois brillaient dans la boue et il commençait à comprendre le but de leurs efforts.

La première semaine, ils récoltèrent une pincée de poussière d'or qui ne couvrait pas leurs frais mais qui réjouit Walter au plus haut point.

— Je t'avais bien dit, il y a de l'or dans le coin, répétait-il à qui mieux mieux. Je le sens !

Après trois semaines, ils gagnaient un peu plus, mais pas assez pour que Walter puisse rembourser ses dettes. Mark continuait de tout consigner scrupuleusement dans son petit calepin, au grand dam de Walter. Désormais, il notait la quantité d'or recueillie et le prix qu'ils en avaient obtenu.

— Tes gribouillis, tu t'en ficheras bien le jour où on tombera sur une grosse pépite, marmonnait Walter quand, à la nuit tombée, il voyait Mark sortir son carnet à la lueur du feu de camp.

— C'est une excellente habitude que de tenir ses comptes quand on cherche à gagner sa vie.

— Si je suis toujours là, c'est que je ne l'ai pas trop mal gagnée toutes ces années, tu ne crois pas ?

Puis il sortait une bouteille de gnôle et avalait une grande gorgée. Il trouvait toujours de quoi de se payer une bouteille. Quant à Mark, l'alcool le faisait s'étrangler et il n'aimait pas le goût, donc il s'en tenait au thé noir.

Ce qui lui plaisait dans sa nouvelle vie, ce n'était pas tant l'or que le fait que lui-même était devenu plus costaud. Avec le dur labeur de l'orpaillage, son corps mince s'était musclé. Quand les frères Burns l'avaient tabassé, il s'en était voulu d'être une proie aussi facile. Dorénavant, il ne se laisserait plus faire.

Il évitait les bagarres qui éclataient régulièrement entre les orpailleurs. Certains cherchaient la castagne juste pour le plaisir. Et il veillait sur leur tente et sur le matériel. Une fois, il surprit un type qui rôdait dans les parages.

— Fous le camp ! rugit-il.

L'homme s'éloigna si lentement que Mark finit par le pousser brutalement. Il trébucha et tomba, puis se releva et leva le poing. Mark, toujours furieux, s'avança vers lui.

— Essaye donc, pour voir, lança-t-il, soudain plein d'assurance.

Après un moment d'hésitation, l'homme baissa le poing, haussa les épaules et s'en alla. Mark le regarda s'éloigner mais, sentant des pas derrière lui, fit volte-face, toujours sur la défensive.

Walter le regardait avec un sourire en coin.

— Ce pauvre type s'est blessé à la jambe il y a un mois, il ne peut plus bosser. T'aurais dû lui donner un petit quelque chose, au lieu de le chasser comme ça.

— Quoi ? Faire l'aumône à un type qui essayait de nous voler ?

— Il n'a rien pris, non ? Moi aussi, je me suis retrouvé dans la mouise, je sais ce que c'est.

— Je ne comprendrai jamais les voleurs, répliqua Mark d'un ton glacial. C'est mal, de voler.

— Le jour où tu auras faim, tu comprendras.

Mark commençait à en avoir un peu assez de son associé. Il était content d'avoir acheté une ceinture à billets, bien qu'elle fût désagréable à porter avec l'humidité. Il la gardait même la nuit.

*

Patience examina la petite pièce que son père avait louée et échangea un regard consterné avec Harry. Comment pourraient-ils vivre dans ce réduit ? Les yeux pleins de larmes de sa mère lui donnèrent paradoxalement la force de ne pas se laisser abattre.

— C'est bien d'être enfin chez nous, maman, non ?

— Chez nous ? Sa mère éclata d'un rire amer mais, croisant le regard réprobateur de son mari, se garda d'en dire davantage. Je dois aller acheter à manger. Pouvez-vous me donner un peu d'argent, Alex ?

— Je vous accompagne. Nous devons apprendre à nous repérer dans le quartier. Vous deux, commencez à déballer les affaires, lança-t-il à ses enfants.

Patience ne se donna même pas la peine d'observer que cela ne servait à rien de déballer, puisqu'il n'y avait qu'une seule petite commode pour eux quatre.

Dès que les parents eurent quitté la pièce, Harry prit son sac.

— Je m'en vais, annonça-t-il sans ambages.

— Tu pars ? Patience n'en croyait pas ses oreilles. Tu as trouvé du travail ?

— Je m'en vais définitivement, répondit-il en la regardant avec pitié. Du travail, il y en a partout, surtout que la plupart des hommes sont partis chercher de l'or. Bientôt, j'aurai gagné assez pour en faire autant. Si je reste ici, père prendra tout ce que je gagne et je n'aurai jamais aucune chance de faire quoi que ce soit d'intéressant.

Il se dirigea vers la porte mais Patience agrippa son bras.

— Harry, tu ne peux pas faire une chose pareille.

— Tu te trompes, ma sœur ! Mais je suis désolé de te laisser avec lui. Il ne s'arrange pas. Je le déteste, avec son hypocrisie imbécile. Toi, cherche à t'employer chez quelqu'un qui te logera. Si tu as la moindre occasion de t'en aller, surtout n'hésite pas.

Il sortit. Elle le suivit jusqu'au seuil de la maison mais il ne se retourna pas une seule fois.

Pleine de tristesse, elle regagna le logement et entreprit de ranger les sous-vêtements dans les trois tiroirs de la commode, qui furent bientôt pleins. Leurs habits allaient devoir rester dans les valises et les malles. Heureusement, ils étaient propres, ils avaient réussi à tous les laver malgré les protestations de sa tante. Elle essaya de pousser les coffres contre le mur mais n'en eut pas la force. Elle devait attendre le retour de son père.

Après un moment qui lui sembla une éternité, ses parents finirent par rentrer en portant deux filets pleins de victuailles.

— Où est Harry ? demanda Alex.

— Il est parti, répondit-elle avec une crampe d'angoisse à l'estomac.

— Qu'est-ce que tu veux dire ?

— Il nous a quittés.

— Et tu n'as rien fait pour le retenir ? demanda Alex, rouge de fureur.

— Comment aurais-je pu ? Il est beaucoup plus fort que moi.

Nan s'assit sur le lit, en pleurs. Elle leva les yeux vers sa fille.

— Il reviendra. Tu penses qu'il reviendra, Patience ?

— Je n'en sais rien.

En fait, Patience pensait qu'il ne reviendrait pas à moins d'y être obligé. Elle aussi, si elle trouvait le moyen, elle partirait sans hésiter. Son père avait toujours été autoritaire mais maintenant c'était un vrai tyran. Sa famille devait lui obéir au doigt et à l'œil et il les rendait tous malheureux.

Une semaine passa, pendant laquelle Alex n'arrêta pas de s'en prendre tour à tour à Patience et à son fils absent. Puis un soir, après le dîner, il lança :

— Il ne reviendra pas. Et si jamais il revient, je ne l'accepterai plus dans la famille. Il m'a trahi, ce n'est plus mon fils. Il sortit sa grosse bible et l'ouvrit à la page où il avait inscrit les noms des membres de sa famille.

— Non, implora Nan. Vous ne pouvez pas faire une chose pareille.

— Taisez-vous !

— Alex, je vous en prie, pas ça !

Il la frappa, ce qu'il n'avait jamais fait auparavant. Pendant quelques instants, il régna dans la pièce un silence total. Puis Nan se releva en frottant sa joue endolorie et alla s'allonger sur le lit en leur tournant le dos.

Quand Patience fit mine de se lever, son père aboya :

— Reste à ta place ! Je veux que tu voies ce qui t'attend si jamais tu t'avises de quitter ta famille sans ma permission.

Il plongea sa plume dans l'encrier et d'un geste solennel biffa le nom de Harry.

Patience ne pipa mot. Un nom tracé sur un papier, ça ne signifiait rien. Elle savait qu'elle parlerait à Harry si elle le revoyait. Il était son frère, malgré tout ce que son père pouvait bien dire ou faire. La seule raison pour laquelle elle restait, désormais, c'était sa mère, qu'elle aimait tendrement. Elle ne pouvait pas l'abandonner et elle savait que jamais Nan ne quitterait son mari.

Le lendemain, Alex rentra de son travail à l'épicerie le sourire aux lèvres.

— Grâce au Seigneur, j'ai trouvé un emploi, et toi, Patience, tu vas pouvoir travailler comme bonne d'enfants dans le quartier. Nous n'allons pas rester ici longtemps, juste le temps que je trouve une église qui me convienne, mais tu n'as pas besoin de raconter cela à ton patron. Une fois que nous serons installés, vous pourrez vous faire des amies parmi les membres de la congrégation et nous serons tous beaucoup plus heureux.

Patience fit de son mieux pour garder un visage posé. Son père était complètement obsédé par sa recherche d'une église qui lui aurait convenu. Ça lui importait plus que de nourrir sa famille ou de trouver un logement correct.

Sa religiosité avait pris une dimension délirante et elle était gênée quand les autres occupants de la pension se moquaient de lui, et de toute la famille, d'ailleurs.

Quelques jours plus tard, il trouva une petite chapelle qui s'était autoproclamée « La maison du Seigneur » et où il les mena le dimanche suivant. C'était loin, et la marche fatigua Patience. Alex avait déjà fait la connaissance du pasteur et le considérait comme un saint homme.

En Angleterre, Patience avait adoré l'atmosphère de bienveillance et de cordialité qui régnait lors des cultes dominicaux, mais elle n'aima pas du tout cette congrégation qui n'appartenait à aucune église qu'elle connaissait. L'office était interminable. Le pasteur beuglait son prêche d'une affreuse voix tonitruante, les traitant tous de pécheurs et leur enjoignant de se repentir. Il continua tant et plus jusqu'au moment où plusieurs fidèles commencèrent à gémir en implorant le salut.

Son cœur se serra quand son père, une lueur hallucinée dans le regard, se mit à son tour à crier des alléluias. Le pasteur avait des traits cruels et ne parlait que de péché et de repentir, jamais de l'amour de Dieu. Elle détesta d'instinct cette chapelle.

Une fois qu'ils furent rentrés, Alex annonça d'un ton joyeux :

— Bon, maintenant nous pouvons chercher un logement correct. D'ailleurs, le pasteur Medbury m'a dit qu'il y en a un non loin de la chapelle, et il m'emmène le visiter demain.

— J'aimerais bien vous accompagner, dit Nan. Pour voir la cuisine. Ce genre de choses, ce n'est pas votre domaine.

— En tant que chef de famille, c'est à moi de décider où nous allons vivre. Je ne veux pas que vous vous mettiez des idées ridicules en tête, comme notre belle-sœur. J'ai échoué avec Harry, il ne reviendra jamais dans cette famille et nul ne sait s'il retournera dans la grâce du Seigneur. Il n'est pas question que j'échoue avec vous ou avec ma fille.

Patience sentit son cœur se serrer encore plus et sa mère passa l'essentiel de la journée du lendemain à pleurer.

Elle sanglota encore plus lorsqu'elle vit la petite maison qu'Alex avait louée. Son seul avantage semblait être la proximité de la chapelle. Elle donnait directement sur la rue, de sorte qu'il entrait beaucoup de poussière et que les passants pouvaient les voir par la fenêtre. À l'arrière, il n'y avait qu'un jardinet long et étroit envahi de mauvaises herbes.

*

Lavinia s'efforça du mieux qu'elle put de convaincre son époux de regagner le Lancashire.

— Je ne veux pas que mon enfant naisse ici, répétait-elle sans relâche. Elle insista tant que Theo finit par céder.

Pendant les six mois qui suivirent, Keara dut rester éloignée de sa famille, ce qui la chagrinait énormément. Grâce à l'aide occasionnelle et bougonne de sa maîtresse, elle progressa dans l'écriture et réussit à rédiger de courtes lettres. Mais elle devait quémander des timbres à Lavinia, ayant rarement l'occasion d'aller au village pour en acheter. Sans compter qu'elle essayait d'économiser sur ses gages. Jusque-là, elle n'avait réussi à mettre que quelques shillings de côté. Pas du tout assez pour se payer le voyage à Ballymullan en cas de nécessité.

— Il est bel homme, Monsieur, non ? chuchota Minnie un beau matin. Toutes deux faisaient la chambre de Madame et se reposaient un instant à côté de la fenêtre après avoir secoué le matelas de plumes.

Keara hocha la tête, suivant du regard son maître qui s'éloignait à cheval.

— Mon père dit que c'est le meilleur cavalier du monde.
C'était un compliment rare dans la bouche de Mick, qui pensait être à peu près le seul à savoir s'y prendre avec les chevaux.

Minnie soupira, resta un instant silencieuse puis fit claquer sa langue de dépit.

— Bon, il n'est pas pour des filles comme nous, pas vrai ? Allez, finissons le lit.

Keara dut faire un effort pour se détourner de la fenêtre. Elle espérait que Minnie n'avait pas remarqué la rougeur qui avait envahi ses joues. Parfois, elle rêvait de M. Mullane. Des rêves délicieux où ils se promenaient sur les chemins de Ballymullan ou s'asseyaient au bord de la rivière. On ne choisit pas ses rêves, après tout. Et celui de la nuit dernière avait été si agréable…

*

Lavinia accoucha à huit mois sans que personne ne comprenne pourquoi. Se tordant de douleur en hurlant, elle refusait de suivre les conseils du médecin et de la sage-femme réputée qu'on avait fait venir. Elle s'agitait sur son lit comme une étrange baleine échouée sur le sable, implorant qu'on la soulage.

Même Keara ne pouvait s'approcher du lit. On dut appeler son mari pour qu'il convainque sa femme d'écouter les conseils. Du fond de la chambre, Keara admira la façon dont il s'y prenait avec elle.

Le bébé était mort-né et Keara se rappela ceux que sa mère avait, elle aussi, perdus à la naissance. Mais sa mère était si épuisée qu'elle avait réagi avec une relative indifférence alors que le visage de Theo était décomposé par la douleur. Les yeux de Keara s'emplirent de larmes.

— Donnez-le-moi ! ordonna Theo en tendant les bras vers son fils.

— Il vaut mieux le laisser à la sage-femme, avisa le médecin.

— Je veux le prendre dans mes bras.

La vue brouillée par les larmes, Keara le regarda serrer doucement le bébé contre lui. Quelles que fussent ses fautes, cet homme ne méritait pas un tel chagrin. Ses fautes, maintenant elle les connaissait, la femme qui vivait parfois dans une chaumière du domaine, ses soudaines absences, souvent après une querelle particulièrement vive avec son épouse. Il n'y avait que Dick qui savait où il allait, et Dick restait muet. Mais M. Mullane était un homme foncièrement bon. Elle ne pouvait s'empêcher de le regarder, d'aimer ses cheveux bruns qui bouclaient sur son front. Et à cheval, c'était un prince, la tête droite, le souffle régulier, avec cet air d'être en harmonie profonde avec lui-même et avec le monde. Les femmes se retournaient sur son passage, pas seulement elle mais toutes les domestiques, et même les dames qui rendaient visite à sa femme.

Soudain, Lavinia se releva et demanda son bébé. Il fallut lui annoncer qu'il était mort-né, ce qui déclencha une tempête de larmes. Elle ne voulut que Keara à ses côtés pour la réconforter, pas son mari.

La porte claqua et Keara se retourna. La sage-femme avait repris le corps du bébé. Le maître avait disparu.

Et lui, qui allait le consoler ? se demanda-t-elle.

Le médecin administra du laudanum à Mme Mullane. Quand Keara la vit endormie paisiblement, elle descendit à l'office et demanda à la gouvernante la permission de sortir faire quelques pas.

— Oui, va t'aérer un peu, mon enfant. Ç'a été une rude journée pour toi. Tu veux manger un morceau avant ?

— Plutôt quand je rentrerai, si c'est possible.

— Je préviens la cuisinière.

L'air nocturne était frais et parfumé après la chaleur étouffante de la chambre, même si les remugles de l'accouchement persistaient dans les narines de Keara. Elle descendit vers le ruisseau où, peu après son arrivée, elle était allée pleurer son mal du pays. Elle eut envie d'aller s'asseoir sur l'herbe accueillante de la berge.

Mais son maître était déjà là, le regard fixé sur les sombres reflets de l'eau. Dans la clarté lunaire, son visage raidi par la douleur était comme un masque de fer.

Keara s'apprêtait à rebrousser chemin lorsqu'il l'interpella.

— Reste !

Elle hésita, puis il reprit :

— Comment va-t-elle ?

— Elle dort, monsieur. Le docteur lui a donné quelque chose.

— Peut-être que j'aurais dû lui demander moi aussi. Mais que peut-on donner à un homme dont le plus grand désir est d'avoir un enfant et qui vient de tenir dans ses bras son fils mort-né ?

Sa voix s'étrangla et il se couvrit le visage de la main.

Elle fit un pas puis, sans réfléchir, se précipita vers lui et l'entoura de ses bras comme elle l'avait si souvent fait pour consoler Lavinia de ses chagrins réels ou imaginaires. La souffrance de cet homme, elle, n'était que trop réelle, et les soubresauts douloureux de son corps tendu arrachèrent de nouvelles larmes à Keara. Quand il tomba à genoux en l'attirant vers le sol, elle tomba avec lui sans le lâcher.

Les sanglots étouffés finirent par s'éteindre mais il ne se détacha pas d'elle. Il posa la tête sur ses genoux et resta là sans bouger. Il n'avait dans ce geste rien de sexuel, rien d'autre qu'un besoin de réconfort. Elle lui caressa les cheveux en murmurant des mots sans queue ni tête comme elle l'aurait fait avec Mara ou Ismay.

Au bout d'un long moment, il se redressa.

— Aucun autre domestique n'aurait osé m'offrir du réconfort ce soir.

— Bien sûr que si, monsieur. Et il y a Dick, qui vous aime beaucoup.

— Les autres se seraient éloignés sur la pointe des pieds, et de toute façon je n'aurais laissé personne me voir souffrir comme ça, pas même Dick, dit-il, lançant un regard de côté, ses yeux verts assombris par la nuit. Tu es vraiment différente des autres, Keara Michaels.

— Pas du tout, monsieur. Je suis juste une paysanne ignorante.

Elle s'écarta, ne voulant pas qu'il imagine qu'elle avait eu autre chose en tête que de lui apporter du réconfort. Mais elle ne se leva pas parce qu'elle sentait que sa présence lui faisait du bien.

Theo regretta qu'elle soit si pudique. Il n'allait pas la remercier de sa bonté en osant quoi que ce soit ce soir, mais tôt ou tard ils se retrouveraient au lit ensemble. C'était inéluctable. Au plus profond de lui, il savait qu'elle ressentait la même attirance. On devine toujours quand on plaît à une femme, et plus d'une fois il avait surpris son regard posé sur lui. De même que souvent ses yeux s'étaient attardés sur son beau visage, sur son corps jeune et agile.

— Tu ne parleras de cela à personne, dit-il pour rompre le silence.

Ce n'était pas un ordre, juste une constatation. Il était certain qu'elle garderait le silence.

— Bien sûr que non, monsieur.

Elle attendit qu'il poursuive, le regard captivé par les reflets de la Lune sur l'eau.

— Tu penses que je suis fou de vouloir un enfant à ce point ?

— Tous les hommes veulent un fils. Même mon père. Il a trois filles, mais pour lui nous ne comptons pas.

Theo posa une main sur son épaule.

— Et pourtant, il devrait être fier d'avoir une fille comme toi. Moi, je vendrais mon âme pour avoir un fils ou une fille, dit-il, serrant l'épaule puis retirant sa main d'un geste brusque. Merci, Keara. Rentre, maintenant. Je crois que je vais rester ici encore un peu.

Elle le regarda en coin, soulagée de le voir plus calme. La souffrance avait cédé le pas à une profonde tristesse. Elle aurait voulu qu'il y eût une église catholique dans les parages, où elle aurait pu prier pour son désir d'enfant. Un vœu avait de meilleures chances d'être exaucé si on le formulait dans la maison du Seigneur, pensait-elle. Mais elle ne connaissait que l'église anglicane du village où elle allait avec les autres domestiques. Elle s'en était contentée.

Que pouvait-il y avoir de mal à entrer dans une église d'une autre confession ? C'était le même Dieu qu'ils adoraient, après tout. Et puis elle aimait beaucoup cette petite bâtisse de pierre. Pendant la messe, elle admirait le jeu de la lumière sur les vitraux en écoutant le chœur. Toute la semaine, elle attendait ce moment.

L'Angleterre l'avait changée. Elle se ne savait pas si c'était pour le meilleur ou pour le pire, mais elle se sentait différente. Sentant les yeux de son maître posés sur elle, elle lui jeta un regard de côté. Il avait encore l'air si triste que sa gorge se serra, mais elle avait fait tout ce qui était en son pouvoir pour le consoler. Elle se releva et lissa les plis de sa jupe.

— Eh bien, bonne nuit, monsieur.

— Bonne nuit Keara.

Elle fit quelques pas puis se retourna une dernière fois. Il lui fit un signe de la main auquel elle répondit avant de s'éloigner dans l'obscurité de ce pas souple et gracieux qui n'appartenait qu'à elle.

Grands dieux, comme il la désirait !

7

Août 1860 – janvier 1861

L'année suivante, au mois d'août, Mark décida d'écrire aux siens.

Dans sa lettre, il ne fit pas mention du gisement, mais déclara qu'il y avait du travail à revendre en Australie. Comme adresse, il donna celle des Parker, à Melbourne ; les braves gens s'étaient montrés tout disposés à lui louer un coin de leur grenier pour y entreposer sa malle et son sac.

Ces derniers temps, rien n'allait plus entre son associé et lui, même s'ils avaient malgré tout réussi à trouver un bon rythme de travail qui leur avait rapporté quelques sous, et permis à Walter de lui rembourser un quart de ce qu'il lui devait, bien qu'à contrecœur.

Mark était allé deux fois à Melbourne pour faire des provisions. Malgré les protestations de Walter, qui vivait au jour le jour, il avait insisté pour acheter un gros sac de farine, ainsi qu'une réserve de sucre et de thé. Il s'était aussi procuré des conserves de sardines, du lard fumé et du fromage, du bœuf séché et de la confiture. Faire ses emplettes en ville et les rapporter à la concession revenait bien moins cher que de s'approvisionner sur place. Pour voyager gratis avec sa marchandise, il s'était engagé comme convoyeur sur l'un des grands chariots qui faisaient le trajet.

Quand il était revenu avec les victuailles, Walter avait haussé les épaules, l'air de dire que tous ces efforts étaient peine perdue. Jusqu'au jour où il voulut se servir en nourriture et trouva la cantine cadenassée. Quand Mark lui dit qu'il allait devoir payer pour manger, une querelle éclata et ils faillirent en venir aux mains. Après cela, il fut convenu que chacun assurerait lui-même ses repas. Walter, qui ne pensait guère à s'alimenter, préférant aller se saouler chaque soir avec ses « amis », maigrissait à vue d'œil.

Pour Mark, les escapades à Melbourne étaient un soulagement, car il avait cessé de croire qu'un jour Walter et lui allaient trouver un filon. Mais bien qu'il eût l'impression de prospecter en vain, force lui était de reconnaître qu'il avait beaucoup appris. Non seulement il se sentait plus fort, mais il avait réussi à mettre un peu d'argent de côté.

À son retour de son deuxième voyage à Melbourne, Walter lui annonça qu'il levait le camp. Il avait trouvé une concession plus rentable ailleurs et avait vendu la leur. Il avait emballé et chargé tout leur équipement sur le chariot d'un ami. Mark réalisa que s'il n'était pas revenu juste à ce moment-là, son « associé » aurait pris le large en emportant toutes leurs affaires.

Une nouvelle querelle éclata, féroce.

— Tu n'avais pas le droit de vendre la concession sans me consulter ! s'emporta Mark.

Walter haussa les épaules.

— Il faut saisir l'occasion au vol. Quand je te disais que ça valait pas la peine de retourner à Melbourne. Tu trouveras pas d'or là-bas, juste des gens qui cherchent à te plumer. Il balaya l'air d'un geste méprisant. Cette concession, elle vaut plus rien – il y a déjà presque plus d'or ici. Alors quand j'ai entendu parler d'un nouveau gisement, j'ai pas hésité une seconde. Je t'ai laissé un message, alors c'est quoi le problème ?

— Mais…

— Si tu veux qu'on arrête là, t'as qu'à le dire.

— Tu as toujours une dette envers moi.

L'expression de Walter s'assombrit.

— La parole d'un homme te suffit donc pas ? Il faut que tu mettes tout par écrit dans ton fichu carnet ? Tu n'es qu'un épicier qui passe son temps à chercher des trucs à vendre.

— Ça me rapporte.

— Et pendant ce temps tu laisses filer ta chance de trouver de l'or.

Mark ravala les paroles acerbes qui lui montaient aux lèvres. Tout compte fait, il valait peut-être mieux qu'il parte de son côté, qu'il tire un trait sur la dette de Walter et reprenne sa part du matériel. Mais quelque chose en lui s'obstinait. Pourquoi aurait-il dû renoncer à tout cet argent durement gagné ? Sans mot dire, il transféra les vivres qu'il avait rapportés de Melbourne sur la charrette de Mac, l'ami de Walter, où d'autres hommes s'étaient déjà entassés. Durant le voyage, ils descendaient à tour de rôle du chariot pour ménager les deux haridelles qui semblaient sur le point de rendre leur dernier soupir.

Quand les autres entrèrent dans la première auberge qui vendait de la gnôle à la provenance douteuse, Mark ne se joignit pas à eux. Tandis qu'il les regardait se saouler, il se demanda où Walter s'était procuré l'argent pour acheter de l'alcool ? Son associé avait-il trouvé plus d'or qu'il ne le prétendait pendant qu'il était à Melbourne ?

Parmi les hommes qui voyageaient avec eux, certains étaient connus pour être violents et dangereux. C'est pourquoi, chaque soir, Mark dormait avec son revolver à la main en faisant en sorte que les autres le sachent.

À la grande joie de Walter, ils furent parmi les premiers à atteindre le nouveau gisement, situé non loin d'un petit campement appelé Wardleworth Hill.

Cette fois encore, Mark laissa à Walter le soin de choisir la concession, quoiqu'en s'assurant que leurs deux noms figuraient bien sur le titre de propriété. Puis ils se mirent au travail, délimitant leur territoire, érigeant la tente, sans échanger un mot.

Les deux premières semaines ils ne trouvèrent pas grand-chose, mais Mark refusa d'avancer de l'argent à Walter, et en vint à se dire qu'il aurait pu bien gagner sa vie s'il avait monté sa propre cantine ici.

Mais ensuite le filon commença à leur rapporter, et il n'y songea plus.

Le seul point positif de Wardleworth Hill était qu'ils avaient comme voisins un homme et son fils, avec qui Mark s'était lié d'amitié. Ross Campbell était un grand gaillard affable et souriant. Son fils était un jeune géant qui, à peine entré dans la puberté, mesurait déjà un mètre quatre-vingt. Personne n'aurait osé se frotter à ces deux-là, et Mark se sentait en sécurité avec eux.

Mais bien que Walter lui lançât parfois des regards haineux, ils étaient habitués l'un à l'autre et tout se passait à peu près normalement tant qu'ils ne s'adressaient pas la parole.

Mais si le filon venait à se tarir, dette ou pas, Mark s'en irait, car la solitude commençait à lui peser.

*

Theo avait fini par renoncer à honorer sa femme, qui était ravie qu'il la laisse tranquille. Mais au bout de quelques mois, il se remit en tête d'avoir un héritier. Lorsqu'il informa Keara qu'il comptait rendre visite à Lavinia le soir même, la jeune fille hocha la tête en évitant de croiser son regard. Elle n'allait pas chercher à le dissuader, car il était têtu comme une mule et ne l'écouterait pas.

Theo laissa échapper un petit rire pour briser le silence embarrassé.

— Je sais bien que Lavinia ne sera pas d'accord. Mais c'est la seule façon pour moi d'avoir un enfant, et elle est mon unique épouse. La dernière fois nous avons presque réussi…

Quand Keara fit passer le message à sa maîtresse, celle-ci s'écria :

— Oh, non ! Pas encore !

— Toutes les femmes doivent en passer par là, déclara Keara, qui savait que la commisération n'aurait fait qu'empirer les choses.

— Si c'était un vrai gentleman, il ne me forcerait pas ainsi.

Keara ne chercha pas à la contredire. Qu'était un gentleman ? Le père de cet homme avait laissé ses métayers crever durant la grande famine, ne leur offrant que le strict minimum exigé par la loi. Et pourtant, il était respecté par tous les propriétaires terriens du comté. Du moins Theo Mullane traitait-il ses gens correctement.

De fait, elle n'avait jamais croisé un homme plus séduisant et ne comprenait pas pourquoi son épouse se refusait à lui. À sa place, elle aurait été toute disposée à l'accueillir. Elle avait vu des couples de fiancés à Ballymullan. Ils se tenaient par la main, s'embrassaient, se souriaient. Elle soupira. Elle rêvait d'en faire autant.

Mais elle ne pouvait pas songer à se fiancer tant qu'elle serait au service de cette femme égoïste. Sa maîtresse n'était pas comme les autres dames. Puérile et capricieuse, elle n'aurait jamais dû se marier. Car bien qu'elle ait apporté à son époux l'argent dont il avait besoin, ni l'un ni l'autre ne semblait heureux. Lui était agité, et parfois irritable sans raison. Elle était sotte et égoïste. C'est pourquoi Keara la traitait comme une enfant, lui brossant les cheveux en lui murmurant des paroles réconfortantes, et lui trouvant des choses simples à faire pour la tenir occupée.

Ce soir-là, Lavinia ne daigna pas descendre dîner en compagnie de son mari, et refusa qu'on lui montât son repas.

Theo entra dans la chambre au moment où Keara s'en allait.

— On joue encore les martyres ? lança-t-il, sarcastique, à sa femme.

Lavinia éclata en sanglots, s'épongeant les yeux avec un mouchoir.

Keara referma la porte derrière elle, songeant que les larmes n'étaient pas la bonne façon de l'attendrir, surtout quand on pleurait aussi facilement.

Elle descendit à l'office et dit à la cuisinière que le dîner allait devoir attendre car le maître venait juste de monter voir Madame.

— Ah, il remet ça ? Pauvre femme !

— Pauvre maître ! rétorqua la jeune fille. Il ne demande qu'à exercer légitimement son devoir d'époux. Il ne la frappe pas.

— Et tu prends sa défense ?

— J'essaie de ne pas prendre sa défense à elle, répondit Keara en prenant place autour de la table.

Elle ne savait pas ce qui l'avait poussée à dire le fond de sa pensée.

Quand le repas des domestiques s'acheva, Madame n'avait toujours pas sonné. Tous tendaient l'oreille malgré eux. Il était impossible de ne pas savoir ce qui se passait dans une maison comme celle-là, en particulier quand la maîtresse pleurait comme un veau.

Quand Mme Mullane sonna enfin, Keara se leva en soupirant, consciente que tous les yeux étaient fixés sur elle.

La sonnette du maître retentit presque aussitôt après et Dick sortit lui aussi.

— Je te plains, lui confia-t-il tandis qu'ils se dirigeaient vers l'escalier. Tu n'as jamais songé à te faire embaucher ailleurs ?

— Je ne peux pas. Ma famille a besoin d'argent, mon père est palefrenier à Ballymullan et notre maison appartient au maître.

— M. Theo ne leur en voudrait pas.

— Il les a menacés de nous exproprier si je refusais de venir en Angleterre.

Dick s'immobilisa, secoua la tête, puis dit :

— Il ne l'aurait pas fait.

— Mais il a dit qu'il le ferait. Je crois qu'il est prêt à tout pour avoir un héritier. Et comme je suis la seule à savoir calmer madame quand elle a ses nefs, je ne crois pas qu'il va accepter de me laisser partir. Même si je l'ai amplement mérité.

Elle semblait tellement contrariée que Dick prit ses mains dans les siennes. Il savait que Theo tenait trop à elle pour la laisser partir. Se rendait-elle seulement compte de l'attirance qu'elle exerçait sur le maître ?

Keara prit une profonde inspiration et poussa la porte de sa maîtresse. Elle fut accueillie par les sanglots et les lamentations habituelles, mais aussi par des menaces. Lavinia jurait qu'elle se vengerait de son mari.

— Il va regretter de m'avoir traitée ainsi.

— Il vous traite comme tous les maris traitent leurs épouses.

— Tiens ta langue, impertinente ! Et d'ailleurs qu'en sais-tu ? Va chercher de l'eau chaude. Je veux prendre un bain !

*

Dans la chambre voisine, Dick trouva son maître debout devant la fenêtre.

— Je peux faire quelque chose pour vous, monsieur ?

— Si seulement ! Mais tu ne pourras jamais changer mon épouse en une femme agréable et accommodante, n'est-ce pas ? Theo lâcha un rire qui sonna comme un grincement. Heureusement que je suis un homme viril.

Dick se demanda si son maître allait se rendre dans la fermette au fond des bois comme il le faisait parfois après avoir rendu visite à sa femme. Une jeune et avenante créature du nom de Susan habitait là-bas. Dick se demanda une fois de plus pourquoi aucune de ces jeunes régulières n'avait encore eu d'enfant, mais il n'osa pas poser la question à Theo. Était-ce parce que son maître ne pouvait pas procréer ?

— Monte-moi du pain et du fromage, s'il te plaît ? Et une bouteille de cognac, et deux verres si tu veux te joindre à moi.

Theo devait être au fond du trou, songea Dick, car il n'avait pas l'habitude de boire.

Quand il revint, Theo lui dit :

— Tu es un vrai ami, Dick.

— Pas tout à fait, monsieur.

— Alors disons ce qui s'en rapproche le plus.

— Vous devriez voir plus souvent vos voisins, et vous faire des amis parmi les gens de votre rang.

— Mon rang ? Quel rang ? Je suis irlandais – ces gens n'ont que mépris pour moi – et je me suis marié pour l'argent – ce qui est tout aussi méprisable. Ils me trouveraient plus fréquentable si j'étais un industriel. Mais je suis un homme de la campagne, et fier de l'être. J'aime les chevaux, pas les filatures. Il jeta un regard angoissé à Dick. Je ne l'ai épousée que pour pouvoir sauver Ballymullan, mais le jeu n'en valait pas la chandelle. J'aurais dû vendre le domaine et m'embarquer pour l'Australie ou l'Amérique.

Il regarda autour de lui,

— Ce mausolée coûte les yeux de la tête à entretenir. La fortune du vieil Hardwick n'était pas aussi conséquente que les gens se l'imaginent et ma femme va finir par tout dilapider à force d'extravagances.

Dick se racla doucement la gorge.

— Si seulement je pouvais avoir un enfant, je vendrais cette maison et je partirais. Elle ne voudra pas du petit, mais moi si. Je lui achèterais une maison à Ellerdale, puisqu'elle déteste l'Irlande. Mais moi, je ne pourrais pas passer le reste de ma vie à ses côtés.

Dick ne put cacher sa surprise.

— C'est là votre intention ? La quitter ?

Theo fixa le fond de son verre en faisant tournoyer lentement le liquide ambré qui se trouvait à l'intérieur.

— Peut-être. En tout cas j'y songe sérieusement.

— Et qu'adviendra-t-il de Keara, sa femme de chambre, qui se languit tant de sa famille ? Si vous vendez la maison, la moindre des choses serait de la renvoyer en Irlande.

Theo sourit tristement.

— Elle devra se languir encore un peu... jusqu'à ce que j'aie mon enfant. Cela dit, elle est charmante, et aussi saine et équilibrée que Lavinia est toquée. Un jour peut-être...

Il n'acheva pas sa phrase et recommença à faire tourner son verre.

— Keara est une fille respectable, souligna Dick, choqué. Vous ne pouvez pas la déshonorer juste pour votre plaisir.

— Mais elle a des sentiments pour moi, j'en suis sûr. Et moi pour elle, dit Theo, en regardant danser les flammes dans la cheminée, avant d'ajouter, presque pour lui-même : Quand le moment sera venu, je ferai ce qu'il faut. Je la traiterai comme il se doit, à tous les points de vue. Je ne lui ferai jamais de mal.

Dick ne fit pas de commentaire, mais il n'en pensait pas moins. Theo aurait pu avoir toutes les femmes qu'il désirait, car il était séduisant, en plus de riche. Pourquoi fallait-il qu'il jette son dévolu justement sur elle ? Contrairement à certaines filles de la maison, Keara Michaels n'avait rien d'une aguicheuse, même s'il lui arrivait de regarder Theo à la dérobée.

Elle n'était pas comme les filles que Theo ramenait dans sa fermette et il ne fallait pas qu'il fasse d'elle une putain.

*

On était en janvier 1861, et il faisait une chaleur étouffante. Mark, excédé, balança deux ou trois pelletées de minerai dans le berceau[1] et se mit à le secouer si fort qu'il en éjecta la moitié.

— Holà, du calme ! lui dit Walter. Tu vas devoir les ramasser, ça ne t'avance guère.

Avec un soupir, Mark recommença plus calmement tandis que son compagnon versait le contenu du caisson sur la terre et les cailloux. À mesure que l'eau emportait les déchets, il lui sembla voir quelque chose briller. Il s'arrêta de secouer et scruta attentivement le mélange en écartant les plus grosses pierres.

Walter s'approcha.

— Qu'est-ce qu'il y a ?

— Il m'a semblé voir…, commença Mark en pointant du doigt quelque chose de brillant dans un coin. Ce n'est pas…

Son associé émit un son bizarre comme s'il s'étranglait, puis souffla à voix basse :

— Ne dis rien, surtout. Pas un mot. Si c'est ce que je pense, on a touché le gros lot.

Puis haussant la voix, il lança avec dédain :

— Pfff, de la pyrite. Tu ne sais toujours pas faire la différence depuis le temps.

Puis baissant à nouveau le ton :

— Rajoute quelques pelletées de terre pour cacher ça, vite ! C'est bientôt l'heure de casser la graine. On va s'en occuper quand ils seront à table.

1. Le berceau californien est un outil d'orpaillage.

Dans la tente, Walter sortit la pépite qu'il avait cachée sous sa chemise et s'assit sur son lit. Tenant le fragment de roche à l'aspect irrégulier entre ses mains, il en gratta délicatement la surface avec son ongle.

— Va chercher un seau d'eau.

Mark fit ce qu'il lui demanda, puis laissa retomber les rabats de la tente pour qu'on ne puisse pas les voir.

Avec mille précautions, Walter entreprit de laver le caillou, le souffle rauque, tandis qu'une pépite en forme de cœur prenait forme sous leurs yeux. Il la soupesa.

— Elle doit bien faire… oh, dans les huit cents grammes. Qu'en dis-tu ?

Il la passa à Mark, qui acquiesça de la tête.

— Ne dis rien à personne, réitéra Walter.

— Je pensais que tu allais vouloir fêter ça ?

— Je ne suis pas idiot. Personne ne doit savoir. Sans quoi ils vont nous fracasser le crâne avant que la banque se soit portée acquéreuse de cette petite merveille. M'est avis qu'on en tirera un meilleur prix si on va la vendre nous-mêmes à Melbourne. (Il cracha sur le bout de son doigt et le passa sur la pépite, caressant la veine de métal brillant.) Je vais l'appeler La Princesse.

— Laisse-moi la toucher encore une fois.

Walter le regarda caresser la pierre aux contours irréguliers, puis la reprit presque aussitôt, un regard avide dans les yeux.

— Je la surveille.

Mark secoua la tête et s'empara du trésor avant que Walter ait eu le temps de réaliser ce qu'il faisait.

— Pas si tu vas te saouler ce soir avec les autres. Moi, je resterai ici avec mon pistolet à portée de main. En attendant, on ferait mieux de la ranger dans ma cantine et de se remettre au boulot, sans quoi les autres vont se poser des questions.

Quand leurs regards se croisèrent, une étincelle jaillit, menaçant de mettre le feu aux poudres. Mark retint son souffle.

— D'accord, mais je vais m'en tenir à un verre ou deux ce soir. Alors ne t'imagine pas que tu vas pouvoir te faire la belle avec la pépite. Je te retrouverai, où que tu ailles.

— Je ne cherche pas à te voler et tu le sais très bien, dit Mark en songeant que son associé ne se serait pas gêné pour prendre le large avec leur précieux butin s'il l'avait pu.

C'est pourquoi il résolut de dormir avec La Princesse sous son oreiller et de ne pas la rendre à Walter quand il reviendrait.

Ce n'est qu'après avoir mangé un morceau et s'être allongé sur sa couchette qu'il commença à réaliser que leurs efforts avaient fini par payer. Si l'estimation de Walter était correcte, leur trouvaille leur rapporterait dans les neuf cents livres. Une fortune ! Même après avoir payé sa dette, Walter aurait de l'argent à revendre. Mark emploierait sa part pour monter une affaire.

Il était tellement soulagé qu'il en tremblait. Il en était venu à haïr la rude vie d'orpailleur, non pas tant à cause du manque de confort que de la violence prête à exploser à tout moment. L'atmosphère était peut-être moins tendue dans les gros campements, où la maréchaussée stationnait en permanence. Mais ici, avec un seul brigadier en poste, c'était un miracle que personne n'ait été tué. C'est pourquoi Mark gardait toujours son arme à portée de main.

Ce soir-là, Walter revint moins saoul qu'à l'accoutumée.

— Laisse-moi admirer encore cette merveille, dit-il sitôt tirés les rabats de la tente.

Mark soupira, et se redressant, sortit la pépite de sous son oreiller. Walter chercha à la lui reprendre, mais il fut le plus rapide.

— Je suis plus jeune et plus fort que toi. C'est moi qui vais me charger de la surveiller.

Walter lui lança un regard assassin, hésita, puis haussa les épaules.

Au beau milieu de la nuit, Mark entendit son compagnon se lever en maugréant.

— J'vais pisser.

Quand il revint, Mark venait juste de se rendormir. Il sentit un tiraillement sur sa couverture et grommela :

— Fais attention où tu mets les pieds.

Au même instant sa tête explosa.

Il tenta de rouler de côté pour éviter le second coup, mais il ne fut pas assez rapide. Comme il ouvrait la bouche pour crier à l'aide, quelque chose s'abattit à nouveau sur son crâne et il se sentit glisser dans le néant.

*

Un bourdonnement de mouches tira Mark du sommeil. Sur le coup, il se demanda où il était. Il avait du mal à bouger et quand il essayait, une douleur lancinante le clouait sur place. Quand il parvint à ouvrir à demi les paupières, il réalisa qu'il était étendu à même le sol à l'intérieur de la tente. Le jour filtrait à travers la toile. Du dehors lui parvenaient les sons habituels ; des voix d'hommes, le grincement des machines, l'eau qui se déversait dans les caissons, les pelles qui remuaient la terre.

Où était Walter ? Que s'était-il passé ?

Quand il parvint à focaliser son regard, il vit sa malle grande ouverte et toutes ses affaires éparpillées. Ses tempes battaient si fort qu'il avait du mal à penser.

C'est alors que tout lui revint. La colère s'empara de lui et il trouva la force de s'asseoir. Sa chemise était déboutonnée et sa ceinture porte-billets était vide. Il gémit. Tout l'argent qu'il avait gagné à grand peine avait disparu.

Sentant monter une vague de nausée, il se rallongea, la tête sur les bras et attendit que son estomac cesse de chavirer.

Pour finir, il réussit à se hisser sur sa couchette. Il songea à appeler à l'aide, mais il se sentait si groggy qu'il ferma les yeux.

Quand il se réveilla à nouveau, les bruits du dehors avaient pris la cadence paresseuse des heures chaudes et il mourait de soif. Le seau d'eau fraîche avait été renversé et la moitié des ustensiles avaient disparu.

Comme Walter.

Et comme la pépite, assurément !

Tandis qu'il se remettait sur ses pieds, Mark se demanda pourquoi ses agresseurs ne l'avaient pas tué. À moins que dans le noir ils ne l'aient cru mort.

Seule l'obstination l'aidait à tenir sur ses jambes tandis qu'il s'approchait en titubant de l'entrée de la tente. Lorsqu'il émergea au-dehors, la lumière du soleil s'abattit sur lui comme un coup de massue et il poussa un grognement de douleur.

— À l'aide ! appela-t-il. Au secours !

Ross, de la concession voisine, releva la tête. Sa mâchoire s'affaissa. Il posa sa battée et remonta la pente en courant.

— Mince alors ! Que t'est-il arrivé, mon garçon ? Tu as la figure en sang.

— Hier soir… Walter… m'a assommé… et il m'a volé.

— Tu es sûr ?

— Oui. On a trouvé une grosse pépite hier. De plusieurs dizaines d'onces, expliqua-t-il.

Ross émit un sifflement de surprise.

— Et il a filé avec ?

— Oui. Tu n'aurais pas un peu d'eau à boire ? dit-il. J'ai la gorge en feu.

— Je vais t'en chercher.

Il mena Mark jusqu'à sa tente, le fit asseoir sur un tabouret et lui apporta un plein gobelet d'eau que le jeune homme but avidement. La rumeur de l'agression ne tarda pas à se répandre dans le camp, et bientôt une vingtaine d'hommes formèrent un cercle autour de Mark. Tandis qu'ils discutaient entre eux pour décider de ce qu'ils devaient faire, le brigadier fit son apparition.

— Que se passe-t-il ici ?

Comme tous lui répondaient en même temps, il cria :

— La ferme !

Puis voyant Mark, il dit :

— Ils t'ont bien amoché. Tu as le crâne solide, dis donc. Qu'est-ce qui s'est passé ? Je n'ai rien entendu la nuit dernière.

Mark raconta une fois de plus sa mésaventure.

— Ah, ça, il ne manquerait plus que les chercheurs d'or se ruent sur notre campement ! (Laborieusement, le brigadier nota par écrit ce qui s'était passé avec un bout de crayon à mine.) Je doute qu'on puisse le rattraper. Il doit être loin à l'heure qu'il est. Et je ne peux pas me lancer à ses trousses tout seul. Mais je vais donner l'alerte. Si vous quittez la concession, monsieur Gibson, dites-moi où vous allez. Au cas où on arriverait à le pincer.

Mais il n'avait pas l'air très optimiste.

Et Mark en avait par-dessus la tête. Tout ce qu'il voulait, c'était retourner là où il y avait de vraies maisons et de vraies rues, là où les nuits n'étaient pas ponctuées par des cris et des coups. Il voulait vivre normalement, avoir des vêtements propres et des repas réguliers. Il se mit sur ses pieds en chancelant.

Ross s'élança pour l'aider.

— Tu ferais mieux de ménager tes forces, mon garçon. Tu n'es pas en état d'aller où que ce soit. Tu ne veux pas dormir avec nous ce soir ?

— Non, merci. Si je ne dors pas dans ma tente, on va me voler le peu qu'il me reste.

— Tu as raison. Mais n'hésite pas à appeler si tu as besoin.

Quand l'après-midi toucha à sa fin, Mark avait retrouvé suffisamment de forces pour faire l'inventaire de ce qui lui restait. Walter lui avait volé sa ceinture porte-billets, mais son revolver était toujours là, caché parmi un enchevêtrement de couvertures et de draps. L'arme était chargée. Avec une grimace de douleur, il la prit et la pointa sur le piquet de tente le plus proche. Pour ce qu'elle lui avait servi ! N'empêche qu'il allait la garder près de lui et tendre un fil-piège devant l'entrée de la tente. Il ne se laisserait plus jamais prendre par surprise.

Il restait presque toute la nourriture dans sa deuxième cantine, ainsi que ses vêtements. Les outils d'orpaillage étaient éparpillés sur toute la concession. Sans doute Walter pensait-il ne plus en avoir besoin maintenant qu'il avait la pépite. Un peu partout, la terre était jonchée de petits bouts de papier, certains à peine plus gros que l'ongle de son pouce. Il en ramassa un, puis un autre. Sur le deuxième on distinguait des chiffres. C'était son calepin ! Mais bien sûr, Walter avait déchiré la reconnaissance de dettes en mille morceaux !

Et maintenant, plus jamais il ne le rembourserait.

Tout ce travail pour rien, songea Mark. Comment allait-il pouvoir rentrer à Melbourne alors qu'il n'avait pas un sou vaillant ?

Une ombre tomba à l'entrée de la tente. Mark empoigna la poêle à frire et se retourna, prêt à frapper.

— Eh, vous ! cria une voix à l'extérieur.

— Qui êtes-vous ? Que voulez-vous ?

— Je me demandais si vous voudriez vendre votre concession ?

— Peut-être bien. Entrez.

L'inconnu souleva le rabat de toile et regarda autour de lui.

— Eh ben, il n'y est pas allé de main morte, le salopard. Je hais les voleurs.

Mark émit un son guttural pour signifier son écœurement. La seule pensée de Walter le mettait hors de lui et le dégoûtait.

— On raconte que vous avez trouvé une grosse pépite mais que vous voulez partir après ce qui s'est passé. Je vous rachète votre concession, si vous êtes d'accord.

Mark songea soudain à une bonne façon de gagner quelque argent.

— Demain, je vais la vendre aux enchères, ainsi que tout mon matériel. Vous pourrez enchérir avec les autres.

— Vous êtes sûr de ne pas vouloir faire affaire aujourd'hui ? Ça vous épargnerait des tracas.

— Je veux en tirer le meilleur prix possible. J'ai besoin d'argent.

— À quelle heure ?

— 10 heures.

— Entendu.

L'homme haussa les épaules et sortit.

Mark dormit mal, sursautant au moindre bruit et tâta son revolver.

Le lendemain matin, il demanda à Ross de surveiller sa tente pendant qu'il faisait le tour du campement. Puis, la mine renfrognée, il étala ce qui lui restait de ses possessions au soleil. Quand un homme s'approchait, intéressé par une chose ou une autre, il acceptait de la lui céder s'il lui en donnait un bon prix.

Il était soulagé d'empocher ses premiers sous. Sa tête le faisait toujours souffrir, et il avait eu un choc en voyant son reflet dans le petit miroir de poche : les yeux gonflés, et toute une moitié du visage tuméfiée et couverte d'éraflures et de coupures. Ses cheveux étaient raides de sang séché là où les coups avaient été portés, mais il souffrait encore trop pour pouvoir faire une vraie toilette.

À midi, il avait vendu la concession et presque toutes les affaires dont il n'avait plus besoin. Ironie du sort, il ne lui restait plus que sa malle pleine de victuailles. Il alla trouver Ross et lui demanda s'il pouvait l'héberger quelque temps. Il voulait rester un peu plus longtemps et tirer le maximum de la vente de nourriture, mais l'homme qui lui avait racheté sa tente avait payé un supplément pour pouvoir l'emporter sur-le-champ.

— En échange, je t'offre tous les repas du soir jusqu'à mon départ, Ross.

Ils s'étaient serré la main.

Le lendemain, Mark fit cuire du ragoût et du pain pour nourrir dix hommes en plus de ses deux hôtes. La rumeur ne tarda pas à se répandre dans le camp, et une semaine plus tard il avait épuisé toutes ses provisions et empoché de coquets bénéfices.

Il allait enfin pouvoir partir. Et plus jamais il ne remettrait les pieds dans une concession.

Il trouva une place à bord d'un chariot qui se rendait à Melbourne. Le dernier convoi s'étant fait détrousser, les hommes furent contents de le prendre comme garde du corps.

Après avoir dit au revoir à Ross et son fils, Mark quitta le camp sans regret.

Il portait son revolver dans un nouveau holster, chargé et prêt à servir. Plus jamais il ne se laisserait rouler dans la farine. Et celui qui chercherait à les attaquer trouverait à qui parler.

Au fond de lui il doutait que cela arriverait. Les bandits de grand chemin ne revenaient jamais deux fois sur les lieux de leurs méfaits. Ils n'étaient pas stupides.

8

Février 1861

Keara était perplexe. Quand elle croisait son patron dans la maison, souvent il s'arrêtait et la fixait avec une avidité lisible dans le regard. Il lui demandait comment elle allait ou se contentait de la contempler sans rien dire.

Elle regrettait d'avoir attiré l'attention sur elle en le réconfortant, ce soir-là. Mais il avait l'air si malheureux qu'elle s'était sentie de tout cœur avec lui.

— Comment ça va, aujourd'hui, Keara ?

— Bien, monsieur, merci, répondait-elle les yeux baissés, les mains croisées sur son tablier.

Qu'il n'aille pas imaginer qu'elle encourageait ses attentions !

— En effet, tu as l'air en forme, répliquait-il du même ton neutre.

Mais ses yeux démentaient ses propos anodins et elle se sentait frissonner. Elle était envahie d'une sensation étrange qui ne lui ressemblait pas.

Ses jours de congé, elle se promenait sur le domaine quand le temps le permettait. Il lui arrivait aussi d'aller au village si elle pouvait profiter de la charrette d'un paysan. Les cochers étaient des fermiers d'un certain âge qui respectaient les femmes de chambre des Mullane. Avec eux, elle se sentait à l'aise et, en route, ils échangeaient des propos sur leur vie de tous les jours. Elle leur donnait quelques nouvelles de chez elle mais les lettres d'Arla étaient rares et très brèves. Au moins, sa mère et ses sœurs allaient bien. Elle conservait les lettres nouées par un ruban et les relisait souvent pour se mettre du baume au cœur.

La vie commençait à être difficile dans le Lancashire. Dick lui avait expliqué qu'il y avait une guerre en Amérique entre les États du nord et du sud, du coup le coton n'arrivait plus et les filatures devaient fermer ou réduire leur production. On appelait ça la famine du coton, et elle était presque aussi dramatique pour les classes laborieuses que l'avait été la famine de la pomme de terre en Irlande.

La première fois qu'elle vit un groupe d'enfants affamés à un coin de rue, les larmes lui montèrent aux yeux. Ils lui rappelaient sa propre enfance. Dès lors, elle utilisa les quelques shillings qui lui restaient de ses gages pour leur acheter de la nourriture parce qu'elle ne supportait pas de voir des gamins pieds nus avec cette expression famélique.

— Tu n'auras jamais un sou pour toi si tu continues comme ça, lui lança Minnie après l'avoir regardée briser une miche de pain en morceaux pour la distribuer à quelques gosses en haillons.

— Je n'ai pas besoin d'argent, répliqua Keara d'un ton léger. Je suis nourrie, logée et vêtue, non ? Elle regarda les enfants qui engloutissaient le pain aussi vite qu'ils le pouvaient et restaient collés à elle pour que d'autres ne leur chipent pas.

— Il faut toujours prévoir un coup dur, insista Minnie d'un ton sombre.

Keara savait que le conseil était avisé mais elle ne supportait pas de rester sans rien faire face à ces frimousses aux joues creuses,

Un jour, en rentrant du village, elle apprit que Monsieur se préparait à repartir pour l'Irlande. Elle se moquait bien que la nouvelle rende Lavinia encore plus grincheuse que d'habitude, et peu lui importaient les regards que lui lançait son maître. Une seule chose comptait, elle allait revoir sa mère et ses sœurs. À la seule idée des retrouvailles, son cœur se remplit de joie. Lavinia ne manqua pas de la réprimander.

— Arrête de rêvasser avec ce sourire bêta.

Le lendemain, Theo lui demanda :

— Tu es contente de retourner en Irlande ?

Elle osa le regarder droit dans les yeux.

— Vous savez bien que oui. Je n'aime pas être loin de ma famille.

Il lui sembla apercevoir un instant comme une lueur de honte sur le visage de son maître.

*

Alors que le gros chariot avançait lourdement en direction de Melbourne, un coup de feu retentit. Le garde qui était assis à côté du cocher agrippa son épaule en poussant un glapissement. Mark était assis à l'arrière, caché aux regards par de hautes caisses. Il sortit son pistolet mais ne bougea pas d'un millimètre. S'il ne révélait pas sa présence, il avait plus de chances de pouvoir faire quelque chose. Une chose était sûre, il n'allait pas se laisser voler une fois de plus sans se battre !

Une voix se fit entendre.

— Arrêtez-vous maintenant et on ne vous fera pas de mal.

Une balle siffla aux oreilles du cocher. Mark le vit hocher la tête et lever une main en signe de reddition, puis la rabaisser lentement et tirer sur les rênes pour arrêter les dix bœufs puissants qui conduisaient l'énorme chariot.

Tandis que le chariot s'immobilisait, trois hommes, un fusil à la main et le bas du visage dissimulés par un foulard, surgirent de derrière les arbres.

Mark épiait les bandits par un interstice entre les caisses et le toit de toile du chariot. Il resta tapi, sentant la colère monter en lui à l'idée que ces gredins puissent le dépouiller du peu d'argent qu'il avait réussi à conserver après toutes ses tribulations. Jamais il n'avait ressenti une telle fureur, même après que Walter avait volé la pépite.

— Fais le tour et regarde ce qu'ils transportent, ordonna celui qui semblait être le chef.

Un homme s'exécuta et commença à longer le chariot, son ombre visible derrière la toile.

— Je vais descendre ce type, chuchota Mark d'une voix basse que seuls le cocher et le garde pouvaient entendre. Préparez-vous à basculer en arrière pour vous mettre à l'abri. C'est notre seule chance.

Les deux émirent un vague grognement en signe d'assentiment. Ils savaient que les brigands tuaient généralement leurs victimes pour ne pas risquer d'être reconnus.

D'un geste très lent, Mark visa l'arrière ouvert du chariot. Dès que l'homme apparut, il tira sans sommation. Il savait que c'était la seule occasion de retourner la situation.

Sans laisser aux complices le temps de réagir, le cocher et le garde avaient plongé à l'arrière du chariot.

Le bandit tomba au sol, une main agrippée à son torse. Mark fit volte-face et tira à l'aveuglette devant lui. Il y eut un échange de coups de feu, une balle fendit le siège du cocher. Celui-ci avait récupéré sa carabine derrière la banquette et il fit feu, blessant un des hommes aux bras.

Les bandits hurlèrent à leur acolyte de les rejoindre et prirent la fuite. Le cocher tira de nouveau et logea une balle dans le dos de l'un d'eux, qui s'écroula.

Mark se tourna vers celui qu'il avait abattu et qui gisait à terre, immobile et muet. Il resta le souffle coupé.

Non, ce n'était pas possible. Il ne l'avait pas tué ?

Le seul homme indemne s'était évanoui dans le bush et l'instant d'après ils entendirent le bruit d'un cheval qui s'éloignait au galop.

Dans le silence qui suivit, ils restèrent sans rien dire, parfaitement immobiles.

— Le tien, comment il se porte ? grommela le cocher.

— Il ne bouge pas.

Mark regarda de nouveau et vit l'énorme trou sanglant à la place du torse. Soudain, il sentit une faiblesse l'envahir. Il l'avait bel et bien tué !

— Tu penses que le troisième est parti, ou que c'est une ruse ? demanda le cocher sans sortir de sa cachette.

— Je crois que nous avons fait fuir ce salopard, répondit le garde en se relevant. Et vous feriez bien de me bander cette saleté de blessure avant que je perde tout mon sang.

— Tu t'es bien débrouillé, Gibson, lança le cocher. Je te dois un verre et… qu'est-ce qu'il y a ?

Mark était descendu du chariot en chancelant et était allé vomir au bord de la piste. Il restait là, secoué de tremblements. Il avait tué un homme ! Il savait bien que l'autre l'aurait descendu sans ciller, mais cela ne changeait rien. Une nouvelle nausée le submergea.

Il lui fallut un bon moment avant d'être en état de se redresser. Il était encore tout flageolant et avait des frissons malgré la chaleur écrasante. Il rejoignit les autres à pas lents, ses jambes lui semblaient en coton.

— C'est la première fois que tu tues un homme, pas vrai ? demanda le cocher d'un ton compatissant.

Mark hocha la tête.

— Moi, j'en ai descendu trois, tous des fumiers qui essayaient de me dépouiller sur la route. On s'habitue, on sait qu'il faudra bien recommencer un jour ou l'autre, mais moi, je préférerais que ça n'arrive pas, dit-il, gratifiant Mark d'une claque sur l'épaule. Tu n'as rien à te reprocher, mon gars, tu n'avais pas le choix. Tu nous as sauvé la vie à tous les trois.

— Qu'est-ce que…, fit Mark, qui déglutit, les mots restant coincés dans sa gorge. Qu'est-ce qu'on va faire, maintenant ?

— Mettre les corps à l'arrière du chariot et les livrer à la maréchaussée dans le premier village, dit-il en esquissant un demi-sourire. C'est bon, on s'en charge. T'es pâle comme un lys de cimetière.

— Leurs chevaux sont peut-être encore dans le coin, lança le garde. Autant les récupérer. Va voir derrière les arbres, Gibson, pendant qu'on s'occupe des macchabées. Mais garde ton arme à portée de main.

Envahi par un sentiment d'irréalité total, Mark laissa ses compagnons à leur tâche macabre, vérifia son pistolet et le prit fermement en main. Il trouva les deux chevaux attachés à l'ombre, non loin d'un petit campement. Une puanteur étrange régnait sur les lieux. Il alla voir derrière des arbres. L'odeur provenait d'un cadavre qui gisait au fond d'une ravine asséchée. Visiblement, il était là depuis plusieurs jours.

En état de choc, il reconnut Walter. Son ancien associé. Ça ne lui avait pas porté chance, de voler l'or.

Repris de tremblements, incapable de s'approcher du corps, Mark alla détacher les chevaux et les ramena vers le chariot.

— Il y a un autre cadavre, là-bas, annonça-t-il. Mais il n'est plus en état d'être transporté. Je pense qu'il est mort depuis plusieurs jours. C'est mon ancien associé, celui qui m'a volé la pépite. On a dû le tuer pour lui piquer l'or.

— Il a eu ce qu'il méritait, le sale bougre, commenta le cocher en crachant sur le sol pour appuyer son propos. Je n'ai jamais pu piffer ceux qui volent leurs potes, jamais ! Allez, attache les chevaux à l'arrière, et on repart.

Dans la première bourgade, le brigadier félicita Mark de sa présence d'esprit, ne les garda que le temps nécessaire pour signer les déclarations d'usage et leur souhaita bonne route, avec les deux chevaux des brigands en guise de récompense.

— Ça m'étonnerait qu'on attrape le troisième, lança-t-il en leur disant au revoir. Mais au moins, vous nous avez débarrassés de deux de ces fripouilles. Bien joué, les gars.

— Je sais où on peut vendre les chevaux, dit le cocher. Au moins, ça nous fera une belle petite prime.

Quelques minutes plus tard, il parlait de sa famille et riait des frasques de ses gosses.

Mark resta à l'écart. Tout cela lui semblait irréel. D'ailleurs, tout le temps qu'il avait passé en Australie jusqu'à présent lui semblait irréel. Il aurait dû s'en tenir à ce qu'il savait faire au lieu d'aller chercher de l'or comme un imbécile. Désormais, il avait la ferme intention de faire son métier, et rien d'autre.

*

À Ballymullan, Keara se précipita chez les siens dès qu'on lui en laissa le loisir. Elle courut sur le chemin, sa coiffe à demi détachée, les rubans voletant dans le vent. Elle sentait sa chevelure qui se dénouait dans son dos mais elle était si heureuse à l'idée de revoir sa mère et ses sœurs qu'elle n'en avait cure.

Leurs retrouvailles ne furent pas aussi joyeuses qu'elle l'avait cru parce que sa mère avait de nouveau l'air malade. Betsy le prenait à la légère, comme d'habitude, mais Keara fut effarée de la voir si amaigrie et si pâle.

Ismay lui proposa de la raccompagner à la grande maison. Quand Mara voulut se joindre à elles, elle lui enjoignit de rester auprès de leur mère. Les deux aînées s'arrêtèrent une fois le cottage hors de vue.

— Son état empire, n'est-ce pas ? demanda Keara, la voix enrouée de sanglots. Ismay se contenta de hocher la tête. Elle prit sa sœur dans ses bras et elles restèrent ainsi un long moment serrées l'une contre l'autre.

— Je suis inquiète pour elle, reconnut Ismay. Même papa l'a remarqué, et il ne l'embête plus. Je lui rapporte de la nourriture tous les jours mais c'est à peine si elle y touche. Il y a quelques semaines, elle allait si mal que j'ai cru que… Mais elle s'est rétablie. Elle n'arrête pas de répéter qu'elle a encore quelques années devant elle si elle fait attention.

— Et… tu penses que c'est vrai ?

— La dernière fois elle s'est remise, mais maintenant je ne sais plus. Je prends chaque jour comme il vient. Elle ne veut pas que tu t'en fasses pour elle, alors surtout ne dis rien.

Elles marchèrent un moment en silence, puis Keara demanda :

— Et avec Arla, comment ça se passe ?

— Oh, c'est merveilleux de travailler à l'épicerie, répondit Ismay en souriant. Maintenant, je lis et j'écris beaucoup mieux. Et puis, ça m'aide d'être avec eux. Quelquefois, je me dis : « Ç'a été dur pour eux, mais ils s'en sont sortis. » Ça me donne du courage.

— Est-ce que je devrais arrêter de travailler pour Mme Mullane ? Revenir à la maison et m'occuper de m'man ?

Ismay secoua la tête et répliqua sans l'ombre d'une hésitation.

— Non. C'est grâce à tes gages que nous avons à manger et un toit. Elle adore cette maison, tu sais. Ça l'a rendue très heureuse de s'y installer.

— Je sais, elle me le dit à chaque fois qu'on se voit.

— Tu fais ce que tu peux, il ne faut pas que ça change.

Arrivée à la grille de la grande maison, Keara regarda sa sœur se hâter de regagner le village. Elle faisait peut-être tout ce qu'elle pouvait, mais il lui semblait que ce n'était pas assez. Elle aurait voulu être avec sa famille. C'était ce qu'elle souhaitait de tout son cœur. Elle avait de plus en plus de mal à rester patiente avec sa maîtresse, à supporter ses caprices absurdes.

*

Une semaine plus tard, Theo fit irruption dans la chambre de sa femme, le sourire aux lèvres. Il tenait une lettre à la main.

— Mon cousin Caley et sa femme viennent en visite pour quelques jours.

— En visite ici ? Mais cette maison est beaucoup trop petite, et elle est vétuste. Nous ne pouvons pas les recevoir ici.

— Caley s'en moque. Il part vivre en Australie avec Noreen, et ils veulent qu'on prenne le temps de se dire au revoir. Ils me manqueront. C'est mon cousin préféré.

Lavinia le regardait fixement comme si elle n'avait pas compris.

— Pourquoi donc veulent-ils aller en Australie ? Ils ont une très jolie maison à Sligo.

— Parce qu'ils n'ont pas assez d'argent pour y vivre correctement.

Theo voyait que cela ne voulait pas dire grand-chose pour elle. Elle ne savait pas ce que signifiait gagner de l'argent, seulement en dépenser. Il aurait dû être plus ferme avec elle au début de leur mariage, mettre une halte à ses extravagances. Mais il ne l'avait pas fait, et désormais il essayait juste d'éviter les querelles et de la contenter autant que possible. Une tâche ardue, vu qu'ils n'arrivaient même pas à avoir une simple conversation.

Il se sentait assez seul. Heureusement qu'il avait Dick !

Keara se tenait à la fenêtre par discrétion, mais elle ne put s'empêcher de remarquer que M. Mullane avait du mal à maîtriser son impatience devant l'expression toujours aussi hébétée de son épouse.

— Ils vont en Australie, Lavinia, parce qu'ils veulent une vie meilleure pour leurs enfants.

Keara se demanda à quoi pouvait bien ressembler l'Australie, si on était aussi certain d'y avoir une vie meilleure.

— Ils arrivent demain. Les garçons vont chez la tante de Noreen, donc cette fois, ce sera juste eux deux.

— Vous auriez dû leur dire au revoir à Sligo, Theo. Ne pouvez-vous pas annuler ? Vraiment, je n'ai aucune envie de…

La bouche de Theo se crispa dans un rictus d'exaspération.

— Moi, je veux qu'ils viennent ici. Et pourquoi faites-vous tant d'histoires ? La dernière fois, vous m'avez dit que vous aimiez bien Noreen.

Lavinia haussa les épaules.

— Ça va être tellement compliqué.

Le ton de Theo se fit cassant.

— Pas pour vous, en tout cas. Vous ne levez même plus le petit doigt.

— Et pourquoi devrais-je ? Nous avons des domestiques, non ?

— En tout cas, sachez que je serai très contrarié si vous n'accueillez pas mes cousins avec cordialité.

Lavinia se contenta de faire la moue sans répondre.

Une fois Theo sorti, Keara regarda sa maîtresse. Les mains tendues devant la cheminée, elle essayait tant bien que mal de se réchauffer dans cette immense pièce froide et humide.

— Je vais prévenir la cuisinière ?

— Oui, ça vaut mieux, répondit Lavinia sans même lever les yeux.

M. Mullane était déjà descendu à l'office et il faisait rire la cuisinière. Loin de sa femme, c'était un autre homme.

Quant à sa maîtresse, seuls les potins de ses amies dans le Lancashire réussissaient à l'arracher à sa torpeur, même si elles semblaient aussi niaises qu'elle. Combien de temps Keara allait-elle encore devoir supporter les caprices de cette sotte ?

*

Caley Gallagher et sa sémillante épouse arrivèrent le lendemain en fin de matinée dans une calèche bringuebalante qui croulait sous les bagages. Theo alla lui-même leur ouvrir la porte. Les deux cousins s'embrassèrent et se donnèrent des claques dans le dos, tandis que Noreen déposait une bise sur la joue de Lavinia en lui disant qu'elle semblait en grande forme.

— Est-ce qu'on peut rester une semaine ou deux ? demanda Caley de sa voix sonore. Nous avons vendu la maison très vite, et plutôt bien, mais le nouveau propriétaire a souhaité emménager sur-le-champ et nous avons dû partir.

— Et nous voilà comme de pauvres sans-abri...

Noreen tenta de prendre l'air malheureux mais n'y réussit pas le moins du monde.

Caley passa un bras au cou de sa femme et l'embrassa sur la joue.

— Les garçons seront très bien chez la tante de Noreen, mais elle n'a pas assez de place pour nous accueillir maintenant que sa mère vit avec eux.

— Vous pouvez rester aussi longtemps que vous voulez, répondit Theo. Venez vous asseoir au salon et faites comme chez vous.

Tandis que Lavinia escortait les invités, Theo se tourna vers Keara.

— Fais-nous porter des rafraîchissements, tu veux ?

— Oui, monsieur.

Il alla s'asseoir avec ses cousins.

— Quand embarquez-vous ?

— Pas avant quelques semaines.

— Qu'est-ce qui vous a fait choisir l'Australie ?

— Le soleil ! répondit Noreen sans hésiter. Si nous sommes réduits à la misère, autant l'être dans un pays où il ne pleut pas tout le temps.

— Et la possibilité d'avoir des terres à nous, où j'élèverai des chevaux, ajouta Caley. C'est ce que j'ai toujours voulu faire, comme tu le sais.

— Oui, je sais, confirma Theo. Le père de Caley était le plus jeune frère de sa mère et il ne lui était pas resté grand-chose. C'était l'aîné qui avait hérité de l'essentiel du domaine au nord de Sligo. Quant à Ballymullan, sa mère l'avait reçu de sa marraine.

Le père de Theo avait géré Ballymullan de manière catastrophique, au point que Theo avait failli perdre le domaine. Parfois, il se disait que cela aurait mieux valu. Lavinia était un prix cher à payer pour le conserver.

Voyant la cuisinière fort affairée, Keara prépara le plateau et le porta elle-même au salon. Theo et ses cousins devisaient gaiement tandis que Lavinia les écoutait en silence. Quand elle vit sa femme de chambre entrer avec les rafraîchissements, elle prit un air contrarié.

— Qu'est-ce qui t'a pris de venir nous servir, Keara ? demanda sa maîtresse tandis qu'elle se changeait pour le dîner.

— La cuisinière était occupée, je l'ai juste aidée, madame.

— Eh bien, ne recommence pas ! Tu es ma chambrière. C'est de moi que tu dois t'occuper et de moi seule.

Keara sentit son irritation monter face à ce reproche injustifié. Les jérémiades continuèrent.

— De plus, tant que nous avons des invités, tu n'iras pas voir ta famille l'après-midi. Je peux avoir besoin de toi à n'importe quel moment si je dois me changer. Il faut savoir tenir son rang, même en Irlande.

— Mais, madame…

Lavinia l'interrompit en lui flanquant une claque, ce qu'elle n'avait jamais fait auparavant.

— Ne t'avise pas de me répondre ! Je suis très indulgente avec toi, mais ne va pas t'imaginer pas que ça te donne le droit de profiter de ma bonté pour aller passer du bon temps avec ta famille quand j'ai besoin de toi, ou de cancaner avec les domestiques.

Keara ne put que rester bouche bée devant une telle injustice. Elle se frotta la joue, blessée. Elle ne méritait pas qu'on la traite ainsi.

Theo fit irruption dans la chambre.

— Je vous prie de bien vouloir baisser la voix. On vous entend dans toute la maison.

Le rouge monta aux joues de Lavinia.

— Je parle comme je veux. Je n'ai pas l'intention de me cacher comme une souris au prétexte que vous avez décidé de remplir la maison avec vos peu respectables cousins.

Theo fit signe à Keara de sortir avant de remarquer sa joue rougie.

— Un instant. Lavinia, est-ce que vous avez frappé Keara ?

— Elle l'avait bien cherché.

— Keara, je te demande des excuses au nom de ma femme. Ça ne se reproduira pas, je te le garantis.

— Merci, monsieur.

Sur le palier, elle hésita un instant puis s'attarda pour écouter ce qu'ils se disaient. Ce n'était pas dans ses habitudes, mais là, ça pouvait la concerner.

— Si vous levez encore une fois la main sur Keara, je vous le rendrai en deux fois plus fort.

Devant le silence obstiné de sa femme, il reprit :

— Vous m'avez entendu ?

— Oui.

— Et vous n'allez pas l'empêcher d'aller voir sa famille l'après-midi, Lavinia.

— Mais j'ai besoin d'elle. Elle n'a pas le droit de me laisser seule.

— Elle a droit à du temps libre, comme n'importe quel domestique. Et elle le mérite amplement, vu la façon dont elle n'arrête pas de se démener pour vous satisfaire.

Lavinia commença à pleurnicher.

— Si vous voulez que je porte votre enfant, vous devez être un peu plus attentif à mes besoins à moi au lieu de me réprimander en permanence. Pourquoi prenez-vous le parti d'une domestique contre moi ?

De l'autre côté de la porte, Keara n'imaginait que trop bien la scène. D'ici peu, sa maîtresse allait piquer une spectaculaire crise de nerfs et Monsieur, furieux, sortirait en trombe. Puis Lavinia la sonnerait. Mais cette fois, elle n'irait pas la consoler. Elle irait voir sa famille, comme Monsieur venait de l'y autoriser. Soudain, Lavinia se mit à brailler en réponse à quelque chose que Keara n'avait pas entendu.

— Comment osez-vous ? Je suis restée toute seule pendant des heures, hier après-midi. On la paie pour être à mon service, oui ou non ?

— Je ne vais pas commencer à discuter. Descendez tenir compagnie à nos hôtes.

— Je ne me sens pas bien. Et je ne descendrai pas pour le dîner non plus.

— Vous dînerez avec nous, même si je dois vous porter moi-même à la salle à manger.

— Vous aimez forcer les femmes à faire vos quatre volontés, n'est-ce pas ? Vous êtes une brute, Theo Mullane, pas un gentleman.

— Je vais vous dire ce que...

— Ça arrive souvent ? murmura une voix dans son dos.

Keara sentit ses joues s'enflammer. Prise en flagrant délit d'écouter aux portes !

— De temps en temps.

Noreen Gallagher lui sourit avec sympathie.

— Ne vous inquiétez pas, à votre place j'en ferais autant. Elle doit vraiment vous faire tourner en bourrique !

Keara ne savait quoi répondre.

— Je suis désolée, madame.

— Il n'y a pas de quoi, nous connaissons Lavinia. La sottise de son comportement ne nous affecte plus.

Son sourire était si bienveillant que Keara en profita pour lui demander :

— Où se trouve l'Australie, madame ? Est-ce que la vie y est vraiment bien meilleure qu'ici ?

— C'est ce qu'on dit. En tout cas, il y fait nettement plus chaud. Il paraît qu'il y a beaucoup de soleil.

— Alors ça doit être un bon endroit pour vivre. Ma mère a toujours envie de soleil.

Elle partit rendre visite à sa famille. M. Mullane avait beau dire, elle savait que sa maîtresse s'en prendrait à elle dès son retour.

Mais peu importait, du moment qu'elle pouvait voir les siens.

9

Février 1861 – juin 1862

Dès son arrivée à Melbourne, Mark se rendit chez les Parker. Il se félicitait d'avoir laissé une partie de son pécule chez eux, car ainsi, à condition de limiter ses dépenses, il lui resterait de quoi se mettre à son compte.

Il passa quelques jours à visiter la ville, en se demandant s'il aimerait vivre ici, et si oui, dans quel quartier. Devoir choisir un lieu où s'établir, loin du pays où il était né et où il avait grandi, lui procurait une étrange impression. Il s'arrêta un instant pour laisser passer une carriole, et sentant la caresse des rayons du soleil sur son visage, songea qu'il ne regrettait pas le moins du monde l'air pollué et humide de Bilsden. La seule chose qui lui manquait était sa famille… et son père, qui finirait sûrement par le pardonner un jour, car c'était un vrai chrétien, contrairement à cet horrible bigot d'Alex Jenner.

Bien que le centre-ville comptât quelques jolies avenues où l'on trouvait des boutiques élégantes et des banques à l'aspect imposant, les rues tout autour étaient étroites et d'une saleté repoussante. Plusieurs grandes artères étaient bordées par des cloaques à ciel ouvert. Partout une épaisse couche de boue recouvrait la chaussée, au grand dam des piétons, et particulièrement de la gent féminine. Mark sourit en voyant ces dames relever le bas de leurs robes pour éviter qu'elles ne traînent dans la fange.

Il fit le tour des boucheries et ne fut guère rassuré par ce qu'il vit. Suspendues à l'extérieur des échoppes, des carcasses d'animaux étaient livrées aux assauts des mouches et de la poussière. Poussant plus loin la curiosité, il se rendit sur l'arrière de l'une d'elles et découvrit que les bêtes étaient abattues sur place. Fronçant le nez de dégoût, il se demanda où les gens du cru trouvaient à acheter de la bonne viande fraîche.

Il réalisa soudain que la situation aurait été la même à Bilsden sans les recommandations éclairées du docteur Jeremy Lewis concernant l'évacuation des eaux usées. Sur ses conseils, le second époux d'Annie avait plaidé pour que le conseil municipal entreprenne des travaux d'assainissement. Mark avait pris la chose comme allant de soi, car il n'avait guère voyagé hormis une ou deux fois à Londres. Mais maintenant, il comprenait pourquoi le docteur Lewis s'était montré aussi insistant.

Après avoir exploré toute la ville et ses faubourgs, Mark en vint à la conclusion qu'il ne voulait pas vivre à Melbourne. Il allait prendre la malle-poste et se rendre dans la colonie de Victoria. Après deux heures de route, ils atteignirent Rossall Springs. Charmé par l'aspect de la bourgade, Mark décida d'y faire une halte.

Il dirigea ses pas vers l'épicerie générale, dont l'enseigne proclamait « Maison S. Grove » et engagea la conversation avec le patron. Ce dernier lui expliqua que Rossall Springs avait connu une petite ruée vers l'or quelques années auparavant mais qu'entre-temps le filon s'était tari.

— J'ai vu des gisements abandonnés un peu partout, lui dit Mark, surpris. Comment se fait-il que votre ville ait continué de prospérer malgré tout ?

— C'est parce que la terre ici est fertile, et qu'il y a une forte demande pour les produits maraîchers à Melbourne. Nous sommes en train de devenir un centre d'approvisionnement régional, dit Samuel Grove en désignant les champs d'un geste circulaire, et comme nous sommes sur la route de Bendigo, il y a beaucoup de passage, ce qui est bon pour le commerce. Il y a trois cents habitants permanents en ville et à peu près autant dans les fermes alentour.

Cela parut très peu à Mark, mais l'épicier semblait fier de sa bourgade.

— Je vous remercie pour toutes ces précisions, lui dit Mark. Puis-je vous confier mes bagages pendant que je fais le tour de Rossall ? Pour ne rien vous cacher, j'envisage de monter une affaire ici.

— Oh ? Et peut-on savoir quel genre d'affaire ?

— Je tenais une rôtisserie en Angleterre, et l'idée m'est venue de faire la même chose ici.

Samuel lui sourit de toutes ses dents.

— À la bonne heure ! Les voyageurs n'ont nulle part où se restaurer, et nous recevons pas mal de visiteurs les jours de marché. Sans compter tous les vieux garçons qui ne seraient pas mécontents de manger un repas chaud. C'est que nous manquons cruellement de femmes dans les colonies.

Mark se mit en route, marchant lentement, prenant le temps d'observer les maisons et les gens. Tous avaient l'air de bien s'entendre, contrairement aux orpailleurs, et on ne sentait aucune animosité entre eux. Mais la bourgade ne ressemblait en rien à celles d'Angleterre, consistant en une rue principale qui grimpait légèrement à une extrémité, puis obliquait pour former une fourche avec une rue adjacente. Il y avait plusieurs venelles qui cheminaient au petit bonheur, comme pour s'adapter aux maisons qui avaient poussé là et non l'inverse.

Deux heures plus tard, il avait fait le tour du bourg et échangé quelques mots avec les riverains. Quelqu'un avait eu la bonne idée d'installer une décharge à ordures à l'écart de la zone habitée, de sorte que la ville était plus propre que beaucoup d'autres. L'eau provenait d'une source vive située à l'opposé du dépotoir. L'homme qui la lui fit visiter déclara fièrement que le conseil municipal avait érigé une clôture tout autour, pour éviter qu'elle ne soit polluée par les bêtes sauvages ou les vagabonds, et aménagé un système de canalisations permettant d'alimenter les foyers en eau potable moyennant une petite redevance.

Mark retourna à l'artère principale et l'examina avec l'œil d'un homme d'affaires cette fois. S'il ne trouvait pas à s'installer ici même, il était inutile d'ouvrir une taverne. Il fut frappé une fois encore par la façon dont les maisons étaient disposées, certaines en bordure de chaussée, d'autres en retrait et entourées de pimpants jardinets. Elles étaient pour la plupart en bois avec des toits en zinc.

Deux édifices dominaient la rue, l'église à un bout et la banque à l'autre. Un panneau à l'extérieur de l'église indiquait qu'elle servait de lieu de culte à deux ou trois congrégations différentes et qu'elle avait été construite grâce à la participation de tous. Voilà qui est de bon augure, songea Mark. La banque était un immeuble de brique rouge, à la façade imposante, plantée au beau milieu d'une friche, comme si elle avait attendu que d'autres maisons viennent pousser autour d'elle.

Ainsi que M. Grove le lui avait dit, il n'y avait pas de taverne en ville, même si l'hôtel local proposait « Repas et chambres ». Cependant, lorsqu'il y entra et demanda à manger, le patron lui répondit qu'on ne servait que le dîner du soir, et cela sur un ton qui ne dénotait guère d'enthousiasme. Quant à l'unique débit de boissons, c'était un bouge qui empestait la bière et la fumée de pipe mêlées à une odeur d'urine provenant des latrines situées sur l'arrière. Et là non plus, on ne servait pas à manger.

Il retourna au magasin d'alimentation générale.

— J'aime bien cet endroit, dit-il à l'épicier. Je crois que je m'y plairais.

Bombant fièrement le torse, M. Grove se présenta comme le maire de la ville. Puis il cria à une dénommée Sally de le remplacer derrière le comptoir, pendant qu'il emmenait Mark dans l'arrière-boutique. L'ayant fait asseoir, il s'enquit de ses intentions et de sa situation financière.

Avec l'aide enthousiaste de Samuel Grove, Mark put louer une petite maison située en plein centre. Il ne songeait pas à devenir propriétaire dans l'immédiat, mais il posa malgré tout une option d'achat en attendant de voir comment évoluaient ses affaires.

C'était terriblement excitant de pouvoir s'installer quelque part et de mener une vie normale, et il se mit à siffloter gaiement.

*

Quinze jours plus tard, Mark ouvrait son restaurant. Il alla se poster au milieu de la chaussée pour contempler la nouvelle enseigne beige et rouge accrochée au-dessus de la porte : TAVERNE, propriété de M. Gibson.

C'était une façon bien plus agréable de gagner sa vie que de chercher de l'or.

Il engagea une femme à tout faire, pour la cuisine et le service. Jamais quiconque ayant grandi avec Annie et Kathy n'aurait toléré le moindre laisser aller dans une salle à manger. Il veilla à ce que l'office et la dépense soient aussi propres que ceux de sa rôtisserie de Bilsden.

Les clients qui vinrent déjeuner le premier jour étaient des hommes à l'aspect peu recommandable. Méfiant, il exigea d'être payé d'avance, ce qui provoqua quelques protestations, mais promit de rembourser ceux qui ne seraient pas pleinement satisfaits du menu du jour.

Quand il revint dans la salle, les bras chargés d'assiettes pleines à ras bord de ragoût, deux clients étaient en train de s'invectiver. Le plus costaud des deux menaçait l'autre « de lui en coller une bonne s'il ne la fermait pas ».

Furieux, Mark posa les assiettes sur une desserte, et s'interposa entre eux.

— Pas de bagarre ici, tonna-t-il, sinon je vous mets dehors définitivement.

Le costaud, que tout le monde semblait craindre, lui rit au nez.

Hors de lui, Mark l'empoigna par le col de sa chemise et l'arracha à son tabouret.

— On est dans une maison *respectable* ici, pas dans un bouge pour soiffards.

Le gaillard tenta de se débattre mais Mark, dont le travail à la mine avait musclé les bras, le tenait solidement.

— Si tu veux te battre, sortons et je vais te montrer de quel bois je me chauffe.

Le gaillard le repoussa violemment.

Le silence se fit dans la salle tandis que les deux hommes se faisaient face. Mais Mark ne cilla pas, prêt à se battre jusqu'au bout pour protéger la réputation de son restaurant.

— Fameux ce ragoût, lança une voix calmement depuis l'autre bout de la pièce. Ça faisait longtemps que je n'en avais pas mangé d'aussi bon. Ce serait dommage de le laisser perdre.

L'homme qui, quelques instants plus tôt, s'était querellé avec l'adversaire de Mark jeta un coup d'œil à son assiette fumante puis se rassit et commença à dévorer de bon appétit.

— C'est vrai qu'il est bon ! Hé, viens t'asseoir, Ratty, et mange ! On réglera cette affaire plus tard.

Voyant son compère tremper son pain dans la sauce avec délectation, Ratty se lécha les babines.

— C'est bon pour cette fois, dit-il en se retournant vers Mark.

Puis il ramassa son tabouret tombé à terre et se mit à table.

— Les règles sont les mêmes pour tous. Je ne tolérerai pas qu'on sème le trouble dans mon établissement, annonça Mark d'une voix forte et claire.

Puis il alla servir deux autres clients qui attendaient, et alla ensuite se poster bras croisés dans un coin de la salle pour garder Ratty et son acolyte à l'œil.

Quand l'homme qui avait désamorcé la crise se leva pour sortir, Mark lui lança :

— Merci pour votre aide.

— Avec plaisir. Ce serait pitié de gâcher une aussi bonne nourriture. Je reviendrai. Et Ratty aussi, sûrement.

Bientôt, les fermiers des environs vinrent approvisionner Mark en viande et en légumes frais. Ils n'étaient pas mécontents de pouvoir vendre une partie de leurs produits à un client du bourg. Mark salait la viande qu'il ne pouvait pas utiliser rapidement pour ne pas risquer de la perdre.

Ayant constaté qu'aucune femme n'entrait jamais dans la taverne, il alla consulter Mme Grove.

— Il faut ouvrir une seconde salle réservée aux femmes et aux enfants, lui conseilla-t-elle. Et vous aurez du monde les jours de marché, entre les dames qui arrivent par la malle-poste et les mères de famille.

Bien que sa clientèle ne fût pas assez importante pour qu'il puisse espérer faire fortune, elle lui permettait malgré tout de mettre du beurre dans les épinards et de mener une vie confortable.

Mais les cauchemars revenaient le hanter à propos de l'homme qu'il avait tué. Et il se demandait s'ils cesseraient un jour.

*

En août 1862, Mark reçut une lettre d'Angleterre. Les Parker la lui avaient fait suivre depuis Melbourne et elle lui parvint toute froissée. Quand il l'ouvrit, il trouva une photographie de son père et de Kathy, un petit enfant sur les genoux. Ça ne pouvait être que le sien. Il en fut si bouleversé qu'il eut du mal à retenir ses larmes. Il s'empressa d'aller ranger la lettre et décida d'attendre la fin de son service pour pouvoir la lire en toute tranquillité.

La journée lui parut interminable.

Enfin, quand Ginny fut partie après avoir éteint toutes les lumières de la cuisine, il sortit l'enveloppe pour examiner la photo de John Gibson. Cela signifiait-il que son père l'avait pardonné ?

Il lut la lettre.

Son père et Kathy allaient bien, ainsi que tous ses frères et sœurs, mais Frederick Hallam était mort.

Mark fut peiné d'apprendre sa disparition, car il savait sa sœur très attachée à son second mari, un homme apprécié et respecté de tous.

Nelly aussi était morte !

Il fut si stupéfait qu'il dut relire trois fois le paragraphe avant de digérer la triste nouvelle. Un terrible sentiment de culpabilité l'envahit quand il apprit que M. Burns l'avait obligée à se marier, à la suite de quoi elle s'était laissée dépérir après avoir mis au monde l'enfant de Mark. Tout était de sa faute à lui. Les Gibson étaient maudits ! Il baissa la tête sans chercher à retenir ses larmes.

Puis il reprit sa lecture et apprit que sa fille s'appelait Faith et qu'elle avait été recueillie par son père et Kathy. Dieu merci, elle n'était pas restée chez les Burns ! Il se demanda quelle sorte de bébé elle était. Sur la photo, on voyait une jolie petite aux cheveux bruns et au sourire éclatant. Elle ressemblait à Nelly, et à lui aussi. Il alla chercher la glace dont il se servait pour se raser et examina tour à tour ses propres traits et ceux de la fillette. C'était son enfant sans doute possible. Il lui était arrivé d'en douter étant donné que Nelly n'était plus vierge quand il l'avait connue. C'était d'ailleurs l'une des raisons pour laquelle il avait refusé de l'épouser, même s'il ne l'avait jamais dit à personne.

Une semaine s'écoula avant qu'il se décide à répondre. Dans sa lettre il évoqua en termes vagues une possible visite en Angleterre. Cela ne pourrait pas se faire avant longtemps, même s'il espérait – et leur laissait espérer – que cela arriverait un jour. Mais il leur promit de leur écrire régulièrement.

Il avait pris conscience que ce qu'il voulait c'était se marier et fonder une famille. Les jeunes femmes de Rossall commençaient à manifester de l'intérêt pour ce qu'elles considéraient comme un bon parti, mais Mark ne se sentait attiré par aucune d'elles. Malheureusement. Car son corps vigoureux de jeune homme ne cessait de lui rappeler qu'il n'était pas fait pour le célibat.

*

Keara fut désolée quand les Gallagher quittèrent Ballymullan. Elle avait eu plusieurs conversations avec Noreen Gallagher et appris pas mal de choses concernant l'Australie. À l'en croire, c'était un pays fabuleux, et tandis que la pluie s'installait durablement, Keara se prit à rêver de soleil et de beau temps.

L'excellente humeur de M. Mullane fit place à la morosité après le départ de ses cousins, et il passait le plus clair de son temps dans les écuries.

Mme Mullane, qui avait été odieuse pendant tout le temps que dura leur séjour, s'ingéniait à rendre la vie impossible à Keara, comme si elle prenait un malin plaisir à l'humilier et à semer le désordre dès que sa femme de chambre avait fini de ranger.

Cela n'échappa pas à Theo, qui avait remarqué les traits tirés de la jeune fille. Elle semblait exténuée. Il savait qu'elle se faisait du souci pour sa mère, car Diarmid lui avait confié que Betsy Michaels n'allait pas bien. Devait-il intervenir ? Sans doute pas, car la dernière fois qu'il avait essayé de plaider la cause de Keara auprès de son épouse, les choses n'avaient fait que s'envenimer.

Il s'efforçait d'emmener Lavinia le plus souvent possible en promenade pour laisser à Keara le temps d'aller rendre visite à ses parents, mais sans grand succès. Grelottant de froid dans le cabriolet, Lavinia se plaignait du mauvais temps, déclarant qu'il n'y avait rien à voir ou à faire en Irlande.

— Il pleut tout autant au Lancashire ! avait-il fini par exploser. C'est la raison pour laquelle il y a des filatures là-bas.

— Mais le Lancashire c'est chez moi, avait-elle rétorqué en faisant la moue, comme une enfant capricieuse.

Certains soirs, l'idée de l'approcher le révulsait, mais l'envie d'avoir un enfant était la plus forte, et peu lui importait que ce fût un garçon ou une fille.

Parfois il croisait Keara au village, avec l'une ou l'autre de ses sœurs, et son cœur se serrait à la pensée que cet ivrogne de Mick Michaels avait pu engendrer des filles aussi adorables alors que lui-même ne parvenait pas à avoir d'héritier.

Pour Keara, ces visites au village avaient un goût doux-amer. Sa mère était très affaiblie, mais tous faisaient comme si ce n'était que passager et que Betsy irait mieux dès que les beaux jours reviendraient.

Keara en vint à se demander si elle ne ferait pas mieux de donner sa démission pour pouvoir rester en Irlande auprès de ses sœurs. Elle se faisait un sang d'encre à l'idée de laisser sa mère pour retourner au Lancashire.

À supposer qu'elle ne la revoie plus jamais ?

*

Réalisant qu'il allait avoir besoin de plus d'ustensiles de cuisine et de vaisselle, Mark décida de faire une virée à Melbourne. Ginny avait suffisamment d'expérience à présent pour faire tourner l'auberge sans lui avec l'aide de sa sœur Cissy.

Il écrivit aux Parker pour leur demander s'ils pouvaient l'héberger, et ceux-ci lui répondirent qu'il y avait toujours de la place chez eux pour un vieil ami. Il prit la nouvelle diligence qui se rendait trois fois par semaine en ville. Les choses changeaient rapidement, le pays se civilisait tandis que les gens venaient toujours plus nombreux s'installer dans les environs. Mais, au grand dam de Mark, qui aimait voyager en train, ce n'était pas demain la veille que le chemin de fer arriverait à Rossall Springs, s'il y arrivait un jour.

Ses habitants proclamaient fièrement que Melbourne était la ville d'Australie qui se développait le plus vite, et le fait est qu'on y croisait de plus en plus de monde. Les grandes avenues regorgeaient de fiacres transportant des gens élégamment vêtus, et Mark avait lu quelque part que les Melbourniens se vantaient de n'avoir que quelques mois de retard sur la mode parisienne ou londonienne. Il détaillait les passants, ne pouvant s'empêcher de remarquer que certaines dames étaient très attirantes dans leurs robes à crinoline. Leurs coiffures aussi semblaient avoir changé. Comment ne pas remarquer ces détails quand on avait plusieurs sœurs et que l'une d'elles possédait une maison de couture ?

Il baissa les yeux sur ses propres vêtements. Minables. Il n'y avait pas d'autre mot pour les décrire. Il était grand temps qu'il se refasse une garde-robe. Et devait-il se laisser pousser la moustache ? Les messieurs étaient nombreux à en porter. Non. Sans doute était-il de la vieille école, mais il aimait se sentir rasé de près. À la concession, il s'était laissé pousser la barbe faute de pouvoir faire autrement, mais elle le démangeait, et il s'était juré que cela n'arriverait plus.

Partout de nouveaux bâtiments étaient en train de sortir de terre. Il s'arrêta devant une banque flambant neuve pour en admirer la façade en marbre. Non loin de là, sur le trottoir d'en face, il aperçut une compagnie d'assurances, tout aussi opulente. Quant aux beuglants mal famés de Bourke Street, où Walter avait essayé de l'entraîner une fois, ils semblaient avoir disparu, ou tout au moins avoir été déplacés.

Comme il tournait au coin de la rue, il entra en collision avec une femme. Se reculant, il souleva aussitôt son chapeau pour s'excuser. C'est alors qu'il reconnut Patience Jenner. Elle était mal habillée et semblait amaigrie et abattue. Il resta interdit, ne sachant que dire.

Posant une main sur sa poitrine, la jeune femme s'écria :

— Mark Gibson !

Il sentit quelque chose en lui s'attendrir.

— Pouvons-nous faire quelques pas ensemble, Patience ? J'aimerais tant savoir comment vous – et votre famille, naturellement – vous portez. Je me suis souvent demandé ce que vous étiez devenus, tous.

Elle serra son panier de courses contre elle, comme pour se protéger, puis jeta un coup d'œil à l'horloge qui surplombait une devanture.

— Il faut que je rentre à la maison. Maman n'est pas bien aujourd'hui et j'ai du ménage à faire. Mais…, hésita-t-elle, avant d'ajouter précipitamment : Moi, aussi, j'aimerais savoir comment vous allez. Quelques minutes peut-être…

Il lui offrit son bras et ils se mirent en route, obliquant dans une rue moins passante, pour pouvoir bavarder et échanger des nouvelles tranquillement. Il réalisa qu'il se sentait aussi à l'aise en sa compagnie que lorsqu'ils étaient sur le bateau.

— Vous avez l'air en pleine forme, monsieur Gibson, dit-elle, en laissant son regard s'attarder un instant sur ses traits.

Il aurait aimé pouvoir lui retourner le compliment, mais elle semblait encore plus frêle qu'avant, et très malheureuse.

— Avez-vous fait fortune à la mine ?

— Presque. Mais mon associé s'est enfui avec tout ce que nous avons gagné. Alors, j'en ai eu assez. La vie était trop difficile là-bas. Trop violente.

— Harry est parti chercher de l'or.

— Où cela ?

— Je ne sais pas. Il s'est sauvé peu de temps après avoir débarqué, et n'a pas donné de nouvelles depuis.

Elle soupira.

Mark ne chercha pas à lui donner de faux espoirs.

— La vie des orpailleurs est rude, et la plupart des hommes rentrent bredouilles. Il va revenir un jour, vous verrez.

— Mon père l'a renié.

— Ah ?

— Et la vie n'est pas facile ici non plus.

Il y avait quelque chose de désabusé dans le ton de sa voix, et il était évident qu'elle n'était pas heureuse. Elle ouvrit la bouche pour dire quelque chose, puis la referma et secoua doucement la tête.

— Dites-moi ce qui ne va pas, Patience, lui demanda-t-il. Je vois bien que quelque chose vous tourmente.

Elle baissa la tête et se remit à marcher. Mais après une minute, les mots se mirent à jaillir comme si elle ne pouvait plus les retenir.

— Mon père est devenu intraitable. Et il nous mène la vie dure. Mais le pire de tout, c'est qu'il insiste pour que j'épouse un membre de la congrégation.

— Et vous n'aimez pas cet homme ?

— Je te déteste. Il est cruel. Son épouse est morte l'année dernière et il a déjà quatre enfants. Ce qu'il cherche, c'est une femme de ménage et une bonne d'enfants, pas une épouse. Et puis il est aussi âgé que mon père et tout aussi fanatique. La vie avec lui serait un enfer, ajouta-t-elle, la voix brisée.

— Et vous ne pouvez pas refuser ?

Elle leva vers lui un regard désespéré.

— J'ai essayé. À plusieurs reprises. Mais vous ne connaissez pas mon père. Il est irascible. Chaque fois que je dis non, il m'oblige à m'agenouiller et il se met à prier, parfois pendant des heures. Je crois que je ferais mieux de rentrer, dit-elle soudain d'une voix morne. Je vais m'attirer sa colère si je suis en retard.

— Pensez-vous que je devrais venir saluer vos parents ?

Elle secoua la tête.

— Je ne crois pas que vous seriez le bienvenu. Nous ne fréquentons plus que les gens de la paroisse désormais.

— Je ne supporte pas de vous savoir aussi malheureuse.

Il se sentait tellement bien en sa compagnie, que la solution lui sauta soudain aux yeux. Tandis qu'ils se remettaient à marcher, il inspira profondément et demanda :

— Que diriez-vous de m'épouser à la place ?

Il songea que ce serait une bonne action, qui l'aiderait non seulement à se racheter un peu de la façon dont il avait traité Nelly, mais également du meurtre qu'il avait commis et qui ne cessait de le hanter.

Prudence, interloquée, se figea sur place.

— Mais vous… je…, bredouilla-t-elle en rougissant. Oh, Mark, si seulement je le pouvais. Mais… votre demande me surprend.

— Je me sentais attiré par vous quand nous étions sur le bateau, Patience, et il m'a semblé que c'était réciproque, mais ce n'était pas le bon moment. C'est la raison pour laquelle je me suis rétracté. Mais maintenant… c'est différent. J'ai monté ma propre affaire et je suis en mesure d'offrir une vie confortable à une épouse, même si ce n'est pas sur un grand pied. Je m'estime très chanceux de vous avoir croisée de nouveau, car de toutes les femmes qu'il m'a été donné de côtoyer, vous êtes celle que je préfère.

Elle écarquilla les yeux.

— Vraiment ?

— Oui, je me suis toujours senti bien en votre compagnie.

— Comme avec une vieille pantoufle, railla-t-elle.

— Disons plutôt une vieille connaissance. Puis-je vous raccompagner chez vous et demander votre main à votre père ?

Les yeux de Patience s'emplirent de larmes.

— Il refuserait. Il tient absolument à ce que j'épouse son ami et considère tous les gens extérieurs à la congrégation comme des hérétiques.

Mark lui prit la main et lui sourit.

— Mais vous accepteriez, n'est-ce pas, si vous le pouviez ?

Elle rougit, mais soutint son regard.

— Quel âge avez-vous ?

— Vingt et un ans, bientôt vingt-deux.

— Dans ce cas, vous n'avez pas besoin de la permission de votre père, si ?

Sa tristesse s'évanouit, remplacée par une lueur d'espoir.

— Non, certes… mais est-ce raisonnable ?

— Bien sûr. Vous ne verriez pas d'inconvénient à vivre à la campagne ?

Songeant qu'elle s'inquiétait peut-être de sa situation financière, il se mit en devoir de lui parler de sa taverne et du bourg où il habitait, tandis qu'elle inclinait la tête de côté, comme elle le faisait quand ils étaient sur le bateau et qu'elle l'écoutait attentivement. Elle pouvait être si jolie, mais pas dans cette robe sévère et mal coupée qui l'enveloppait telle une cape de solitude.

— Comment ferons-nous ? demanda-t-elle en lançant un regard furtif derrière son épaule, comme si elle craignait d'être entendue.

— Dites-moi où vous habitez et comment je puis vous faire passer un message. Je vais m'occuper des formalités et vous tiendrai informée.

Après qu'ils eurent échangé leurs adresses, il la regarda s'éloigner. Avant de tourner au coin de la rue, elle lui adressa un dernier sourire et un signe de la main.

Il avait pris la bonne décision. Il se sentait tellement seul depuis qu'il était arrivé en Australie. Ce n'était pas un grand amour, comme celui d'Annie et Frederick, mais il lui procurait de la joie et un sentiment de bien-être, et c'était plus que suffisant.

D'ailleurs, il ne méritait pas de tomber aussi amoureux qu'Annie, pas après ce qu'il avait fait à Nelly.

*

Trois jours plus tard, juste avant l'aube, Patience se leva et tendit l'oreille pour s'assurer que son père n'était pas encore debout. Elle alla à la cuisine pour allumer le feu comme elle le faisait chaque matin, puis se rendit aux cabinets, au fond de la cour. Mais lorsqu'elle ressortit de la petite cabane, elle vit son père planté sur le seuil de la cuisine, les bras croisés et l'air furieux.

Son cœur fit un bond dans sa poitrine. Il avait dû trouver son baluchon sur la chaise, et soupçonneux comme il l'était, l'avait ouvert pour voir ce qu'il contenait.

— Venez ici tout de suite, ma fille ! rugit-il en voyant qu'elle restait rivée sur place.

Mais au lieu de lui obéir, elle se mit à courir à fond de train vers la clôture.

Elle entendit son père lui hurler de revenir, tandis qu'elle débouchait dans la venelle.

Jamais elle n'avait couru aussi vite. Elle ne s'arrêta qu'une fois hors de sa portée, et même là, elle ne fit qu'une courte pause avant de se remettre à détaler tête baissée et les poumons en feu. Elle jeta un coup d'œil en arrière pour voir s'il s'était lancé à ses trousses, mais ne vit que deux passants qui l'observaient, l'air surpris. Elle poursuivit sa route en s'obligeant à marcher pour ne pas attirer les regards, puis se remit à courir malgré elle, poussée par la panique. Ce n'est qu'après avoir tourné au coin de trois autres rues qu'elle ralentit son allure, hors d'haleine et avec un point de côté.

La maison des Parker, proche du centre, n'était pas bien difficile à trouver. Une femme au sourire affable vint lui ouvrir la porte.

— Je suis la fiancée de Mark, annonça-t-elle, à bout de souffle.

Quand Mark vint la rejoindre dans le petit salon, elle se jeta dans ses bras en sanglotant. Ici, elle se sentait en sécurité, hors d'atteinte des griffes de son père.

10

Juin-novembre 1863

Lors de leur visite suivante à Ballymullan, Keara courut voir les siens dès qu'elle le put. Elle s'arrêta net sur le seuil en voyant sa mère, si amaigrie qu'elle semblait presque éthérée. Un sentiment de terreur l'anéantit. Non, pas maintenant, pas encore, implora-t-elle. Mon Dieu, laissez-la nous encore un peu.

— Ça va, m'man ? demanda-t-elle quand elles s'assirent pour boire une tasse de thé.

Ismay aidait Arla à la boutique et Mara, comme Betsy l'expliqua fièrement, était à l'école du village qui venait d'ouvrir grâce à l'aide de M. Mullane.

— Je ne suis plus aussi vaillante qu'avant, ça c'est sûr, mais je fais aller, ma chérie. Je vieillis, tu sais. Mara m'aide beaucoup. Elle fait toutes les courses pour moi, maintenant. Betsy regarda autour d'elle en souriant. Et ce cottage est tellement plus confortable. Si Dieu le veut, j'ai encore quelques bonnes années avec vous, mes filles.

Keara avait cependant l'impression que la vie de sa mère ne tenait qu'à un fil. Le simple fait de préparer le thé avait fait perler des gouttes de sueur sur son front pâle. Mais comme Betsy était visiblement déterminée à faire comme si tout allait bien, elle ne dit rien.

Ensuite, Keara se rendit au village. Arla laissa sortir Ismay pour qu'elle voie sa sœur quelques minutes. Les deux jeunes filles s'étreignirent tendrement, puis Keara lança sans tourner autour du pot.

— M'man a l'air d'aller plus mal.

Ismay croisa les bras et hocha la tête.

— C'est le cas. Elle s'est un peu remise après ta dernière visite, puis a recommencé à s'affaiblir. Mais ne voulait pas qu'Arla t'en parle dans ses lettres, elle affirme qu'elle finit toujours par se requinquer. Sauf que cette foi, impossible de cacher la vérité. M'man est essoufflée au bout de trois pas. C'est Mara et moi qui devons faire à peu près tout à la maison, et lui, il ne lève pas le petit doigt, bien sûr. Diarmid a fait venir le docteur. Il dit qu'il n'y a rien à faire et… d'après lui, elle ne passera pas Noël, conclut-elle en essuyant une larme.

— Non ! s'écria Keara, horrifiée. Est-ce qu'elle le sait ?

— Bien sûr que non. Papa le sait, lui, mais il dit qu'elle fait semblant d'aller mal pour se la couler douce. Comment peut-il prétendre une chose pareille alors qu'il l'a sous les yeux ?

La bouche d'Ismay se mit à trembler quelques instants, mais elle se força à continuer :

— Et Arla ne va pas bien non plus, même si elle ne se plaint jamais. Elle a très mal au ventre.

— Arla ?

— Oui.

— Mais… que va-t-il vous arriver à toi et à Mara si m'man… si m'man…

— Je ne sais pas, répondit Ismay. J'en perds le sommeil. Une chose est sûre, ce n'est pas lui qui va nous aider !

Keara serra brièvement sa sœur dans ses bras.

— S'il arrive quelque chose, je partirai de chez les Mullane et nous vivrons toutes les trois ensemble.

— Tu ferais ça ?

— Bien sûr, Ismay. J'ai vingt et un ans, je suis assez grande pour m'occuper de vous deux et… mais qu'est-ce que tu as à pleurer comme ça ? Viens, mon ange. Elle prit de nouveau sa sœur dans ses bras.

— C'est juste que je croyais que… je croyais que tu t'en fichais… Ismay pleurait de toute son âme… que tu garderais ta bonne place et que tu nous laisserais seules avec lui. Et moi, je crois que ça, je ne pourrais pas le supporter.

— Je ne ferais jamais une chose pareille. Je ne voulais même pas prendre ce travail ; tu te souviens ?

Les deux sœurs se regardèrent en souriant malgré leurs yeux pleins de larmes.

— Faisons quelques pas, tu veux bien ? suggéra Keara. Nous devrons probablement aller vivre à la ville, mais si nous trouvons un travail toutes les deux, alors on pourra louer une chambre où vivre avec Mara. Papa se fiche de nous. Son seul souci, c'est qu'il n'aura plus personne pour s'occuper de lui.

— Il se trouvera une autre femme. Apparemment, il leur plaît, même s'il est en train de devenir chauve. Tu sais, Mara et moi, on n'est jamais allées dans une ville. Ça fait un peu peur.

— La ville, c'est très grand et très sale. Mais il y a du travail. Les gens sont comme nous, il n'y a pas de quoi avoir peur. Elle sourit à Ismay. On pourrait aller à Sligo, ou bien partir en Angleterre. Pas dans le Lancashire, il n'y pas de travail, mais peut-être dans le sud… Oh, il y a tellement d'endroits où nous pourrions aller.

Elle s'efforça de rire, histoire de paraître plus confiante qu'elle ne l'était.

— Nous ne trouverons rien à Ballymullan. De toute façon, je ne crois pas que j'ai envie de rester ici. Elle préférait mettre de la distance entre elle et Mme Mullane… et M. Mullane.

Ismay étreignit sa sœur une dernière fois et la gratifia d'un fragile sourire.

— Tu m'as libérée d'un poids, Keara.

Keara avait eu beau tenir des propos confiants, son cœur se glaçait d'angoisse quand elle pensait à sa mère. Elle ferait bien de commencer à épargner ses shillings, désormais, au lieu de les dépenser en nourriture pour de pauvres gosses affamés. Elle et ses sœurs risquaient d'en avoir bien besoin, si elles devaient trouver du travail et un nouveau toit.

*

Quelque temps après, contre toute attente parce que les visites nocturnes de son mari s'étaient faites très rares, Lavinia tomba de nouveau enceinte. Cela la mit fort en colère, en premier lieu contre son époux mais aussi contre le monde entier, y compris sa femme de chambre. Même si elle ne frappait plus Keara, elle continuait de lui rendre la vie impossible.

Une fois encore, elle implora Theo de la laisser rentrer dans le Lancashire. Quand la grossesse fut confirmée, on ramena Lavinia chez elle sans hâte et entourée de tous les luxes possibles.

Keara envisagea sérieusement de donner son congé pour rester avec sa famille mais Betsy l'enjoignit d'arrêter de faire l'idiote. Elle devait conserver sa place, répétait-elle sans relâche, de plus en plus agitée. Keara finit par le lui promettre.

De retour dans le Lancashire, elle se retrouva comme toujours piégée par sa propre compassion. Elle ne pouvait s'empêcher de penser à ce bébé que désirait tellement son maître. Alors, elle massait le dos endolori de sa maîtresse et prenait soin d'elle quand elle avait des nausées.

Mais, tous les jours, elle s'inquiétait pour sa mère et ses sœurs, guettait le facteur dans l'attente d'une lettre des siens qui n'arrivait pas. Le père Cornelius n'aurait sûrement pas manqué de la prévenir s'il était arrivé quelque chose à sa mère…

Lavinia ne se calma que lorsque Theo dut s'absenter quelques jours.

— Il sait que la dernière fois, j'ai failli mourir, mais il veut quand même que je lui donne un enfant. Il serait heureux que je meure en couches. Comme ça, il pourrait épouser une jument qui lui pondrait toute une dynastie de rejetons aussi bestiaux que lui.

Avec le retour de Theo, l'agitation de Lavinia reprit de plus belle. Il appela le médecin.

— Elle est totalement irrationnelle. Dès qu'elle m'aperçoit, elle se met à couiner comme un lapin.

— Il arrive parfois que la grossesse déstabilise la psyché féminine. Et votre épouse a toujours été encline à une certaine, heu… agitation nerveuse.

Il toussota, se demandant comment formuler une suggestion qui lui paraissait aller de soi. Theo le devança, mais sur le ton de la plaisanterie.

— Je n'ai qu'à m'absenter jusqu'à l'accouchement, alors ?

— Hum… C'est peut-être la meilleure chose à faire, étant donné les circonstances.

— Vous parlez sérieusement ?

— Je crains bien que oui, mon cher monsieur.

Après un lourd silence, Theo répondit.

— Puisque c'est ainsi, je vais aller sur mes terres en Irlande.

Mais Lavinia n'était pas satisfaite de cette solution.

— Il vous faudra trop de temps pour revenir au cas où on aurait besoin de vous. Je veux que vous soyez auprès de moi pour l'accouchement.

Theo dut déployer des efforts surhumains pour garder son calme. Que voulait-elle qu'il fasse pendant les six mois à venir, puisqu'il était banni du foyer mais en même temps n'avait pas le droit de s'éloigner ?

— Très bien. Je… je vais trouver un endroit où aller.

— Il faut que ce soit près d'une gare de chemins de fer pour que nous puissions vous envoyer un télégramme en cas de besoin. Elle sanglota délicatement dans son mouchoir, se tamponna les yeux et puisa dans sa réserve de bouchées au chocolat qui, disait-elle, calmaient ses nausées, et qu'elle consommait en abondance.

— Je vais y réfléchir.

Il finit par se dire que la meilleure chose à faire était de la laisser en paix.

Dès qu'il eut quitté la maison, les larmes se tarirent comme par magie et furent remplacées par un sourire si satisfait que Keara comprit que Lavinia avait fait toute cette mise en scène juste pour se débarrasser de Theo. Elle fut écœurée de la duplicité de sa maîtresse. Dès que l'enfant serait né, décida-t-elle, elle partirait quoi qu'il arrive. Elle n'allait pas supporter cette vie beaucoup plus longtemps. Elle pourrait trouver à se placer comme femme de chambre en Irlande… Et puis Monsieur lui donnerait certainement de bonnes références, au cas où Madame refuserait.

Theo s'organisa pour séjourner à Londres. La capitale offrait tous les divertissements qu'un homme pût souhaiter mais il ne lui fallut pas quinze jours pour commencer à s'y morfondre. Il était un homme de la campagne, pas un citadin. Il adorait les chevaux, il aimait parcourir ses terres d'un trot vif, mais les concerts, le théâtre et les bavardages mondains le plongeaient dans un ennui abyssal.

Il eut toutefois la chance de rencontrer par hasard un éleveur de chevaux renommé qu'il connaissait vaguement, lord Keynsor, qui l'invita dans son domaine du Leicestershire. Quand Theo lui avoua que c'était le médecin qui lui avait enjoint de rester éloigné de son épouse enceinte, lord Keynsor éclata d'un grand rire sonore et le convia à rester chez lui aussi longtemps qu'il lui plairait.

Mais, bien qu'il appréciât beaucoup la compagnie de son hôte, Theo aurait préféré mille fois se trouver en Irlande et les mois passaient très lentement. Il chevauchait longuement dans la campagne, en réfléchissant à ce qu'il ferait une fois qu'il aurait rejoint sa femme.

Si l'enfant vivait, la réponse était simple. Il l'élèverait en Irlande. Dans le cas contraire, Theo savait qu'il ne supporterait pas de coucher une fois de plus avec Lavinia. Il la quitterait, les gens pourraient bien raconter ce qu'ils voulaient. Elle se porterait mieux sans lui, et l'idée de ne plus vivre avec elle lui semblait déjà une promesse de bonheur.

Quant aux enfants, jusque-là il avait tout fait pour éviter d'en avoir en dehors du mariage, mais peut-être que désormais il n'aurait plus d'autre choix.

*

Au mois de juin, Patience eut la certitude qu'elle était enceinte. Elle le confia à Mark alors que la première tempête hivernale faisait rage et que la pluie battait contre les vitres de leur maison à Rossall Springs. Mark s'en doutait bien, mais il n'en demanda pas moins :

— Tu es sûre ?

— Oui. J'ai parlé à Mme Grove de mes symptômes, répondit-elle en rougissant légèrement, et pour elle il n'y a aucun doute. Tu… tu es content ?

— Oui. Bien sûr que oui. Il la prit dans ses bras et l'embrassa en tentant de ne rien laisser paraître de ses sentiments. Il ne pouvait s'empêcher de se rappeler qu'une autre femme était déjà tombée enceinte de lui, et qu'elle en était morte.

Patience vivait sa grossesse dans un ravissement discret malgré les violentes nausées qui l'indisposaient en permanence. Mark était consterné qu'il n'y ait pas de médecin à Rossall Springs. Il envisageait d'emmener sa femme à Melbourne pour qu'elle consulte, mais elle refusa tout net.

— Je ne veux pas aller dans la ville où se trouve mon père.

C'est Alex Jenner qui vint à eux le mois suivant. Il arriva par la diligence et entra au restaurant avec un éclat guerrier dans les yeux.

Dès qu'elle l'aperçut, Patience se précipita dans la cuisine où Mark était aux fourneaux. Son père la suivit.

— Sachez que votre péché vous retrouvera ! tonna-t-il.

Mark entoura d'un bras l'épaule tremblante de sa jeune épouse.

— Patience n'a commis aucun péché, monsieur Jenner.

— Comment puis-je croire cet homme lubrique qui a fait semblant de courtiser ma fille sur le bateau et l'a maintenant arrachée à son foyer et à l'homme auquel elle était promise ?

Ginny le regardait avec des yeux exorbités et les clients avaient levé le nez de leur assiette. Mark ferma la porte qui communiquait avec la salle.

— Vous feriez mieux de venir dans notre appartement, monsieur Jenner. Mais je vous demande de bien vouloir baisser la voix, nous avons des clients.

— Et pourquoi donc devrais-je baisser la voix ? Je suis ici pour sauver une pécheresse.

Mark haussa le ton.

— Parce que si vous ne vous calmez pas, je vous chasse de chez moi !

Alex Jenner le regarda d'un air menaçant et prit une profonde inspiration, puis il croisa les bras.

— Je suis venu reprendre ma fille, pour qu'elle puisse se racheter aux yeux du Seigneur et…

— La place d'une femme est auprès de son mari, pas de son père.

M. Jenner regarda les deux jeunes gens tour à tour d'un air soupçonneux.

— Montrez-moi l'acte de mariage !

Maussade, Mark alla chercher la boîte émaillée qui renfermait leurs papiers importants et tendit l'acte à son beau-père.

Alex parcourut le document, le rendit à Mark d'un geste brusque puis aboya en direction de Patience.

— Ça ne change rien au fait que tu m'as désobéi, ma fille !

La jeune femme était livide. Avant que Mark ait le temps de se précipiter pour la soutenir, le souffle lui manqua et elle glissa à terre, évanouie.

— Si vos vociférations ont fait du mal à notre enfant, je vous démolis à coups de poing, tout beau-père que vous êtes ! lança Mark au visiteur tandis qu'il relevait Patience. Il l'allongea sur le sofa puis s'agenouilla à côté d'elle et lui prit la main.

Alex s'approcha et grommela.

— Ce n'est pas vous le mari que j'aurais choisi pour elle.

— Je suis le mari qu'elle a choisi, et pour moi c'est ce qui compte.

Patience soupira et ouvrit les yeux en battant des cils. Elle tint la main de Mark tandis qu'Alex commençait à prier à haute voix pour l'enfant à naître.

— Est-ce que je lui demande de partir ? chuchota Mark.

— Pas encore. J'aimerais bien avoir des nouvelles de ma mère… et peut-être qu'ils savent quelque chose à propos de Harry.

Le père conclut avec un *amen* retentissant et les toisa un moment avant de déclarer :

— J'ai décidé de te pardonner. Pour ta mère.

— Merci, père.

Mark était inquiet. Sa femme était soudain très nerveuse et sa pâleur ne l'avait pas quittée. Il n'avait pas l'intention d'inviter son beau-père à rester chez eux si cela mettait Patience dans un tel état, mais il fut bien forcé de se montrer poli.

— Est-ce que je peux vous offrir un rafraîchissement ?

— Absolument, répondit Alex. Et un lit, j'espère. Je ne peux pas repartir avant la diligence de demain matin. Est-ce que je vais être obligé d'aller à l'auberge ?

— Vous devrez dormir sur le sofa, nous n'avons pas de chambre d'ami.

Patience, reconnaissante, serra la main de son mari.

La journée sembla interminable. Mark était certain que son beau-père avait fait pleurer Patience plusieurs fois bien qu'elle essayât de le lui cacher. Mais il sentait à quel point tout son corps était tendu, il voyait sa main trembler quand elle servait son père, qui s'attendait visiblement à ce qu'elle soit aux petits soins pour lui.

— Bon, au moins vous ne chômez pas, déclara Alex de but en blanc lorsque Mark prit quelques minutes pour dîner avec eux. Je respecte cela. Mais pourquoi ma fille ne travaille-t-elle pas avec vous ?

— Parce qu'elle est souffrante. Et parce qu'elle ne doit pas prendre de risque, dans son état.

— Avec vous, elle vit comme un coq en pâte. Attention, la paresse est mère de tous les vices.

— Je suis convaincu que votre éducation l'a protégée de ce péril. Comment va votre fils ?

— Je n'ai pas de fils. Celui auquel ma femme a donné le jour s'est allié avec le diable, il ne fait plus partie de ma famille.

Mark respira profondément et se força à compter jusqu'à vingt.

Le temps leur sembla bien long avant qu'arrive l'heure d'aller se coucher. Quand ils furent enfin allongés dans l'obscurité, Mark chuchota :

— Il a beau être ton père, je serai content qu'il débarrasse le plancher. Je me demande pourquoi il est venu jusqu'ici.

Il comprit le lendemain matin.

— Je cherche un travail et un nouveau lieu pour m'installer, déclara Alex sans ambages au petit-déjeuner. Mon emploi actuel ne me satisfait pas, le propriétaire de l'épicerie est un homme impie.

Patience renversa le lait, marmonna quelques mots incompréhensibles et s'enfuit à la cuisine.

— Je vois qu'il y a quelqu'un qui travaille avec vous ici, mon fils, reprit Alex. Il serait plus correct que ce soit un membre de la famille.

— Vous voulez dire vous-même ?

Alex hocha la tête.

— Je suis un honnête travailleur, et je peux apprendre. Ce travail ne doit pas être si difficile puisque c'est une femme qui le fait. Et mon épouse se languit de sa fille. En outre, si je viens, je pourrai répandre la parole du Seigneur sur de nouvelles terres.

Mark vit sa femme qui se tenait dans l'encadrement de la porte, une main pressée contre sa bouche, le regard empreint de terreur.

— Je ne pense pas que ce soit une bonne idée, répondit-il d'une voix ferme. Je suis sûr que vous travaillez dur et que vous êtes honnête, mais cela me mettrait mal à l'aise de vous avoir avec moi, et il est clair qu'il n'y a pas assez de place dans cette maison pour vous loger. Et puis, pour ce travail, il vaut mieux une femme.

— « Honore ton père et ta mère… »

— Même si je vous accueillerai toujours poliment, monsieur Jenner, avec tout le respect que je vous dois, vous n'êtes pas mon père et, pour être franc, je suis convaincu que ne nous entendrions pas assez bien pour travailler ensemble. Il n'y a pas de place pour vous ici.

Alex le foudroya du regard.

— Vous m'interdisez les contacts avec ma fille ?

— Je ne vous prendrai pas comme employé et je préférerais que vous ne reveniez pas, mais je suis certain que Patience sera ravie d'écrire régulièrement à ses parents. Vous habitez toujours à la même adresse ?

Après moult soupirs et tergiversations, Alex se fit une raison, et il accepta des provisions de bouche pour le voyage de retour.

— Surtout, prévenez-nous quand l'enfant sera là. Et vous me promettez de le faire baptiser en bon chrétien, n'est-ce pas ?

— Bien entendu.

Après avoir dit au revoir à son beau-père, Mark regagna leur logement où il trouva Patience en larmes. Il passa un bras autour de son épaule et la réconforta jusqu'à ce qu'elle s'apaise.

— Ma chérie, ton père n'est qu'un vociférateur hypocrite.

— Et une brute. Il me fait peur, depuis toujours. Il a beaucoup empiré depuis que nous sommes arrivés en Australie. J'aimerais voir ma mère, je la plains. Et Harry ? Comment pourrai-je jamais le retrouver si mon père refuse tout contact avec lui ?

Mark n'avait pas de réponse à cette question.

Dès lors, une lettre des Jenner arriva au début de chaque mois, qui immanquablement plongeait Patience dans la tristesse.

Mark était très inquiet de voir sa femme toujours souffrante, avec ses yeux qui semblaient de plus en plus grands et lumineux dans son visage amaigri.

Mme Grove, d'ordinaire toujours prompte à donner de bons conseils, se sentait démunie. Elle suggéra sur le ton de la confidence que la pauvre Patience n'était pas d'une constitution robuste et qu'elle ne devrait peut-être pas porter trop d'enfants.

Mark était parfaitement d'accord. Il avait déjà décidé qu'il ferait son possible pour qu'il n'y en ait pas d'autres. Il y avait des moyens. Une grossesse comme celle-ci lui suffisait, un seul enfant aussi.

En réalité, deux, tout compte fait. Il avait une fille en Angleterre, dont il n'avait encore rien dit à Patience. Il voulait lui en parler mais ne trouvait jamais le bon moment.

Il espérait pouvoir faire la connaissance de la petite Faith, mais il allait devoir épargner dur s'il voulait se payer un voyage en Angleterre pour revoir sa famille. Pour le moment, seule comptait Patience, son bonheur et sa santé.

*

Caley et Noreen Gallagher se plurent immédiatement en Australie mais il allait leur falloir du temps pour trouver un domaine à acheter, vu leurs moyens limités. Ils louèrent une maisonnette dans les environs de Perth, alors capitale de l'Australie-Occidentale, et entreprirent de visiter les domaines à vendre.

— Il me faut des terres déjà défrichées, au moins en partie. Déraciner des arbres, ce n'est pas de mon ressort, et ça ne le sera jamais, lança Caley avec regret.

Rien que cette idée fit s'esclaffer Noreen.

— Je suis d'accord avec toi, mon chéri, dit-elle, avant de reprendre plus sérieusement : J'aimerais bien qu'on trouve une domestique.

— Comme la moitié des dames de Perth.

— On ne peut pas en vouloir à toutes ces jeunes femmes qui quittent leur emploi parce qu'elles préfèrent se marier. N'empêche que je me débrouille très bien pour la cuisine.

Ils finirent par trouver un domaine qui leur convenait à une centaine de kilomètres de la capitale, dans les environs de la petite ville de Bunbury. La maison leur parut spacieuse après le petit cottage et il y avait déjà plusieurs enclos.

Caley écrivit à Theo pour lui demander de lui expédier ses chevaux. Six mois plus tard, il reçut la réponse dans laquelle son cousin lui expliquait les détails du transport avec le nom du navire et la date prévue de son arrivée en Australie.

— Bon, on va pouvoir démarrer l'élevage, annonça-t-il, tout content. Les bêtes que j'ai achetées ici ne sont pas mal, mais nous allons améliorer la race avec les chevaux que je fais venir, et bientôt on entendra parler de nous. Il relut la lettre puis la tendit à sa femme.

— Theo me semble très abattu, commenta Noreen quand elle l'eut lue à son tour. Pourquoi diantre a-t-il épousé cette femme ?

— Pour l'argent.

Ils se regardèrent.

— Moi, je n'aurais pas pu, dit-elle avec un sourire en lui tendant la main.

— Moi non plus, mon ange, dit-il, puis il la prit dans ses bras, l'embrassa et la tint serrée contre lui. Et je suis vraiment ravi que nous ayons emménagé dans une maison plus grande, avec une chambre séparée de celle des garçons.

— Et moi donc ! s'exclama-t-elle en gloussant.

*

Theo n'était pas parti depuis une semaine que Lavinia commença à chambouler les habitudes à Eastwood House.

— Le courrier devra désormais m'être apporté directement, et personne ne doit y toucher tant que je ne l'aurai pas trié.

Elle avait découvert que la chaumière sur le domaine était inhabitée mais voulait savoir si son époux avait une autre maîtresse quelque part. Que pouvait-il bien faire de tout l'argent de son père, sinon le dépenser pour une autre ? Il était tellement mesquin avec elle.

Elle devint experte dans l'art d'ouvrir les enveloppes à la vapeur et y passait des heures. Comme elle chassait même sa femme de chambre quand elle se livrait à cette opération, Keara pouvait enfin profiter d'un peu de temps libre loin des caprices de sa patronne.

À sa grande déception, Lavinia ne trouva aucun indice d'une quelconque maîtresse dans la vie de son époux, pas la moindre correspondance avec une autre femme, pas l'ombre de ces sommes faramineuses qu'elle avait imaginées. En fait, il ne recevait que d'ennuyeuses lettres commerciales auxquelles elle ne comprenait rien, et les comptes montraient qu'ils étaient beaucoup moins riches qu'elle ne l'avait cru. Elle recacheta les lettres et les lui expédia, certaine qu'il ne vérifierait pas si elles avaient été ouvertes à son insu.

Un mois plus tard, elle tomba sur une lettre adressée à Keara et la regarda longuement, perplexe. La calligraphie révélait une main cultivée loin des gribouillis d'Arla Lynch. Avec qui cette fille pouvait-elle bien correspondre ? Sans l'ombre d'une hésitation, elle ouvrit l'enveloppe.

Le père Cornelius était au regret d'informer Keara que son père avait péri dans une chute de cheval. Un nouvel étalon l'avait précipité à terre et il était mort sur-le-champ, la nuque brisée. Sa mère la réclamait. Il ne doutait pas que M. Mullane lui accorderait un congé d'une semaine ou deux pour réconforter ses proches endeuillés.

Elle froissa la lettre et la jeta au feu, puis la regarda se consumer en riant. Pour qui se prenait-il, ce prêtre ? Demander à une femme dans son état de se passer de sa femme de chambre !

Elle ne mentionna pas la disparition de Mick Michaels et se montra plus affectueuse envers Keara pendant toute la semaine.

Theo était au courant du décès de son palefrenier, mais Diarmid lui avait dit que le père Cornelius avait écrit à Keara pour l'en informer et lui demander si elle pouvait revenir à Ballymullan pour une semaine ou deux. Il avait eu l'intention de s'assurer que Lavinia ne s'y opposerait pas, mais entre-temps on l'avait invité à aller voir un splendide alezan et il avait complètement oublié.

Une quinzaine de jours après la première lettre, le curé en envoya une autre dans laquelle il déplorait que Keara n'ait pas jugé bon de revenir, ni même de répondre, et il était au regret de l'informer que sa mère s'était éteinte dans son sommeil deux jours auparavant. Puis il poursuivait ainsi :

Se pose maintenant la question de ce qu'il va advenir de tes deux sœurs. Arla est elle-même souffrante et souhaiterait te voir, mais si tu n'es pas venue pour ta mère, je doute que tu fasses le voyage pour ta vieille amie.
Une cousine d'Arla a repris le magasin et il n'y a plus de travail pour Ismay. Quant à Mara, qui n'a que onze ans, elle est bien sûr un peu jeune pour gagner sa vie.
Je vais écrire à ton patron pour lui demander s'il a quelque idée pour subvenir aux besoins tes sœurs, mais Ismay me dit que tu es prête à quitter ta place pour trouver un travail en ville, de façon à ce que vous puissiez vivre ensemble toutes les trois, je suis donc convaincu qu'il sera possible de trouver une solution.

— Quoi ? hurla Lavinia, interloquée.

Se rappelant soudain que le prêtre allait écrire à Theo, elle passa en revue le reste du courrier et trouva une autre lettre avec la même calligraphie soignée.

Elle ouvrit l'enveloppe à la vapeur. Le père Cornelius demandait qu'on veuille bien renvoyer Keara à Ballymullan pour soutenir ses sœurs dans leur chagrin, et qu'on trouve un moyen pour subvenir à leurs besoins.

Elle ne brûla pas cette lettre, contrairement à celle qui était adressée à Keara, mais l'enferma à double tour dans le tiroir de son secrétaire. Elle se demanda quoi faire. En aucun cas elle n'était disposée à renoncer à une femme de chambre qui lui convenait aussi bien. Tant que Theo n'était pas au courant, elle avait le temps d'imaginer une solution.

Il lui fallut une semaine pour mettre au point un stratagème satisfaisant. Une de ses amies lui avait raconté qu'on avait aidé des ouvrières des filatures à rejoindre leurs proches en Australie. Avec la crise du coton qui perdurait, il n'y avait plus de travail.

L'Australie ! Lavinia savait que c'était à l'autre bout du monde. La traversée durait au moins trois mois, avait dit Noreen, et c'était pareil pour les lettres. Elle s'informa auprès de son amie.

— Comment avez-vous fait ?

— Il y a toutes sortes de bonnes œuvres qui s'en chargent, ma chère, selon les différentes confessions. Il suffit de leur donner de l'argent, et elles s'occupent de tout.

— Je vois.

Le lendemain, Lavinia écrivit au père Cornelius.

Mon époux m'a demandé de m'occuper de cette affaire. Keara est très perturbée et je suis mieux que lui en mesure de la réconforter. Elle n'envisage pas de quitter sa place, surtout maintenant que j'attends un enfant et que j'ai particulièrement besoin d'elle au cours de cette période difficile. Le médecin est d'ailleurs convaincu que sans sa présence apaisante à mes côtés, je n'aurais quasiment aucune chance de mener ma grossesse à terme. Comme vous le savez, j'ai déjà perdu plusieurs bébés.

Lavinia mordilla son porte-plume. Elle devait absolument trouver les bons mots.

Il semble préférable pour toutes les personnes concernées que les deux cadettes Michaels fassent leur chemin dans la vie sans Keara. Les cousins de mon époux nous ont parlé avec enthousiasme des grandes opportunités qu'offre l'Australie, et nous avons décidé d'y faire partir Ismay et Mara.
Je crois savoir que l'Église aide à l'envoi d'orphelines en Australie afin qu'elles puissent se placer comme domestiques. Vous trouverez ci-joint la somme de cinquante livres, qui devrait suffire aux frais du voyage, plus vingt livres dont vous userez comme vous jugerez bon pour secourir les pauvres de la paroisse. S'il faut davantage pour les sœurs Michaels, ayez, je vous prie, la bonté de m'en informer.
Keara s'est révélée une excellente femme de chambre à notre service, et nous sommes heureux de pouvoir ainsi aider sa famille. Nous sommes convaincus que les deux sœurs pourront trouver en Australie une vie meilleure qu'à Ballymullan.
Avec mes respectueuses salutations

Lavinia Mullane

Elle signa sa lettre d'un grand geste, la relut et hocha la tête, satisfaite.

*

Le père Cornelius était atterré. Il n'arrivait pas à croire que Theo Mullane puisse se montrer à ce point sans cœur. Il est vrai qu'il y avait la question du bébé, tout le monde savait que M. Mullane voulait désespérément un enfant. Malgré tout, le prêtre doutait que Keara ait été d'accord avec cet arrangement.

Il alla prier pour que le Seigneur lui montre la voie, puis se rendit au cottage, où Ismay et Mara attendaient toujours la réponse de leur sœur.

Mara vint à sa rencontre en sautillant.

— Vous avez des nouvelles de Keara, mon père ?

Il hocha la tête.

Une fois entré, il prit la chaise qu'on lui tendait et s'assit pesamment.

— Alors ? demanda Ismay que son silence impatientait. Qu'est-ce que Keara a dit ?

— Elle a parlé avec ses maîtres et… les mots avaient du mal à sortir de sa gorge… Ils pensent tous qu'il vaut mieux pour vous deux que vous preniez un nouveau départ en Australie.

Ismay le regarda fixement, en état de choc.

— Je n'en crois pas un mot.

— Votre sœur souhaite rester auprès de sa maîtresse, qui attend un enfant et a grand besoin d'elle.

— Je ne vous crois pas. Montrez-moi la lettre !

Il la lui tendit. Ismay la lut à voix haute en suivant les lignes de son index. Elle dut demander son aide au prêtre pour les mots les plus compliqués. Une fois la lecture achevée, elle garda les yeux fixés sur la feuille.

— Ce n'est pas une lettre de Keara.

— Non, mais c'est sa maîtresse, qui a pris les choses en main. Vous avez beaucoup de chance que des gens aussi importants que les Mullane se soucient de votre avenir, ma chère enfant.

— Ils veulent juste se débarrasser de nous.

Mara tira sur la manche de sa sœur.

— Je ne veux pas partir. Je veux Keara. Pourquoi est-ce qu'elle ne vient pas ?

La petite éclata en sanglots. Ismay passa un bras autour de son épaule et apostropha le curé.

— Nous n'irons pas dans cette Australie, vous pouvez le dire à Mme Mullane.

— Et alors, vous comptez faire quoi ?

— Je trouverai bien quelque chose.

— Tu as de l'argent ?

Elle rougit. Elle avait dépensé ses dernières économies le matin même pour acheter de la nourriture.

— Nous irons en Angleterre à pied s'il le faut ! Nous devons voir Keara. Nous devons parler avec elle.

— Si vous partez sur les routes, on vous prendra pour des mendiantes. Sans compter que Mara est trop jeune, elle tombera probablement malade.

— On ne va pas les laisser nous envoyer en Australie, répéta Ismay. Et de toute façon, je suis sûre que ce n'est pas ce que veut Keara. La dernière fois qu'elle est venue, on a parlé de ce qu'on ferait si m'man mourait. C'est Mme Mullane qui a manigancé tout ça.

— Allons voir Diarmid O'Neal, dit Ismay une fois le curé parti. Il nous aidera, lui. J'en suis sûre.

Mais Diarmid avait lui aussi reçu une lettre de Lavinia, et il était écartelé. Il n'approuvait pas que les deux cadettes soient séparées de leur sœur ainée, encore moins qu'elles soient envoyées à l'autre bout du monde, mais s'il faisait quelque chose qui pouvait contrarier Lavinia et qu'elle perde l'enfant, Theo ne le lui pardonnerait pas.

Il essaya d'expliquer son dilemme à Ismay, mais celle-ci ne l'écouta pas. Elle ne fit que répéter :

— Nous devons voir Keara.

— Tu ne peux pas voir Keara, Mme Mullane a besoin d'elle.

— Nous aussi, nous avons besoin d'elle.

— Mais sa maîtresse, encore plus.

— C'est impossible. C'est notre sœur, et notre vie dépend de ce qu'elle va faire.

— Ismay, je ne peux rien faire. C'est déjà décidé.

Quand elles furent parties, Diarmid écrivit à Theo pour lui demander s'il n'y avait pas un autre moyen d'aider les deux jeunes filles, en lui expliquant que la perspective de partir pour l'Australie les mettaient dans tous leurs états. En attendant, elles pourraient aider le personnel dans la grande maison.

C'est encore Mme Mullane qui répondit.

Comment pouvez-vous écouter deux gamines ignorantes qui ne savent pas ce qui est bon pour elles ? Theo est fermement convaincu d'agir pour leur bien, et même leur sœur se réjouit. Je vous demande de bien vouloir donner suite au projet.

Employez la force s'il le faut mais veillez à ce qu'elles embarquent sur le premier navire en partance pour l'Australie. Tout retard ne ferait qu'aggraver la situation. Une fois qu'elles seront en route, elles se calmeront et comprendront que la décision qui a été prise était la bonne.

Je ne retrouverai pas la paix tant que vous ne m'aurez pas informé que c'est chose faite.

La dernière ligne eut raison de ses réticences. Il retourna voir les deux sœurs.

Ismay et Mara sanglotèrent et l'implorèrent tant qu'elles purent puis, comme il ne changeait pas d'avis, elles s'enfuirent.

Elles ne se présentèrent pas à la grande maison le lendemain. La cuisinière avisa Diarmid et il se rendit au cottage, qu'il trouva déserté. Les habits des filles avaient également disparu.

— Nous devons aller les chercher, déclara-t-il au père Cornelius.

— Certes. Mais il n'y a vraiment rien d'autre à faire que de les envoyer aux antipodes ?

— Et risquer que cette idiote perde encore son enfant ? Et puis, si les Gallagher ont décidé d'y aller, ce ne doit pas être un endroit aussi affreux. Je vais faire atteler la calèche. Vous venez avec moi, mon père ?

Ils rattrapèrent facilement les deux fugueuses dans un village des environs. Les gens les avaient remarquées. Mara avait déjà un aspect sale et fatigué. Lorsque Diarmid se présenta devant elles, Ismay refusa net de revenir. Quand ils tentèrent de la faire monter dans la calèche, elle se mit à hurler et à donner des coups de pied dans tous les sens. Le père Cornelius dut demander à un agent de les aider à les maîtriser. Les filles clamèrent que c'était un enlèvement mais l'agent crut le prêtre, bien entendu.

Diarmid tenta de raisonner Ismay.

— Tu n'as que quinze ans, ma fille. Laisse-toi guider par des gens qui ont plus d'expérience que toi. On veut seulement vous aider et vous donner la possibilité d'avoir une vie bien meilleure.

— Ce n'est pas une vie meilleure si nous devons partir aussi loin. Si nous partons, nous ne reverrons jamais notre sœur.

Mara, secouée de gros sanglots, répétait :

— Où est Keara ? Je veux Keara.

Diarmid aurait bien aimé pouvoir répondre. Il était stupéfait que Keara ne soit pas venue dire au-revoir à ses sœurs, et qu'elle n'ait même pas écrit si Mme Mullane était trop malade pour se passer d'elle. Ce qui, d'après ses lettres, ne semblait pas du tout le cas.

— Vous allez partir, que vous le vouliez ou non, finit-il par lancer, ne voyant d'autre issue que d'obéir aux ordres. Il ne faut pas inquiéter Mme Mullane dans son état.

Ismay arrêta de pleurer et le fixa de ses yeux rougis.

— En fait, ils veulent juste se débarrasser de nous. Et vous devriez avoir honte de les aider.

Cette nuit-là, il jugea prudent de les enfermer dans les combles. Il n'en dormit pas de la nuit, se demandant ce qu'il était en train de faire.

Le lendemain, Ismay était d'une humeur massacrante.

— Je déteste Keara. Et je vous déteste, Diarmid O'Neal. Mais par-dessus tout, je déteste les Mullane. J'espère qu'il ne va plus rien leur arriver de bien.

— Tais-toi, ma fille. Tu ne sais pas que c'est un péché de souhaiter du mal à quelqu'un ?

— Nous envoyer en Australie, c'est encore pire. Elle croisa les bras et le fixa d'un air buté qui la fit soudain ressembler fortement à sa sœur ainée.

— Je vous accompagne moi-même à Dublin demain et je vous confie aux bonnes sœurs de Sainte-Marthe et Sainte-Zita. Elles vous mettront sur le bateau, comme le souhaite Keara, et prendront toutes les dispositions pour que vous puissiez trouver du travail une fois là-bas.

Le matin venu, il fallut les traîner de force jusqu'à la calèche, hurlant et sanglotant, sous le regard des autres domestiques qui marmonnaient que ce n'était pas bien de faire une chose pareille.

Il en alla de même à la gare. Ismay appela à l'aide et hurla qu'on était en train de l'enlever. Mais comme le curé était là pour aider à la maîtriser, les badauds se détournèrent et les deux filles n'étaient pas de taille à empêcher qu'on les mette dans le train.

*

Dans n'importe quelle autre circonstance, Ismay aurait été fascinée par le voyage car c'était la première fois qu'elle prenait le train. Mais sa vue était brouillée par les larmes et tout ce qu'elle sentait, c'était la main de Mara agrippée à la sienne et la trahison de Keara.

Elle ne manifesta que mépris pour les religieuses qui les attendaient à la gare, mais celles-ci avaient l'habitude. Ce n'était pas la première fois qu'elle avaient à faire à des filles récalcitrantes qu'on éloignait de force. Ismay ne pouvait rien faire contre deux bonnes sœurs trapues, surtout avec Diarmid qui marchait devant en portant Mara.

Au couvent, on leur donna des vêtements et un nécessaire de voyage et on les enferma dans leur chambre. Ismay lacéra ses habits avec les petits ciseaux de couture, mais on lui en trouva d'autres.

— Vous n'êtes pas les premières à refuser de partir avec notre assistance, et vous ne serez pas les dernières, lança d'un ton exaspéré l'une des religieuses qui les escortaient au bateau. Ça ne changera rien. Vous feriez mieux de vous en accommoder du mieux possible.

Elle les regarda en soupirant tandis qu'on les empoignait pour les conduire à bord. Aucune autre n'avait résisté aussi longtemps. Elle pria brièvement pour que ces deux-là trouvent le bonheur dans leur nouvelle vie puis se hâta de retourner à ses occupations.

*

Après que le paquebot eut levé l'ancre, on laissa Ismay et Mara sortir de la petite cabine où elles avaient été confinées. Sur le pont, les autres orphelines faisaient de l'exercice sous la houlette de sœur Bernadette et de sœur Catherine. Elles avaient l'air soumis et plusieurs semblaient avoir pleuré.

— J'espère que vous allez devenir raisonnables, maintenant, lança sœur Bernadette, sur ses gardes.

— Nous n'avons plus le choix, rétorqua Ismay. Elle passa son bras autour de Mara et s'interdit de pleurer.

Je ne pardonnerai jamais à Keara, jamais ! se dit-elle plus tard accoudée au bastingage.

La seule chose qu'elle pouvait faire, désormais, c'était se débrouiller pour que ce long voyage se passe du mieux possible pour elle et sa petite sœur. Et pour cela, elles avaient intérêt à sympathiser avec les autres et à se montrer coopérantes.

Mais quand la bonne sœur reprocha à Ismay de continuer de dire qu'on les avait embarquées de force, la jeune fille la regarda droit dans les yeux et répondit d'un ton neutre :

— Vous savez comme moi que c'est exactement ce qu'il s'est passé.

— Je croyais que tu étais réconciliée avec ta nouvelle vie, mon enfant.

— Je ne serai jamais réconciliée. Mais je n'ai pas l'intention de faire des ennuis. Mara et moi devons nous adapter à notre nouvelle situation. S'il vous plaît, nous voudrions aller au cours de lecture.

Un jour, elle retrouverait Keara et lui dirait en face qu'elle n'était pas leur sœur. Elle gardait cette pensée serrée contre son cœur et, curieusement, cela lui donnait du courage pour ne pas baisser les bras et prendre soin de Mara. Au moins, il lui restait une sœur.

*

Quelque temps après, Diarmid reçut enfin une lettre de son patron. Theo lui écrivait du Leicestershire pour lui annoncer l'arrivée de deux yearlings qu'il avait achetés à un ami de lord Keynsor, chez lequel il résidait depuis plusieurs mois. Il demandait à Diarmid de bien vouloir l'aviser directement que les chevaux étaient arrivés à bon port, et lui indiquait l'adresse à laquelle lui répondre.

Diarmid n'en revenait pas. Theo n'était plus dans le Lancashire depuis plusieurs mois ? Et il ne posait pas la moindre question au sujet d'Ismay et de Mara, ce qui ne lui ressemblait guère.

Lavinia avait prétendu que Theo l'avait chargée de s'occuper de cette affaire. Mais peut-être que ce n'était pas le cas. Et peut-être qu'il ne savait même pas que les deux filles avaient été expédiées à l'autre bout du monde.

Se pouvait-il que Lavinia eût agi à l'insu de son mari ?

Diarmid écrivit à Theo pour l'informer de l'arrivée des deux yearlings. Il ajouta qu'il avait exécuté ses instructions et envoyé les filles Michaels en Australie sous les auspices des religieuses de Sainte Marthe et Sainte Zita.

Il reçut par retour du courrier une lettre lui demandant de quoi diantre il voulait parler.

Diarmid comprit que ses soupçons étaient justifiés. Le visage sombre, il prit sa plume et expliqua en détails qu'il avait reçu l'ordre d'éloigner les deux sœurs, qu'Ismay et Mara avaient essayé de s'enfuir et qu'elles avaient demandé à voir leur sœur jusqu'à la dernière minute. Il écrivit qu'il avait cru agir conformément aux ordres de Theo, pour le bien de l'enfant que portait son épouse, et que sinon il se serait abstenu. Il joignit à sa lettre les courriers qu'il avait reçus de Mme Mullane, sans commentaires. Ils parlaient d'eux-mêmes.

Il concluait sur ces mots :

Il est trop tard pour ramener Ismay et Mara qui voguent maintenant en plein océan. Je vous laisse décider en votre âme et conscience de ce que vous devez faire.

11

Novembre 1863

Theo ouvrit la lettre de Diarmid et n'en crut pas ses yeux.

— Non !

— Des mauvaises nouvelles ? lui demanda son hôte.

— Oui, hélas !

— Si je peux vous aider en quoi que ce soit…

Theo secoua la tête et sortit précipitamment du salon.

Dans sa chambre, Dick était en train de plier des vêtements.

— Laisse ça ! lui cria-t-il, fou de rage.

Une fois seul, il posa les missives chiffonnées sur son bureau et relut la lettre de Diarmid, puis parcourut lentement celles que son épouse avait écrites. Quand il eut fini, il poussa un grognement, puis se prit la tête dans les mains et ferma les yeux. Il n'arrivait pas à croire que Lavinia fût aussi cruelle, et machiavélique. Et pourtant, la preuve de ses méfaits s'étalait ici même, tracée sur le papier de sa main maladroite de petite fille.

Dans le feu de la colère, il décida de retourner sans délai dans le Lancashire et de la mettre face à ses responsabilités, puis se ravisa, songeant qu'elle allait sans doute piquer une de ses épouvantables crises de nerfs qui risquait de lui faire perdre l'enfant qu'elle portait.

D'ailleurs, Diarmid avait raison. Il n'y avait pas grand-chose à faire, dans l'immédiat tout au moins. Il se pourrait même qu'il ne retrouve jamais la trace des deux filles qui avaient été expédiées à Melbourne. Car même en admettant qu'elles survivent aux épreuves du voyage, il y avait un grand nombre de maladies auxquelles elles risquaient de succomber. Sans parler de tous les autres dangers qui guettaient les jeunes filles seules, sans personne pour les protéger, dans les colonies.

Il soupira et décacheta les autres lettres. Son cousin Caley lui annonçait que Noreen et lui avaient acheté une ferme au sud de Perth et que le climat là-bas était très agréable et ensoleillé. Les gens qui partaient en Australie avec suffisamment d'argent pour acheter des terres pouvaient vivre confortablement, expliquait Caley, et pourvoir au futur de leurs enfants.

Bah, du moins connaissait-il quelqu'un en Australie qui pourrait peut-être l'aider dans ses recherches. Theo descendit s'enfermer dans la bibliothèque. Il débusqua un atlas sur lequel il put étudier la carte de l'Australie, puis consulta un almanach. C'était un pays immense, environ trente fois grand comme le Royaume-Uni. Les filles étaient en route pour Melbourne, dans la colonie de Victoria, alors que Caley se trouvait à l'autre extrémité du continent, à plusieurs milliers de kilomètres de distance.

L'espoir de pouvoir faire appel à son cousin s'envola et un fort sentiment de culpabilité s'empara de lui quand il regagna sa chambre.

Quand Dick entra pour l'aider à passer son habit, Theo secoua la tête :

— Je ne descendrai pas dîner. Je suis incapable d'avaler une bouchée.

— Les nouvelles ne sont pas bonnes, monsieur ?

— Je t'expliquerai plus tard. S'il te plaît, excuse-moi auprès de Lord Keynsor et dis-lui que je le verrai demain.

Il y a un problème à la maison, et je dois… prendre une décision importante.

— Si je peux vous aider en quelque chose ? Un verre de cognac, peut-être ?

Theo secoua la tête. S'enivrer eût été la dernière chose à faire. Il leva les yeux et dit :

— Apporte-moi plutôt un sandwich et laisse-moi réfléchir en paix. Je te verrai demain matin.

Il s'assit au coin du feu et se perdit dans la contemplation des flammes. Certes, il était un peu trop attiré par le corps des femmes et se comportait souvent en égoïste, mais contrairement à Lavinia, il n'aurait jamais expédié deux enfants sans défense à l'autre bout du monde.

Il passa presque toute la nuit éveillé, en proie tantôt aux remords tantôt à la colère.

Keara avait été là pour lui lorsqu'il était au plus bas. Comment allait-il lui annoncer qu'elle venait de perdre ses parents et que ses sœurs avaient été envoyées en Australie ? Non, non, pas *envoyées*, mais bel et bien embarquées de force dans un navire.

Quelle tristesse de penser que Keara n'avait même pas pu dire au revoir à sa mère ! Sans doute ne s'en remettrait-elle jamais.

Quand la lumière grise de l'aube commença à poindre, il se leva et s'approcha de la fenêtre. Pressant son front douloureux contre la vitre froide, il contempla un instant le paysage nimbé de brume et prit une résolution. Il n'y avait rien qu'il puisse faire dans l'immédiat pour Keara, si bien qu'il n'allait rien lui dire tant que l'enfant ne serait pas né. Il savait qu'il se comportait en égoïste et n'en était pas fier, mais il trouverait un moyen de se racheter plus tard. Dès que l'enfant serait né, il éloignerait Keara de Lavinia.

Keara serait infiniment plus heureuse en devenant sa maîtresse qu'en servant son épouse, et puis ils pourraient faire revenir ses sœurs, confier la plus jeune à une brave mère de famille, et placer la plus âgée dans une bonne maison.

À condition, bien sûr, que les filles n'aient pas péri en cours de route… et qu'il réussisse à les retrouver.

Les religieuses tenaient certainement des registres, et au besoin il dépêcherait un limier sur place pour les localiser.

En attendant, il allait retourner sans délai dans le Lancashire pour tenir Lavinia à l'œil. Elle devait accoucher dans un mois environ, et si sa présence l'incommodait, tant pis pour elle. Il était prêt à prendre le risque, car il était hors de question qu'elle puisse tourmenter Keara de quelque façon que ce soit.

Il allait écrire à Diarmid et lui dire de ne jamais obéir aveuglément aux ordres de Mme Mullane. Comment Diarmid avait-il pu s'imaginer qu'il cautionnerait un acte aussi cruel ? Mais Lavinia ne perdait rien pour attendre, et sitôt l'enfant né, il allait prendre des mesures drastiques.

*

Lavinia releva la tête en entendant une calèche dans l'allée.

— Qu'est-ce que c'est encore !

Keara alla voir à la fenêtre.

— C'est le maître, madame.

— Quoi !

Embarrassée par son ventre énorme, Lavinia se leva péniblement et s'approcha de la croisée d'un pas pesant.

— Je lui avais pourtant dit de ne pas venir tant que je ne l'aurais pas fait mander. Comment ose-t-il ?

Elle contempla d'un air satisfait la porte communicante entre sa chambre et celle de Theo. Il ne pourrait plus la forcer maintenant qu'elle avait fait apposer des verrous solides.

— Va lui dire que je ne veux pas le voir. Je vais fermer la porte à clé et ne l'ouvrirai que lorsque j'entendrai ta voix de l'autre côté me certifiant qu'il n'est pas avec toi.

— Mais…

— *Fais ce que je te dis !*

À contrecœur, Keara descendit au rez-de-chaussée. Elle croisa Dick dans l'escalier, qui s'arrêta pour la saluer.

— On est partis pour rester là un bout de temps, l'informa-t-il. Comment va-t-elle ?

— Comme d'habitude, grimaça Keara. Et même pire. Entre ses caprices et ses états d'âme, elle nous en fait voir de toutes les couleurs.

— Tu as l'air épuisée.

— Je le suis. Si je reste, c'est uniquement pour le bébé.

Et pour Theo Mullane, qui avait pleuré dans ses bras lorsqu'il avait perdu son enfant.

Baissant la voix, Dick lui glissa :

— Il est très en colère à propos d'une chose qu'elle aurait faite. Sais-tu de quoi il s'agit ?

Keara secoua la tête et poursuivit son chemin. Monsieur était dans le vestibule, en train de parler avec l'intendante. Elle se posta discrètement à côté de la porte de l'office, mais il l'aperçut et lui fit signe d'approcher.

— Mme Mullane m'envoie dire qu'elle est indisposée et qu'elle ne souhaite voir personne.

— Tant mieux, car je n'ai aucune envie de la voir.

Se sentant rougir, Keara fit une petite révérence et s'éloigna aussi vite qu'elle le pouvait. Lorsqu'elle risqua un coup d'œil en arrière, elle remarqua que M. Mullane la suivait du regard, un sourire chaleureux aux lèvres.

S'il s'imaginait qu'elle allait rejoindre sa collection de maîtresses, il se trompait. Non pas qu'il le lui ait demandé. Mais il avait une de ces façons de la regarder parfois… Elle soupira malgré elle. Il était charmant, bien plus qu'aucun autre homme, mais il était tellement au-dessus d'elle qu'il fallait qu'elle garde la tête froide. Facile à dire quand elle ne cessait de penser à lui ! Mais pouvait-on s'empêcher de rêver ? Après tout, les rêves ne faisaient de mal à personne.

Sa mère aurait eu le cœur brisé si elle avait appris qu'elle avait fauté. Elle-même avait dû payer le prix fort après un moment d'égarement, et elle ne voulait pas que ses filles perdent leur respectabilité, car la vertu était la seule chose qu'une fille pauvre puisse apporter à un mari.

Mais à mesure que les jours passaient, les autres domestiques se mirent à faire des remarques sur la façon dont le maître la couvait du regard, ce qui la mettait horriblement mal à l'aise.

Un matin, la gouvernante l'interpella :

— J'espère que tu n'encourages pas Monsieur, Keara.

Elle ne chercha pas à jouer les ingénues.

— Non, madame Bertram. J'aimerais mieux qu'il arrête de me regarder.

La femme la dévisagea longuement, puis se radoucit.

— Je te crois. S'il te cause des ennuis, dis-le-moi. Je t'aiderai à te recaser ailleurs au besoin. Je sais que tu es une brave fille.

Keara poussa un soupir de soulagement.

— Oh, madame Bertram, vous m'ôtez un grand poids. J'ai si peu d'argent. J'ai tout envoyé à ma famille et n'ai pas les moyens de partir.

Mais voulait-elle vraiment partir ? Le retour de Theo avait fait voler en éclats ses bonnes intentions.

*

Lavinia ne quittait pas sa chambre. Son époux et elle ne se voyaient jamais, ne communiquant que par notes écrites et messages rapportés, jusqu'au jour où elle accoucha, début décembre. Comme toujours, elle piqua une crise, se mettant à hurler et à gémir, refusant d'écouter les conseils de la sage-femme.

Keara, qui avait vu sa mère, si frêle, se retenir de crier quand elle avait accouché, était écœurée par l'attitude de sa maîtresse, et fut soulagée quand Monsieur arriva. Lavinia suivit ses conseils et se mit à pousser et à grogner tandis qu'il restait à son chevet pour l'encourager, mettant de côté sa propre anxiété et le dégoût qu'elle lui inspirait.

Cependant, dès que le bébé naquit, juste avant deux heures du matin, il lâcha la main de sa femme et alla se poster au pied du lit.

— C'est un garçon, annonça la sage-femme.

Le petit paquet entre ses bras laissa échapper un vagissement.

L'enfant avait survécu. Theo ferma les yeux, soulagé, et demanda :

— Comment va-t-il ?

— Et moi ! grommela Lavinia. Personne ne s'enquiert de moi ?

Le docteur l'ignora et alla examiner l'enfant. Au bout d'un moment, il déclara :

— Un peu chétif, mais normalement constitué.

— Chétif ? Que voulez-vous dire ? voulut savoir Theo, une pointe de panique dans la voix.

— Il a de bonnes chances de survivre, l'informa le médecin, mais je ne peux rien vous promettre.

Lavinia se mit à sangloter bruyamment.

— Occupez-vous d'elle, ordonna sèchement Theo sans même prendre la peine de se retourner.

La sage-femme fit la toilette de la parturiente, puis Keara l'aida à refaire le lit et à tout remettre en ordre. Tout en donnant à boire à Madame et en lui susurrant des paroles apaisantes, elle tendit l'oreille pour essayer d'entendre ce qui se disait à l'autre bout de la chambre.

— Il vaudrait mieux que votre épouse nourrisse elle-même l'enfant, dit le docteur à voix basse. Pendant un certain temps tout au moins. Le lait maternel est ce qu'il y a de mieux.

— *Je refuse !* explosa Lavinia. Il n'est pas question que je donne le sein. C'est dégoûtant.

Theo lui lança un regard glacial.

— Vous le ferez, même si nous devons vous attacher pour cela.

Elle le regarda bouche bée, puis saisissant un bibelot sur la table de nuit, le lança rageusement dans sa direction.

Le bibelot alla s'écraser contre le mur opposé.

— Arrêtez ces enfantillages, ou je vous gifle ! ordonna Theo, furieux, en s'approchant du lit.

Elle ouvrit la bouche, puis la referma, intimidée par ses traits courroucés.

— Ma chère épouse est non seulement idiote mais fourbe, déclara Theo bien haut pour être entendu de tous. C'est pourquoi je vais m'installer ici même, dans cette chambre, et la surveiller jusqu'à ce que nous soyons sûrs que le bébé survivra.

Puis se tournant vers Lavinia, il ajouta d'une voix calme mais glaciale :

— Je vous conseille de suivre les ordres du docteur à la lettre… sauf si vous tenez à ce que nous recommencions tout à zéro ?

Elle ne pipa mot, impressionnée par tant de froideur et de détermination.

Keara songea que, sitôt le bébé tiré d'affaire, elle donnerait son congé.

Theo Mullane ne verrait sûrement pas d'inconvénient à ce qu'elle s'en aille. Il savait combien sa femme était insupportable, et combien Keara avait souffert pendant toutes ces années. Ces derniers temps, elle avait remarqué qu'il se montrait plus gentil et attentionné avec tout le monde. Sauf sa femme. Car, malheureusement, la gentillesse n'avait aucun effet sur Lavinia.

*

Deux semaines plus tard, le docteur et la sage-femme annoncèrent que l'enfant pouvait être retiré à sa mère pour être confié à une nourrice. Au grand soulagement de Keara, Theo quitta la chambre de sa femme. Il n'avait pas essayé de l'approcher ou de la toucher, mais ses yeux s'attardaient souvent sur elle, à tel point que même Lavinia l'avait remarqué.

— Si jamais j'apprends que tu t'es faufilée dans le lit de mon mari…, la menaça-t-elle un matin.

— Je n'ai rien fait de tel, et vous le savez très bien.

— Assez d'impertinences !

Keara ne chercha pas à répliquer, se contentant de braver son regard.

Deux jours plus tard, Dick annonça à Keara que M. Mullane demandait à la voir.

— Je ne veux pas être seule avec lui, avoua-t-elle sans détour.

— Je ne pense pas que tu aies le choix. Il est le maître ici.

— Il t'a dit ce qu'il voulait ?

— Non.

Lorsqu'elle se présenta dans la bibliothèque, elle trouva Theo installé dans son fauteuil en cuir à côté de la cheminée. Il lui fit signe de s'asseoir face à lui, sur le canapé, et elle obéit, les yeux baissés.

— J'ai quelque chose à te dire, Keara, mais avant cela, il faut que tu saches que je ne l'ai appris moi-même que lorsqu'il était trop tard. Tes sœurs…

— Elles vont bien ? demanda-t-elle, soudain parcourue par un frisson d'inquiétude.

Il hésita. Les mots ne lui venaient pas aussi facilement qu'il l'avait cru.

— Pour autant que nous sachions. Car elles… elles ont été envoyées en Australie.

Elle resta coite.

— Mais ce n'est pas tout, malheureusement. Ta mère et ton père sont décédés il y a quelques mois. On ne t'a pas transmis la lettre que le prêtre t'avait écrite.

— Ma mère ! Oh, non !

Keara fondit en larmes et lui fallut un long moment avant de trouver la force de balbutier :

— Mais pourquoi est-ce que… Mara et Ismay… ont été envoyées en Australie ? Je ne comprends pas.

— Parce que ma femme a tout manigancé. Il y a des congrégations religieuses qui se chargent d'envoyer les orphelines irlandaises comme domestiques dans les colonies. Et Lavinia a fait appel à elles pour Ismay et Mara.

— Et elles sont parties ?

— Pas de leur propre gré, hélas.

Keara était tellement choquée qu'elle ne trouvait pas ses mots. Au bout d'un moment, elle articula péniblement :

— Elles doivent penser que je suis au courant et elles doivent me haïr.

Elle éclata en sanglots et pleura longtemps, sans chercher à se dégager lorsqu'il la prit dans ses bras.

— Je ne comprends pas pourquoi Mme Mullane a fait cela, dit-elle enfin, la voix brisée. Mara est beaucoup trop jeune pour être femme de chambre.

— Mon épouse a payé les sœurs pour qu'elles se chargent de Mara jusqu'à ce qu'elle soit en âge de travailler, et je suis sûr qu'elles se sont bien occupées d'elle.

Mais alors qu'il prononçait ces mots, il réalisa qu'il ne pouvait être sûr de rien. Il se sentait coupable de n'avoir pas pris de nouvelles pendant qu'il attendait la naissance de son fils.

— Il faut que je parte à leur recherche et que je les ramène en Irlande. Il faut qu'elles sachent que je n'étais pas au courant, déclara Keara avant d'ajouter, un regard suppliant dans les yeux : Je n'ai pas d'argent. Pouvez-vous m'aider ?

— Oui, je vais t'aider. Je vais te donner tes gages et tout ce dont tu auras besoin, mais tu ne peux pas partir ainsi, sur un coup de tête, alors que tu ne sais pas précisément où se trouvent tes sœurs. Si Ismay a été placée comme domestique elle ne sera peut-être pas aussi facile à localiser que Mara.

Une expression d'horreur envahit les traits de Keara.

— Vous voulez dire qu'elles ont été séparées ?

— Disons que c'est probable.

Inévitable était le mot qui lui était venu à l'esprit, mais il ne jugea pas utile de retourner le couteau dans la plaie.

Elle baissa la tête en se balançant légèrement d'avant en arrière, terrassée par un terrible chagrin.

Il avait mal pour elle.

— Je ne reverrai plus maman, murmura-t-elle, et un flot de larmes jaillit, inondant ses joues et ruisselant sur l'étoffe sombre de sa robe.

Il étira la main vers elle, puis l'ôta. Non, mieux valait qu'il ne la touche pas.

— Après cela, j'imagine que tu ne vas plus vouloir servir ma femme.

— Je ne veux plus jamais la voir.

— Moi non plus, mais malheureusement, elle et moi sommes unis par les liens sacrés du mariage jusqu'à ce que la mort nous sépare.

Keara posa sur lui un regard plein de pitié.

— Me laisseras-tu m'occuper de te trouver un logement en attendant que tout soit réglé ?

Elle hocha la tête.

Il se leva.

— Va faire tes bagages. Je vais t'emmener à la fermette.

Elle se pétrifia.

— Pas celle où… ?

— Elle n'est pas occupée pour l'instant.

Il y avait des mois qu'elle était vide, mais deux jours plus tôt, il avait demandé à Dick de la préparer pour Keara. Elle serait confortablement installée là-bas, hors d'atteinte de Lavinia et de ses colères. Sa chère épouse ne s'était jamais préoccupée de l'existence de sa garçonnière, et étant donné qu'elle ne faisait que très peu d'exercice, elle ignorait sans doute où elle se trouvait exactement.

Keara remonta dans sa chambre et jeta ses vêtements sur son lit sans prendre la peine de les défroisser.

Minnie entra en courant.

— Ah, tu es là ! Madame n'arrête pas de sonner. Elle est dans tous ses états.

— Grand bien lui fasse.

— Qu'est-ce que tu fais ? demanda Minnie en voyant les robes sur le lit.

— Je m'en vais.

— Il t'a flanquée à la porte ?

— Non, mais il m'a proposé de me mettre à l'abri.

Minnie sourit de toutes ses dents.

— Ma foi, ça faisait un moment qu'il te reluquait. On l'a tous remarqué. Je suppose qu'il attendait la naissance du bébé avant de prendre une décision. On raconte qu'il est très généreux avec ses maîtresses.

Keara fit volte-face et la foudroya du regard.

— Dans ce cas, vous avez tiré les mauvaises conclusions. Parce que je ne serai la maîtresse de personne. Il a juste fait preuve de bonté envers moi. Je viens d'apprendre que mes parents étaient morts et…

Incapable de continuer, elle posa une main sur sa bouche pour réprimer un sanglot.

L'expression de Minnie changea et sa voix se radoucit.

— Je suis désolée, je ne savais pas.

— Moi non plus. Mais *elle* si, depuis des mois, mais elle ne m'en a rien dit parce qu'elle ne voulait pas que je rentre chez moi. Pas même pour l'enterrement ! Tu peux m'aider à descendre ma malle ?

— Oui, bien sûr.

Lorsqu'elles eurent déposé la malle dans le quartier des domestiques, Minnie demanda :

— Que dois-je dire à Mme Mullane ?

— Je pense que le maître lui aura dit tout ce qu'elle doit savoir.

— Dieu soit loué !

Keara avait hâte de quitter la maison. Quand Dick et le jardinier vinrent prendre ses bagages, elle avait déjà enfilé son manteau.

— Le maître a dit de sortir par la porte principale, précisa l'un des hommes.

Quelle différence cela faisait-il de sortir par la petite ou la grande porte ? Elle ne reviendrait jamais de toute façon.

Lorsqu'elle entendit les cris hystériques de Mme Mullane, son sang se glaça.

Theo Mullane était dans le vestibule et l'attendait pour la mener jusqu'à la voiture. Ni l'un ni l'autre ne fit de remarques sur les hurlements qui fusaient du premier étage. Désormais, quelqu'un d'autre devrait se charger de calmer Mme Mullane.

Elle ne voulait même pas voir sa maîtresse et lui dire en face combien elle avait été cruelle. Pour quoi faire ? Cela ne ferait pas revenir Ismay et Mara.

De toute façon, Lavinia Mullane ne reconnaîtrait jamais ses torts. Elle se fichait comme d'une guigne de ce que pouvaient ressentir les autres.

*

Theo aida lui-même Keara à monter dans la calèche.

— Dick va t'emmener à la chaumière. Si tu as besoin de quelque chose, n'hésite pas à le lui demander.

Elle hocha la tête, et il fit signe au cocher de démarrer.

Quand la voiture s'arrêta, la jeune fille n'eut même pas l'air de s'en apercevoir tant elle était anéantie par le chagrin.

— Je suis désolé pour ce qui s'est passé, Keara, murmura Dick en l'aidant à descendre.

Elle le regarda, hébétée, comme si elle ne comprenait pas ce qu'il lui disait. Il la mena à l'intérieur de la maison avant de ressortir pour chercher sa malle.

— Il a fini par l'avoir, hein ? lui lança le cocher en ricanant.

Dick le fusilla du regard.

— Ce n'est pas ce que tu crois ! Elle vient d'apprendre de terribles nouvelles et le maître veut qu'elle puisse être tranquille. Et cette chaumière se trouve être vide. Tu sais très bien que Keara n'est pas ce genre de fille.

L'homme haussa les épaules, l'air pas convaincu par les explications du valet de chambre.

— Retourne à la maison chercher le dîner. Je rentrerai avec toi quand tu seras revenu. J'ai l'impression qu'il va pleuvoir.

Dans la chaumière, Keara se tenait debout devant la cheminée, l'air toujours abattue.

— Il y a quelque chose que je puis faire ? lui demanda Dick en prenant sa main glacée dans la sienne.

— Non, mais M. Mullane m'a dit qu'il allait m'aider à retrouver mes sœurs. Il faut que j'aille en Australie. Je ne veux pas qu'elles croient que c'est moi qui ai voulu qu'elles partent.

Dick n'était pas certain que Theo la laisserait partir, mais il ne le lui dit pas.

— On va t'apporter de quoi manger.

— Manger, dit-elle avec un petit rire sans joie. Comme si je songeais à manger.

— M. Mullane a dit qu'il passerait te voir plus tard. Mais personne d'autre n'a le droit de te déranger. Il doit d'abord s'occuper du bébé. Il ne fait aucune confiance à sa femme.

Quand le panier de victuailles arriva, Dick alla le déposer à la cuisine et encouragea Keara à manger un peu. Mais elle secoua la tête.

*

Il fallut quelques minutes à Keara pour réaliser que Dick était parti. Soulagée d'être enfin seule, elle fit le tour de la maison. C'était donc ici que M. Mullane recevait ses maîtresses. La chaumière n'était pas grande mais elle était joliment agencée, avec deux chambres à l'étage, deux salons et une cuisine au rez-de-chaussée, et des cabinets situés tout près de la porte de derrière. Sa famille aurait pensé que c'était un palais.

Sa famille !

Elle s'appuya au chambranle de la chambre à coucher, s'efforçant de réprimer son chagrin, mais un cri animal jaillit de sa gorge, puis un autre, et elle éclata en sanglots déchirants.

12

Novembre-décembre 1863

En novembre, Patience accoucha avant terme avec l'aide de Jane Putter, la meilleure accoucheuse de Rossall Springs. Le bébé se portait bien, et quand Mark le tint dans ses bras pour la première fois, il sentit une grande vague de bonheur le submerger. Sa fille !

Jane remit tout en ordre et alla s'étendre sur le lit qu'on lui avait préparé dans le salon.

Mark s'apprêta à rejoindre sa femme. Patience était livide et semblait épuisée mais un faible sourire flottait sur ses lèvres.

— Tu es heureux ? demanda-t-elle d'une voix à peine audible. Tu n'es pas déçu… que ce ne soit pas un garçon ?

— Bien sûr que non je ne suis pas déçu. Elle est magnifique.

— J'aimerais qu'on l'appelle Amy, si ça te va. Je sais que nous avions décidé que ce serait Annie, mais il me semble qu'elle devrait avoir un nom bien à elle, pas celui de ta sœur.

— Comme tu veux, ma chérie. Je t'aime.

— Moi aussi. Je suis si heureuse. Elle soupira et ferma les yeux. Et si fatiguée…

Il la regarda s'endormir et, avant de se coucher, alla jeter un dernier coup d'œil attendri sur le bébé qui dormait paisiblement dans son berceau. Deux heures plus tard, il fut réveillé par les gémissements de Patience à côté de lui. Il lui posa une main sur l'épaule.

— Qu'est-ce qu'il y a, mon amour ?

— Je me sens mouillée, là… en bas. Va chercher… Jane.

Il alluma une bougie et souleva le drap en hâte. Bouche bée, il vit une mare de sang.

Il se précipita pour alerter Jane, qui croisa les mains sur sa poitrine en murmurant : « Oh mon Dieu ! »

Elle se posta à côté du lit et lança au jeune père un regard angoissé.

— Si seulement il y avait un médecin ici.

Il suivit ses instructions à la lettre. Ensemble, ils tentèrent de juguler l'hémorragie mais rien n'y fit. Le sang continuait de s'écouler sans tarir de son corps frêle.

Elle avait perdu connaissance.

Jane se tourna vers Mark en secouant la tête. Nul besoin de mots, il savait déjà. Il s'agenouilla contre le lit et tint la main de sa femme, tellement aveuglé par les larmes qu'il fallut que l'accoucheuse lui tapote l'épaule pour qu'il réalise que Patience avait quitté ce monde, aussi discrètement qu'elle avait vécu.

Jane s'inclina pour prier après avoir couvert le visage de la défunte.

— Ça arrive parfois. Quelque chose se déchire à l'intérieur… il n'y a rien à faire. Le monde est dur pour les femmes, voilà la vérité.

Mark restait là, la tête vide, lorsque qu'un petit cri provenant du berceau le fit se retourner.

— Et le bébé ? Comment allons-nous le nourrir ?

— Eh bien, il n'y a pas de nourrice dans le bourg mais, hum… une femme aborigène a perdu son enfant il y a deux jours. Kalaya. Elle s'appelle Kalaya Johnson. Joli nom pour une païenne, non ? C'est quelqu'un de bien, et elle est propre. Son mari est métis, il s'occupe du bétail pour M. Tidbill. Vous pourriez la payer pour allaiter Amy et la garder. Si vous n'avez rien contre, évidemment.

— Et pourquoi aurais-je quelque chose contre, si elle est honnête et propre ? demanda Mark, toujours absorbé dans la contemplation douloureuse du visage de la jeune morte.

— Parce que, comme je viens de vous le dire, c'est une indigène, répliqua Jane d'un ton exaspéré.

— Je ne pense pas que ça ait la moindre importance, vu les circonstances. Vous ne croyez pas ?

— Moi je l'ai toujours appréciée, mais ici, il y des gens qui ne les aiment pas. Je vais faire la toilette de votre épouse et j'irai voir Kalaya dès qu'il fera jour.

Quand elle fut partie, Mark s'assit au côté de Patience et lui dit adieu. Il se reprochait de ne pas l'avoir aimée davantage, d'avoir été la cause de sa mort. Au bout de quelques minutes, la petite Amy se mit à pleurer dans son berceau. Il la prit dans ses bras. Elle remuait sa tête minuscule, cherchant le sein de sa mère, ce qui le fit éclater en sanglots.

Une chose est sûre, se dit-il tandis qu'il la berçait en tentant vainement de la calmer. Jamais il ne se remarierait, jamais plus il ne porterait la responsabilité de la mort prématurée d'une jeune femme. Il avait tué deux femmes. Deux !

Jane revint dans le courant de la matinée. Elle était seule.

— Mme Johnson décline son aide ? demanda-t-il, terrifié pour le petit être qu'il tenait dans ses bras.

— Elle est d'accord pour allaiter le bébé, mais elle ne viendra pas ici. Ils ont des coutumes différentes des nôtres. Ils évitent de mettre les pieds dans la maison d'un défunt tant qu'elle n'a pas été purifiée. Elle dit que vous pouvez lui amener la petite avec ses affaires, elle l'allaitera et prendra soin d'elle pour dix shillings par semaine. Je suis certaine que vous pouvez lui faire confiance, et chez elle, c'est très propre, je vous le garantis.

Il regarda autour de lui, désemparé.

— Qu'est-ce que je dois emporter ?

— Je vais mettre les affaires dans le berceau et vous le porterez. Moi, je prendrai le bébé. Au fait, comment allez-vous l'appeler ?

— Amy, c'est ce que souhaitait Patience.

— J'ai toujours aimé ce nom.

Ça l'ennuyait de laisser le corps de sa femme tout seul dans la maison mais il devait penser d'abord à leur enfant.

Les Johnson habitaient une maison minuscule à la lisière de la ville. C'est le mari qui ouvrit la porte.

— Toutes mes condoléances, dit-il à Mark d'un ton gêné.

— Et moi de même pour vous, monsieur Johnson.

L'homme eut l'air surpris tandis qu'il les faisait entrer.

— Inutile de l'appeler « monsieur », chuchota Jane. Pour tout le monde, c'est Billy.

Une femme s'avança vers eux. Grande et mince, elle avait de magnifiques yeux marrons, une bouche généreuse et une expression d'une grande douceur. Elle tendit les bras et Jane lui donna le bébé.

— Comment s'appelle-t-elle ?

— Amy.

Mme Johnson observa le visage du nouveau-né, répéta son nom deux ou trois fois, puis sortit un sein et le lui offrit. Au bout de quelques secondes, Amy se mit à téter énergiquement avec de petits gargouillis de satisfaction.

Mark, curieusement, n'éprouvait pas la moindre gêne devant ce spectacle. Il resta planté là, observant avec une gratitude infinie cette étrangère qui offrait à sa fille une chance de survie.

— Merci, articula-t-il d'une voix enrouée par l'émotion. Je ne vous remercierai jamais assez. Si vous avez besoin de quoi que ce soit, il vous suffit de me le demander, madame Johnson.

Elle lui adressa un sourire plein de gentillesse et alla s'asseoir dans un fauteuil à bascule, chantonnant doucement pour l'enfant.

Mark se tourna vers le mari et ajouta :

— Et merci à vous aussi, monsieur Johnson.

*

On enterra Patience le lendemain. Mark fut touché qu'un aussi grand nombre d'habitants du bourg se donnent la peine de venir aux obsèques. Il vit aussi Kalaya Johnson derrière la foule endeuillée, la petite Amy dans les bras. Un remords l'envahit aussitôt. C'est lui qui aurait dû penser à amener sa fille, mais il était trop enfermé dans sa douleur.

Il aurait voulu faire venir la nourrice et l'enfant près de lui. Sachant que cela offenserait ses voisins, il s'abstint. Il ne put toutefois s'empêcher de regarder plusieurs fois dans leur direction, et la présence de sa fille qui partageait ce moment lui donna du courage. Quand elle serait assez grande, il lui raconterait.

Après la cérémonie, il resta longtemps au pied de la tombe, tête baissée, plongé dans ses remords. Au bout d'un moment, il sentit qu'on lui touchait le bras. C'était Mme Johnson. Sans un mot, elle lui tendit le bébé. Il prit sa fille dans ses bras et sentit le réconfort que lui apportait son petit corps.

Ils regagnèrent la ville ensemble. Lorsqu'ils furent à proximité du restaurant, Kalaya tendit les bras pour reprendre le bébé.

— Vous devez travailler, maintenant. Venez voir Amy quand vous voulez.

— Voulez-vous de la nourriture pour votre famille ? Je peux vous en faire livrer. En cadeau. Pour vous remercier. Il pouvait déjà voir qu'Amy se sentait bien avec sa nourrice.

— Si vous voulez.
— Moi, je mange ce qui reste après le départ des clients.
— Tout sera bon, merci, dit-elle avec un sourire.
— Combien d'enfants avez-vous ?
— Trois, répondit-elle, puis, après avoir jeté un coup d'œil sur le bébé endormi, elle ajouta : Et elle, pour quelque temps.

Il la regarda s'éloigner et admira une nouvelle fois son allure gracieuse. Une passante s'arrêta et l'interpella :

— C'est bien triste qu'il n'y ait qu'elle pour allaiter votre fille, monsieur Gibson.

Mark sentit la colère monter en lui.

— Tout au contraire ! Mme Johnson sait parfaitement s'y prendre et je n'aurais pu rêver d'une meilleure nourrice pour Amy.

— Bon, si c'est ce que vous pensez, alors… Elle s'éloigna en hâte, non sans lui avoir jeté un regard désapprobateur.

Il n'avait jamais réfléchi à la situation des Aborigènes avant la veille. Ils étaient là, vivant en marge des Blancs. Soudain, il comprenait à quel point la vie des Johnson devait être difficile. Et pourtant, Kalaya prenait parfaitement soin d'Amy. En deux jours, sa vision du monde avait changé. Il veillerait à ce qu'Amy sache à qui elle devait la vie.

Une fois rentré, il alla s'asseoir dans le salon. Il se sentait très abattu et regrettait que la bienséance lui interdise de travailler ce jour-là, puis il se rappela qu'il devait écrire aux Jenner pour leur annoncer à la fois le décès de leur fille et la naissance de leur petite-fille. Il se força à sortir une feuille de papier et prépara de l'encre.

Il espérait que les Jenner n'auraient pas envie de se recueillir sur la tombe. Il ne voulait plus jamais revoir le père de Patience.

*

Theo informa les domestiques qu'ils ne devaient sous aucun prétexte laisser Madame s'approcher du bébé, puis il monta voir sa femme.

Elle était étendue sur le lit mais se leva d'un coup quand elle le vit.

— Où est Keara ?

— Elle est partie.

— Comment cela, partie ?

— Je lui ai raconté ce que vous avez manigancé, comment vous avez expédié ses sœurs aux antipodes. Vous l'avez blessée profondément. Et à cause de vous, elle n'a même pas pu dire adieu à sa mère mourante.

— Ces gens n'ont pas les mêmes sentiments que nous, rétorqua-t-elle d'un ton méprisant. Offrez-lui de doubler ses gages et vous la verrez revenir en vitesse.

— Vous faites erreur.

— Mais je ne peux pas me passer d'elle ! Elle est la seule qui sache s'y prendre avec moi.

— Elle est la seule qui ait assez bon cœur pour avoir pitié d'un monstre de votre espèce. Il ne continua pas son réquisitoire. C'était inutile, elle n'aurait pas compris. Elle semblait n'avoir qu'une notion très vague du bien et du mal.

Le visage de Lavinia était déformé par la haine.

— Maintenant que vous avez votre fils, vous vous moquez éperdument de ce qu'il peut m'arriver.

— Vous avez vu juste. Si le bébé ne vit pas, vous n'aurez plus à me subir, parce que je ne vous toucherai plus jamais de ma vie. Vous me dégoûtez. Et d'ailleurs, j'ai l'intention de me réinstaller en Irlande. Il jeta un regard sur la chambre surchauffée et encombrée de bibelots. Je vais vendre cette maison. Je vous en achèterai une autre à Ellerdale et vous octroierai une pension. Comme cela, vous pourrez vivre comme il vous plaira.

— Il me plaît de rester ici.

— C'est non.

— Mais c'est chez moi ! Et qu'est-ce qu'on va penser si vous partez et que je dois déménager dans une maison plus petite ? Elle réussit à maîtriser sa colère et se fit implorante. Je vous en prie, Theo, ne pouvons-nous pas régler cela de façon civilisée ?

— Si pour vous, être civilisé signifie vivre ensemble, c'est non. Je retourne en Irlande, et je n'ai aucune intention de gaspiller mon argent à entretenir cette énorme demeure pour vous toute seule. Votre père ne nous a pas laissé la moitié de la fortune que nous attentions, comme vous le savez. À propos, désormais vous allez devoir limiter vos extravagances. Je me montrerai aussi généreux que possible avec vous, mais sachez que si vous dépensez toute votre pension, il n'y aura pas de supplément.

— Theo, je… !

Il quitta la pièce sans ajouter un mot. Elle se laissa retomber sur le lit. Le feu s'était éteint mais la colère lui tenait chaud. Il ne lui vint pas à l'esprit de le rallumer, ni de ramasser ses vêtements épars sur le sol.

Elle devinait où il avait dû conduire Keara. Là où il conduisait toutes ses maîtresses, pensa-t-elle avec rancœur. Eh bien cette fois, elle ne le tolérerait pas. C'était fini ! Elle avait besoin d'aide, et il n'y avait qu'une personne au monde qui pouvait l'aider. Elle s'assit à son secrétaire et gribouilla une lettre à la hâte. Puis elle sonna.

Quand Minnie apparut, visiblement sur ses gardes, Lavinia se força à lui sourire.

— Je ne vais pas te mordre, ma fille. Je veux que ce billet soit remis immédiatement à sa destinataire ! Qu'on le lui apporte par la calèche et qu'on me la ramène. Et quand tu seras en bas, renseigne-toi sur ce que fait Monsieur.

Minnie remonta l'informer que le cocher allait porter la lettre et que Monsieur était sorti à pied.

— Bien. Et maintenant aide-moi à m'habiller. J'en ai assez de cette chambre.

Malgré les réprimandes de Madame qui trouvait qu'elle ne savait pas la coiffer, Minnie se dit qu'elle ne s'était pas trop mal tirée de ce calvaire. Elle offrit son bras à sa maîtresse et l'escorta en bas jusqu'au petit salon.

— Je ne comprends pas comment Keara arrive à la supporter, lança-t-elle en entrant dans la cuisine. Elle veut qu'on l'habille comme si elle était un bébé.

Mme Bertram lui conseilla de ne pas raconter à tout vent les faits et gestes de ses maîtres et la réexpédia à l'étage auprès de Madame.

— Je ne suis pas sa femme de chambre, protesta Minnie. Il n'y a personne d'autre pour s'occuper d'elle ?

— Non. Mais demain matin, je lui suggérerai d'engager une nouvelle chambrière.

Quelques heures plus tard, la calèche était de retour. Le cocher aida une femme à descendre. Elle se tenait très droit bien qu'elle eût au moins soixante-dix ans. Tout de noir vêtue, elle portait une coiffe démodée qui lui couvrait la moitié du visage. Elle sourit en voyant la maison. Plus tard, le cocher confia à Minnie que le sourire de cette femme était plus terrifiant que les moues de sa patronne.

Sans se préoccuper de la pluie, la femme gravit le perron. Quand Minnie ouvrit la porte, elle entra sans dire un mot et la domestique dut s'écarter pour la laisser passer.

— Où est Mme Mullane ?

— Qui dois-je annoncer, madame ?

— Personne. Conduis-moi à elle.

La porte du salon s'ouvrit et Lavinia surgit.

— Nancy ! Oh, Nancy, tu es venue !

— Je t'avais bien dit qu'un jour ou l'autre tu aurais besoin de moi, ma petite.

La porte se referma sur elles et Minnie se précipita à la cuisine pour raconter l'événement.

— Ce n'est pas une aristo, mais elle n'est pas comme nous non plus. Et il y a quelque chose chez elle qui me donne le frisson.

— N'en rajoute pas ! coupa Mme Bertram.

— Attendez de voir par vous-même. Et puis elle a appelé Madame « ma petite » et Madame n'a pas protesté ! Vous comprendrez quand vous la verrez.

Dans le salon, Lavinia fondit en larmes. Son invitée lui tapota la joue.

— Je vois que tu es retombée dans tes habitudes idiotes, ma fille. Combien de fois t'ai-je dit que les larmes sont un signe de faiblesse ?

Lavinia déglutit en regardant son ancienne nourrice. Elle se demanda soudain si elle avait bien fait de l'appeler à la rescousse, parce qu'une fois que Nancy prenait les choses en main, il ne restait plus qu'à lui obéir. Mais elle savait que seule, elle serait impuissante, comme toujours. Il fallait bien qu'elle l'accepte.

— Tu sais, je n'ai pas changé de méthode, reprit Nancy, si tu ne veux pas que je te dise la vérité, tu ferais mieux d'appeler ton cocher pour qu'il me ramène chez moi.

Lavinia essaya d'imaginer la vie sans Keara, sans personne, et secoua la tête.

— Oh non, Nancy ! Reste, s'il te plaît. J'ai vraiment besoin de toi, je n'ai personne d'autre. Personne ne m'aime et…

— Arrête de pleurnicher sur ton sort et demande qu'on nous apporte du thé. Après tu me diras ce que tu as sur le cœur. J'ai appris que tu as fini par lui donner un fils.

— Oui, il a ce qu'il voulait, maintenant.

La vieille femme ferma les yeux quelques instants avant de secouer la tête.

— Non. La mort plane encore sur cette maison, je le sens.

— Moi, je m'en fiche. Tout ce que je sais, c'est que je ne porterai pas un autre enfant de lui parce qu'il m'a dit qu'il ne supporte plus de me toucher… Enfin, ça, j'attends de le voir pour y croire. Mais, Nancy, il veut qu'on se sépare, il va vendre la maison et m'en trouver une autre en ville. Qu'est-ce que les gens vont penser ?

— Tu t'es toujours conduite comme une idiote. Je t'avais bien dit d'être gentille avec lui, pour qu'il s'attache à toi. Mais non, il a fallu que tu joues les héritières capricieuses. On apporta le plateau avec la théière et les tasses. Pose-le sur la table, ordonna-t-elle avant de poursuivre d'un ton plus doux. Verse-moi du thé, Lavinia, ma chérie. Tu me raconteras le reste pendant que je le bois, et après nous lirons les feuilles ensemble.

Lavinia fit la grimace. Les feuilles de thé étaient comme Nancy, elles ne disaient pas toujours ce qu'on voulait entendre, et parfois c'était effrayant. Mais maintenant, au moins, elle avait quelqu'un qui lui était entièrement dévoué et qui pourrait la soutenir contre Theo, contre le monde entier s'il le fallait.

Elle remplit les tasses et s'installa confortablement dans son fauteuil. Son ancienne nourrice allait être une alliée autrement plus redoutable que Keara. Elle aurait dû penser plus tôt à la faire venir.

— Redresse-toi, au lieu de t'affaler, enjoignit Nancy. Et pas plus d'un gâteau, ça suffit.

Lavinia reposa le deuxième gâteau sans pouvoir réprimer une moue.

— Et maintenant, raconte-moi tout.

*

Theo sortit à pied et ce n'est qu'arrivé à mi-chemin de la chaumière qu'il se rendit compte qu'il pleuvait et qu'il n'avait même pas pris le temps d'enfiler un manteau.

Il était trempé mais n'avait aucune envie de rebrousser chemin.

La pluie cessa soudain alors qu'il arrivait et le soleil perça entre les gros nuages noirs. Hésitant, il leva les yeux vers l'étage, où se trouvait la chambre. Peut-être valait-il mieux ne pas la déranger dans son chagrin ? Mais la tentation fut trop forte. Il fallait qu'il la voie, qu'il s'assure qu'elle n'était pas trop accablée et qu'elle ne le haïssait pas pour ce que son épouse avait fait. Sans compter qu'il grelottait.

La porte n'était pas fermée à clef. Elle allait devoir se montrer plus prudente, la chaumière était très isolée.

— Keara ? lança-t-il en entrant directement dans le salon. Pas de réponse.

Transi jusqu'à la moelle, il s'approcha de la cheminée, jeta quelques buches sur les braises rougeoyantes, puis tendit les mains vers les flammes qui renaissaient. Quand le feu eut bien repris, il se dirigea vers l'escalier et appela de nouveau.

— Keara, tu es là ? Cette fois, il entendit les ressorts du lit qui grinçaient et un bruit de pas sur le plancher. La porte de la chambre s'ouvrit.

— C'est moi ! Il alla l'attendre dans le salon.

Keara apparut, les vêtements froissés et les yeux bouffis par les larmes, hésitant à s'avancer. Il n'avait qu'une envie, courir vers elle et la prendre dans ses bras, mais il ne fallait pas, il le savait.

— Je m'inquiétais pour toi, dit-il, toujours frissonnant.

— Mais vous êtes trempé ! Vous êtes sorti sans manteau, Monsieur ?

— J'ai oublié de le prendre, j'étais trop inquiet à ton sujet. Je suis venu m'assurer que ça va. Elle s'approcha de la cheminée en tendant les mains vers les flammes et il continua. Comment ça va ? Réponds-moi franchement.

— Je n'arrête pas de penser à ma mère que je ne reverrai plus jamais, à mes sœurs qui croient que je ne voulais plus d'elle et que je les ai éloignées. Ça me fait mal…

De grosses larmes roulaient sur ses joues. Sans autre pensée que celle de la réconforter, il passa un bras autour de son épaule. Elle s'effondra contre lui, le corps secoué de sanglots.

— Keara, non !

Il embrassa sa joue, puis ses paupières gonflées, lui murmurant des mots de consolation inarticulés. La tenant toujours serrée contre lui comme s'il incarnait son seul rempart contre un monde hostile, il s'assit sur le sofa avec elle. Ils restèrent là sans rien dire, Keara cherchant l'apaisement dans la simple présence d'un autre corps compatissant. Quand il tenta de s'écarter, inquiet de la réaction que cette proximité éveillait en lui, elle poussa un petit cri de protestation et il la garda dans ses bras.

Sans réfléchir, sans chercher à la séduire, il embrassa son front congestionné. Elle le regarda avec étonnement et se colla un peu plus à lui, se laissant porter par la douceur de ses baisers.

Il ne pouvait pas plus s'arrêter qu'il n'aurait pu cesser de respirer. Il prit son temps pour ne pas la brusquer, certain de sa virginité. Il avait eu de nombreuses maîtresses, dont certaines expertes dans l'art du plaisir, mais il lui semblait presque qu'il allait faire l'amour pour la première fois. Un dernier sursaut de conscience lui fit lui demander :

— Keara, tu es sûre que c'est ce que tu veux ?

— Je ne veux pas être seule, murmura-t-elle, la joue pressée contre son cou. Cela fait si longtemps que je suis seule. Cette fois, c'est elle qui l'embrassa pour le faire taire. Il ne tenta pas de l'arrêter, il en aurait été incapable.

Sans savoir comment, ils se retrouvèrent sur le tapis dans ce petit salon qui sembla soudain rempli de chaleur et de lumière.

Lui aussi était heureux de ne pas se sentir seul. Keara était dans ses bras bien plus qu'un corps, une véritable présence. Il comprit soudain qu'elle comptait pour lui, plus que n'avaient jamais compté ses maîtresses ou sa femme.

Après, il la serra contre lui et resta sans bouger tandis qu'elle s'endormait.

— Je ne regrette pas de t'avoir attendue aussi longtemps, ça en valait la peine, chuchota-t-il en tentant de rassembler quelques vêtements dans son dos pour se protéger de l'air froid. Le feu était moribond, la chaleur avait disparu. Il prit Keara dans ses bras et la porta jusqu'à la chambre.

Elle ne se réveilla pas. Il alluma une bougie. Lorsqu'il vit son air épuisé et ses paupières rougies, une vague de remords le submergea à l'idée qu'il avait profité de son besoin de réconfort. Mais il savait que le réconfort qu'il lui avait apporté était réel.

Il se coucha à côté d'elle et s'endormit aussitôt.

*

Un cri le réveilla en sursaut. Dans la lumière grise de l'aube, il la vit qui le dévisageait, en état de choc.

— Ne me regarde pas comme ça, Keara.

— Mais vous… nous…

— Tu étais d'accord, hier soir. Je ne t'ai pas forcée.

Se joues s'empourprèrent. Elle ne savait pas quoi dire, ni où poser les yeux. Elle se souvenait comme dans un rêve de s'être allongée à côté de lui, qu'ils étaient proches, qu'elle s'était sentie aimée et avait voulu que ce sentiment ne cesse jamais. Sauf qu'il était impossible qu'il l'aime. Elle était attirée par lui depuis longtemps, mais il n'en était pas moins son patron.

Et désormais, elle était une fille perdue. *Qu'est-ce que sa mère aurait dit* ?

Il l'attira à elle et quand elle protesta sans conviction, il étouffa ses objections sous les baisers. Il était sûr qu'elle allait bientôt fondre dans ses bras, comme la veille.

Mais à son grand étonnement, elle se débattit si farouchement qu'il fut bien obligé de la lâcher.

— Il est un peu tard pour jouer les vierges effarouchées, tu ne crois pas ? observa-t-il d'un ton amusé.

— Je devais être folle, hier soir. Elle rougit en voyant son regard se promener sur ses seins dénudés.

— Si c'est le cas, alors j'espère bien que tu le resteras, parce que tu étais délicieuse au lit.

— Ce n'est pas correct de votre part d'avoir profité de ma détresse, monsieur, lança-t-elle. Elle semblait avoir retrouvé un peu de son esprit d'avant.

— Monsieur ? Comment peux-tu m'appeler « monsieur » alors que nos deux corps se sont unis ? Dorénavant, Keara, je m'appelle Theo.

— Pas pour moi, monsieur. Peut-être bien que j'étais folle hier soir, mais cela ne se reproduira plus.

— Ah bon ?

— Où sont mes habits, monsieur ? demanda Keara après avoir jeté un regard autour d'elle.

— Je viens de te le dire, je ne réponds plus quand tu m'appelles « monsieur ».

Elle le foudroya du regard.

— Eh bien, va pour Theo. Theo ! Où sont mes habits, Theo ?

— En bas, avec les miens.

Elle tira sur le drap.

— Je vais prendre ça, alors.

— Ce serait dommage de cacher un si beau corps, plaisanta-t-il en retenant le drap.

— Comment pouvez-vous me traiter comme ça ?

— Cela fait des années que j'ai envie de te traiter comme ça, et ne me raconte pas que tu n'étais pas attirée par moi parce que je ne te croirai pas. Tu m'as prise dans tes bras un soir que j'étais très malheureux, et j'ai fait la même chose avec toi hier. Ce qui s'est passé ensuite devait arriver entre nous. Tôt ou tard.

Il n'avait aucun remords, c'était clair. Elle ne voyait pas les choses du même œil.
— Mais c'est un péché mortel !
— Hou, quelle horreur !
— Ça vous est égal ?
— Plutôt, oui. Je ne crois pas dans l'au-delà, juste dans ce monde-ci, dans cette vie. Et malgré tous mes défauts, j'essaie de ne faire de mal à personne.
— Eh bien moi je crois au péché et je veux m'habiller maintenant, monsieur ! Et je ne resterai pas ici un soir de plus, si c'est le prix que je dois payer.
L'air amusé de Theo s'évanouit d'un coup.
— Comment peux-tu dire une chose pareille ? Tu sais bien que ça n'avait rien à voir. Tu me crois capable de ce chantage ?
— Je ne sais plus quoi penser, marmonna-t-elle. Il faut que je m'habille.
— Vas-y, tes vêtements sont en bas.
Mais il continuait de retenir le drap. De nouveau ses joues s'empourprèrent. Elle regarda la porte puis se tourna vers lui.
— Vous êtes injuste !
— Comment pourrais-je faire autrement, avec toi à côté de moi dans le lit, si délicieusement nue ? Je suis un homme, après tout !
Voyant la lueur qui brillait dans ses yeux, elle poussa un petit cri et essaya de bondir hors du lit, mais elle n'en eut pas le temps. Il l'attrapa et l'attira vers lui.
— Non, pas ça. S'il vous plaît.
Il relâcha son étreinte en soupirant. Jamais il ne pourrait forcer cette femme contre sa volonté. Elle n'était pas son épouse et n'avait aucune obligation conjugale envers lui.
— Dans ce cas, parlons de ce que nous allons faire, se résigna-t-il. La gêne de Keara ne lui échappa pas. Et puis

zut ! Enveloppe-toi dans le drap et descendons manger un morceau, je meurs de faim. Mais il faut qu'on parle.

Elle n'avait aucune envie de parler. Elle se sentait déconcertée, comme hébétée. Elle le suivit au rez-de-chaussée en prenant bien garde de ne pas laisser glisser le drap qui la couvrait toute entière. Même ainsi, elle ne se sentait pas protégée. À dire vrai, protégée contre elle-même. Elle savait bien qu'il ne l'avait pas forcée. Elle était aussi coupable que lui.

Elle remonta à l'étage avec ses vêtements.

Il s'habilla à la va-vite dans le salon et alla allumer le feu dans la cuisine. La maison était glaciale ! Lorsqu'elle redescendit, un bon feu ronronnait dans la cuisinière. Il indiqua le panier posé sur la table.

— Regarde ce qu'on nous a apporté, tu veux ?

Elle déballa la nourriture en silence, se sentant humiliée par la façon dont il la traitait. D'abord une cocotte, et maintenant une servante.

— Je ne crois pas que ce soit un péché, que nous nous aimions, lança-t-il d'une voix douce.

Elle ne répondit pas mais se demanda ce que le mot « amour » signifiait pour lui. De simples coucheries ou davantage ? Maintenant, elle n'avait plus personne pour l'aimer.

— Keara ? Elle évita son regard, mais il aperçut une larme qui coulait sur sa joue et se sentit coupable. Ne pleure pas, mon chou. Nous trouverons une solution. Allez, mange un morceau.

Elle regarda son assiette et la repoussa, incapable d'avaler une bouchée.

— Mange ! intima-t-il d'un ton plus impérieux.

Elle prit un morceau de pain et commença à le réduire en miettes sur son assiette. Puis, pour détourner son attention, elle demanda :

— Comment va le bébé ?

— Richard se portait comme un charme hier soir, je dois aller vérifier que c'est toujours le cas. Mais je ne sors pas d'ici tant que je ne serai pas certain que tu ne vas pas t'enfuir.

Elle avait déjà envisagé cette possibilité, avant de la rejeter.

— Pour aller où ? Et comment ? Je n'ai pas un sou.

Il tira quelques pièces de sa poche, puis hésita. Il n'avait jamais pris autant de précautions avec une femme.

— Ceci n'est pas un remerciement pour ce que nous avons fait. Je tiens trop à toi pour te traiter ainsi. Je me disais juste que ça te tranquilliserait d'avoir une guinée ou deux. Mais n'utilise pas cet argent pour t'enfuir loin de moi, parce que, je te préviens, je te poursuivrai sans relâche !

Comme elle ne faisait pas un geste pour prendre l'argent, il posa les pièces sur la cheminée.

— Keara, je te promets solennellement que je t'aiderai à retrouver tes sœurs. Je suis très fâché de ce que ma femme leur a fait, et à toi.

Il n'en fallut pas plus pour qu'elle se remette à sangloter. Elle ne protesta pas quand il la prit dans ses bras et qu'il la tint serrée jusqu'à ce qu'elle s'apaise.

— Vous me donnerez de l'argent pour partir à leur recherche ? On me doit des gages. Cela suffira, non ?

— Attendons d'abord de savoir où elles sont, puis je m'occuperai de les faire revenir. Il est hors de question que je te laisse errer toute seule à l'autre bout du monde. Je tiens beaucoup trop à toi.

Elle resta pétrifiée. Cette fois, elle ne pouvait pas faire comme si le mot lui avait échappé.

— Vous tenez à moi ?

— Oui. Et toi, tu ne tiens pas à moi ? Pas même un petit peu ?

Elle n'était pas encore prête à l'admettre, et puis de toute façon, à quoi bon aimer quelqu'un qui était tellement au-dessus de sa condition ? Déjà que ses sentiments pour lui l'avaient poussée dans le péché. Désormais, elle devait mieux se contrôler. Quant au péché, il ne fallait pas qu'il se reproduise. Mais malgré toutes ses bonnes résolutions, elle eut un pincement au cœur en repensant à la merveilleuse intimité qu'ils avaient partagée.

— Je reviens dans la journée. Tu seras là ? Promets-moi au moins ça.

Après une légère hésitation, elle hocha la tête. Il fallait qu'elle s'organise, qu'elle échafaude un plan. Mais il pouvait bien dire ce qu'il voulait, elle partirait à la recherche de ses sœurs.

— Bon, il vaut mieux que j'y aille. Je dois voir un peu comment ça se passe.

— Oui, monsieur.

— Je m'appelle Theo.

Elle ne pouvait pas l'appeler par son prénom. Elle n'osait pas.

Après qu'il fut parti, elle fit chauffer de l'eau et se lava de la tête aux pieds. Puis, à genoux, elle implora le pardon. Mais les baisers de Theo lui revenaient sans cesse à l'esprit et parasitaient sa prière. Il lui fallait le Père Cornelius pour lui remettre les idées en place.

En fait, elle ne savait pas ce qu'il lui fallait !

Elle traîna un peu dans la cuisine, grignota un morceau. Elle allait avoir besoin de toute ses forces pour mener son projet à bien. Avec Theo, elle serait obligée de ruser, ce qui la désolait parce que, à sa façon, il s'était montré bon avec elle. Et… il semblait sincèrement tenir à elle, un peu. Mais cette situation ne pouvait pas durer éternellement, il n'allait pas tarder à se lasser d'elle comme il s'était lassé de ses autres maîtresses.

Elle ne pouvait compter que sur elle-même. Elle irait en Australie et elle retrouverait ses sœurs, fût-ce au péril de sa vie.

13

Décembre 1863

Une semaine après le décès de Patience, Mark eut la désagréable surprise de voir débarquer ses beaux-parents. M. Jenner arborait un air triomphant, contrairement à son épouse qui semblait inconsolable.

— Nous voulons voir la sépulture de notre fille, exigea Alex haut et fort en se postant au milieu de la salle du restaurant, sans le moindre égard pour les clients.

Mark s'empressa de les faire passer dans l'arrière-salle. Ce diable d'homme ne savait donc pas s'exprimer autrement qu'en braillant ?

— Cette maison a besoin de la main d'une femme, dit aussitôt Alex en balayant des yeux la pièce en désordre. Puis se tournant vers son gendre, il ajouta d'une voix sarcastique : Vous allez avoir besoin de nous désormais.

Ayant deviné où son beau-père voulait en venir, Mark sentit tout son être se hérisser, mais s'abstint de tout commentaire. Après tout, ce n'était peut-être pas aussi grave qu'il se l'imaginait. Quelle sorte d'homme aurait osé tirer profit de la mort de son unique fille ?

— Comment se porte la petite ? demanda Nan, timidement. Puis-je la voir ?

— Elle est chez la nourrice. Nous irons lui rendre visite quand le service de midi sera fini.

— Vous accordez trop d'importance aux choses matérielles, Mark Gibson. L'enfant devrait primer sur tout le reste.

— Alex, s'il vous plaît, implora Nan.

Mais son mari l'ignora.

— Si le Saint-Esprit m'ordonne de parler, je le ferai. Le Seigneur ne doit pas être pris à la légère. Patience a fait fi de son commandement : *Tu honoreras ton père et ta mère.* Et elle a été punie.

Mark était écœuré et révolté par l'attitude de son beau-père, mais il ressentait de la pitié pour Mme Jenner, qui s'efforçait de ravaler ses larmes.

— Puis-je vous offrir à manger ? demanda-t-il pour essayer de passer à autre chose.

— Je m'en occupe, dit aussitôt Nan, en ôtant son vilain chapeau noir et sa cape pour se rendre à la cuisine.

Alex se cala dans le fauteuil de Mark et attendit d'être servi. Puis Nan et Mark se retirèrent.

— Il ne pense pas ce qu'il dit, murmura Nan à son gendre. Il ne va pas très bien ces temps-ci… (Elle jeta un coup d'œil furtif par-dessus son épaule.)… et je crains qu'il ne soit devenu un peu rigide.

— Ce doit être difficile pour vous, répondit Mark, qui avait de la peine pour elle.

Il n'avait aucun grief envers cette malheureuse créature qui semblait avoir pris dix années d'un seul coup, mais il était bien décidé à ne pas laisser ce bigot d'Alex Jenner jouer un rôle quelconque dans l'éducation d'Amy.

— Je vais vous emmener voir la petite tout à l'heure, lui dit-il en souriant. Elle est adorable et très sage. Elle ne pleure pour ainsi dire jamais.

— Comme sa mère, dit Mme Jenner.

Mark retourna vaquer à ses occupations et quand le service de midi fut terminé, il alla rejoindre ses beaux-parents.

Nan avait déjà tout remis en ordre, tandis qu'Alex semblait ruminer, blotti au coin de l'âtre éteint, comme s'il n'avait pas réalisé qu'on était en plein été.

— Pourrait-on aller voir le bébé à présent ? demanda Mme Jenner quand Mark revint.

— Mais bien sûr. Peut-être préféreriez-vous rester ici, monsieur Jenner ? Vous avez l'air fatigué, dit Mark sans grand espoir d'être entendu.

— Je dois voir l'enfant, exigea Alex en se levant du fauteuil. Vous l'avez fait baptiser ?

— Pas encore. Je n'ai pas eu le temps.

Alex inspira profondément.

— Elle est donc toujours en état de péché originel.

— En état de péché ! dit Mark, hors de lui. De quoi un bébé qui vient de naître pourrait-il être coupable ?

— Des péchés de sa mère, évidemment.

L'homme était fou, songea Mark, qui aurait préféré que son beau-père n'approche pas Amy. Mais il ne pouvait décemment pas refuser de lui présenter son unique petite-fille.

Lorsqu'ils furent arrivés devant la maisonnette des Johnson, il s'arrêta et dit :

— Je vous prierai de m'attendre ici pendant que je m'assure qu'ils peuvent nous recevoir.

Un enfant ouvrit la porte, levant vers lui un regard timide.

— Ta maman est à la maison ?

C'est alors qu'une voix cria de l'intérieur :

— Entrez, monsieur Gibson !

— Je suis avec les parents de mon épouse. Ça ne vous dérange pas qu'ils voient la petite ?

— Oh, mais non ! Je viens juste de lui donner la tété et de la changer.

Il se recula poliment pour laisser passer Mme Jenner, puis entra à son tour.

— La voici, dit Kalaya en leur présentant le bébé, le sourire aux lèvres.

— Vous avez confié *ma* petite-fille à une mécréante ! explosa Alex, en s'avançant pour arracher le bébé des bras de la nourrice.

Mark eut juste le temps de s'interposer entre le vieil homme et la jeune femme.

— Si vous ne savez pas vous comporter en gentleman, je vous demanderai de sortir. Une telle goujaterie envers Mme Johnson est intolérable.

— C'est une mécréante et une sauvage !

Kalaya resta interdite, visiblement blessée, tandis que Mark poussait Alex Jenner vers la sortie. Nan ne bougea pas. Elle regardait le bébé qui semblait bien nourri et bien soigné. Un rapide coup d'œil autour d'elle lui indiqua que la pièce était bien tenue, et la nourrice également.

— Je suis désolée, madame Johnson, dit-elle. Mon mari n'a plus toute sa tête. Puis-je la prendre dans mes bras ?

Kalaya acquiesça, l'air distant et froid à présent.

Nan scruta avec intérêt les traits du bébé.

— Elle ressemble tellement à sa mère enfant, et pourtant elle a les yeux de son père. J'espère qu'elle sera plus heureuse que ma fille.

Dehors, les vociférations continuaient. Avec un soupir, elle rendit la petite à sa nourrice.

— Je dois partir. Je vous prie d'excuser la grossièreté de mon mari.

Kalaya hocha la tête en silence, mais avec de la pitié dans les yeux cette fois. Elle s'approcha de la fenêtre. Dehors, Mark Gibson faisait barrage au vieil homme qui, avec force cris et gesticulations, tentait de revenir vers la maison. Elle avait l'habitude de s'attirer des remarques à cause de la couleur de sa peau, encore qu'ici, à Rossall, les Blancs lui manifestaient plutôt de l'indifférence. Mais ce vieil homme, avec ses paroles blessantes et haineuses, était pire que tout.

Elle regarda le nourrisson et lui dit :

— Il va falloir que ton père tienne cet homme à distance s'il ne veut pas que tu sois malheureuse dans la vie, ma petite.

Puis elle se mit à fredonner une chanson que sa mère chantait pour bercer les bébés.

Mark ne revint la voir que le lendemain.

— Ils sont rentrés à Melbourne, lui dit-il. Je suis désolé pour ce qu'il vous a dit, madame Johnson.

— Sa femme est restée polie. Elle a l'air de beaucoup souffrir avec cet homme odieux.

Elle hésita, puis trouva le courage d'ajouter :

— Mieux vaudrait qu'il n'approche pas de la petite.

Mark acquiesça. Il en était venu à la même conclusion.

*

Keara resta un mois dans la chaumière, où elle passa Noël seule avec son chagrin et sa culpabilité. Il lui avait apporté *Le Secret de Lady Audley*, un roman trop compliqué, qu'elle n'avait pas réussi à lire, ainsi que des magazines qu'elle parvenait à déchiffrer en partie, et des fruits confits au cognac. N'ayant jamais rien goûté d'aussi délicieux, elle avait dévoré le pot et bu tout le jus. Résultat, elle s'était réveillée le lendemain matin avec la migraine et une sensation de vertige. Mais du moins avait-elle dormi à poings fermés.

Inévitablement, elle s'était retrouvée au lit avec Theo, non parce qu'il l'y obligeait, mais parce qu'il était bon et attentionné. Il suffisait qu'elle le voie remonter l'allée pour que son cœur se mette à battre plus fort. La chaleur de son regard, ses œillades langoureuses, tout concourait à la désarmer.

Il lui apporta d'autres cadeaux : du parfum, des vêtements. Plus qu'elle n'aurait pu en porter, et certains trop élégants pour elle. Elle avait l'impression d'être une femme entretenue, et après le départ de Theo, elle avait fondu en larmes.

— Nous partons, lui annonça-t-il de but en blanc fin janvier.

— Oh ?

— Nous allons à Londres, juste pour quelques jours. Tu as besoin de te changer les idées et moi aussi. Je vais te montrer à quoi ressemble le monde.

— Le seul endroit où j'ai envie d'aller c'est l'Australie, et vous le savez, Theo.

— À ce propos, j'ai des nouvelles. Ce sont les religieuses de Sainte-Marthe et Sainte-Zita qui ont envoyé tes sœurs là-bas. Elles ont un couvent à Melbourne ainsi que trois institutions en Irlande, et elles envoient régulièrement des filles en Australie pour servir de domestiques.

Il lui tendit une lettre. Voici leur adresse à Melbourne. Je leur ai déjà écrit, en expliquant que j'avais l'intention de faire revenir tes sœurs en Angleterre à mes frais. C'est pourquoi nous ne pouvons rien entreprendre tant que nous n'aurons pas reçu leur réponse. En attendant, toi et moi irons à Londres.

Elle étudia la lettre, mémorisa l'adresse, puis la replia et la lui rendit.

— Je préférerais rester ici, concéda-t-elle. Je ne veux pas m'afficher avec vous en public.

— Mais moi je serais heureux d'être vu en compagnie de la femme que j'aime.

— Vous ne m'aimez pas !

— Si, Keara, je t'aime.

Elle secoua la tête avec véhémence.

— Si vous m'aimiez vraiment, vous m'aideriez à aller en Australie. Je n'ai pas envie d'être votre maîtresse, et vous le savez.

— Je ne t'ai jamais forcée et je ne le ferai jamais.
— Dans ce cas, pourquoi continuez-vous ?
— Parce que je suis faible et parce que tu es… ce que tu es.

Et parce qu'elle aussi l'aimait, même si elle n'était pas prête à le reconnaître.

Ce jour-là, il ne coucha pas avec elle, se contentant de lui parler en prenant sa main dans la sienne.

Quand il partit, elle songea qu'il l'aimait peut-être un peu, à sa façon. Mais cela ne changeait rien. Il n'y avait pas d'avenir pour deux personnes de milieux aussi différents. Sans doute avait-elle appris à mieux s'exprimer, ces dernières années, mais elle n'en demeurait pas moins une paysanne irlandaise sans instruction.

Elle était en train de feuilleter nerveusement le journal qu'il avait apporté quand son regard tomba soudain sur le mot Australie. Un mot après l'autre, elle parvint à déchiffrer une réclame où il était question du prix de la traversée. Vingt livres ! Comment parviendrait-elle jamais à réunir une somme aussi faramineuse ?

Elle découpa néanmoins l'encart publicitaire et le cacha sous une pile de linge. Elle le voyait comme un signe du destin, la promesse qu'un jour elle partirait retrouver ses sœurs.

Même si pour cela elle devrait quitter Theo.

*

Richard n'était pas un bébé vigoureux. Il agitait mollement ses petits membres, ne prenait pas facilement le sein et ne faisait pas ses nuits, se réveillant en chouinant d'une petite voix ténue que Theo trouvait inquiétante.

— Vous êtes sûr qu'il va survivre ? demanda-t-il au docteur qui venait chaque jour pour examiner l'enfant.

— On ne peut jamais être sûr de rien avec les nourrissons, monsieur Mullane, mais je ne vois pas de raison de s'alarmer pour l'instant. Il a passé le cap des premières semaines, qui est le plus délicat, et il prend du poids, tout doucement certes, mais c'est bon signe.

— Je dois aller quelques jours à Londres, je vous demanderai de venir ici tous les jours sans faute. Envoyez-moi un télégramme si quelque chose ne va pas et je rentrerai immédiatement.

Theo s'attarda encore quelques instants dans la nursery, et quand la femme de chambre entra, un regard anxieux dans les yeux, il lui demanda :

— Il y a un problème ?

— Non, monsieur. Mais c'est au sujet de Nancy, la gouvernante de Madame. Est-ce qu'elle est autorisée à voir Richard ?

Il fronça les sourcils. Il n'aimait pas Nancy. De toute évidence, l'ancienne nounou de sa femme avait repris l'ascendant sur Lavinia.

— Elle rend de nouveau visite à mon épouse ?

— Oui, monsieur, chaque soir. Elle me fait dire que Madame aimerait avoir des nouvelles du petit.

Theo haussa les épaules.

— Bah, pourquoi pas ? Mais ne l'autorisez pas à emmener Richard avec elle, et restez avec elle pendant tout le temps qu'elle sera ici.

Quand il sortit, il se retrouva nez à nez avec Nancy dans le couloir. Il lui demanda :

— Pourquoi êtes-vous venue voir Richard ? N'essayez pas de me faire croire que Lavinia s'intéresse à lui. Elle ne s'intéresse qu'à elle-même.

La vieille femme le fixa du regard, comme si elle cherchait à le jauger.

— Je voulais juste savoir comment il allait. J'aime les bébés.

— Il ne va pas aussi bien qu'on pourrait le souhaiter.

— Pas bien tout court.

— Que voulez-vous dire ?

— On ne peut pas faire l'impossible, même pour un enfant qu'on aime de tout son cœur, Theo Mullane, prononça-t-elle.

Ses paroles, proférées sur un ton lugubre, ébranlèrent Theo, qui sentit monter la colère.

Heureusement, la femme fit une petite révérence et passa son chemin avant qu'il ait pu exploser. Il ne voulait pas la chasser, car bien qu'elle eût une allure de sorcière et se comportât parfois comme telle, il avait remarqué que Lavinia était beaucoup plus raisonnable depuis que Nancy était là.

— Nous partons demain, annonça-t-il à Keara le soir même.

— Vous étiez sérieux donc ?

— Bien sûr ! J'en ai assez de te voir dans cette garçonnière, mais je n'ose pas retourner en Irlande de peur de devoir rentrer précipitamment en… en cas de besoin.

D'autant que Keara avait des amis à Ballymullan qui auraient pu la persuader de le quitter. Sans parler du père Cornelius, qui ne se priverait pas de condamner leur conduite immorale.

Theo l'attira entre ses bras et l'embrassa. Au contact de sa peau fraîche et parfumée, ses sombres pensées s'évanouirent. Qu'avait donc Keara Michaels qui le faisait se sentir aussi bien ?

Il ne s'était jamais comporté ainsi avec les autres femmes, préférant ériger une barrière d'insouciante jovialité entre elles et lui. Mais avec Keara il n'avait pas besoin de jouer la comédie.

Elle ne le croyait pas quand il lui disait qu'il l'aimait, mais il savait que seuls le temps et la persévérance finiraient par la convaincre.

*

Tôt le lendemain matin, il alla voir Richard, qui babillait gaiement après avoir passé une bonne nuit, puis il se mit en route. Quand il entra dans la chaumière, voyant que Keara portait sa tenue ordinaire, il insista pour qu'elle mette une des robes qu'il lui avait achetées, la menaçant de le faire lui-même si elle n'obéissait pas.

— Dans cette robe, j'ai plus que jamais l'impression d'être une femme entretenue ! protesta-t-elle quand elle redescendit, parée de soie et de dentelle.

C'était la première fois qu'elle portait une crinoline.

Elle regarda ses mains rougies à force de récurer et de laver. Quant à sa nouvelle tenue, qui l'obligeait à porter un corset et à marcher à petits pas pour ne pas dévoiler ses chevilles ou le bas de ses jupons, elle la trouvait inconfortable.

— Ne dis pas cela, ma chérie, tu es ravissante.

— Je ne me sens pas à mon aise, confessa-t-elle en désignant son ample jupe bouffante.

Il s'approcha et lui tendit un petit objet – une alliance.

— Passe-la à ton doigt, Keara.

Elle mit ses mains derrière son dos, et recula.

— Non ! Je n'ai pas le droit de la porter !

— Ne sois pas ridicule ! Tu es censée être ma femme. Tu dois porter une alliance quand nous irons à l'hôtel à Londres.

Comme elle ne bougeait pas, il se saisit de sa main gauche et lui enfila la bague à l'annulaire.

Elle la contempla un moment en regrettant que ce ne fût pas vraiment la sienne.

Une fois dans le train, fascinée par la nouveauté de tout ce qu'elle voyait, elle ne cessa de s'extasier. Quand ils arrivèrent, elle était au comble de l'excitation. Elle avait hâte de découvrir Londres. Qui sait si elle n'apercevrait pas la reine Victoria en personne !

Ce n'est qu'une fois à l'hôtel qu'elle retrouva son quant-à-soi. Debout dans le hall aux côtés de Dick, elle attendit que Theo réserve leurs chambres, en expliquant au réceptionniste que la femme de chambre de son épouse était tombée malade.

— Il t'aime à sa façon, lui murmura Dick.

Keara le regarda avec surprise, car il n'avait pas l'habitude de se mêler de ce qui ne le regardait pas. Il était même connu pour sa discrétion.

— C'est possible, mais pour l'instant, tout ce qui m'importe c'est de retrouver mes sœurs. Or, il ne veut pas me laisser partir.

— Je suis sûr qu'il va trouver un moyen de les faire revenir.

— Et d'ici là il se sera entiché d'une nouvelle maîtresse.

Il était de notoriété publique que les maîtresses de M. Mullane ne séjournaient jamais bien longtemps dans la garçonnière.

— Je ne pense pas qu'il va se lasser avant longtemps, si cela peut te consoler.

— Et moi, je pense que je n'aurais jamais dû me prêter à son jeu.

Il sourit gentiment.

— Y serais-tu arrivée ? Tu as toujours eu un faible pour lui.

Elle ouvrit la bouche pour nier, mais réalisa qu'elle était incapable de lui mentir.

Theo revint et donna son bras à Keara pour la mener à l'étage.

— C'est tellement grandiose, dit-elle, en pénétrant dans la suite élégante qui leur avait été réservée.

— Ça ne te plaît pas ?

— Ce qui ne me plaît pas, c'est d'être ici avec vous, dans cet accoutrement, et avec une bague au doigt qui ne m'appartient pas !

— Keara, profitons de ces quelques jours ensemble, tu veux bien ?

Lorsque les deux hommes se retirèrent, elle déballa ses affaires, palpant les précieuses étoffes et les sous-vêtements de dentelle. En d'autres circonstances, elle y aurait pris beaucoup de plaisir, si elle n'avait pas éprouvé ce terrible sentiment de honte.

— J'aime te voir bien habillée, lui dit Theo quand il revint. Mets la robe bleue pour le dîner. Elle est presque assortie à tes yeux magnifiques.

— Ce sont les yeux des Michaels. Mes sœurs ont les mêmes.

Elle se mit à sangloter.

Il s'approcha et la serra dans ses bras. Son regard contrarié ne lui avait pas échappé, même s'il avait aussitôt changé d'expression. Une soudaine crainte de lui déplaire la fit se reprendre et elle sécha ses larmes.

À quoi bon pleurer de toute façon ?

*

Deux jours plus tard, Keara se réveilla avec une nausée si violente qu'elle fut incapable de mettre le pied par terre. Elle avait dû manger quelque chose qui n'était pas passé.

— Je vais faire venir un médecin, dit Theo.

— J'irai mieux demain, j'en suis sûre. Je suis rarement malade. Ce doit être le changement de nourriture.

— On ne peut pas prendre de risques.

— Theo, s'il vous plaît ! J'ai juste besoin d'être un peu seule. Ce n'est rien, je vous assure.

Elle aurait pu se croire enceinte, mais elle n'avait pas eu de retard de règles. Et puis tous deux savaient que Theo avait des difficultés à avoir des enfants. Jamais aucune de ses maîtresses n'était tombée enceinte. Il est vrai qu'il les avait mises en garde, en insistant sur le fait qu'il ne voulait pas de bâtards. Cet homme n'en était décidément pas à une contradiction près. À la fois bon et égoïste, tantôt généreux, tantôt soucieux d'économiser des bouts de chandelles. Il fallait du temps pour apprendre à connaître Theo Mullane. Si seulement…

On frappa à la porte et une femme de chambre entra avec un plateau en argent sur lequel était posée une enveloppe.

— Un télégramme pour vous, monsieur Mullane.

Sitôt la porte refermée, il décacheta la missive.

— Richard n'est pas bien ! s'écria-t-il. Il faut que je rentre !

Réalisant que c'était peut-être le moment ou jamais de lui échapper, elle secoua la tête en pressant un mouchoir contre sa bouche, comme si elle était à nouveau prise de nausées.

— Je ne me sens pas en état de voyager, dit-elle.

Il fronça les sourcils.

— Je suis navré, ma chère, mais tu dois rentrer avec moi. Vite, habille-toi pendant que je vais m'enquérir des horaires des trains.

Dès qu'il fut parti, elle mit son plan à exécution. Elle se leva et ouvrit la malle où Theo gardait une sacoche pleine d'argent. Quand elle eut trouvé ce qu'elle cherchait, elle poussa un énorme soupir de soulagement. La sacoche contenait tellement de billets et de pièces de monnaie qu'il ne verrait sûrement pas la différence. Il se faisait trop de souci pour son fils pour songer à recompter ses sous. Et quand il le ferait, elle serait déjà loin, peut-être en route pour l'Australie.

Il allait lui manquer. Non pas pour la vie luxueuse qu'elle menait avec lui, mais parce qu'elle l'aimait, et qu'il était celui qui la tenait enlacée la nuit et la consolait.

Elle eut un pincement au cœur en songeant que si elle avait eu jadis ne serait-ce qu'une toute petite fraction de l'argent qui se trouvait dans cette bourse, elle aurait pu nourrir sa mère et ses sœurs, voire les emmener loin de Ballymullan. Et sa mère serait peut-être encore en vie aujourd'hui.

Mais il était trop tard pour avoir des regrets. Il fallait qu'elle remette tout en place avant que Theo ne revienne. Elle avait déjà calculé à combien s'élevaient les gages que les Mullane lui devaient. Elle compta rapidement les billets et les pièces correspondant à son dû. Elle avait beau se dire qu'elle n'était pas une voleuse, elle se sentait coupable malgré tout.

Au même instant, elle entendit la voix de Theo dans le couloir. S'il entrait maintenant, elle était fichue !

Dans son affolement, elle laissa tomber quelques pièces, qui se mirent à rouler en tintant sur le parquet.

Elle allait se baisser pour les ramasser quand elle l'entendit glisser la clé dans la serrure. Trop tard !

Mais, au même instant, quelqu'un passa dans le couloir et interpella Theo. Vite, elle remit l'argent là où elle l'avait trouvé, referma la valise, et commença à s'habiller. Elle se débarrassa de sa chemise de nuit et enfila ses jupons. Elle était en train d'en nouer les cordons quand la porte s'ouvrit. Elle resta de dos, de crainte qu'il ne voie son expression paniquée.

— Il y a un train dans une demi-heure, lança-t-il. Dépêche-toi pour que Dick puisse faire les bagages. Approche, je vais t'aider à boutonner ton corsage.

Au contact de ses mains douces et chaudes, elle faillit se jeter dans ses bras et tout lui avouer, mais Dick entra dans la chambre juste à ce moment-là.

Quelques minutes plus tard, ils quittaient l'hôtel. Keara se sentait toujours nauséeuse.

Était-il possible qu'elle fût… ?

*

Lorsqu'il vit la voiture du docteur stationnée devant la porte, le cœur de Theo fit un bond dans sa poitrine. Il sauta de la calèche en marche et courut vers la maison.

— Il faut que je vous parle, lui lança le docteur alors qu'il commençait à gravir l'escalier quatre à quatre.

— Comment va-t-il ? demanda Theo, la gorge serrée.

— Pas bien du tout. Un mauvais rhume.

— Un rhume ! répéta Theo, incrédule. Vous m'avez rappelé de Londres pour un rhume ?

— Richard est fragile. J'ai jugé préférable de vous rappeler au cas où son état s'aggraverait.

— Je comprends. Vous avez bien fait.

— Vous devez une fière chandelle à la gouvernante de votre épouse, poursuivit le médecin. Elle a enveloppé le berceau de linges et fait bouillir de l'eau pour que la vapeur lui dégage les bronches. C'est une très bonne nourrice.

En entrant dans la nursery, Theo trouva Nancy assise à côté du lit.

Elle mit un doigt sur ses lèvres pour lui intimer de ne pas faire de bruit.

— Nous l'avons sauvé cette fois, mais de justesse. Je doute qu'il survive à une autre crise comme celle-là.

Ils se regardèrent en silence.

— Je vous avais dit de ne pas épouser Lavinia, poursuivit-elle de sa voix fêlée de vieille femme. Vous n'êtes pas faits l'un pour l'autre, ni moralement ni physiquement. Mais vous aurez un enfant un jour, Theo Mullane, je vous le promets. (Elle ferma à demi ses paupières.) Je peux voir votre petite fille aussi clairement que je vous vois. Elle sera en pleine santé. Oh, oui !

Elle sourit et il sentit un frisson d'espoir lui parcourir l'échine. Mais presque aussitôt son humeur s'assombrit et il grommela :

— Gardez vos sornettes pour des gens plus crédules. En attendant, je vous remercie pour ce que vous avez fait.

Elle haussa les épaules et s'assit à nouveau à côté du berceau.

— Est-ce qu'il y a quelque chose que je puisse faire ? demanda-t-il.

— Pas pour l'instant. Il survivra encore pendant quelque temps.

Il se pencha pour embrasser son enfant, puis ressortit et alla chercher refuge dans les bois. Il ne voulait voir personne, pas même Keara.

Il se rappela le petit visage congestionné de son petit garçon et son cœur se serra. Richard n'était né que depuis quelques semaines, mais il faisait déjà partie de sa vie. Il était une partie de lui-même. Que ferait-il s'il le perdait ?

Le docteur lui-même n'osait pas se prononcer sur les chances de survie du bébé. Mais Nancy lui avait promis une fille. Les traits de Keara s'imposèrent à lui. Ah, comme il aurait aimé avoir un enfant avec elle !

Il alla s'asseoir au bord du ruisseau et resta un long moment à méditer. Lorsqu'il rentra, il était transi de froid.

— Vous devriez aller voir Keara, lui suggéra Dick.

Mais Theo secoua la tête. Son fils était entre la vie et la mort et il ne pouvait pas l'abandonner.

*

De retour dans la chaumière, Keara rangea ses belles robes et décida d'aller faire un tour dans les bois.

Elle marcha une heure durant, en ayant soin de ne pas s'approcher de la maison. Elle aperçut des gens au loin, mais par chance elle ne croisa personne. La paix qui régnait dans la campagne en cette belle journée de janvier la rassérénait. Même dépouillés de leurs feuilles, les arbres étaient majestueux. Bientôt, ils allaient se couvrir de bourgeons et leurs branches allaient se parer de feuillage vert pâle.

Serait-elle encore là pour les voir ? Vivrait-elle toujours dans le péché ?

Theo lui avait expliqué que la terre avait la forme d'un ballon et que l'Australie se trouvait à l'exact opposé de l'Angleterre, si loin qu'il fallait trois mois pour qu'un cargo y transporte une lettre, et autant pour qu'il en rapporte une réponse. Une telle distance était difficile à imaginer.

Mais en trois mois elle pourrait se rendre là-bas et retrouver ses sœurs. Elle devait échapper à Theo et briser le sortilège qu'il lui avait jeté.

Comme elle regagnait la chaumière, elle aperçut une vieille femme qui venait dans sa direction. Elle allait la saluer d'un petit signe de tête et passer son chemin quand la vieille étira un bras pour lui barrer la route.

— Tu es Keara Michaels, n'est-ce pas ?

— Pourquoi posez-vous la question si vous connaissez déjà la réponse ?

— Parce que je suis la nouvelle gouvernante de Lavinia, répondit-elle en laissant échapper un petit rire éraillé. Et l'ancienne. J'ai été sa nourrice jadis.

Instinctivement, Keara recula d'un pas.

— Elle t'a fait du mal, je sais. Mais elle ne s'en rend même pas compte. Elle n'est pas tout à fait normale. Elle aurait dû rester avec moi au lieu de se marier. Personne ne sait s'occuper d'elle comme moi, dit-elle en regardant Keara dans les yeux, puis elle ajouta : Oui, je sais qu'elle t'a fait du mal et que tu as beaucoup de chagrin.

— Laissez-moi passer, je vous prie.

— Une minute, petite. Me permets-tu de venir te voir un jour ? Je te lirai l'avenir dans les feuilles de thé.

Le père Cornelius lui avait dit de se tenir à l'écart des diseuses de bonne aventure, mais elle était tentée. Elle voulait savoir si elle allait retrouver ses sœurs.

— Vous savez prédire l'avenir ?

— Parfois. Que voudrais-tu que je te dise ?

— Si je vais partir en Australie et retrouver mes sœurs ?
— Il se pourrait que je puisse te le dire.
— Dans ce cas, je veux bien.
Nancy hocha la tête.
— Je vais attendre que M. Mullane se rende en ville et j'apporterai du thé.
Et sans ajouter un mot, la vieille passa son chemin.
Keara la regarda s'éloigner en frissonnant. Le vent s'était levé et le ciel commençait à se charger de nuages. Elle se dit qu'il allait peut-être neiger. Bah, qu'est-ce que cela changeait pour elle, qui était retenue prisonnière ici ?
Tout en marchant, elle se mit à penser à la nourrice de Lavinia. Une étrange créature. Elle commençait à regretter d'avoir accepté de la revoir. Comment pouvait-elle faire confiance à quelqu'un d'aussi proche de Lavinia ? Et puis, il y avait chez elle quelque chose qui vous mettait mal à l'aise.
Comme si elle avait pu réellement prédire l'avenir.
Comme si elle avait pu lire dans vos pensées.

*

— Eh bien, tu l'as vue ? demanda Lavinia quand sa nourrice revint.
— Oui, ma toute belle. Je l'ai vue.
— Et qu'en as-tu pensé ?
— Elle m'a fait l'effet d'une brave fille.
— Si elle l'était, elle serait encore ici.
— Mais moi je ne serais pas là. Et je préfère qu'il en soit ainsi.
Lavinia se mordit la lèvre. Elle avait oublié comment Nancy retournait toujours tout à son avantage, et qu'il était impossible de la duper. Mais d'un autre côté, Nancy s'occupait aussi bien d'elle que le faisait Keara, sans compter qu'elle l'aidait à faire des projets. Elle parlait de quitter

cette maison et de vivre séparément de Theo. Elle avait toujours eu le don de lui remonter le moral.

— Ah, j'oubliais, dit Nancy à brûle-pourpoint. Keara attend son enfant.

— *Quoi ?*

— Tu as parfaitement compris.

— C'est impossible ! Il ne la connaît pour ainsi dire pas. Elle l'a embobiné. C'est sûrement l'enfant de quelqu'un d'autre.

— Je ne pense pas. Elle n'est pas du genre à tricher. Ma question est la suivante : veux-tu qu'elle reste ici et lui donne un beau bébé en pleine santé, ou préfères-tu la renvoyer avant qu'il n'apprenne la nouvelle ?

Lavinia se pencha vers la vieille femme.

— Tu peux t'en charger ? Tu peux la renvoyer ?

— Oui, elle veut aller en Australie, pour retrouver ses sœurs que tu as expédiées là-bas.

— Eh, bien, qu'elle parte !

— Elle ne peut pas partir sans ton aide, c'est pourquoi tu vas devoir me donner de l'argent.

— Autant qu'il t'en faudra.

*

Mais lorsque Nancy se présenta chez Keara deux jours plus tard, pour prendre le thé, cette dernière ne la laissa pas entrer.

— J'ai changé d'avis, dit la jeune fille debout dans l'embrasure comme pour barrer le passage à la vieille femme.

— Et pourquoi cela ?

— Parce que la divination est l'œuvre du diable et que j'ai assez péché comme ça. D'ailleurs, vous ne m'inspirez pas confiance. Pourquoi proposez-vous de m'aider alors que vous êtes de *son* côté ?

Keara claqua précipitamment la porte avant que la vieille femme ait pu dire un mot.

Nancy soupira et tourna les talons. Tout aurait été plus simple si elle avait su gagner la confiance de Keara Michaels.

*

De retour dans la grande maison, elle alla rejoindre Lavinia dans son boudoir.

— Eh bien ? Tu n'es pas partie bien longtemps. Tu lui as parlé ?

— Elle a changé d'avis. Elle refuse de me voir.

Le visage de Lavinia trembla comme si elle allait se mettre à pleurer.

— On ne pleurniche pas ! ordonna Nancy sèchement.

— Mais tu m'avais dit qu'elle partirait.

— Et il en sera ainsi, ma mignonne. Mais je vais devoir faire intervenir Fred pour cela.

Les traits de Lavinia s'illuminèrent.

— Bien fait pour elle, lança-t-elle soudain radieuse. Elle va s'en mordre les doigts !

*

Richard s'était remis de son rhume et avait même pris un peu de poids. Theo en profita pour rendre visite à un marchand de biens de Manchester. Il voulait vendre le domaine et partir s'installer en Irlande avec son fils, loin de Lavinia.

Dès que M. Mullane fut parti, Nancy fit prévenir son neveu Fred et son compère. À bord d'une voiture de louage, les hommes se frayèrent sans bruit un chemin à travers bois. Quand ils arrivèrent à la chaumière, Nancy les attendait tapie derrière des fourrés.

— Fred, tu viens avec moi jusqu'à la porte. Ton ami va se poster à proximité et attendre qu'elle ait ouvert la porte. Et souviens-toi, il ne faut pas la brutaliser, ordonna-t-elle sèchement.

Quand Keara ouvrit la porte, elle fronça les sourcils en trouvant Nancy sur le seuil.

— Je croyais vous avoir dit que je ne voulais plus vous voir.

Au moment où elle refermait la porte, Fred, resté caché jusque-là, poussa le battant et empoigna Keara.

Elle essaya de se débattre, mais il était costaud, et un autre homme s'était joint à lui pour l'entraîner à l'intérieur de la maison.

— Qu'est-ce que vous faites ? cria-t-elle à Nancy.

— On t'expédie en Australie, répondit la vieille femme. C'est ce que tu voulais, n'est-ce pas ?

— Je ne vous crois pas.

— Je ne mens jamais. Et arrête de te débattre. Tu ne voudrais pas faire du mal au bébé que tu portes.

Keara se pétrifia.

— Comment le savez-vous ?

— Ces choses-là ne m'échappent pas. J'ai un don.

Se tournant vers son neveu, elle dit :

— Ligotez-la.

Elle sortit une petite fiole bleue et la posa sur la table.

— Ce n'est que du laudanum, dit-elle en voyant les yeux épouvantés de Keara. Ce n'est dangereux ni pour toi ni pour le bébé.

Puis elle monta à l'étage, laissant la prisonnière sous la garde des deux hommes.

— Non, s'il vous plaît, non, implora Keara, mais ils ne daignèrent même pas tourner la tête pour la regarder.

Prenant ses aises, l'un des deux gaillards prépara du thé et le sirota avec une évidente satisfaction. Voyant que ses ravisseurs l'ignoraient complètement, elle cessa de les supplier. Pour se rassurer, elle songea que Theo allait revenir de bonne heure. Elle entendait la vieille femme aller et venir à l'étage. Que pouvait-elle bien faire ?

Quand Nancy revint, elle tenait le sac de voyage de Keara à la main.

— Il y a une malle là-haut. Allez la chercher, ordonna-t-elle à ses deux acolytes.

Puis elle s'approcha de la table et versa une dose de potion dans un petit verre bleu.

Une terreur panique s'empara de Keara, faisant battre son cœur à tout rompre. Allaient-ils l'empoisonner ? La tuer ?

Comme si elle avait lu dans ses pensées, Nancy dit :

— Ce n'est pas du poison, juste un somnifère. Tout aurait été beaucoup plus simple si tu m'avais écoutée.

— Theo sera furieux. Il va se lancer à ma recherche.

Nancy sourit.

— Il ne saura pas ce qui t'est arrivé. Et puis il sera bien trop occupé à choyer son fils. Est-il au courant que tu es enceinte ?

Keara ne répondit pas.

— Il n'est pas au courant, en conclut la vieille. Pourquoi ne lui as-tu rien dit ?

— Parce que je n'en étais pas sûre.

— C'est plutôt parce que tu savais qu'il ne te laisserait jamais partir s'il l'apprenait, et que tu veux retrouver tes sœurs. Et maintenant, bois ceci.

— Non !

Elle fit signe à son neveu.

— Approche, Fred, et tiens-la bien.

Keara tenta de se débattre, en vain. Quand Nancy lui pinça les narines, elle essaya de ne pas ouvrir la bouche, mais le besoin de reprendre sa respiration fut le plus fort. Le liquide s'écoula dans sa gorge, la faisant tousser.

— Tu vas t'endormir et quand tu te réveilleras, tu seras en route pour l'Australie. Cela devrait te consoler un peu. C'est ce que tu voulais, après tout, dit Nancy en la dévisageant longuement.

Puis elle se tourna et demanda :

— Il reste du thé ? J'ai soif.

Sous le regard incrédule de Keara, la vieille s'attabla et se mit à siroter une tasse de thé comme si de rien n'était. Quand la pièce se mit à tourner, Keara sentit sa peur refluer.

Elle ne s'était jamais sentie aussi impuissante. Sa dernière pensée fut pour Theo.

*

Deux jours plus tard, Lavinia demanda à Nancy :

— Eh bien ? Quelles nouvelles ?

— Elle est en route. Et on ne peut guère faire plus loin que l'Australie. Nous avons eu de la chance. Il y avait un navire sur le départ juste au bon moment. Ce qui prouve que cela était écrit. Quand il a acheté son billet, Fred a dit au préposé qu'elle serait un peu en retard, et quand ils l'ont montée à bord, ils ont fait comme si elle était ivre. Il a graissé quelques pattes et ils l'ont laissée monter à bord sans passer la visite médicale.

— Et Theo ? À supposer qu'il découvre ce qui s'est passé ?

— Il ne le saura pas si tu ne le lui dis pas.

Lavinia se renfrogna.

— Tu sais bien que je ne ferais jamais une chose pareille. Il ne m'adresse plus la parole. Nous ne prenons même pas nos repas ensemble. C'est comme si je n'existais pas. Et lorsque je sors toute seule, les gens me regardent d'un drôle d'air.

— Laisse-les te regarder, ma mignonne. J'ai entendu dire qu'il y avait une maison à vendre en ville, qui nous conviendrait parfaitement. Pas très grande, mais élégante. Si tu t'installes là-bas, tu ne vas plus savoir où donner de la tête. Tu pourras voir tes amies et faire les boutiques tous les jours. Et puis quand tu raconteras que ton époux t'a abandonnée et qu'il a vendu la maison où tu as grandi, tout le monde va se ranger de ton côté.

Un sourire se dessina sur le visage joufflu de Lavinia.

— C'est vrai !

Elle se mit aussitôt à faire des projets d'aménagement pour leur nouvelle maison.

Nancy l'encouragea, sans accorder ne serait-ce qu'une pensée à Keara. Elle avait fait son devoir et maintenant il lui incombait de veiller sur celle qu'elle avait élevée et qui n'était jamais vraiment devenue une femme.

Les Hardwick avaient eu tort de lui retirer Lavinia, mais il était trop tard pour les regrets.

*

Quand Theo revint de Manchester, il mangea un morceau en vitesse puis monta se changer.

— Je vais voir Keara, dit-il à Dick. Ne m'attends pas.

Il prit le chemin des bois, le cœur léger. Elle avait pris une telle importance dans sa vie qu'il ne pouvait plus se passer d'elle. Il ne désirait pas que son corps, il voulait être avec elle, la rendre heureuse et il avait le sentiment que son amour pour elle allait l'aider à devenir meilleur.

Quand il atteignit la chaumière, voyant que la porte battait au vent, il prit soudain peur. Pourquoi la porte était-elle grande ouverte par ce froid de canard ? Il se rua dans la maison en appelant :

— Keara ! Keara !

Pas de réponse, pas même le sens d'une présence. Il régnait un froid glacial. Il inspecta rapidement le rez-de-chaussée. Avisant des tasses sales sur la table, il se demanda qui avait bien pu lui rendre visite.

À l'étage, la chambre était sens dessus dessous, quelques-unes des plus belles robes de Keara gisant à terre, dans un coin, tandis que ses vêtements ordinaires avaient disparu.

Pris d'un sombre pressentiment, il s'élança au grenier. Sa malle aussi avait disparu, de même que son sac de voyage.

Il n'y avait qu'un endroit où elle avait pu aller, l'Australie. Mais comment s'était-elle procuré l'argent du voyage ? Et comment avait-elle fait pour réserver un billet alors qu'elle ne quittait jamais la chaumière ?

Avait-elle des amis qui auraient pu l'aider ? Si c'était le cas, elle n'y avait jamais fait allusion.

Il fouilla de nouveau la cuisine. Il n'arrivait pas à croire qu'elle l'avait quitté sans même lui laisser un mot. C'est alors qu'il avisa des pièces de monnaie entassées sur le dessus de la cheminée. Comment avait-elle pu partir en laissant tout son argent derrière elle ?

L'idée lui vint alors qu'elle avait peut-être mis fin à ses jours. Mais non, elle n'aurait pas fait une chose pareille. Pour une catholique, c'était encore pire que d'avoir un amant.

Mais alors où était-elle ? Et avec qui ? Où qu'elle soit, il la retrouverait coûte que coûte. Il ne pouvait pas vivre sans elle.

14

Janvier 1864

Par une chaude journée de janvier, deux hommes descendirent de la diligence qui venait de Melbourne. Le plus âgé était vêtu de noir et portait un chapeau rabattu sur ses yeux. Quant au plus jeune, il arborait un visage inexpressif et tenait un sac de voyage à la main. Ils prirent une chambre à l'hôtel et y restèrent jusqu'au soir, puis ils sortirent faire un tour.

Le lendemain matin, ils se rendirent à l'écurie de louage qui faisait office de relais pour la diligence et y laissèrent leur bagage.

— Nous serons de retour à temps, précisa l'homme en noir. Une fois dans la rue, il demanda : tu te souviens de ce que tu dois faire, Joseph ?

— Oui, monsieur Jenner.

— Moi, je prends l'enfant et toi, tu dis à la femme de ne pas nous suivre ou sinon tu la frapperas.

— Père dit qu'il ne faut pas frapper les gens, protesta Joseph.

— Tu n'auras pas à lui taper vraiment dessus, il suffira de lui dire que tu es prêt à le faire.

— Père ne serait pas d'accord avec ça.

— Tu dois juste faire semblant, expliqua Alex en maîtrisant son impatience. Le Seigneur n'avait pas gratifié

Joseph d'une grande intelligence. Tu es assez baraqué pour faire peur à n'importe qui. Entendu ?

— Je fais semblant.

Joseph avait l'air malheureux et déconcerté.

— Tu sauras retrouver ton chemin jusqu'à l'écurie ? Là où il y a les chevaux.

— J'aime bien les chevaux ! Son visage s'éclaira.

— Après, donc, tu iras retrouver les chevaux. Je t'attendrai là.

Joseph acquiesça mais conserva un air soucieux.

Lorsqu'ils arrivèrent à la maison des Johnson, Alex entra le premier, sans frapper.

Kalaya resta sous le choc à la vue des deux hommes. Elle reconnut immédiatement le grand-père aux yeux fous.

— Qu'est-ce que vous voulez ?

— Tais-toi !

Alex lui envoya une gifle en plein visage puis il se tourna, cueillit le bébé dans son berceau et ressortit sans un regard pour la nourrice.

Dans un geste instinctif pour les protéger, celle-ci se rapprocha de ses enfants qui, terrorisés, s'étaient massés dans un coin.

Joseph lança :

— Si tu essaies de nous suivre, je te cogne.

Kalaya resta pétrifiée. Elle savait que quand un Blanc la menaçait, mieux valait ne pas réagir, surtout avec cette espèce de géant.

Mais dès que Joseph fut ressorti, elle alla à la fenêtre et le vit qui rejoignait l'autre en courant dans la rue de terre battue. Quand ils eurent disparu, elle ordonna à ses enfants de ne pas bouger et se précipita dehors. Elle courut à perdre haleine jusqu'au restaurant en évitant la rue principale, affolée à l'idée de tomber sur les deux ravisseurs qui l'avaient menacée. La plupart des Blancs se fichaient pas mal qu'une Aborigène se fasse tabasser en pleine rue. Pas Mark, lui était un homme bon, et elle adorait son bébé.

Où cet homme emmenait-il Amy, et pourquoi l'avait-il enlevée ?

Elle espérait surtout qu'il ne lui ferait aucun mal.

*

Quand elle déboula à bout de souffle dans la cuisine, Mark lâcha son couteau et accourut vers elle.

— Que se passe-t-il ?

— C'est le vieil homme, le fou, qui est revenu avec un autre et ils ont enlevé Amy. Il m'a poussée et il l'a arrachée à son berceau. Le jeune a menacé de me frapper si je les suivais. J'ai attendu qu'ils s'éloignent et je suis venue en courant. Je suis passée par-derrière.

— Où sont-ils allés ?

— Vers la grand-rue.

— Rentrez chez vous, je m'en occupe. Ginny, je te confie la cuisine.

Ginny les regarda partir, secoua la tête et se remit à couper la viande.

Mark arriva sur la grand-rue juste à temps pour voir la diligence de Melbourne disparaître au loin. Il courut jusqu'au relais où on lui confirma qu'en effet, deux hommes dont l'un portait un bébé étaient montés dans la diligence.

— Ils ont volé mon enfant. J'ai besoin d'un cheval, tout de suite.

— Volé votre enfant ? répéta le vieil employé.

— Oui. Vite, s'il vous plaît.

— Tous les chevaux sont pris, monsieur Gibson. Il n'y a que ceux de la diligence et ils sont épuisés.

— Vous devez bien en avoir quelque part. Ils ont enlevé ma fille !

— Il n'y a pas une seule bête fraîche ici.

Mark jeta un regard autour de lui et vit, de l'autre côté de la rue, un cabriolet qui attendait avec un homme tranquillement assis sur le siège du cocher. Il traversa en courant et expliqua ce qui venait de se passer.

— Nom d'un chien ! Laissez-moi juste expliquer à ma femme, et on part à leur poursuite.

L'homme sauta prestement et disparut dans la boutique. Il en ressortit presque immédiatement. Deux femmes les regardèrent partir.

— Soyez prudent, Tommy ! lança l'une d'elles.

L'employé du relais finit par retrouver ses esprits. Il cria qu'on aille chercher un brigadier et des curieux accoururent. Deux jeunes gens se mirent en selle et partirent au galop à la suite du cabriolet, heureux de cette aventure inopinée.

La diligence avait disparu et même la poussière qu'elle avait soulevée sur son passage était retombée. Mark s'agitait nerveusement à côté de Tommy qui faisait de son mieux pour encourager le galop de sa vieille jument.

— Désolé, Bessie n'est plus toute jeune et on ne peut pas aller plus vite. Mais ne vous inquiétez pas, nous les rattraperons.

Mark, les yeux rivés sur la piste, était mortellement inquiet pour sa fille.

La pauvre jument peinait dans les côtes et essayait toujours de se remettre au trot. Les deux jeunes cavaliers arrivèrent à leur hauteur. Mark allait leur demander d'aller rattraper eux-mêmes la diligence, lorsque soudain il l'aperçut dans le lointain.

— La voilà ! s'exclama-t-il.

— Hourrah ! hurla l'un des jeunes gens.

— Tais-toi, espèce d'idiot, lança Tommy d'un ton cassant. Ce n'est pas un jeu. On a volé un bébé. Il ne faut pas inquiéter le cocher et qu'il nous prenne pour des bandits. S'ils partent au galop, jamais ma pauvre Bessie ne pourra les rattraper.

Peu à peu, ils se rapprochèrent de la lourde diligence. Quand le garde les vit, il prit sa carabine. Mark alors se leva et cria :

— C'est moi !

Le cocher se retourna et le reconnut. Il tira sur les rênes.

Mark sauta à terre avant même que le cabriolet se fût immobilisé.

Alex Jenner s'était déjà levé, Amy dans les bras. Comme il faisait chaud, le rideau de cuir avait été roulé. Il tendit un instant le petit corps par l'ouverture de la fenêtre.

— Si vous essayez de me la rependre, je lui écrase la tête. Mieux vaut qu'elle meure plutôt que d'être élevée par un type de votre espèce qui fraye avec les païens.

Le robuste jeune homme qui l'accompagnait était recroquevillé dans un coin. Il gémissait, un bras replié sur le visage comme s'il s'attendait à ce qu'on le frappe. Les autres passagers restaient figés sur la banquette, regardant tour à tour les deux hommes.

Le bébé se mit à brailler en gigotant dans tous les sens.

Pendant un moment, Mark ne sut quoi faire. Puis il vit le garde qui s'approchait de la fenêtre du côté d'Alex.

— Vous tueriez vraiment un enfant innocent ? demanda-t-il pour faire diversion.

— Elle est le fruit du péché et je lui apporte le salut.

Alex de nouveau montra Amy, puis il remarqua le garde à quelques pas de lui.

Mark était paralysé par la peur qu'il arrive quelque chose à sa fille.

Alex grommela quelques mots en direction de Joseph, qui ouvrit la porte de son côté. Le garde hésitait.

— Reculez immédiatement, ou elle mourra.

Par la fenêtre, on voyait qu'Alex tenait Amy par les pieds, la faisant hurler de terreur. Un murmure de consternation monta des autres passagers, auquel Alex répondit par un éclat de rire dément.

Soudain, le visage de Joseph se décomposa et il commença à sangloter en répétant :

— Ne la tuez pas ! Ne la tuez pas !

— Tais-toi, imbécile !

Une vieille dame qui était assise à côté d'Alex profita de cet instant de distraction pour lui arracher Amy des bras. Il poussa des hurlements et roua la femme de coups tout en essayant de récupérer le bébé. Elle s'était tournée de façon à protéger la petite avec son dos. Le garde se précipita. Il s'efforça de tirer à l'extérieur un Alex Jenner écumant qui protestait avec véhémence.

— Aidez-moi ! hurla-t-il en se démenant comme un forcené.

Mark fonça à la rescousse du garde. À eux deux, ils réussirent à le faire sortir et à l'éloigner d'Amy.

— Vous êtes avec lui ! lança un autre passager en direction de Joseph qui était resté tassé dans son coin. Descendez immédiatement et n'essayez pas de venir en aide à votre ami.

Joseph obtempéra en geignant.

— Pas mon ami. Papa m'a dit que je dois faire ce que M. Jenner me demande, mais il n'est pas mon ami.

La veille dame berçait le bébé en pleurs. Le garde et Mark tentaient de maîtriser Alex, qui continuait de résister en s'époumonant. Ils finirent par réussir à lui lier bras et jambes avec une corde que leur lança le cocher. Le garde se redressa, essoufflé et couvert de poussière. Il regarda Mark et se tapota le front de l'index.

La vieille dame se pencha à la fenêtre.

— Il est fou à lier, dit-elle, puis elle regarda le bébé qui s'était calmé et avait visiblement faim. Tu es bien mignonette, toi, tu sais ? Qu'est-ce qu'il t'a fait, le vilain monsieur, hein ?

Mark s'approcha de la porte de la diligence.

— Merci infiniment, madame. Vous avez sauvé ma fille.

— Pourquoi l'a-t-il enlevée ?

— C'est son grand-père. Mon épouse est morte, et il veut l'enfant.

Elle regarda l'homme qui se démenait toujours par terre.

— Il faudrait l'enfermer.

— Sans doute.

Mark tendit les bras et elle lui donna le bébé après avoir déposé un baiser sur son front.

Les deux jeunes gens, qui les avaient suivis mais s'étaient bien gardés d'apporter leur aide, proposèrent de rester avec M. Jenner jusqu'à l'arrivée du brigadier.

— Détachez-moi immédiatement ! beugla Alex.

— Surtout, ne le libérez sous aucun prétexte, ordonna Mark, la mine sévère.

— Comptez sur nous, répondit l'un des jeunes en reculant prestement pour éviter un coup de pied d'Alex.

Celui-ci se tordit en direction de son compagnon de voyage.

— Joseph ! Viens m'aider immédiatement.

— Ne t'avise pas de lui obéir, cria Mark.

Joseph fit un pas, hésitant entre les deux hommes.

— Il a l'air d'une grosse brute, mais il ne semble pas méchant, observa l'un des jeunes. Pourquoi ne le ramenez-vous pas avec vous ? Comme ça, il ne pourra pas aider l'autre.

— Il n'y a pas de place pour lui, répliqua Tommy. Ma Bessie est épuisée, il est hors de question que je lui inflige un poids pareil.

— Dans ce cas, nous devrons le tenir à l'œil lui aussi. Toi ! Va t'asseoir sous cet arbre là-bas.

Joseph s'éloigna en traînant des pieds et s'écroula dans l'ombre en marmonnant :

— Pas mon ami.

Mark tint Amy serrée contre lui durant tout le trajet de retour. Elle semblait avoir oublié sa frayeur mais il y avait encore des traces de larmes sur son petit visage. Il ne pourrait jamais oublier cette scène, Alex Jenner la tenant par les pieds à la fenêtre de la diligence. Il en frissonnait encore.

— Je ne pourrai jamais assez vous remercier, lança-t-il quand la jument se mit en marche. Tommy haussa les épaules et sourit.

— Ma Lucy sera bien contente d'être la première à savoir ce qui s'est passé. Elle adore les potins.

En route, ils croisèrent l'agent Snebble sur son cheval. Ils lui expliquèrent la situation.

— Une fois arrivés, envoyez une charrette pour récupérer les bonshommes. Je vais voir ce type, écouter sa version de l'histoire, et je les ramène en ville. Franchement, je n'avais pas besoin de ça aujourd'hui.

L'air mécontent, il soupira et reprit sa route.

Quand il arriva sur les lieux, Alex avait repris ses esprits. Une fois détaché, il expliqua poliment et avec calme qu'il trouvait détestable que le bébé soit élevé par une indigène alors que sa grand-mère ne demandait pas mieux que de s'occuper de sa chère petite-fille.

L'agent Snebble se frotta le menton. L'idée d'être d'accord avec un prisonnier ne lui plaisait guère, mais il partageait totalement l'opinion du vieil homme concernant les indigènes. Même si les Johnson étaient plus respectables que la plupart de leurs semblables et qu'ils savaient rester à leur place.

Une fois ramené en ville, Alex garda un ton modéré pour exprimer son inquiétude. Comment sa petite-fille pourrait-elle être élevée par « une femme comme ça » ?

Sachant que beaucoup de ses concitoyens sympathisaient avec ce point de vue, l'agent Snebble suggéra à Mark de ne pas porter plainte.

— Mais il a essayé de l'enlever !

— Dans cette ville, il y a beaucoup de gens qui le comprendraient. Cela ne fera que semer le trouble. Pas bon pour vos affaires. Écoutez, je vais leur adresser un sérieux avertissement, histoire qu'ils ne recommencent pas, et les renvoyer à Melbourne.

— Cette solution ne me convient pas.

— Et pourtant, c'est la meilleure.

Mark était furieux. Comment un homme qui était censé défendre la loi pouvait-il tenir ce discours ?

— Très bien, faites comme bon vous semble ! Mais je veux être présent quand vous parlerez à Alex Jenner.

Lorsque que le brigadier lut l'avertissement d'un ton sévère, Alex garda la tête baissée et fit semblant d'écouter, mais il jubilait. Mark assistait à la scène, exaspéré. Le coupable accepta de rester enfermé dans sa chambre à l'hôtel jusqu'au départ de la diligence. En passant devant son gendre, il sourit et dit d'une voix calme.

— Je reviendrai voir ma petite-fille. Peut-être que la prochaine fois, j'amènerai ma femme. Elle rêve de prendre la petite dans ses bras.

Il avait beau sourire, il émanait de son regard une lueur glacée qui fit frissonner Mark et lui fit comprendre d'un coup qu'il allait devoir quitter Rossall Springs. S'il voulait que sa fille soit à l'abri de ce fou, il devait partir quelque part où les Jenner ne les retrouveraient jamais.

Il porta Amy chez Kalaya pour la tétée mais ne l'y laissa pas.

— Je ne peux pas vous faire courir de nouveau un tel danger. Je vais la garder avec moi et vous l'amènerai pour les tétées jusqu'à ce que qu'ils aient quitté la ville. Après, vous pourrez la reprendre si cela vous convient.

Kalaya le regarda avec compassion.

— Il est malfaisant, cet homme. C'est dur pour vous, n'est-ce-pas ?

— Oui, très. J'espère qu'il ne vous a pas fait mal.

— Juste un bleu ou deux. Rien du tout.

Il prit sa main entre les siennes.

— Vous avez été extraordinaire. Mais dès qu'Amy pourra se débrouiller sans vous, je vais devoir quitter la ville.

Elle acquiesça d'un hochement de tête, le visage soudain empreint de tristesse.

— Parfois, mieux vaut partir plutôt que rester là où il y a du danger.

Il comprit qu'elle et son mari avaient dû eux aussi s'en aller pour échapper à l'hostilité des autres.

— Si cela ne tenait qu'à moi, je ne partirais pas, mais je ne veux pas qu'Amy vive dans la peur.

— Nous connaissons cela. Au moins, dans cette ville, personne ne nous agresse ou ne nous maltraite, tant que nous vivons tranquillement et que nous restons discrets.

— Comment pouvez-vous supporter ça ?

— Est-ce que nous avons le choix ? dit-elle, baissant les yeux vers Amy. Au moins, elle, elle n'aura pas les mêmes problèmes que mes enfants.

— Elle n'aura pas non plus une mère comme vous pour l'aimer et la protéger.

— Je peux les aimer, ça oui, mais je ne peux pas faire grand-chose pour les protéger contre…

Elle haussa les épaules et lança un regard vers la ville.

Il rentra d'un pas lent vers sa maison et son restaurant en se demandant s'il pourrait trouver un acquéreur. Il se sentait à la dérive, comme sur le bateau qui l'avait amené en Australie. Pourrait-il jamais s'installer quelque part et y vivre en paix ?

Cette nuit-là, assis dans le salon, il se dit qu'il vaudrait peut-être mieux rentrer en Angleterre. La pauvre Nellie n'était plus de ce monde et à Bilsden, avec sa famille autour de lui, il n'aurait rien à craindre d'Alex Jenner.

Puis il secoua la tête. Non. Il avait changé. Il s'était acclimaté à l'Australie, il adorait le soleil et les grands ciels, les perroquets sauvages qui voletaient partout, les hivers sans neige. Et puis il ne voulait pas revenir tête basse comme un misérable.

Il savait toutefois que s'il restait, il en paierait le prix jusqu'à la fin de ses jours comme les autres immigrants avant lui. Il serait séparé à jamais de ses frères et sœurs chéris et de son père. Et s'il arrivait malheur à son père sans qu'il ait pu le revoir et obtenir son pardon, il en aurait le cœur brisé. Quel que soit son choix, ce ne serait pas facile.

Une chose était sûre : il avait abandonné sa première fille, il n'allait pas en faire autant avec la deuxième. Il était prêt à être à la fois un père et une mère pour Amy s'il le fallait.

*

Quand Dick revint après être parti à la recherche de Keara, Theo scruta son visage. Il l'accompagna dans la bibliothèque, et claqua la porte.

— Qu'est-ce qui t'a pris tout ce temps ? Tu as réussi à la retrouver ?

Sa voix se brisa.

— Je crois qu'elle est en train de voguer vers l'Australie. Je me suis renseigné à l'agence maritime à Londres, mais aucun paquebot n'avait appareillé au cours de la semaine. On m'a dit qu'il y en avait un qui était parti de Liverpool, donc j'y suis allé.

— Et alors ?

— Je crois que Keara est partie avec le *Silver Princess* le lendemain de son départ d'ici.

— Tu crois ? Tu n'es pas sûr ?

— L'employé m'a assuré qu'il n'y avait pas eu de passagers de dernière minute, mais j'avais l'impression qu'il me mentait, alors j'ai demandé dans le port. J'ai payé à boire à un gars qui semblait connaître tout le monde, et il m'a fait rencontrer un docker qui avait chargé des bagages et des provisions sur le *Silver Princess* juste avant le départ. Il semblerait qu'une femme ait été transportée à bord. Elle était inconsciente et empestait le gin. Il m'a dit qu'elle avait des cheveux bruns, mais n'a pas vu son visage. Deux hommes la portaient, et eux aussi semblaient ivres. Ils racontaient à tout le monde qu'ils avaient fêté le départ.

— Keara ne boit pas. Et si elle était inconsciente, cela signifie qu'elle n'a pas embarqué de son plein gré. Mais qui pourrait bien avoir une raison de se débarrasser d'elle ?

La seule personne à laquelle Dick pouvait penser, c'était Lavinia, mais il aurait été déplacé de faire part de ses soupçons.

— Il était trop tard pour la rattraper mais une chose est certaine, le paquebot est en route pour l'Australie, et c'est là qu'elle voulait aller.

— Je ne comprends pas ce qui s'est passé, mais si jamais Lavinia a quelque chose à voir avec tout ça, je...

Il ne finit même pas sa phrase et se précipita hors de la pièce, incapable d'attendre une seconde de plus pour en avoir le cœur net.

Dick était stupéfait. Il n'avait jamais vu Theo se mettre dans cet état pour une femme. Une jeune fille honnête, en plus, qui ne voulait pas être sa maîtresse malgré les sentiments qu'elle éprouvait de toute évidence pour lui. Il suffisait de voir comment elle le regardait pour comprendre qu'elle était amoureuse. Pour Dick, l'Australie était la meilleure solution, d'autant plus que Keara s'inquiétait pour ses sœurs.

Theo fit irruption dans la chambre de son épouse au moment où Nancy s'apprêtait à la déshabiller. À sa vue, Lavinia se mit à hurler et à lui jeter à la figure tout ce qui lui tombait sous la main, mais il esquiva les projectiles et l'agrippa par le bras.

— Arrêtez ce cirque. Je n'ai aucune envie d'entrer dans votre lit, espèce de dinde ! Je veux juste savoir pour Keara.

Elle s'immobilisa, bouche bée.

— Vous voulez me poser des questions au sujet de votre maîtresse ? Comment voulez-vous que je sache ? Je ne veux plus jamais voir cette ingrate de ma vie.

— L'avez-vous fait enlever, elle aussi ? L'avez-vous expédiée en Australie ?

— Et pourquoi donc l'aurais-je éloignée ? Je ne veux plus de vous dans mon lit. Vous et votre traînée pouvez faire ce que vous voulez, je m'en moque.

Il la relâcha et se dirigea vers la porte. Avant de sortir, il se retourna et lança :

— Vous pouvez être certaine que je ne m'approcherai plus de votre lit.

Puis ses yeux tombèrent sur la femme de chambre. C'était elle, bien sûr.

Nancy soutint son regard. La tête légèrement inclinée, elle faisait penser à un corbeau dans sa robe noire.

— Je veux parler avec toi dès que Madame sera couchée.

Il tourna les talons et regagna le rez-de-chaussée où il attendit avec impatience.

— Ne lui dis surtout pas qu'elle attend un enfant de lui. Promets-moi que tu ne lui diras pas, lança Lavinia dès qu'il eut refermé la porte.

Ça lui plaisait beaucoup, l'idée que Theo ne sache pas.

— Pas un mot, c'est entendu. Nancy se dit que, de doute façon, ça ne changerait rien.

Lavinia, satisfaite, revint à sa grande hantise.

— Il ne va pas vouloir revenir dans mon lit, j'espère ? S'il jamais il essaye, tu l'en empêcheras, n'est-ce pas ?

— Ne t'inquiète pas, ma petite, il ne t'embêtera plus.

Elle observa Lavinia qui se leva, tendit les bras pour qu'on lui enlève sa robe et gagna son lit d'un pas lourd. La décoloration bleutée autour de sa bouche s'était accentuée. Nancy savait que la santé de sa protégée était de plus en plus précaire. La jeune femme qu'elle avait aidée à naître, l'être qu'elle aimait plus que tout au monde, avait peut-être encore quelques années devant elle… comme elle pouvait mourir du jour au lendemain.

Dick attendait Theo dans la bibliothèque en faisant les cent pas, inquiet pour lui.

— Vous avez appris quelque chose ?

— Uniquement que ma femme n'est pas au courant. J'ai demandé à Nancy de descendre pour me parler. Cela ne peut venir que d'elle.

Il s'assit et appuya sa tête contre le dossier en laissant échapper un gémissement. Après quelques instants de silence, il ajouta :

— Qu'est-ce que Keara va penser ?

On frappa à la porte et Nancy entra, tout aussi imperturbable qu'à l'ordinaire.

Dick fit mine de quitter la pièce.

— Reste ! intima Theo.

Nancy les dévisagea l'un après l'autre.

— Des demi-frères, lança-t-elle de but en blanc. Est-ce que vous vous en étiez rendu compte ?

Theo la regarda, abasourdi. Bien sûr ! Comment avait-il pu ne pas s'en apercevoir ? Ils avaient la même stature, la même complexion, même si Dick était légèrement plus mince et moins grand que lui. À son grand étonnement, ce dernier affichait un large sourire.

— Tu savais ?

— Oui. Ma mère me l'a révélé il y a quelques années.

— Pourquoi n'as-tu rien dit ?
— Qu'est-ce que ça aurait changé ?
— Beaucoup de choses, dit Theo, qui se tourna vers Nancy. Si tu essaies de détourner mon attention, c'est raté. Je veux savoir ce que tu as manigancé pour éloigner Keara.
— Est-ce que je peux m'asseoir ? J'ai eu une longue journée.
Il lui indiqua une chaise et attendit qu'elle s'installe.
— Alors, Keara ?
Elle soupira.
— Je l'ai envoyée où elle avait envie d'aller, en Australie. C'est là qu'est son destin. Et le vôtre aussi.
— Ne dis pas de bêtises, je n'ai aucune intention de partir pour l'Australie. C'est en Irlande que je vais rentrer une fois que j'aurai vendu cette maison.
— Comme vous voudrez, monsieur.
Elle sourit en haussant à demi les épaules.
— C'est uniquement pour ça ? Tu as expédié Keara en Australie parce que tu as lu son avenir dans les feuilles de thé ou autres balivernes du même acabit ?
— Je n'ai pas eu besoin des feuilles de thé. Son désir de retrouver ses sœurs était très fort en elle. Et puis sa présence ici ennuyait Lavinia. Vous ne devriez pas gardez vos maîtresses si près de la maison. (Elle leva les yeux vers Theo.) Je voulais réparer le tort que Lavinia a fait à ces deux gamines. Mais vous verrez, à quelque chose malheur est bon.
— Si j'ai bien compris, Keara a été droguée et transportée endormie à bord du *Silver Princess ?*
— Juste un peu de laudanum. On ne lui a fait aucun mal.
— Je ne pourrai jamais te pardonner ça, Nancy.
Il la congédia d'un geste. Si son épouse n'avait pas autant dépendu d'elle, il l'aurait renvoyée le soir même. Elle hésita un instant puis posa une bourse sur la table.

— C'est son argent. Je ne suis pas une voleuse.

Quand elle fut sortie, Theo alla ramasser le porte-monnaie et le renversa sur un guéridon. Il jeta un regard à Dick. Maintenant qu'il savait la nature de leur lien, il pouvait parler à cœur ouvert.

— Bon sang ! Elle n'aura pas un sou en arrivant. Comment va-t-elle faire pour partir à la recherche de ses sœurs si elle n'a pas d'argent ? Ma famille ne lui a causé que du tort ! S'il n'y avait pas Richard, je partirais à sa recherche et je les ramènerais toutes les trois. Je l'aime, Dick. Après toutes ces années avec Lavinia, elle est… merveilleuse !

— Mais elle était malheureuse d'être votre maîtresse. Cela m'a préoccupé… monsieur.

— Arrête ! Il est hors de question que tu continues à m'appeler « monsieur ». Je m'appelle Theo, au cas où tu aurais oublié.

Dick baissa les yeux. Il avait promis à sa mère de ne rien dire à Theo mais il était heureux que quelqu'un d'autre s'en soit chargé.

Theo fixait obstinément le tapis. Il se sentait coupable. En fait, cela faisait des semaines qu'il mettait de côté son sentiment de culpabilité. Il souhaitait ardemment retrouver Keara, mais ne pouvait pas lui offrir ce qu'elle voulait, ce qu'elle méritait : le mariage et la respectabilité. Il se rendit compte que Dick avait parlé et leva la tête.

— Excuse-moi. Qu'est-ce que tu as dit ?

— Je vous ai demandé si vous vouliez qu'on envoie quelqu'un en Australie pour la rechercher. Je suis prêt à y aller.

— Non, sauf si j'apprends qu'elle est en difficulté. Je crois que la seule chose à faire, maintenant, c'est de la laisser agir de son côté.

— Il y a autre chose que vous devez savoir.

— Oui ?

— Le paquebot est en route pour l'Australie-Occidentale. C'est à des milliers de kilomètres de la colonie de Victoria où ont été envoyées ses sœurs.

— Tu crois que Nancy l'a fait exprès ? tonna Theo.

Dick réfléchit un court instant et secoua la tête.

— Non. Cette femme n'a aucune instruction. Elle ne savait pas.

— Mais alors, bon sang, qu'est-ce que je vais faire ? Je ne peux pas laisser Keara coincée là-bas sans un sou !

— Vous pourriez envoyer de l'argent pour elle à votre cousin Caley. Les Gallagher sont partis pour l'Australie-Occidentale, n'est-ce pas ?

— Quel idiot je suis, ça ne m'était même pas venu à l'esprit. Je ne pensais qu'à Keara, seule et démunie à l'autre bout du monde. Mais oui ! C'est la seule chose que je puisse faire pour elle.

Il en aurait pleuré de rage et de frustration.

Rien ne pourrait combler le vide que son absence avait laissé en lui malgré le peu de temps qu'ils avaient passé ensemble. Il avait perdu toute envie de rencontrer d'autres femmes, aucune ne l'attirait. Il sourit intérieurement. Lui, le séducteur, s'était mué en amoureux fidèle. Il ne pourrait être heureux qu'avec elle. Mais c'était impossible. Et il devait rester pour son fils, qui avait besoin de lui.

15

Janvier-mai 1864

Keara essaya d'ouvrir les paupières mais celles-ci refusèrent de lui obéir. Était-elle malade ? Le lit sur lequel elle reposait était étroit et dur, et la pièce autour d'elle tanguait. Où était-elle ?

— Elle revient à elle, dit une voix. Je vais prévenir la surveillante ?

— Non, attends. La pauvre n'est pas encore remise.

— Tu parles ! Elle a dû descendre un litre de gin. Pas étonnant qu'elle arrive pas à dessoûler.

— Je ne crois pas qu'elle ait bu. Ses vêtements sentent le gin, mais son haleine a une odeur douceâtre de... laudanum ! Mais oui, bien sûr ! Ma belle-mère en prend.

— Maggie Brett, tu as bien vu dans quel état était cette fille quand elle est montée à bord, non ? Les hommes ont dû la porter et elle sentait le gin à plein nez.

Après quelques inspirations appliquées, Keara se força à ouvrir les yeux et regarda autour d'elle. Elle avait mal à la tête et mourait de soif.

— De l'eau, implora-t-elle.

— Voilà, ma toute belle. Prends une gorgée ou deux. Mais pas plus pour l'instant. Il faut d'abord habituer ton estomac. Il ne manquerait plus que tu te mettes à vomir. Au fait, moi, c'est Maggie. Et toi ?

— Keara.

— Très bien, Keara Dixon. Comment te sens-tu ?

— J'ai soif.

— Prends une ou deux gorgées.

Une ombre tomba à l'orée de son champ de vision, et au prix d'un autre effort, Keara tourna la tête et découvrit une grosse femme à l'air sévère debout dans l'embrasure.

— Ah, te voilà revenue à toi, Dixon ! dit la femme.

Non, pas Dixon, voulut dire Keara, mais elle n'en eut pas la force.

— Que les choses soient claires. Il est interdit de boire à bord de ce navire. J'ai fouillé tes affaires et je n'ai pas trouvé de bouteilles, mais je vais inspecter tes malles tout à l'heure.

Keara la regarda bouche bée.

— Comment cela, à *bord de ce navire ?*

— Tu étais tellement soûle que tes amis ont dû te porter sur la passerelle. Un peu plus et on levait l'ancre sans toi. Enfin, quoi qu'il en soit, te voilà en route pour l'Australie.

Ainsi donc, Nancy lui avait dit la vérité. Keara ne savait si elle devait se réjouir ou pleurer. À la pensée qu'elle n'avait pas pu dire au revoir à Theo, elle sentit les larmes lui monter aux yeux. Elle ferma les paupières, et quand elle les rouvrit, la grosse matrone était toujours là.

— Je suis Mme Kirby, la surveillante du quartier des femmes, et à partir de maintenant, je vais te garder à l'œil. A-t-on idée de laisser des ivrognes s'embarquer pour l'Australie pour servir de domestiques ?

Keara ferma les yeux tandis que la femme poursuivait sa diatribe. Quand elle les rouvrit, la surveillante était partie et une jeune femme qui devait avoir son âge était assise en face d'elle, sur la couchette inférieure.

— Tu ne vas plus pouvoir faire un geste sans l'avoir sur le dos, dit Maggie en ricanant. Tu aurais mieux fait de célébrer ton départ plus tôt pour ne pas être pompette quand tu es montée à bord.

Il y avait une chose dont Keara était sûre :

— Je ne bois pas et je n'ai rien célébré du tout. Quelqu'un a voulu se débarrasser de moi et m'a fait avaler du laudanum de force. Après cela, je ne me souviens de rien. Et ce n'est certainement pas moi qui ai acheté un billet pour l'Australie.

Maggie lui lança un regard soupçonneux.

— Si tu commences à affabuler, Keara, plus personne ne va te croire quand tu diras la vérité. Essaye de tenir ta langue et de te faire oublier pendant quelque temps.

— Je n'affabule pas. Et d'ailleurs mon nom n'est pas Dixon mais Michaels. Keara Michaels.

Maggie eut l'air pensive.

— Tu es irlandaise ? Tu as un drôle d'accent.

— J'ai vécu longtemps dans le Lancashire.

— Après t'être mariée.

Maggie désigna l'alliance au doigt de Keara.

— Je… je suis veuve. J'ai perdu mon mari il y a trois semaines.

— Je suis désolée, dit Maggie en prenant sa main dans la sienne. Je suis veuve, moi aussi, mais depuis un an. Et de toute façon, je le détestais.

— J'ai deux sœurs en Australie, dit Keara, et je pensais aller les rejoindre, mais pas comme ça.

— Tu me fais l'effet d'une honnête fille. Mais toute cette histoire est abracadabrante.

— C'est l'impression que j'ai, moi aussi, soupira Keara en fermant à nouveau les yeux. Je ne connaissais Theo que depuis six mois, et maintenant il est mort et je suis en route pour l'Australie. C'est probablement sa mère qui a tout manigancé pour se débarrasser de moi. Elle ne m'a jamais portée dans son cœur.

— Il est mort de quoi ?

— D'une pleurésie, dit-elle. Il n'arrivait plus à respirer. Il râlait, c'était horrible. Et puis tout à coup, il a rendu l'âme.

Le cœur de Keara se serra. Elle avait honte de mentir à cette femme qui se montrait si gentille avec elle.

— Ma pauvre, dit Maggie, en lui étreignant de nouveau la main.

Puis le silence se fit et quand Keara rouvrit les yeux, elle était seule.

Elle recommença à somnoler mais ne chercha pas à lutter. Elle n'en avait pas la force. Tout ce qu'elle voulait c'était dormir.

*

Quand Keara se réveilla, il faisait nuit et la cabine était plongée dans l'obscurité. Elle se hissa hors de sa couchette en se demandant où étaient les cabinets d'aisances à bord de ce navire.

— Qu'y a-t-il ? murmura une voix.

— J'ai besoin d'aller aux toilettes.

Maggie se leva de sa couchette.

— Pour cela, il faut demander à la surveillante de te laisser sortir. On nous enferme à clé le soir, des fois qu'il nous prendrait l'envie d'aller flirter avec les matelots. Ah ! Si tu les voyais. Je ne les toucherais même pas avec une paire de gants. Allons, viens, je vais t'accompagner.

Maggie passa un bras autour de Keara et elles gagnèrent le réfectoire. Garnie en son centre d'une table et de bancs, la salle commune était chichement éclairée par un unique quinquet accroché au mur.

La surveillante parut aussitôt, son imposante silhouette enveloppée d'une chemise de nuit en flanelle. Elle fusilla Keara du regard.

— Ce n'est pas une excuse pour aller voir les hommes, au moins, Dixon ? Il est interdit de commercer avec l'équipage. Maggie, conduis-la jusqu'aux toilettes et ne traînez pas. Compris ?

— Oui, madame.

Keara trouva les cabinets infiniment plus pratiques que ceux des maisons où elle avait grandi. Ils étaient munis d'un siège et les excréments s'évacuaient directement dans l'océan. Maggie lui montra comment se servir de la pompe à eau de mer, qui permettait de rincer la tinette après usage.

À leur retour dans la salle commune, elles trouvèrent la surveillante campée devant la porte, un châle sur les épaules cette fois. Elle les fit immédiatement entrer.

— Serait-il possible d'avoir à boire ? demanda Keara.

— Attends-moi ici, lui dit Maggie en la laissant s'asseoir à la longue table étroite tandis que la matrone retournait se coucher.

Quand elle revint, Keara but avidement l'eau qu'elle lui tendit.

— Si tu veux mon avis, dit Maggie, tu ferais mieux de garder le nom de Keara Dixon et de te conduire comme une sainte. Dis à la surveillante que quelqu'un a dû mettre quelque chose dans ton verre et fais-lui des excuses pour les tracas occasionnés. Ne lui raconte pas que des gens ont essayé de se débarrasser de toi.

Elle hésita, puis ajouta :

— Moi, je te crois. J'ai reconnu l'odeur du laudanum.

Keara hocha la tête. Maggie avait raison. Qui aurait cru pareille histoire alors qu'elle n'arrivait pas à y croire elle-même ?

— Tu as faim ?

— Non.

— Dans ce cas, retournons nous coucher.

Le lendemain matin, Keara était presque remise. Deux autres jeunes femmes partageaient la même cabine qu'elles, occupant les couchettes supérieures. L'une d'elles gratifia Keara d'un regard peu amène et lui dit :

— Ne t'avise pas d'apporter de l'alcool ici, ou je te dénonce à la surveillante.

— Je ne suis pas une ivrogne. Quelqu'un a dû mettre quelque chose dans mon verre. Je n'ai aucun souvenir de ce qui s'est passé ensuite.

Maggie lui décocha un clin d'œil amical, puis s'extirpa de son lit et fit un brin de toilette.

— On se lève l'une après l'autre, expliqua-t-elle tout en s'habillant. Il n'y a pas assez de place autrement. Au fait, je te présente Alice et Brenda, dit-elle en désignant les deux couchettes supérieures.

— Et moi, je suis d'accord avec Brenda, dit Alice en fronçant le nez. Si je te pince en train de boire du gin, j'irai tout de suite trouver la surveillante.

— Quant à ton histoire de boisson frelatée, ajouta Brenda avec une moue dégoûtée. Tu empestais la gnôle à plein nez. Pas vrai, Alice ?

— Oh, ça oui, alors !

— Dans ce cas, quelqu'un en aura renversé sur ses vêtements, dit Maggie.

Sitôt habillées, Alice et Brenda quittèrent la cabine, mais Maggie resta avec Keara.

— Quelque chose me dit que tu vas avoir besoin d'une amie. Et comme je me sens un peu seule, moi aussi…

— C'est vrai que j'ai besoin d'une amie, reconnut Keara. Tu as été très serviable, je te remercie.

— Bah, soixante-dix jours en mer, si nous avons de la chance, c'est long. Tu as apporté de la lecture ?

— Je n'en sais trop rien. Ce n'est pas moi qui ai fait mes bagages.

Maggie secoua la tête sans faire de commentaires. Si Keara jouait la comédie, elle était vraiment très douée. Mais elle n'avait pas l'air d'une menteuse.

Et d'ailleurs, n'avaient-elles pas toutes quelque chose à cacher ?

*

Le lendemain matin, Keara fut prise de nausées dès le réveil et vomit un flot de bile jaune.

— Ça ne va pas ? lui demanda Maggie restée seule avec elle dans la cabine.

— Je crois que je suis enceinte.

— De ton mari ?

— Évidemment, répondit Keara. J'attends son enfant… mais il ne le saura jamais !

Elle éclata en sanglots, car bien que Theo ne fût pas son époux, il aurait certainement voulu faire la connaissance du bébé. Maggie la fit s'étendre sur sa couchette pendant qu'elle nettoyait les vomissures. Puis comme Keara pleurait toujours, elle alla quérir la surveillante.

— Arrête ça tout de suite !

La voix cassante de la matrone lui remit les idées en place et Keara parvint à ravaler ses pleurs.

— Tu savais que tu étais enceinte quand tu as acheté ton billet ?

Keara secoua la tête.

Maggie tira sur la manche de la surveillante.

— Son mari est mort il y a trois semaines. Elle va rejoindre ses sœurs en Australie.

— Quoi qu'il en soit, elle ne peut pas passer son temps à se morfondre sur sa couchette, dit la matrone en regardant par-dessus son épaule les femmes qui commençaient à s'attabler en silence pour prendre leur petit-déjeuner. Va rejoindre les autres, Maggie, et garde quelque chose à manger pour Keara, ajouta-t-elle, quelque peu radoucie. C'est triste que le père n'ait pas vécu pour voir son enfant.

Keara sentit à nouveau monter les larmes. Pendant des années, Theo Mullane avait essayé en vain d'avoir un enfant, et voilà qu'elle lui en avait donné un sans effort. Sauf que s'il l'apprenait, il viendrait la chercher et elle ne retrouverait peut-être jamais ses sœurs.

Elle posa une main sur son ventre. Cet enfant n'aurait qu'elle, mais elle l'élèverait avec amour et veillerait à ce qu'il mange toujours à sa faim.

*

Deux jours plus tard, Keara apprit que le navire était en route non pas pour la colonie de Victoria, mais pour la côte occidentale de l'Australie. Quand on lui montra sur une carte où se trouvait Perth, elle eut un choc. Melbourne était à des milliers de kilomètres, bien plus que toute la longueur de l'Angleterre du nord au sud, l'informa une femme.

La surveillante qui avait entendu leur conversation précisa que la seule façon de se rendre à Melbourne depuis Perth était par bateau.

Keara eut l'impression que le monde s'effondrait encore une fois.

— Mais combien est-ce que cela coûte ? demanda-t-elle, paniquée.

— Environ douze livres. Peut-être un peu plus.

Keara alla se réfugier dans sa petite cabine et se prit la tête dans les mains, trop abasourdie pour pleurer. La vieille gouvernante avait tout manigancé.

Pourtant, Nancy ne lui avait pas fait l'effet d'être une mauvaise femme. Elle voulait juste se débarrasser d'elle pour le bien de sa protégée.

— Je n'aime pas faire du mal aux gens, lui avait-elle dit de sa voix fêlée. Un jour, tu me remercieras d'avoir fait ça, tu verras.

Peut-être ignorait-elle la distance entre Melbourne et Perth ? Quoi qu'il en soit, Keara savait combien il était difficile d'économiser ne serait-ce qu'une livre sur les gages d'une domestique. Alors douze ! Sans parler de toutes les autres dépenses. Elle portait un bébé qu'elle allait devoir élever seule. Et qui voudrait lui donner du travail quand son ventre allait s'arrondir ?

Elle allait faire comme Theo et écrire aux religieuses, car elle se souvenait de leur adresse. Mais allaient-elles lui répondre ? Sauraient-elles même lui dire où se trouvaient ses sœurs ? Elles n'avaient tout de même pas placé Mara comme domestique à onze ans ?

Dépassée par les événements, elle s'était étendue sur sa couchette quand Maggie vint la tirer de ses pensées.

— C'est donc vrai qu'on t'a embarquée malgré toi ?

— Oui.

— Si tes sœurs sont à Melbourne, tu n'es pas au bout de tes peines, dit Maggie en serrant brièvement Keara dans ses bras. Écoute, quand on débarquera, je propose qu'on reste ensemble ?

Elle hésita, puis s'assurant que personne ne l'entendait, confessa à voix basse :

— Moi, j'ai pris la fuite. J'ai quitté mon mari. Il me battait comme plâtre et il a frappé si fort notre petite qu'elle en est morte.

— Quelle horreur !

Maggie hocha la tête.

— Je lui ai pris ses économies pour acheter mon billet. Et je ne le regrette pas. Quand je serai en Australie, je ne révélerai à personne que je suis mariée, dit-elle, laissant échapper un rire tremblotant avant d'ajouter : Je ne m'appelle pas plus Brett que tu ne t'appelles Dixon. On fait une sacrée paire, toutes les deux, tu avoueras !

Keara lui étreignit la main.

— On sera là l'une pour l'autre.

— Et on va trouver un moyen d'aller à Melbourne. Toutes les deux. Si tu veux bien être mon amie.

— Bien sûr. Mais t'enfuir jusqu'en Australie, c'est une solution un peu radicale, non ? Tu n'avais personne pour t'aider ?

— Tous mes proches sont morts, ceux qui comptaient tout au moins. Et puis je voulais mettre le plus de distance possible entre lui et moi. Eh, qu'est-ce que tu dirais que je devienne ta cousine plutôt que ton amie ? lança Maggie gaiement.

À ces mots, Keara sentit son cœur se serrer.

— J'ai toujours voulu avoir une cousine Maggie, déclara-t-elle en s'obligeant à sourire malgré son chagrin.

Les deux femmes s'étreignirent de nouveau, puis elles sortirent de la cabine, prêtes à affronter le monde entier.

*

Theo allait rendre visite à son fils quand il savait que Nancy n'était pas dans les parages, mais ce soir-là il la trouva à la nursery avec Richard dans ses bras.

À son entrée, elle releva la tête, une lueur de défiance dans les yeux.

— Je peux sortir, si vous le désirez, monsieur.

— Non. Je ne vous ai pas pardonné ce que vous avez fait à Keara, mais je sais que vous vous occupez bien de Richard.

— Prenez-le donc un peu dans vos bras, l'encouragea-t-elle. Il n'est pas très vaillant aujourd'hui, mais il est toujours content de vous voir.

Theo s'assit et commença à bercer son fils, soulagé que Nancy s'éclipse de la nursery.

S'il avait été libre, il serait allé retrouver Keara et l'aurait épousée. Mais il devait veiller sur son idiote de femme, ainsi que sur les employés qui dépendaient entièrement de lui tant qu'il n'aurait pas trouvé un repreneur pour le domaine.

Et surtout, il avait un fils. Il contempla Richard et fut frappé une fois de plus par son aspect maladif. Était-il condamné à tout perdre ? Son fils de même que la femme qu'il aimait ?

*

À partir de là, la santé du bébé alla de mal en pis, et il devint évident que malgré tous les soins qu'il recevait, le petit Richard Mullane était en train de dépérir. Theo se mit à délaisser ses affaires pour pouvoir passer le plus de temps possible avec son fils, contrairement à Lavinia, qui passait en coup de vent chaque matin à la nursery pour s'enquérir du petit.

C'est dans les bras de son père que Richard s'éteignit un soir. Juste un soupir et il était mort. Quand Theo réalisa qu'il avait rendu l'âme, il se pétrifia, incapable de faire un geste ou de donner l'alerte.

Puis Nancy parut sur le seuil, comme si elle avait deviné ce qui s'était passé.

— Je crois que… qu'il est mort, dit-il en levant vers elle des yeux éplorés.

Elle s'approcha et caressa la joue pâle de l'enfant.

— Oui, dit-elle, il souffrait du cœur, comme sa mère.

— Comme sa mère ?

Elle hocha la tête.

— Vous n'avez pas remarqué la couleur violacée des lèvres de Lavinia ? Sa mère et sa grand-mère aussi étaient cardiaques. Il aurait mieux valu qu'elles n'aient pas de descendance.

Elle se pencha vers Theo et lui prit le bébé des bras. Je vais le préparer, dit-elle. À présent, retirez-vous pour pleurer en paix.

Theo alla s'asseoir près du ruisseau, là où Keara l'avait consolé. Il y avait si longtemps !

Mais il fut incapable de verser une larme, car le chagrin qui l'étreignait était trop violent.

Quand il revint à la maison, il remarqua qu'on avait noué un crêpe noir au heurtoir de la porte.

Comme si cela changeait quelque chose !

— Je suis désolé, lui dit Dick en le serrant dans ses bras.

Mais même là il ne réussit pas à pleurer.

*

Dick assista à l'enterrement, observant de loin Lavinia qui pleurait sous son épais voile noir à côté de Nancy, qui la consolait. Mais ce furent les traits de Theo, accablé de chagrin, qui le bouleversèrent. Lorsque les bedeaux s'emparèrent du minuscule cercueil, il les repoussa et leur dit sèchement :

— Je m'en charge.

Dick aurait voulu aider son demi-frère. Mais que pouvait-il faire ?

Après les funérailles, quand les invités se furent retirés, Nancy aida Lavinia à regagner sa chambre puis partit à la recherche de Theo. Elle le trouva dans la bibliothèque, un verre de cognac à la main.

— Allez-vous-en ! ordonna-t-il sans même tourner la tête pour voir qui était là.

L'ignorant, elle s'approcha à pas rapides et posa une main sur son épaule.

Il essaya de la repousser, mais lorsqu'il se tourna vers elle, il fut frappé par la compassion qui se lisait sur ses traits.

— Laissez-moi, murmura-t-il.

— Vous n'avez pas pleuré, lui dit-elle. Il faut pleurer.

Theo tenta de contenir la vague de chagrin qu'il sentait monter en lui, mais les digues sautèrent. Avec un cri de désespoir, il lâcha son verre, tandis que des sanglots rauques et violents jaillissaient de sa gorge.

Issue d'une longue lignée de guérisseuses, Nancy ne pouvait pas ignorer la détresse humaine. Dans le village où elle avait grandi, les gens l'appelaient la sorcière, bien qu'elle utilisât ses pouvoirs pour faire le bien. Tous la craignaient, alors qu'elle était naturellement disposée à venir en aide à son prochain. C'est pour cette raison qu'elle avait pris Lavinia sous son aile et l'avait entourée de l'affection dont ses parents l'avaient privée.

Elle n'avait pas hésité à envoyer Keara en Australie parce que son instinct lui disait que l'avenir de la jeune femme se jouerait là-bas. Tout comme elle n'avait pas hésité à approcher Theo Mullane pour lui offrir son réconfort.

Une fois la première vague de chagrin passée, Theo se laissa choir sur le sofa.

— Il n'y a pas de honte à pleurer un enfant, murmura Nancy.

— Je voulais tellement avoir un héritier, dit-il.

— Vous en aurez un.

— Que voulez-vous dire ?

— J'ai un don de voyance, dit Nancy en souriant devant son scepticisme. Que vous le croyiez ou non, c'est la vérité. Vous allez avoir un enfant un jour.

— Pas de Lavinia. Je ne pourrai plus jamais la toucher.

— Lavinia ne sera pas éternellement avec vous. Vous aurez une autre épouse.

Sur ces mots, elle se leva et sortit aussi silencieusement qu'elle était entrée.

Il resta un long moment à contempler le feu dans la cheminée. Il n'accordait que peu de foi aux prophéties de la vieille femme qui avait dit cela pour le réconforter. Ses pensées se tournèrent vers Keara. Où était-elle et comment se sentait-elle ? Avait-elle découvert qu'elle se rendait du mauvais côté de l'Australie ?

La reverrait-il un jour ?

*

Comme si rien ne s'était passé, Alex Jenner revint à Rossall Springs par une chaude journée de février et exigea de voir sa petite-fille.

Mark refusa, calmement, et quand son beau-père fut parti, il courut chez les Johnson pour s'assurer que tout allait bien, puis, Kalaya ayant manifesté quelque inquiétude, il décida de prendre sa fille avec lui pendant tout le temps où M. Jenner serait en ville, et Kalaya viendrait donner la tété à la petite chez lui.

Le soir venu, le vieil homme revint frapper à sa porte et réitéra sa demande en haussant le ton. Mark daigna lui présenter Amy, mais refusa qu'il la prenne dans ses bras. Alex se mit à prier haut et fort et le bébé, affolé par sa grosse voix, se mit à pleurer.

Mark la calma et attendit qu'Alex ait fini ses prières.

— Et maintenant, partez, lui dit-il, et à son grand soulagement, son beau-père se retira, non sans avoir décoché un regard mauvais à la petite et à Mark.

Le lendemain, le fils aîné de Kalaya vint prévenir Mark que le vieil homme avait pris la diligence pour Melbourne. Soulagé, Mark ramena la petite chez Kalaya.

Cependant, un mois plus tard, Alex revint à la charge. Dès qu'il vit son visage rouge de colère, Mark sentit son cœur chavirer.

— Je suis venu voir ma petite-fille.

— En voilà assez, monsieur Jenner ! La dernière fois vous l'avez effrayée.

— Je reviendrai chaque mois tant que vous n'aurez pas ôté la garde de l'enfant à cette païenne dégoûtante.

— Mme Johnson n'est pas plus dégoûtante que vous ou moi, et elle va à l'église chaque dimanche. Elle s'occupe bien d'Amy et ne comptez pas sur moi pour envoyer ma fille à Melbourne.

— Comment pouvez-vous laisser cette enfant boire le lait d'une indigène ! Nous pourrions trouver quelqu'un de plus convenable – une femme blanche – pour l'allaiter.

— Non. Ma fille reste avec moi. Et je vous prierai de sortir et de ne plus revenir à Rossall.

Comme l'homme ne bougeait pas, Mark fit un pas dans sa direction.

Alex recula lentement et alla se poster au milieu de la chaussée.

— J'ai le droit de voir ma petite-fille, beugla-t-il, puis il tomba à genoux et se mit à prier à pleine voix.

Les voisins, rameutés, sortirent voir ce qui se passait.

Mark haussa les épaules et rentra dans son restaurant.

— C'est un homme qui a de la suite dans les idées, dit un client. Pourquoi ne le laissez-vous pas voir la petite ? Après tout, c'est son grand-père.

— Il lui fait peur. De plus, il a fait le malheur de ses propres enfants. Il terrorisait ma femme, et son petit frère s'est enfui de la maison.

— Mais quel mal pourrait-il faire à un bébé ? intervint un autre homme. Et puis je suis d'accord avec lui sur un point. Je n'aimerais pas que mon enfant tète le lait d'une indigène. Ils ne sont pas comme nous.

Mark n'avait pas l'intention de se lancer dans une discussion.

— Mme Johnson s'occupe très bien d'Amy. Je le sais, je passe la voir tous les jours.

L'homme fronça les sourcils, marmonna quelque chose puis se concentra à nouveau sur son assiette.

Quand le constable eut réussi non sans mal à persuader Alex de passer son chemin, Kalaya se faufila par la porte de derrière pour mettre Amy à l'abri dans la maison de son père.

Le lendemain, Mark alla consulter Samuel Grove, avec qui il s'était lié d'amitié.

— N'y a-t-il rien que je puisse faire pour me débarrasser de mon beau-père ? Il cherche délibérément à me faire du tort.

Samuel hésita, puis conclut :

— Il y a dans le village des gens qui prennent son parti. Vous auriez dû chercher une nourrice blanche et ne confier que temporairement la petite à une indigène.

Mark n'avait pas réalisé que Samuel était lui aussi bourré de préjugés.

— Kalaya s'occupe très bien d'Amy. Je ne trouverai jamais meilleure nourrice, dit-il, puis, voyant une lueur de cynisme dans les yeux de son ami, il ajouta en soupirant : Voilà un sujet sur lequel nous ne tomberons jamais d'accord. Mais je suis venu pour discuter affaires. J'ai l'intention de vendre mon auberge et d'aller m'installer ailleurs.

— À cause du vieil homme ?

Mark hocha la tête.

Samuel eut l'air pensif.

— Ça pourrait m'intéresser. Mais il faut d'abord que je voie vos livres de comptes pour que nous puissions nous mettre d'accord sur un prix. Ma femme pourrait s'occuper de la cuisine. C'est un vrai cordon bleu.

— Venez ce soir, mais n'en parlez à personne, sinon je retire ma proposition. Je veux m'en aller avec Amy sans que personne ne le sache.

Il s'abstint de dire à Samuel que cuisiner tous les jours pour une nombreuse clientèle n'était pas une partie de plaisir, même pour un cordon bleu.

— Vous allez prendre la fuite ? dit Grove sur un ton de reproche.

— Oui. Et je veux que vous me promettiez de ne dire à personne où je suis allé.

Samuel opina du chef.

— Vous avez ma parole. C'est vous que ça regarde après tout.

— Même si mon beau-père vous le demande ?

— Vous et moi ne sommes pas d'accord sur tout, mais vous avez toujours été un bon voisin.

Après l'avoir salué, Mark retourna travailler. Il songea, le cœur gros, qu'il passait sa vie à fuir et qu'il aurait préféré rester à Rossall Springs.

*

Deux jours plus tard, Mark attendit que la nuit soit tombée et chargea ses possessions sur la grosse carriole stationnée derrière l'épicerie. Le lendemain, Samuel les emporta à Melbourne et les laissa dans un entrepôt sur les docks.

Kalaya fut la seule à qui Mark révéla son intention de partir.

— Vous avez fait des merveilles pour la petite et je vous en suis infiniment reconnaissant. Si jamais vous avez besoin de quelque chose, adressez-vous à M. Grove. Je vais lui donner des instructions.

— Tout va bien chez nous, répondit-elle. Billy a une bonne place. Nous sommes ici chez nous à présent. Mais merci tout de même.

Mark n'éprouva aucune difficulté à s'occuper du bébé. Son amour pour Amy, qui avait forci entre-temps et était devenue une adorable petite fille de cinq mois, n'avait fait que grandir. Il pouvait passer des heures à jouer avec elle et à la faire rire de ce rire joyeux qui illuminait sa vie.

Parfois il pensait à son autre fille et se demandait à quoi ressemblait sa vie en Angleterre. Presque chaque soir, il contemplait la photo de Faith et de ses grands-parents, en essayant de s'imaginer à quoi elle ressemblait aujourd'hui. Il était certain qu'elle était heureuse, car son père et Kathy adoraient les enfants. Il ne pouvait s'empêcher de comparer Alex Jenner avec John Gibson, un homme très pieux lui aussi, mais plein d'amour et de bonté. Alex avait fini par s'aliéner ses propres enfants à force d'intransigeance religieuse, mais John était aimé de tous les siens qui tous, à l'exception de Mark, vivaient à ses côtés.

Il écrivit à son père pour l'informer qu'il partait s'installer à l'ouest de l'Australie et qu'il lui communiquerait sa nouvelle adresse ultérieurement. Il lui dit également qu'il avait eu une autre fille mais que sa femme était morte en couches, et lui demanda s'il pouvait lui envoyer une photo plus récente de Faith, et si possible de toute la famille. Il aurait aimé se faire tirer le portrait en compagnie d'Amy, mais pour cela il aurait dû se rendre à Melbourne et il ne voulait pas prendre de risques. Plus tard, peut-être.

*

La semaine suivante, prétextant une mauvaise grippe, Mark laissa Ginny et sa sœur s'occuper entièrement seules du restaurant. La femme de Samuel devait reprendre l'auberge dans deux jours, et ce n'est qu'alors que les clients apprendraient que Mark lui avait cédé son affaire. Elle allait dire à tout le monde qu'il était parti vivre à Sydney. Il avait programmé son départ de façon à s'embarquer sur le prochain vapeur en route pour l'ouest, et espérait qu'Alex Jenner ne les retrouverait plus jamais. Son restaurant marchait bien et il en avait tiré un bon prix, mais pour lui c'était un lieu chargé de mauvais souvenirs.

Il avait su rendre Patience heureuse, ce qui était une consolation, mais il ne l'avait jamais vraiment aimée. Il avait de l'affection pour elle, mais sa docilité l'exaspérait, et c'était l'une des raisons pour lesquelles il ne voulait pas qu'Amy fût élevée par ses beaux-parents. Il voulait que sa fille soit vive et joyeuse, pas effacée et craintive.

L'aube n'était pas encore levée quand ils se tapirent dans la carriole de Samuel. Ce n'est qu'une fois loin du village qu'ils sortirent de leur cachette.

Le commis qui accompagnait Samuel écarquilla les yeux en voyant Mark et Amy émerger de derrière une pile de caisses.

— Si jamais tu dis que Mark et sa fille étaient avec nous, dit l'épicier en fixant sur lui un regard féroce, je te chasse et tu ne retrouveras plus jamais de travail à Rossall Springs.

Puis, retrouvant son sourire aimable, il ajouta :

— Mais tu ne diras rien, n'est-ce pas, Zeke ?

— Oh non, m'sieur Grove, dit celui-ci et, se tournant vers Mark, il lança : C'est à cause de vot' beau-père que vous prenez la tangente ?

— Oui. Tu n'en aurais pas fait autant ?

— Oh, que si ! Ce type est complètement siphonné.

À Melbourne, ils déposèrent Zeke dans le garni où Samuel avait l'habitude de descendre. Ainsi, le garçon ne saurait pas où se rendait Mark. Puis ils filèrent droit vers le port où ils confirmèrent la réservation que Samuel avait faite la semaine précédente pour Mark et sa fille sur le vapeur en partance pour la côte ouest.

— Un jour, il y aura des routes qui traverseront toute l'Australie, dit Samuel pensif. Et même des chemins de fer. Ce pays est promis à un brillant avenir, et j'espère que vous serez toujours là quand ça arrivera.

Mark serra la main que Grove lui tendait.

— J'y compte bien, dit-il. Et merci pour votre aide, Samuel. Vous avez mon éternelle reconnaissance.

L'épicier haussa les épaules.

— Vous avez toujours été un bon voisin et un chic type, dit-il, souriant de toutes ses dents. Et grâce à vous et à votre taverne, je vais gagner plein de sous.

— Souvenez-vous que j'ai dit à Kalaya qu'elle et sa famille pouvaient compter sur vous en cas de besoin. Naturellement, je vous paierai pour vos services. Vous pourrez me contacter par l'intermédiaire de Parker.

Samuel soupira. Il avait hésité à accepter d'aider Kalaya, mais Mark lui avait proposé une commission de dix pour cent sur les éventuelles dépenses qu'il engagerait et il s'était laissé tenter.

— Ce n'est pas en distribuant vos sous à droite et à gauche que vous allez faire fortune.

— Je ne veux pas faire fortune, juste gagner de quoi faire vivre décemment mes deux filles.

Ce n'est qu'après avoir prononcé ces mots que Mark réalisa qu'il avait changé depuis qu'il avait ouvert son restaurant. Il n'était pas comme Annie, qui ne pensait qu'à l'argent. Son objectif premier était le bonheur de sa fille.

— Vos deux filles ? Vous en avez une autre ?

— Oui. Elle vit en Angleterre, chez mon père.

— Vous êtes bien jeune pour avoir été marié deux fois.

— Je n'étais pas marié la première fois. Mon père et ma belle-mère se chargent d'élever Faith, mais j'espère qu'un jour elle pourra venir vivre ici avec moi.

*

Mark dut attendre deux jours avant de pouvoir embarquer.

Pour la deuxième fois de sa vie, il avait l'intention de disparaître complètement, mais cette fois-ci, il n'était pas tout seul. Amy lui était d'un grand réconfort. Et bien qu'il ne fût pas la plus habile des nounous, la petite ne semblait pas en souffrir. Elle mangeait des purées et buvait du lait de vache à présent.

Sa logeuse s'étonna de voir un homme s'occuper seul d'un bébé, et quand il lui révéla que son épouse était morte (sans lui dire quand) elle se proposa pour laver les affaires d'Amy. Elle se chargea même de lui procurer les vêtements dont elle allait avoir besoin pour le voyage, ainsi que des bavoirs.

Parfois, il doutait, se demandant s'il n'aurait pas mieux fait de rester et de tenir tête à Alex Jenner. Mais il ne voulait pas vivre en permanence dans la crainte de voir surgir ses beaux-parents, et surtout, il ne voulait pas qu'Amy ait la même vie que sa pauvre mère.

16

Mai-juin 1864

Par chance, Theo réussit à vendre rapidement le domaine du Lancashire et il s'organisa pour déménager à Ballymullan. Il n'éprouvait rien d'autre que du soulagement à l'idée qu'il laissait Lavinia derrière lui.

Elle s'était déjà installée avec Nancy dans une confortable villa. Par courtoisie, il leur rendit visite avant son départ.

Sa femme avait perdu du poids mais son visage était tout bouffi.

— Vous n'étiez pas obligé de venir, déclara-t-elle. Cela m'aurait été totalement égal de ne plus jamais vous revoir.

— Lavinia ! s'exclama Nancy.

Celle-ci haussa une épaule et alla s'asseoir dans un ample fauteuil tapissé de velours bleu. Elle caressa l'accoudoir, l'air absent, évitant de regarder son époux.

— Vous pouvez me contacter si vous avez besoin de quelque chose, dit-il tout en se demandant pourquoi diable il se montrait si conciliant.

Nancy attendit que Lavinia réponde, puis, comme celle-ci restait coite, parla à sa place.

— Nous nous en souviendrons, monsieur.

Lavinia jouait maintenant avec la passementerie du fauteuil. Laissant échapper un petit sourire exaspéré, Theo se leva.

— Bon, je vais prendre congé si vous me le permettez.

Nancy le raccompagna à la porte.

— C'était gentil à vous de venir nous saluer. Et ne vous inquiétez pas, je prendrai bien soin d'elle.

— Je n'en doute pas.

Il hésita, puis lui posa la question qui le tarabustait depuis toujours :

— Qu'a-t-elle fait pour mériter un tel dévouement de votre part ?

— Elle avait besoin de moi, répondit-elle en souriant. Il n'y avait personne d'autre pour l'aimer. Moi, je pouvais, j'ai ce don.

Elle le regarda s'éloigner à grandes enjambées puis alla rejoindre Lavinia qui l'observait par la fenêtre.

— Il est bel homme, je sais, mais je n'ai pas aimé ma vie avec lui. Le reverrai-je un jour ?

— Pas si tu n'en as pas envie.

Elle se leva d'un coup et prit sa chambrière dans ses bras.

— Je n'en ai pas envie. Je suis beaucoup plus heureuse avec toi.

Nancy la tint serrée contre elle quelques instants, sachant que c'était là toute la reconnaissance qu'elle pouvait espérer.

*

Theo se réinstalla à Ballymullan mais il ne lui trouvait plus le même charme qu'autrefois. Il n'arrivait à se concentrer sur rien, était irascible avec tous ses gens, même avec Dick, et passait l'essentiel de son temps à parcourir la campagne à cheval sans but précis, perdu dans ses pensées… et dans ses remords.

Quand arriva une lettre de ses cousins, il la contempla longuement avant de l'ouvrir. Il finit par la décacheter et lut d'une traite les trois pages écrites par Noreen. Ils semblaient adorer leur nouvelle vie. Theo, mélancolique, se dit que son cousin avait de la chance. Noreen se serait plu n'importe où.

Quand il leur répondrait, il mettrait dans l'enveloppe de l'argent pour Keara. Ils réussiraient certainement à la retrouver et lui donneraient de ses nouvelles. Mais il n'arrivait pas à prendre sa plume. Décidément, il n'était bon à rien.

Il rêvait avec envie au climat australien. Tout ce soleil ! Ici, le ciel semblait gris en permanence. Il se souvenait de la phrase de Keara : « Rapporte-moi pour trois sous de soleil. » Ça représentait quoi, trois sous ? De quoi se réchauffer le visage et les mains, peut-être, mais certainement pas le cœur. Pour cela, on avait besoin de l'être aimé.

*

Mark débarqua à Perth vers la fin du mois de mai. Il n'avait pas imaginé la capitale si petite, on aurait dit un bourg. Ça tombait bien, il n'aimait pas les grandes villes. Il trouva une pension malgré la pénurie de logements.

La propriétaire considérait le bébé comme une nuisance. Elle avait même renâclé à l'idée d'accepter un homme seul avec un enfant mais avait fini par se résigner avec un haussement d'épaules.

— C'est d'accord à condition qu'elle ne pleure pas trop, je ne veux pas que vous dérangiez mes autres pensionnaires. Et vous devrez vous débrouiller pour la lessive. La voisine d'à côté pourra peut-être s'en charger.

Mark entreprit immédiatement d'explorer les possibilités qui s'offraient à lui. S'il ouvrait un restaurant à Perth, il ne manquerait sans doute pas de clients mais, sans qu'il sût pourquoi, il avait envie de tenter quelque chose de nouveau.

Par un pur hasard arriva un pensionnaire qui tenait une auberge dans la campagne. Les deux hommes commencèrent à bavarder. Jim Porting n'était plus jeune et il voulait céder son affaire. Il annonça d'emblée qu'à la campagne, on gagnait moins qu'en ville, mais l'idée séduisait Mark et ils se mirent d'accord pour qu'il aille visiter l'auberge. Même si elle ne lui convenait pas, le voyage lui donnerait l'occasion de voir les environs.

Ils quittèrent Perth dès le lendemain. La carriole était tirée par deux chevaux robustes dont Jim annonça fièrement qu'ils avaient du sang de cob gallois. Mark ne connaissait pas grand-chose aux chevaux et Jim ne demanda pas mieux que de lui montrer comment s'y prendre.

— J'étais garçon d'écurie dans mon jeune temps. J'ai émigré pour avoir une chance de faire mon chemin dans la vie, et ça a marché. Mais nous menons une existence bien solitaire, ajouta-t-il avec une pointe de mélancolie. Mon garçon, je ne veux pas te raconter de sornettes. Tu dois être sûr que tu es prêt à vivre loin de tout.

— Ne vous inquiétez pas, je ne prendrai pas ma décision à la légère.

L'hiver était arrivé et Mark s'était attendu à un temps gris et froid. Il le dit à Jim qui éclata de rire.

— On a beaucoup de soleil en hiver, mais quand il pleut, c'est le déluge !

Le lendemain, Mark constata que Jim avait dit vrai. Une pluie torrentielle comme Mark n'en avait jamais connu s'abattit sur eux et ils durent se mettre à l'abri en attendant une accalmie. Jim mena la carriole sous des arbres et trouva une bâche pour les protéger.

Amy gigotait dans tous les sens en babillant.

— C'est pour eux qu'on fait tout ça. Les enfants… et les petits-enfants.

Ils traversaient parfois des forêts d'arbres gigantesques que Mark trouvait magnifiques. Il n'avait rien vu de semblable dans l'État de Victoria, où la terre avait été ravagée par les mines. Et à Rossall Springs, la forêt avait été défrichée pour faire place à l'agriculture.

Parfois, lorsqu'ils faisaient halte pour que les chevaux se reposent, il était frappé par le calme qui régnait. Il aurait pu rester des heures à écouter le doux bruissement des feuilles. Pour lui, qui avait grandi dans les fumées d'une ville industrielle du Lancashire, c'était merveilleux. Jim le rappela à la sombre réalité en lui parlant des incendies de forêt en été et de la boue jusqu'aux essieux en hiver.

L'auberge se trouvait sur la route de Bunbury qu'ils avaient suivie depuis Perth. Ils y arrivèrent le lendemain vers midi. La route embourbée les avait ralentis et ils avaient fait halte pour la nuit dans la grange d'un fermier. En route, ils avaient régulièrement croisé d'autres carrioles ou des hommes à cheval. Mark se dit qu'il y avait une clientèle pour un établissement offrant le vivre et le couvert aux voyageurs.

L'auberge était grande et constituée de plusieurs bâtiments ajoutés au fil du temps. L'ensemble dégageait un air de vétusté. La cuisine, séparée de la salle, se trouvait à l'arrière. Sur la droite, une bâtisse accueillait les voyageurs pour la nuit. Trois chambres, avec un enclos derrière. Il y avait aussi une petite écurie et une sellerie pour les chevaux de la maison. Depuis le logement du patron, positionné légèrement en biais, on pouvait voir les allées et venues des clients.

Jim reparla des incendies et Mark se demanda pourquoi il n'avait pas débroussaillé autour de l'auberge. N'importe qui aurait compris que c'était la première des précautions.

La maîtresse de maison était une femme maigre et voûtée, visiblement en mauvaise santé. Elle ne dit pas grand-chose et laissa son époux montrer les lieux, mais elle demanda à prendre Amy dans ses bras et cajola le bébé, un sourire béat aux lèvres.

Jim la regarda avec un sourire attendri.

— Ma femme, elle adore les bébés. Elle veut vivre à côté de notre fille pour pouvoir s'occuper des petits-enfants.

— Excellente idée ! Quel type d'alcool vendez-vous ?

— De la bière quand j'arrive à en faire venir de Perth, mais surtout du rhum. Un shilling le verre pour les voyageurs, et je le vends au gallon aux colons du coin quand ils sont à court. Il faut une licence pour l'alcool et ça coûte de l'argent. Le nouveau gouverneur, ce Hampton, n'est pas différent des autres, il nous saigne tant qu'il peut. Au fait, je ne vois pas comment vous pourrez vous en sortir sans une femme, ici.

— Il doit bien y avoir des femmes du coin qui seraient disposées à venir travailler à l'auberge, non ?

— Je ne sais pas, je ne fais pas confiance aux étrangers. Pour moi, il n'y a que la famille.

Mark savait qu'il aurait dû visiter d'autres endroits mais, pour une raison qu'il ne s'expliquait pas, celui-ci lui plaisait.

En retrait dans le bush, il y avait une petite colonie, Meriniup, qui ne comptait que quelques fermes et n'avait même pas de magasin. Mark se dit qu'il pourrait ouvrir une épicerie à côté du restaurant.

— Est-ce qu'on peut se promener un peu dans Meriniup ?

— Si ça vous chante…, répondit Jim en haussant les épaules. Ça ne va pas prendre longtemps.

— Je peux garder Amy, proposa immédiatement Mme Porting.

La colonie comprenait une demi-douzaine de maisons. L'une d'elles, inoccupée, avait servi de logement aux bagnards employés à la construction des routes et hébergeait désormais l'inspecteur géomètre quand il avait une mission dans le Sud.

Les habitants de la colonie étaient pour l'essentiel des paysans qui travaillaient dans les fermes ou les grandes propriétés. Tous possédaient quelques arpents de terre, assez pour avoir une vache ou quelques moutons et cultiver ce dont ils avaient besoin pour leur subsistance. Les femmes étaient avenantes et on voyait quelques enfants gambader dans les parages. Mark se dit qu'Amy ne manquerait pas de compagnons de jeu.

— Celui qui possède la plupart des terres, ici, c'est M. Dangerfield. Il vit dans la grande ferme avec sa jeune épouse. C'est sa deuxième femme, la première est morte il y a quelques années et les enfants sont grands. Il est plein aux as, mais elle, c'est une fille de bagnard. Il aurait pu faire mieux, non ?

Mark avait déjà entendu ce genre de discours. En Australie, tous, même les plus pauvres, se sentaient supérieurs aux descendants de bagnards.

— Quelques femmes travaillent chez eux comme domestiques à la journée et ils ont deux hommes sur la ferme. Les autres propriétaires ne leur rendent jamais visite. Il préfère sans doute garder sa jolie femme pour lui, ricana Jim. On le comprend, c'est un beau brin de fille.

Ils retournèrent à l'auberge.

Après le dîner, que Mark trouva peu savoureux, Jim en vint au fait.

— Alors, ça vous dit ou non de racheter ?

— Peut-être, mais pas au prix que vous demandez. Est-ce que je peux voir les comptes ?

Jim lui montra en tout et pour tout un cahier écorné où étaient consignés quelques chiffres, pensant que cela suffisait amplement.

— L'auberge nous rapporte de quoi vivre, même un peu plus. Et il y a plusieurs bâtiments, n'oubliez pas d'en tenir compte dans votre calcul.

Mark tenta alors de démontrer, chiffres à l'appui, combien l'affaire devrait rapporter pour valoir le prix qu'on lui demandait. Mais devant la mine perplexe de Jim, il comprit que ses calculs ne signifiaient rien pour lui. Mme Porting, tout occupée à bercer Amy en contemplant le feu d'un air rêveur, ne prêtait aucune attention à la conversation.

Mark ne tourna pas autour du pot.

— Je suis prêt à vous offrir la moitié de ce que vous demandez, pas un sou de plus. Et cela comprend tous les équipements sauf vos meubles et objets personnels.

— Je vous propose un compromis, répondit Jim, les sourcils froncés. Les trois quarts du prix de départ.

— Non. En me basant sur les bénéfices potentiels, je ne peux pas vous offrir davantage. Si cela ne vous convient pas, vous pouvez me ramener à Perth demain et chercher un autre acquéreur.

Contre toute attente, Mme Porting intervint.

— Vous payez comptant ?

— Oui, vous aurez l'argent à Perth.

— Alors nous acceptons, dit-elle en baissant les yeux vers le bébé qui dormait paisiblement sur ses genoux. Je veux qu'on parte, Jim, et le plus tôt sera le mieux. Comme ça, le problème et réglé et nous n'avons plus besoin d'attendre.

— Mais…

— Jim, je veux que nous partions le plus vite possible.

C'est ainsi que le marché fut conclu.

Les Porting allèrent se coucher et Mark sortit se promener autour de l'auberge. La nuit était sereine. Les poules dormaient et aucun bruit ne provenait de l'écurie. Même les deux chiens miteux ne se donnèrent pas la peine de venir le flairer.

Il inspira profondément, rempli d'optimisme. Il était jeune et vigoureux. Il allait faire prospérer cette auberge en bord de route et lui adjoindre une épicerie.

Cela aurait été plus facile avec une épouse, il en était conscient. Mais il n'avait aucune intention de se remarier, et il trouverait une solution.

*

Deux semaines plus tard, après avoir expédié les formalités en un temps record et, en outre, obtenu la concession du bureau de poste pour le canton en pleine expansion, Mark repartit pour Meriniup en compagnie de Jim. Il lui avait racheté la carriole avec les chevaux et la conduisait désormais avec aisance. Elle était chargée de ses possessions et d'une quantité considérable de denrées diverses et variées que Mark avait choisies avec soin, y compris un tonneau de bière de bonne qualité.

— Vous n'allez pas avoir besoin de tout ça, vous savez, affirma Jim en l'aidant à charger la carriole.

— Nous verrons. Mieux vaut en avoir trop que pas assez quand il faut aller jusqu'à Perth pour s'approvisionner. La plupart ne sont pas périssables, et je vais aussi ouvrir une épicerie à côté de l'auberge.

— C'est se donner bien de la peine.

Mark ne releva pas. Pendant le trajet, il profita du paysage, impatient d'entrer dans sa nouvelle vie. Les Porting lui avaient parlé d'une jeune femme de la colonie qui pourrait éventuellement l'aider avec la maison et le bébé, tout semblait donc propice à un nouveau départ.

Jim et son épouse repartirent le surlendemain avec un voisin qui se rendait à Perth. Mark se tourna vers la jeune femme qui avait accepté de travailler à la fois comme nounou et femme de ménage.

— Edith, il est temps de faire un grand nettoyage. Cela fait des années que je travaille dans la cuisine et la restauration, et si je sais une chose, c'est que la propreté est mère de toutes les vertus.

À la fin de la deuxième semaine, où ils ne reçurent que quelques voyageurs occasionnels, Edith déclara sans ambages :

— C'est mon père qui m'a dit d'essayer cet emploi, monsieur Gibson, parce qu'il n'a pas envie que je m'en aille. Mais pour moi, la vie ici est trop solitaire, et faire la nounou, ce n'est pas tellement mon genre, même si votre petite Amy est un gentil bébé. Je resterai tant que vous n'aurez pas trouvé quelqu'un d'autre mais après, je pars pour Perth et mon père pourra bien dire ce qu'il veut, ça n'y changera rien, parce que j'ai vingt-deux ans.

Cette sortie ne l'étonna pas. Edith s'occupait bien d'Amy mais ne faisait aucun zèle, et il ne la voyait jamais parler à la petite ou jouer avec elle.

— Si tu restes jusqu'à ce que je trouve à te remplacer, Edith, je doublerai tes gages de la dernière semaine.

Le visage de la jeune fille s'éclaira et il comprit qu'il avait trouvé les mots qu'il fallait. Cette nuit-là, il resta longtemps à contempler le feu dans la cheminée. Quelle femme serait disposée à vivre dans un endroit aussi isolé ? Et où la chercher ? Certainement pas à Meriniup. Et à ce qu'on disait, même à Perth, il était difficile de trouver des domestiques. Les dames devaient souvent faire leur ménage elles-mêmes.

Il n'en restait pas moins que Perth était le seul endroit où il avait une chance de trouver la perle rare. Il laissa donc Edith et son frère s'occuper de l'auberge et partit pour la capitale, avec la petite Amy confortablement installée dans une caisse de bois fixée au siège à côté de lui.

*

Alex Jenner débarqua à Rossall Springs vers la mi-juin et entra d'un pas décidé dans le restaurant. Puis il regarda autour de lui, déconcerté. Quelque chose avait changé.

Une femme vint à sa rencontre. Il ne se rappelait plus où il l'avait déjà vue, mais certainement pas là. Il se rappelait la femme plus âgée et bien en chair qui travaillait en cuisine.

— Bonjour, monsieur. Vous voulez une table ?

— Je veux voir mon gendre. Mark.

Le sourire impersonnel fit place à une expression gênée.

— Il n'est pas là, malheureusement.

— Je ne partirai pas d'ici tant que je ne l'aurai pas vu. Débrouillez-vous pour qu'on le trouve et faites-lui dire que je l'attends.

La jeune femme sortit et Alex resta à côté de la porte, les bras croisés, bien décidé à ne pas se laisser mener en bateau. Sa femme lui avait expliqué qu'un bébé pouvait très bien être sevré à sept mois, et il n'avait pas renoncé à son projet. Il se rendait compte qu'il avait agi avec trop de précipitation lors de sa première tentative. C'était idiot de ne compter que sur la diligence pour s'échapper. La prochaine fois, il planifierait ça beaucoup mieux et aurait un moyen de transport.

La femme revint accompagnée d'un homme qu'Alex reconnut. C'était le propriétaire du magasin voisin.

— Votre gendre a quitté Rossall Springs le mois dernier, monsieur Jenner. Je suis le nouveau propriétaire.

Alex resta pétrifié. Une vague de colère le submergea, son cerveau était comme cisaillé de hurlements stridents. La salle à manger se mit à tournoyer autour de lui et quand il reprit ses esprits, il était assis et la femme lui tendait un verre d'eau.

— Ça va aller ?

— Oui. C'était juste… un étourdissement, répondit-il en les regardant et en baissant les yeux pour cacher la fureur qui bouillonnait toujours en lui. Je reconnais que je n'ai pas toujours agi avec sagesse, mais ma femme et moi souhaitons désespérément voir notre petite-fille. Nous avons perdu nos deux enfants et cette petite est tout ce qu'il nous reste.

D'un rapide coup d'œil, il constata que les yeux de la femme étaient pleins de compassion. L'homme, en revanche, ne manifestait aucune émotion. Il se tourna vers la femme.

— Je suis vraiment désolé, madame… ?

C'est l'homme qui répondit :

— Madame Grove.

— Est-ce que vous savez où est allé mon gendre ?

Elle secoua la tête.

— Quand a-t-il quitté la ville ?

— Il y a quelques semaines, répondit M. Grove. Personne ne l'a vu partir.

— Mais c'est impossible. Il y a sûrement quelqu'un qui sait où il est allé.

— Je crois bien que non, hélas. Ça a beaucoup fait jaser, en ville, dit Samuel Grove, qui tira une montre de son gousset. Et maintenant, monsieur Jenner, nous devons retourner à notre travail. Voulez-vous manger un morceau ou est-ce que je dois vous indiquer où se trouve l'hôtel ? Sinon, il y a maintenant une diligence pour Melbourne tous les après-midis. Elle part à trois heures.

— Je pense que je vais d'abord déjeuner, dit Alex, qui se tourna vers la femme. Ça ne vous dérange pas ?

Mme Grove jeta un regard à son mari, qui acquiesça d'un hochement de tête.

— Est-ce que le plat du jour vous convient ou préférez-vous autre chose ?

— Va pour le plat du jour.

Il mangea lentement, observant le va-et-vient des clients. Quand Mme Grove vint ramasser son assiette, il dit à mi-voix :

— Si jamais vous avez la moindre idée de comment je peux partir à la recherche de ma petite-fille, je vous en serai infiniment reconnaissant. Ma chère épouse se ronge les sangs, elle ne souhaite qu'une chose, c'est voir l'enfant.

Elle secoua la tête et chuchota :

— Il a quitté l'État, je crains. J'espère que votre femme pourra se faire à l'idée qu'il est parti pour de bon.

Alex paya l'addition et alla faire un tour en ville. À l'arrière de l'épicerie, il tomba sur un homme qui chargeait une carriole.

— Dur travail, on dirait.

— Pas pour moi. Je fais ça toutes les semaines avant qu'on parte à Melbourne.

Samuel Grove apparut à la porte de derrière.

— Zeke, cria-t-il, j'ai besoin de toi.

Alex continua sa déambulation. Il avait appris deux choses et ne pensait pas pouvoir en savoir davantage. Il prit son billet pour Melbourne. Samuel Grove savait certainement quelque chose, mais peu importait, au fond. S'il allait à Melbourne toutes les semaines avec sa carriole, Alex pourrait se renseigner. Il devait savoir quels navires avaient appareillé pour d'autres États environ un mois auparavant.

Quand il rentra chez lui, il était d'humeur presque joviale mais sa femme fondit en larmes quand il lui annonça que Mark avait déménagé en emmenant Amy.

— Vous voyez ce que vous avez fait, Alex, avec vos élucubrations ! Vous avez éloigné à tout jamais ma seule petite-fille.

Elle sanglota tant et plus, et ne lui prépara même pas à dîner, ce qui le mit en colère. Une femme devait obéir à son mari en toutes choses et le servir avec obéissance. Pas étonnant que sa fille se soit rebellée ! Mais son épouse se trompait, ils reverraient Amy. Il était hors de question qu'il laisse sa petite-fille à un homme qui n'hésitait pas à la confier à des sauvages !

Il les retrouverait, même si cela devait lui prendre des années, et il sauverait l'âme de la petite Amy.

*

Lorsque le paquebot s'approcha de la côte occidentale de l'Australie, la tempête se calma quelque peu et un sentiment d'excitation envahit tous les passagers. Après cette traversée interminable, on arrivait enfin à destination.

Keara resta confinée sur sa couchette au lieu de rejoindre Maggie sur le pont pour contempler avec elle la ligne de terre qui apparaissait à l'horizon. Elle avait vécu le voyage dans un état d'indifférence, moins malade que d'autres mais ne se sentant bien que lorsque la mer était totalement calme. Elle ne savait pas comment elle se serait débrouillée sans Maggie. Elle n'avait pas de paquetage et son amie avait partagé ses affaires avec elle.

Elle finit par se lever pour aller voir Rottnest Island tandis que le paquebot attendait l'arrivée du bateau-pilote. L'île était toute plate et la végétation n'avait rien d'extraordinaire. Keara se dit qu'elle aurait mieux fait de rester couchée, mais en même temps elle était sensible à la douceur de l'air et au bleu sombre de l'océan, si différent des mers septentrionales qu'elle connaissait. Elle offrit son visage à la chaleur du soleil. On était en hiver. À quoi pouvait bien ressembler l'été ?

Avant le débarquement, la bonne sœur qui faisait office de surveillante vint voir Keara et lui dit à mi-voix :

— J'ai écrit un bon rapport sur toi et ton amie. Je ne sais toujours pas pourquoi tu étais dans cet état déplorable quand tu as embarqué, en tout cas, je n'ai pas à me plaindre de ton comportement à bord. Mon rapport t'aidera peut-être à trouver à te placer temporairement. Vu ton état, je doute que tu trouves un emploi définitif.

Un bateau à aubes remonta l'estuaire jusqu'à Perth, où tout le monde débarqua. Les femmes seules qui cherchaient un emploi et n'avaient pas de famille pour les accueillir attendirent, groupées, pendant que la surveillante remettait une liste au fonctionnaire chargé de leur hébergement. Keara aurait nettement préféré se débrouiller toute seule plutôt que d'aller dans un foyer, mais elle n'avait que quelques sous en poche et ne pouvait se permettre de refuser cette aide. On chargea leurs bagages de cabine sur une charrette, et la troupe se mit en marche en désordre.

— Je n'en crois pas mes yeux ! grommela Maggie.

— Qu'est-ce que tu veux dire ?

— Ce sable. Vraiment, on ne peut pas appeler ça une rue !

Elle regarda d'un air dégoûté le sable fin et blanc dans lequel les pieds s'enlisaient.

Une fois arrivées, elles se retrouvèrent avec six autres femmes dans un abri tout de guingois accolé à un autre bâtiment. Consternées, elles inspectèrent leur nouveau foyer, puis Maggie lança d'une voix sonore.

— Allez, les filles, courage ! Au moins, nous sommes sur la terre ferme et à l'abri de la pluie.

Une femme grisonnante au visage sévère se montra à la porte et claqua des mains pour attirer leur attention.

— Je suis chargée de la surveillance des femmes. Comme nous manquons d'espace, nous devons remiser vos malles ailleurs en attendant que vous soyez placées. Si vous avez besoin d'y prendre quelque chose, vous devez me le demander.

— J'espère qu'il y a un endroit où nous pouvons laver nos vêtements, interrompit Maggie. Je n'ai plus rien de propre à me mettre.

— Silence, s'il vous plaît ! Vos vêtements seront lavés avec les autres lors de la lessive collective.

— C'est ce qu'on verra, marmonna Maggie. Quand on lave tout ensemble, ça abîme les vêtements.

La surveillante lança à Maggie un regard destiné à la faire taire, avant de continuer.

— Les repas sont servis à 6 heures, midi et 18 heures. Nous espérons que la plupart d'entre vous trouveront bientôt à se placer comme domestiques et ne resteront pas longtemps à la charge du gouvernement. Vous êtes venues ici pour travailler, ne l'oubliez pas. En attendant, vous devrez participer à votre entretien en aidant à la buanderie ou dans les cuisines, et en effectuant des travaux de couture quand vous n'aurez rien d'autre à faire. Est-ce qu'il y en a une qui sait cuisiner ?

Maggie leva immédiatement la main et hissa celle de Keara.

— Mais je ne sais pas, protesta celle-ci.

— Je connais la buanderie, c'est horrible. Rappelle-toi, tu as aidé à préparer la tambouille sur le bateau, et moi, j'ai déjà habité seule. Nous savons quand même à quoi ressemble une patate !

Quand on les affecta aux cuisines, Maggie lui lança un sourire de triomphe.

Leurs tâches consistaient pour l'essentiel à éplucher des pommes de terre, à hacher de la viande de mauvaise qualité et à couper des légumes, le tout sous la direction d'une grosse femme revêche. Le résultat n'était guère appétissant, mais comestible.

À la fin de la première journée, la cuisinière les convoqua.

— Je vois bien que vous n'avez jamais travaillé en cuisine, inutile de nier. Keara et Minnie échangèrent un regard inquiet. Mais vous êtes propres et vous montrez de la bonne volonté. C'est mieux que rien. Vous pouvez rester.

Les jeunes femmes en attente d'un emploi étaient traitées comme des gamines, leurs allées et venues réglementées et surveillées.

— S'ils sont comme ça avec nous, je plains ceux du dernier étage.

Keara se sentit frémir. Si elle ne trouvait pas de travail, elle serait condamnée à accoucher à l'asile des indigents.

Même dans leur temps libre, elles devaient rester confinées au foyer. Elles ne pouvaient pas découvrir Perth, ni même profiter du soleil. C'était rageant parce qu'il faisait souvent un temps radieux en ce début d'hiver.

— Ma mère aurait adoré le climat, observa Keara un beau jour. Quand j'allais faire les courses, elle me demandait souvent de lui rapporter pour trois sous de soleil. Ici, il y en a pour des tonnes de sous…

Sa voix se brisa. Jamais elle ne pourrait pardonner à Lavinia Mullane de l'avoir empêchée de revoir sa mère avant sa mort. Parfois, à l'improviste, un éclair de douleur lui transperçait le cœur. Et toutes les nuits, avant de s'endormir, elle pensait à ses sœurs. Où étaient-elles ? Que faisaient-elles ?

Des dames qui cherchaient des domestiques commencèrent à défiler au foyer dès le lendemain de leur arrivée pour passer en revue les nouvelles recrues. Alice et Brenda, qui avaient partagé la même cabine que Keara et Minnie, furent prises rapidement. Avant de sortir, elles lancèrent par-dessus leur épaule un regard triomphant à leurs anciennes compagnes de voyage.

Mais, dès qu'une patronne éventuelle était informée par la surveillante de l'état de Keara, elle passait aux suivantes. Maggie reçut deux offres qu'elle refusa net. Elle ne voulait pas être séparée de sa « cousine Keara » et réussit à sangloter avec tant de conviction qu'elle dissuada la surveillante d'insister pour qu'elle accepte.

Le dimanche, Keara fut autorisée avec une poignée de pensionnaires à se rendre à la messe. Et quelques jours plus tard, on lui permit d'aller à confesse.

— C'est bien parce que sœur Bernadette a fait un bon rapport sur toi, lui lança la surveillante qui distribuait au compte-gouttes les permissions de sortie.

Sur le chemin du retour, ses compagnes lui montrèrent le siège du gouvernement. Le gouverneur, qui voulait un bâtiment digne de lui, le faisait rénover.

— Ça ne me dérangerait pas d'habiter là, lança la jeune fille qui marchait à côté de Keara. Qu'est-ce qu'ils ont besoin de le rénover ?

— C'est un vrai palais. Moi, je me contenterais d'une chambre, pourvu qu'elle soit à moi.

Keara soupira et baissa les yeux sur son ventre arrondi. Elle devait attendre la naissance du bébé pour partir à la recherche de ses sœurs. Et avec l'enfant, elle aurait du mal à trouver un travail qui lui permette d'épargner assez pour payer la traversée jusqu'à Melbourne. Dès qu'elle aurait une adresse, elle écrirait aux bonnes sœurs. En attendant, elle ne pouvait rien faire d'autre.

*

Le jour où débarqua d'une carriole un homme qui cherchait une domestique, il ne restait plus au foyer que Keara, Maggie, et deux femmes d'âge mûr. Il portait dans ses bras ce qui semblait un paquet de vêtements. Quand émergea du paquet un petit poing tout rose, Maggie donna un coup de coude à Keara.

— Regarde, un bébé ! Il va sûrement vouloir une nourrice. Il a dû perdre sa femme, sinon c'est elle qui serait venue.

L'homme se dirigea vers la surveillante et Maggie en profita pour faire un clin d'œil à Keara.

— Il n'est pas mal, non ?

— Oui, sans doute, répondit Keara, la tête ailleurs.

Elle se moquait bien qu'il soit beau ou moche, tout ce qu'elle voulait, c'était un travail.

Quelques minutes plus tard, la surveillante fit entrer le visiteur dans la pièce où les quatre femmes attendaient.

— Venez vous mettre en rang, s'il vous plaît, ordonna-t-elle sèchement avant de reprendre d'une voix plus douce. C'est celles dont je vous ai parlé, monsieur Gibson. (Elle fixa Maggie avec sévérité.) Quant à toi, Brett, il est hors de question que tu refuses un emploi uniquement parce que tu veux rester avec ta cousine.

À ce moment, une des employées du foyer accourut vers la surveillante et lui chuchota quelques mots à l'oreille.

— Je vous prie de bien vouloir m'excuser un instant, monsieur Gibson, je dois régler un petit problème.

Elle s'éloigna d'un pas pressé.

— Ma cousine et moi, nous restons ensemble, annonça Maggie avant même que le visiteur ait ouvert la bouche. Nous sommes très travailleuses, et nous sommes prêtes à accepter des gages plus bas si vous nous prenez toutes les deux.

Il cligna des yeux, étonné.

— Mais vous ne savez même pas quel emploi je propose !

— De toute façon, ça ne peut pas être pire qu'ici aux cuisines. La nourriture que nous préparons est très mauvaise.

— Ah bon, vous avez de l'expérience en cuisine ?

— Oui, et ma cousine était femme de chambre avant de se marier.

Le paquet commença à gigoter dans les bras de l'homme.

— Est-ce que je peux voir le bébé ? demanda Keara, qui avait adoré tenir la petite Mara dans ses bras.

Elle contempla le visage rose et pointa doucement un doigt sur le petit ventre en murmurant quelques mots sans queue ni tête. Le bébé se mit à glousser.

— Comment vous appelez-vous ? demanda Mark.

— Ce n'est pas elles qu'il vous faut, intervint une des femmes âgées. Et puis celle-là, elle est enceinte, précisa-t-elle. Elle raconte qu'elle est veuve, mais allez savoir si c'est vrai !

Mark recula immédiatement.

— Je regrette, ça ne vous conviendrait pas. Je vis dans un endroit isolé et il n'y aurait personne pour vous assister pour la naissance. Et puis je n'ai besoin que d'une seule aide, dit-il en se tournant vers Maggie. Vous êtes certaine que ça ne vous intéresse pas ?

— Allez, accepte ! chuchota Keara.

Elle sentit les larmes lui monter aux yeux et détourna le visage, mais Maggie passa un bras autour de son épaule.

— Désolée, monsieur Gibson, je ne vais pas abandonner ma cousine, qui vient juste de perdre son mari. Nous ne prendrons que des emplois qui nous permettent de rester ensemble.

Mark se tourna pour examiner les deux autres femmes qui levaient vers lui des yeux pleins d'espoir. Mais elles n'avaient même pas l'air propres et n'étaient pas assez robustes. Il secoua la tête. La surveillante réapparut.

— Je crois qu'aucune ne conviendra. Madame, heu…, balbutia-t-il en tournant la tête en direction de Keara, attend un enfant, et sa cousine souhaite rester auprès d'elle.

La surveillante foudroya Maggie du regard.

— Ça ne va pas se passer comme ça, Brett. Je t'ai déjà prévenue, tu dois accepter le premier emploi qu'on te propose. Il n'y a pas de place pour toi au foyer si tu ne respectes pas les règles.

Mark se dirigea vers la porte en soupirant. Qu'elles se débrouillent entre elles. Il ne voulait pas d'une employée qui travaille à contrecœur. Il pourrait sûrement trouver ailleurs.

Maggie mit les mains sur ses hanches et lança à la surveillante un regard de défi.

— Je ne m'éloignerai pas de Keara.

— Alors tu vas devoir quitter le foyer. Si tu refuses des offres d'emploi, nous ne pouvons plus continuer à te porter assistance.

Keara en eut le souffle coupé. Maggie continuait de fixer la surveillante d'un air furibond.

— Ce n'est pas juste ! Vous savez qu'il y a une pénurie de logements à Perth. C'est la raison pour laquelle vous nous hébergez ici.

De toute façon, elles n'avaient pas assez d'argent pour subsister et la surveillante le savait pertinemment.

— Le gouvernement n'est pas là pour satisfaire vos caprices. Si tu ne me promets pas que tu accepteras la prochaine offre, tu as une heure pour quitter le foyer. Nous garderons ta malle une semaine et si d'ici là tu ne l'as pas récupérée, nous distribuerons le contenu aux indigentes.

— Nous ne nous séparerons pas, insista Maggie.

— Alors mieux vaut que vous vous en alliez toutes les deux.

La surveillante croisa les bras, implacable. Mais en les voyant sortir pour aller chercher leurs affaires, elle arbora un sourire confiant. Ces filles seraient de retour dans un jour ou deux. Pas du genre à vendre leur corps pour vivre. Les traînées, elle les détectait toujours. Quelques nuits à la dure leur serviraient de leçon, et après, elles seraient beaucoup plus dociles.

Maggie commença à entasser quelques affaires dans un sac en ronchonnant, les joues en feu. Keara s'en voulait.

— Je suis désolée, c'est à cause de moi que tu es en difficulté. Peut-être que tu ferais mieux d'aller retrouver

M. Gibson et lui dire que, tout bien réfléchi, tu acceptes son offre.

— Et toi, tu iras où si je pars en plein bush ?

— Tu me manqueras terriblement mais je suis sûre que je trouverai quelque chose, même si c'est temporaire.

Elle tenta de sourire mais n'y parvint pas. Maggie la regarda et, pour une fois, laissa tomber sa bravade habituelle.

— Je ne veux pas qu'on se sépare. Tu as besoin de moi, et moi je n'ai jamais eu d'amie comme toi, quelqu'un en qui j'ai confiance, à qui je tiens. Je préférerais mourir plutôt que de perdre ça.

Keara la prit dans ses bras.

— Alors tu iras à Melbourne avec moi après la naissance du bébé.

— J'ai toujours voulu voir du pays, répliqua Maggie en reniflant une larme. Allez, fichons le camp d'ici.

Elles quittèrent le foyer avec leurs gros sacs. Une fois en ville, Maggie lança :

— Au moins, on peut se promener comme on veut, maintenant.

— Mais où allons-nous dormir ? Tout le monde dit qu'il est très difficile de se loger à Perth. Tu as de l'argent ?

— Deux livres à peine. J'ai payé mon billet, et il ne me reste plus grand-chose. Et toi ?

— Seulement quelques shillings.

— Bon, eh bien il va falloir se débrouiller.

Elles déambulèrent dans la ville. Elles entrèrent dans quelques boutiques et quelques pensions, mais personne n'avait besoin d'une domestique, encore moins de deux !

Le soir venu, elles achetèrent du pain et se dirigèrent vers la rivière, puis remontèrent la berge jusqu'à ce qu'elles trouvent un coin tranquille au milieu des arbres.

— Nous pouvons dormir ici, déclara Maggie. Si jamais il pleut, nous chercherons un abri mais le ciel est dégagé, ça devrait aller.

Elles dormirent mal à cause du froid. Dès les premières lueurs de l'aube, elles se levèrent et lissèrent leurs habits tant bien que mal. Elles se lavèrent les mains et le visage dans la rivière. Maggie s'assit sur un rocher et fixa l'eau d'un air triste.

— Allez, viens, on va réessayer, proposa Keara. Mais si on ne trouve rien, il va falloir retourner au foyer et faire ce qu'ils veulent.

— Jamais de la vie ! Si nous ne trouvons pas de travail à Perth, nous n'avons qu'à partir vers la campagne à pied. On finira bien par tomber sur quelque chose.

— Et sinon ? Ici, ce n'est pas comme en Angleterre, on peut faire des kilomètres sans rencontrer personne, on nous l'a assez dit.

— Quand même, il y a des colonies de peuplement.

— On en reparlera dans un jour ou deux.

Keara n'allait pas laisser Maggie se retrouver sans emploi à cause d'elle. S'il le fallait, elle retournerait au foyer, et elle était certaine que Maggie ne partirait pas à l'aventure sans elle.

17

Juin 1864

Le temps avait fraîchi et la pluie menaçait. Keara et Maggie firent le tour de Perth en frappant à toutes les portes pour proposer leurs services. Mais hormis une brave femme qui leur offrit du pain et du beurre, tous leur répondirent sèchement qu'ils n'avaient pas besoin d'une domestique, et encore moins de deux.

Un peu avant midi, elles virent passer une carriole tirée par deux robustes alezans.

— Regarde ! s'écria Maggie. C'est lui !

Dès qu'il les vit, Mark freina ses chevaux.

— Vous avez trouvé une domestique ? l'apostropha Maggie.

— Non.

— Vous auriez dû nous engager au lieu de nous faire renvoyer du foyer !

— Vous avez été renvoyées ?

— Oui, parce que je ne voulais pas quitter Keara. Et je n'ai pas changé d'avis.

Mark regarda la femme enceinte qui se tenait derrière elle. Elle tirait son amie par la manche, l'air gênée.

— On pourrait peut-être..., commença-t-il, mais le bébé l'interrompit et il réalisa qu'Amy avait faim.

Il sortit sa montre de son gousset, stupéfait de constater qu'il était presque 13 heures, puis regarda les deux femmes et dit :

— Je dois m'occuper de ma fille. Que diriez-vous de vous joindre à nous pour que nous puissions discuter tranquillement autour d'un repas ? Il y a une auberge juste au coin de la rue.

— Nous n'avons pas de quoi nous payer le restaurant, répondit Maggie en toute franchise. Nous n'avons même pas de quoi louer une chambre. On a dormi à la belle étoile hier.

— Étant donné que c'est moi qui ai lancé l'idée, c'est moi qui invite. Mark baissa les yeux. Amy était rouge de colère à présent et braillait tant et plus. Allons, venez, mademoiselle réclame son déjeuner.

Sans attendre leur réponse, il héla un gamin qui passait par là et lui dit :

— Un shilling si tu gardes la voiture pendant une demi-heure.

Le visage du garçon s'illumina et il hocha la tête.

Les deux femmes échangèrent un regard surpris, puis saisirent leurs sacs et traversèrent la rue à la suite de M. Gibson sans y réfléchir à deux fois.

Il commanda trois menus et un verre de lait. Quand les plats arrivèrent, il écrasa des pommes de terre avec du jus de rôti pour Amy, qui pleurait toujours et gigotait dans ses bras.

— Donnez-la-moi, dit Keara en prenant la petite dont la lèvre inférieure s'était mise à trembler. Tu vas bientôt manger, ma mignonne, lui dit-elle en la berçant gentiment.

Amy se calma, puis étira la main vers la chevelure sombre de Keara et y enroula ses petits doigts avec un gloussement joyeux.

Keara rit, elle aussi.

Mark la regarda avec surprise.

— Vous avez l'habitude des enfants ? dit-il.

— J'ai élevé mes deux sœurs.

Elle avait l'air si triste en disant cela qu'il ne lui posa pas de questions. Plaçant une serviette sous le menton d'Amy, il commença à lui donner la becquée en prenant soin de ne pas en mettre partout.

Quand arriva la fin du repas, touché par l'amitié sincère qui liait les deux femmes, et par la façon dont Keara s'occupait de sa fille, il déclara :

— Je suis désolé de vous avoir causé du tort. Je veux bien vous prendre toutes les deux à mon service, mais je ne peux payer qu'un salaire jusqu'à ce que mon affaire soit bien établie. Si vous êtes prêtes à courir le risque, sachant qu'il n'y a pas de sage-femme à Meriniup, je vous engage. Mais peut-être voudrez-vous revenir à Perth pour accoucher ?

Maggie frappa dans ses mains et éclata de rire.

— Je savais qu'on allait finir par trouver et qu'on ne serait pas obligées de retourner au foyer ! Et puis il y aura forcément quelqu'un qui pourra l'aider à accoucher. On trouve toujours quelqu'un dans ces cas-là.

— Espérons-le. Mais je préférais vous prévenir, dit-il, puis, se tournant vers Keara, il ajouta : J'ai cru comprendre que vous aviez récemment perdu votre mari. Toutes mes condoléances.

Elle hésita, puis secoua la tête. Elle en avait assez de mentir.

— Je ne suis pas veuve. En fait, je n'ai jamais été mariée.

Il la regarda bouche bée.

— Mais qu'est-ce qui te prend ? s'étrangla Maggie. Pourquoi est-ce que tu lui as dit ?

— Parce que je n'aime pas raconter des salades. L'enfant est celui de mon maître, expliqua Keara. Je l'aimais de tout mon cœur, mais son épouse m'a envoyée en Australie pour se débarrasser de moi.

— Ils ne l'ont pas *envoyée* en Australie, ils l'y ont expédiée de force. Elle a été droguée au laudanum et était inconsciente quand ils l'ont transportée à bord du navire, précisa Maggie, soucieuse de rétablir la vérité.

La sœur aînée de Mark s'était retrouvée enceinte un jour, et ses patrons l'avaient renvoyée, mais ils ne l'avaient pas expédiée aux antipodes pour se débarrasser d'elle. Et d'ailleurs, n'avait-il pas lui-même abandonné une femme enceinte ? se demanda-t-il avec une pointe de culpabilité.

Après cet aveu, Keara se dit qu'il allait certainement se lever et partir.

Mais à sa surprise, il se tourna vers elle et dit :

— Ça n'a pas dû être facile. Merci de votre honnêteté. Mon offre tient toujours.

— Merci, monsieur Gibson, dit Keara, la gorge nouée par l'émotion. Vous ne regretterez pas votre générosité.

C'était étrange de voir un homme s'occuper d'un aussi petit bébé, songea-t-elle. Il avait l'air de bien se débrouiller et semblait adorer sa fille. Theo aussi aimait tendrement son petit garçon, alors que Mick Michaels n'avait jamais eu un geste affectueux pour ses sœurs et elle.

Mark repoussa sa chaise.

— Très bien. Combien vous faut-il de temps pour vous préparer ?

— Juste le temps de récupérer nos malles au foyer, dit Maggie en souriant de toutes ses dents. J'ai hâte de dire à la surveillante que nous avons trouvé du travail.

Une heure plus tard, elles prenaient place dans la carriole de Mark, le bébé dormant à poings fermés dans sa caisse en bois.

Au bout d'un moment, Mark dit :

— Nous devrions atteindre l'auberge demain en fin de journée si nous roulons sans nous arrêter. Il faudra faire des haltes régulières pour rafraîchir les chevaux, bien sûr, mais si on ne force pas l'allure, ils tiendront le coup. Nous allons devoir dormir dans la voiture. Ça ira pour vous ?

— Du moment que vous ne faites rien d'inconvenant, s'empressa de préciser Maggie.

Keara leva les yeux au ciel, embarrassée par le franc-parler de son amie.

Il fronça les sourcils et répliqua sèchement :

— Jamais je ne chercherai à prendre une femme de force.

Comme la petite commençait à geindre doucement, Keara se pencha et la sortit de son berceau de fortune.

— Oh, la jolie petite fille, dit-elle doucement. Tu veux regarder le paysage, toi aussi ?

Amy se lova au creux de ses bras en agitant son petit poing potelé que Keara embrassa sans même réfléchir.

— Vous savez y faire avec les enfants, dit Mark. Vous pourriez vous occuper d'Amy, qu'en dites-vous ?

— Moi, je suis d'accord, répondit Maggie aussitôt.

— Volontiers, dit Keara en embrassant la joue rose et veloutée de la fillette. C'est moi qui m'occupais de ma petite sœur, Mara, quand elle était bébé. Elle est à Melbourne maintenant, et je dois mettre de l'argent de côté pour pouvoir me rendre là-bas. Mais je ne peux rien entreprendre tant que je n'aurai pas accouché.

— Vous ne pouvez pas lui écrire ? La faire venir ?

— Je ne sais pas exactement où sont mes sœurs. J'étais en Angleterre quand mes parents sont morts et que les religieuses les ont envoyées en Australie sans me prévenir. Elles font ce genre de choses avec les orphelines irlandaises, expliqua-t-elle, d'un ton soudain amer. Mais je compte bien les retrouver, même si je dois y passer le reste de ma vie. Elles sont forcément quelque part. Les sœurs de Sainte-Marthe et Sainte-Zita tiennent sans doute des registres et savent où elles ont été envoyées.

Mark savait par expérience qu'en Australie les gens pouvaient aisément disparaître sans laisser de traces. Les distances étaient énormes et les communications difficiles. Certains s'évaporaient volontairement dans la nature, d'autres mouraient loin des leurs sans que personne pût prévenir la famille. Il avait été témoin d'un grand nombre de décès anonymes quand il travaillait à la concession. Mais il ne le dit pas à Keara, préférant parler de sa nouvelle affaire, et même de ses projets d'avenir.

Ils achetèrent de la nourriture et du lait frais pour Amy dans une ferme qui se trouvait sur leur chemin, mais Mark refusa de passer la nuit là-bas. Dès que les chevaux furent nourris et reposés, il leur passa de nouveau le harnais.

Tandis qu'ils reprenaient la route, il se mit à méditer, se demandant s'il avait fait les bons choix. Une auberge en ruine au milieu de nulle part, deux employées, dont une qui attendait un enfant, un bébé sur les bras. Et puis beaucoup d'argent de côté. Bah, il allait s'en sortir d'une façon ou d'une autre. Il fallait qu'il y croie.

La Lune s'était levée. Keara leva les yeux vers le ciel.

— Y a-t-il rien de plus beau que ces étoiles ?

Il aimait le son de sa voix, avec cette pointe d'accent irlandais auquel se mêlait celui du Lancashire. L'autre fille avait une voix plus ordinaire, comme celle des gens avec qui il avait grandi. Elle semblait prête à braver le monde entier pour son amie, et aux yeux de Mark, la loyauté était la plus précieuse des qualités.

— C'est vrai que les étoiles ici sont plus brillantes qu'en Angleterre, reconnut-il. J'ai appris à aimer l'Australie. Si vous êtes prêtes à travailler dur et à vous faire à l'idée que tout n'est pas comme chez nous, vous allez vous y plaire.

Les deux femmes échangèrent un regard pensif, puis Maggie éclata de rire.

— Étant donné que je n'ai jamais rien fait d'autre que trimer depuis toute petite, ça ne me fait pas peur. Et je ne suis pas venue jusqu'ici pour pleurer sur mon sort.

— Pourquoi êtes-vous venue ? demanda-t-il. Pour trouver un mari ? C'est le cas de beaucoup de femmes.

— Ah non, merci bien. Les maris, j'en ai eu un, et ça m'a suffi. Je suis ici pour refaire ma vie.

— Vous êtes veuve, vous aussi ?

— Oui, dit-elle avec un regard appuyé à Keara. Mais ne vous en faites pas pour nous, monsieur Gibson. On va travailler dur et on ne va pas s'enfuir avec des prétendants.

Il sourit tristement.

— Tant mieux, dit-il, bien qu'il sût qu'elles allaient être courtisées, même celle qui attendait un enfant. Les femmes honnêtes étaient rares dans les colonies, et Keara était très jolie. Quant à Maggie, elle était pleine de vie, ce qui revenait au même, même si son nez osseux et son visage en lame de couteau ne soutenait pas la comparaison avec celui de son amie.

— Je n'aurais jamais cru que la campagne était aussi… déserte, fit soudain remarquer Maggie. Votre auberge aussi est loin de tout ?

— En fait, il y a une petite colonie à proximité, d'une quarantaine de personnes environ.

— Fichtre ! s'écria l'inénarrable Maggie. Presque une ville ! J'espère qu'il y a tout de même quelques voyageurs, sinon on ne va pas faire fortune.

— Elle est située sur la principale route du sud, et il y a pas mal de passage. Et puis d'autres colons vont venir s'établir ici. Regardez comme c'est beau. Est-ce que vous n'auriez pas envie de vivre dans un lieu comme celui-là ?

Elle se tourna vers Keara en faisant la moue, mais ne chercha pas à le contredire. Elle, elle aimait la ville. Mais elle aurait eu tort de faire la difficile. Ce M. Gibson était un cadeau du Ciel. Et puis quelle jubilation quand elle avait annoncé à la surveillante qu'elles avaient trouvé une place !

*

Ils atteignirent Meriniup tard dans la nuit, après deux jours d'un voyage éprouvant. À leur surprise, il y avait toujours de la lumière à l'auberge et une petite carriole était stationnée à l'extérieur, sa cargaison recouverte d'une bâche.

— Que se passe-t-il ? s'étonna Mark. On ne reste jamais ouvert aussi tard. Tenez les rênes, Maggie. Et vous Keara, surveillez Amy, vous voulez bien ?

Il entra et trouva une Edith paniquée en train de servir du rhum à un barbu à l'aspect patibulaire.

— Il a payé au moins ? demanda Mark. Et comment se fait-il que l'auberge ne soit pas encore fermée à cette heure ?

— Qu'est-ce que ça peut te fiche ? grommela l'homme en le fusillant du regard. Va au diable !

Edith s'écria soudain :

— Attention !

Mark fit un saut de côté. Un peu plus et il recevait une chaise sur la tête. Voyant que son assaillant titubait sous l'effet de la boisson, il lui décocha un coup de poing à la mâchoire, l'envoyant s'étendre de tout son long sur le plancher.

Edith cria à nouveau tandis qu'un autre homme surgissait de sous la table où il s'était assoupi et se jetait sur Mark.

Dehors, alertées par le remue-ménage, Maggie et Keara échangèrent un regard inquiet.

— Il y a quelque chose qui ne tourne pas rond, dit Keara, avant de se figer quand un bruit sourd leur parvint.

— On dirait qu'il y a de la bagarre, remarqua Maggie. Moi, je n'entre pas tant que le calme n'est pas revenu.

Keara lui fourra le bébé dans les bras.

— Moi, j'y vais. M. Gibson a peut-être besoin d'aide.

Elle sauta à bas de la voiture et courut vers la porte, puis s'arrêta pour voir ce qui se passait à l'intérieur.

Son nouveau patron était en train de se battre avec deux hommes tandis qu'une jeune femme, probablement Edith, se tenait en retrait et pleurait sans chercher à intervenir. Derrière elle, un garçon à l'aspect chétif observait la scène, terrorisé. Jetant un regard autour d'elle, Keara s'empara du premier objet qui lui tomba sous la main. Un tabouret. Un homme était assis par terre et se frottait la mâchoire.

— Si vous ne restez pas là où vous êtes, je vous assomme, le menaça-t-elle.

Tandis qu'il écartait les bras en signe de capitulation, elle se tourna vers les pugilistes.

Dès que l'occasion se présenta, elle bondit et abattit le tabouret de toutes ses forces sur la tête de l'homme qui se trouvait le plus près. Il s'effondra à terre et ne se releva pas. Au même instant, M. Gibson balança un coup de poing dans l'estomac de son adversaire, puis le frappa à la tempe. L'homme tomba lourdement à la renverse.

Mark attendit quelques secondes pour s'assurer qu'il l'avait mis hors d'état de nuire, puis courut derrière le bar et sortit un revolver. Il avait le souffle court, mais sa main ne tremblait pas tandis qu'il observait ses assaillants. Aucun des trois ne bougeait. Il regarda Keara, puis rejetant la tête en arrière, éclata de rire.

— Vous êtes une sacrée bonne femme !

Elle sourit.

— Bah, il faut bien. À la maison, on n'avait pas de frères pour nous défendre. Et puis avec Maggie on a vraiment besoin de ce travail. On ne voudrait pas qu'il vous arrive malheur.

Comme l'homme que Keara avait assommé commençait à se relever, Mark lança d'une voix sonore :

— Plus de raffut, sinon je tire.

Le quidam regarda le pistolet, puis Mark.

— Euh, non. On cherchait pas d'embrouilles.
— Emmène tes amis, prends ta carriole et fichez le camp.
La jeune femme sanglotait toujours. S'approchant, Keara l'attrapa par les épaules et la secoua vigoureusement.
— Arrête ! lui dit-elle. Ils ne t'ont pas touchée au moins ?
— Non, mais ils allaient le faire.
— L'important c'est qu'il ne se soit rien passé.
Elle se tourna vers le garçon qui ne devait pas avoir plus de douze ans.
— Et toi, ça va ?
Il hocha la tête mais se rapprocha de sa sœur.
Keara se tourna vers son patron.
— Va chercher Maggie et le bébé, lui dit-il doucement.
Elle s'esquiva promptement.
— Ce n'était qu'une bande d'ivrognes qui faisaient des leurs, dit-elle à Maggie. Mais M. Gibson les tient en respect avec son revolver.
Comme elles regagnaient l'auberge, un homme sortit en titubant. En les voyant, il fronça les sourcils mais ne dit rien. Ses deux compères le suivaient. Mark sortit à son tour et vint se poster sur la véranda, son arme pointée dans leur direction.
— La nuit est assez claire pour que je puisse tirer sans rater ma cible, dit-il d'une voix tranquille. Chez les orpailleurs, on tire d'abord et on s'explique ensuite.
Mais les autres ne mouftèrent pas. Ils se dépêchèrent d'atteler leurs bêtes et de récupérer leurs affaires dans la chambre qu'Edith leur avait donnée. Après s'être assuré qu'ils n'avaient rien volé, Mark les laissa partir.
— Pfff. Je ne pensais pas que je saurais encore m'en servir, dit-il en regardant son pistolet.
— Encore vous en servir ? demanda Maggie.

Il hésita, puis dit :

— J'ai tué un homme une fois, un bandit de grand chemin qui avait intercepté ma carriole. Si je ne l'avais pas descendu, c'est moi qui serais mort. Mais j'en ai encore des cauchemars, la nuit.

Il haussa les épaules et, désignant la porte, s'excusa :

— Désolé pour cet incident et bienvenue à Meriniup.

Maggie jeta un regard circulaire à la grande salle à manger : les murs, les planchers, les meubles, et même le plafond étaient en bois. Une jeune fille mettait des bûches dans l'âtre avant d'y suspendre une bouilloire. Le garçon à côté d'elle restait les bras ballants.

— Ça arrive souvent ce genre de bagarres ? demanda-t-elle.

— Non, Dieu merci, répondit Mark visiblement secoué.

Edith s'approcha en s'essuyant les yeux avec le coin de son tablier.

— Mon père m'a dit qu'une fois, il y a eu du grabuge, quand ils ont ouvert l'auberge.

Elle laissa échapper un gémissement.

— Je veux rentrer chez moi ! J'ai peur qu'ils reviennent.

— Ça m'étonnerait, dit Mark. Puis comme elle insistait pour partir, il lui demanda si son frère et elle avaient vraiment envie de faire le chemin à pied en pleine nuit.

— Vous n'allez pas nous ramener ? l'implora-t-elle. Vous êtes armé. Vous pourrez nous défendre.

— Et laisser deux femmes seules et un bébé sans défense ?

— En tout cas, Johnny et moi, on veut pas dormir dans la baraque réservée aux clients.

Maggie soupira.

— Vous pouvez dormir avec nous. On va apporter le rouleau à pâtisserie au cas où.

Mark approuva.

— C'est bon. Je vais conduire la carriole sur l'arrière et dételer les chevaux. L'une de vous devrait se charger du pistolet pendant ce temps.

Keara désigna la petite Amy dans ses bras.

— Pas moi. Je dois changer cette demoiselle.

En réalité, toucher à une arme la répugnait.

— Dans ce cas, je m'en charge, se surprit à dire Maggie. Mais il faut que vous me montriez comment on s'en sert.

Une heure plus tard, ils étaient tous installés dans des lits de fortune autour de la cheminée, les portes fermées à double tour. Keara se sentait à son aise et en sécurité et elle glissa bientôt dans le sommeil.

Le lendemain matin, les événements de la veille oubliés, ils entreprirent de décharger tous ensemble la carriole et de ranger les provisions. Le soleil était de retour, ce qui était bon signe.

— Vous n'aurez pas peur si je vous laisse, le temps de raccompagner Edith et son frère ? demanda Mark. Je crains qu'elle ne nous soit guère utile.

— Ça c'est sûr, si elle sursaute au moindre bruit, concéda Maggie.

Elle les regarda s'éloigner sur la piste de terre qui traversait la forêt, puis revint auprès de Keara.

— Alors, comment est-ce que tu trouves Meriniup ?

Keara sourit de toutes ses dents.

— Plutôt à mon goût, tant qu'on n'y casse pas des chaises chaque soir.

— Qu'est-ce qui t'a pris de te lancer dans la mêlée avec ton gros ventre ?

— M. Gibson avait besoin d'un coup de main. Et nous avons besoin de lui, ricana Keara. Et puis, je t'avoue que je n'ai pas pensé au bébé.

*

Sitôt de retour à Melbourne, Alex Jenner entreprit de faire le tour des docks. Il lia conversation avec les gens qu'il croisait, et en particulier un homme qui connaissait sur le bout des doigts la provenance et la destination de chaque bateau.

Il s'avéra que, compte tenu de la date de son départ, son gendre avait pu s'embarquer soit pour l'Australie-Occidentale, soit pour Brisbane.

— Comment puis-je savoir lequel des deux ? demanda-t-il.

— Si vous me donnez la pièce, je vous présenterai aux lieutenants de bord. Mais eux aussi vont exiger un petit dédommagement.

— J'apporterai de l'argent la prochaine fois, mais je ne suis pas riche. Je suis un pauvre grand-père qu'un homme sans scrupules a dépossédé de sa petite-fille.

Voyant que son interlocuteur fronçait les sourcils, il modéra ses propos.

— Tenez, voici pour vous, dit-il en lui glissant cinq shillings dans la main. Quand puis-je revenir ?

Pour pouvoir s'absenter du travail et rencontrer le premier lieutenant, Alex prétexta une indisposition. Mais l'homme ne put rien lui dire. Il n'avait vu aucun passager correspondant à la description de Mark sur le navire de Brisbane.

La semaine suivante, Alex rencontra le deuxième lieutenant. Cette fois, l'homme se souvenait parfaitement de Mark Gibson, allant même jusqu'à donner son nom.

— Ce n'est pas tous les jours qu'on voit un homme avec un enfant en bas âge. Mais il avait l'air de bien s'en occuper et la petite était très mignonne.

— Ah, voilà qui est rassurant. Je ne sais comment vous remercier, dit Alex en glissant quelques pièces dans la main que le lieutenant lui tendait puis dans celle de son guide. Que le Seigneur vous bénisse.

Ce soir-là, en rentrant chez lui, il était d'humeur pensive.

— Je sais où ils sont allés, annonça-t-il brusquement à sa femme.

Le visage de Nan s'illumina.

— Où cela ? s'enquit-elle.

— Sur la côte ouest.

— Mais c'est si loin. Jamais nous ne les reverrons, soupira-t-elle, dépitée.

— Je m'en charge. Peut-être que les membres de la congrégation accepteront de nous aider.

— Que voulez-vous dire ? demanda-t-elle, choquée.

— Je vais aller chercher ma petite-fille et la ramener ici pour qu'elle reçoive une éducation digne de ce nom.

— Mais enfin, Alex, c'est impossible ! Il est son père. Nous n'avons pas le droit de…

Il la gifla si violemment qu'elle tomba à terre.

— Femme, taisez-vous !

Elle s'éloigna en rampant sur le plancher et alla se réfugier dans la chambre.

Il l'oublia dès qu'il se fut rassis. Il n'avait pas assez d'argent pour acheter des billets, mais il pourrait peut-être persuader ses coreligionnaires de desserrer les cordons de leurs bourses pour venir en aide à une jeune âme en péril.

Il était impensable que Mark Gibson se chargeât de l'éducation de sa petite-fille. Il avait échoué avec son fils et sa fille, mais il serait plus sévère avec Amy – et avec sa femme. Le châtiment corporel était une excellente chose.

Il resta au coin du feu jusqu'à ce que les dernières braises s'éteignent, sans même réaliser qu'il n'avait pas dîné.

Étendue sur le lit, Nan pleurait. Il avait complètement perdu la tête et la traitait désormais comme une domestique. Mais elle n'avait personne d'autre que lui en Australie et, sans argent, elle n'avait aucun moyen de le quitter.

18

Août 1864

Caley rentra chez lui radieux, une lettre d'Irlande à la main.

— Enfin, il a écrit !

— Ce n'est pas trop tôt. Qu'est-ce qu'il raconte ?

Il commença à lire à haute voix :

Mes chers cousins,

J'ai été ravi de recevoir votre dernière lettre et d'apprendre que vous avez enfin pu vous installer. D'après ce vous écrivez, Bunbury a l'air d'une bourgade agréable mais surtout, je constate que vous êtes satisfaits de votre propriété, pour l'élevage des chevaux. C'est entendu, j'expédierai par le prochain bateau les deux juments et l'étalon que vous avez laissés à ma garde. C'est le Golden Princess. *On m'a dit qu'il devrait accoster à Perth environ un mois après que vous aurez reçu cette lettre.*

Il va falloir que j'aille au bateau, annonça Caley. Pourrez-vous vous débrouiller sans moi, ma chérie ?

— Évidemment ! J'ai les enfants, et puis il y a Jack et sa femme pour m'aider. Continuez votre lecture, je vous prie.

À ma grande tristesse, je dois vous annoncer le décès de mon fils Richard qui était maladif et n'a vécu que quelques semaines. C'est la raison pour laquelle j'ai mis si longtemps à vous écrire. L'idée de faire une nouvelle tentative avec Lavinia est au-dessus de mes forces. Nous sommes convenus de vivre séparément, elle dans le Lancashire et moi à Ballymullan. Je ne sais pas très bien quoi faire de ma vie, il est encore trop tôt pour y voir clair.

— Non ! Encore une fois, le pauvre ! Votre oncle aurait dû être pendu pour l'avoir poussé à ce mariage.

— Moi, je n'aurais jamais choisi cette femme pour être la mère de mes enfants, murmura Caley. Les humains c'est comme les chevaux, une jument malade ne donnera jamais un poulain sain.

Ce que je dois maintenant vous avouer me remplit de honte, et vous serez les seuls à être au courant, hormis Dick. (Au fait, saviez-vous qu'il est mon demi-frère ?)

— Incroyable, votre oncle a eu un enfant hors mariage. Le vieil hypocrite ! Après tous les sermons qu'il nous a assénés quand il a découvert que nous n'étions pas très sages… Excusez-moi, mon ami, j'ai encore interrompu votre lecture, dit-elle en riant.

Pendant la grossesse de mon épouse, Keara a perdu ses parents et Lavinia, qui ne voulait pas que la jeune fille quitte son service, a expédié de force ses deux sœurs en Australie.

— Ce n'est pas possible ! Je me souviens que nous avons échangé quelques mots, et qu'elle m'avait parlé de sa famille. Même moi qui ne la connaissais pas, je pouvais voir qu'elle adorait les siens. Il faudrait faire enfermer cette horrible mégère.

Elles ont été prises en charge par des religieuses qui envoient régulièrement de jeunes Irlandaises aux colonies pour qu'elles soient placées comme domestiques, on peut donc imaginer qu'elles sont saines et sauves. Mais je ne pourrai jamais pardonner à Lavinia ce qu'elle a fait. Quand Keara l'a appris, elle a quitté son service et s'est retrouvée quelque temps sous ma protection.

J'ai encore plus honte de devoir vous annoncer que lors d'une de mes absences, Lavinia a fait enlever Keara après qu'on l'avait endormie et l'a fait mettre sur un paquebot en partance pour l'Australie. Je n'ai pas pu empêcher cette abomination.

En outre, les deux sœurs de Keara ont été envoyées à Melbourne, mais elle-même est partie pour Perth. Je vous donne les détails de toute cette histoire parce que je vous implore de la retrouver et de vous assurer qu'elle va bien. Pouvez-vous lui donner de quoi acheter un billet pour Melbourne, ainsi qu'un petit pécule pour qu'elle puisse partir à la recherche de ses sœurs une fois qu'elle sera là-bas ? Mes chers cousins, il faut absolument que je sois rassuré sur son sort. J'espère qu'elle pourra retrouver ses sœurs dès que possible, je prie pour que cela advienne. Ci-joint un billet à ordre qui devrait couvrir vos dépenses et celles de Keara.

Affectueusement vôtre,

Theo

Noreen prit un mouchoir pour s'essuyer les yeux.

— Il semble si triste, si désespéré…

Caley se frappa la paume gauche du poing droit à plusieurs reprises, geste dont il était coutumier lorsqu'il était très contrarié. Noreen lui saisit tendrement la main et la porta à ses lèvres.

— Nous retrouverons cette jeune fille pour lui. Perth n'est pas grand. Dans une ville comme Londres elle pourrait disparaître, mais à Perth, il y a certainement quelqu'un qui sait où elle est allée. Quand vous irez chercher les chevaux, vous pourrez en profiter pour vous renseigner.

— Mais ce n'est que dans un mois.

— Elle ne va pas disparaître du jour au lendemain. Une fille robuste comme elle trouvera sûrement à se placer. Vous êtes trop impatient, Caley Gallagher.

Ils restèrent un moment à se tenir la main sans bouger, puis Noreen bondit sur ses pieds.

— Qu'est-ce que j'ai à rester assise ici comme une idiote. J'ai un repas à préparer !

Tout en s'affairant dans la cuisine, elle ne pouvait s'empêcher de penser à cette pauvre jeune femme, seule dans un pays inconnu, séparée de tous les êtres qui lui étaient chers, et mortellement inquiète pour ses sœurs.

*

Diarmid observa Theo, qui était censé examiner les comptes mais ne faisait rien d'autre que de regarder dans le vague depuis plusieurs minutes.

— Bon, il faut quand même que je vous dise quelque chose : ça ne peut plus durer comme ça.

Theo sursauta.

— Quoi ?

— Je suis en train de vous dire que ça ne peut plus durer. Depuis que vous êtes revenu d'Angleterre, vous ne faites que broyer du noir.

— J'ai perdu mes repères, je ne sais plus quoi faire de moi-même.

Diarmid ne fit pas semblant de ne pas comprendre. Un soir, Theo et lui s'étaient soûlés ensemble, et il avait compris pourquoi son patron était si déprimé.

— C'est Keara Michaels ?

— Oui. Je ne peux m'empêcher de l'imaginer se réveillant sur ce navire, terrifiée. J'ai bien vu comme elle avait été affectée d'apprendre le départ forcé de ses sœurs. Je ne pardonnerai jamais à Lavinia ce qu'elle a fait, ni à moi-même de n'avoir pas su veiller sur elle.

— Ce n'est pas une enfant et elle a la tête sur les épaules. Elle devrait s'en sortir.

Theo hocha la tête mais il ne semblait guère convaincu. Ils entendirent trois coups frappés à la porte. C'était le père Cornelius.

— Entrez, mon père, asseyez-vous.

Diarmid se leva pour laisser sa chaise au curé.

— Je venais voir Theo. J'ai une lettre des religieuses.

Theo se redressa, soudain tout ouïe.

— Les filles sont arrivées saines et sauves et n'ont posé aucun problème pendant la traversée, expliqua le prêtre. La plus grande, Ismay, a été placée, et la benjamine a été prise en charge par l'orphelinat du couvent. Elle a eu de la chance, un couple l'a adoptée au bout d'un mois et l'a emmenée.

— Est-ce que les bonnes sœurs ont dit où ?

— Comment cela, où ?

— Où Ismay a été emmenée, et Mara aussi.

— Non, mais nous pouvons être sûrs qu'elles sont entre de bonnes mains et chez des catholiques respectables.

— En réalité, nous n'en savons rien, et vous leur faites confiance aveuglément.

— Je pense que l'on peut se fier aux religieuses pour bien s'occuper de leurs protégées, rétorqua le père Cornelius, un rien outré.

Theo lui demanda la lettre.

— Pourquoi la voulez-vous ?

Theo regarda d'abord le prêtre puis Diarmid avec un sourire en coin.

— Parce que je pars pour l'Australie. Si j'ai la lettre avec moi, les religieuses sauront que je ne suis pas imposteur, surtout si vous avez l'obligeance de m'écrire quelques mots d'introduction.

— Vous êtes certain ?

— Absolument. Mon épouse est responsable de l'éloignement de ces deux filles, je ne retrouverai pas la paix tant que je n'aurai pas réparé le tort qu'on leur a fait.

— Entendu.

Theo fit asseoir le vieux curé à son bureau et attendit qu'il eût fini d'écrire en marchant de long en large. Le père Cornelius lui tendit la lettre. Elle était brève mais claire, elle ferait l'affaire. Theo n'avait pas appris grand-chose sur ce qu'il était advenu d'Ismay et de Mara et il se demandait comment Keara allait bien pouvoir les retrouver, mais au moins, il savait par où commencer.

— Vous êtes sûr que c'est ce que vous voulez ? demanda Diarmid une fois le prêtre parti.

— Je ne trouverai pas le repos tant que je ne serai pas fixé sur le sort de Keara et des deux cadettes. Tu sais, je sens que j'ai pris la bonne décision, conclut-il en lançant un sourire radieux à Diarmid, le premier depuis des semaines.

Il sortit du bureau de l'intendant, regagna la maison, sonna Dick énergiquement et lui annonça sur-le-champ :

— Je pars pour l'Australie. Je ne serai bon à rien tant que je ne serai pas rassuré sur son sort. Ensuite, je l'aiderai à retrouver ses sœurs.

Dick accusa le choc. Il lui fallut quelques instants pour se reprendre.

— Vous avez perdu la tête ?

— Peut-être que oui, mais j'ai plutôt l'impression que j'ai enfin repris mes esprits. Es-tu prêt à m'accompagner ?

Son demi-frère resta figé sur place, incapable de dire un mot. Theo répéta sa question. Dick baissa la tête puis la releva pour répondre.

— Je… Non, je ne crois pas.

Theo réprima la repartie cinglante qui lui venait aux lèvres et se contenta de dire :

— Est-ce que je peux te demander pourquoi ?

— Pour ça, expliqua Dick en balayant d'un geste le paysage qu'on voyait par la fenêtre. Chaque fois que je pars, l'Irlande me manque. J'y serais allé à votre place si ça avait été la seule solution, mais c'est inutile mais puisque vous partez. Vous voyez, je ne supporterais pas de m'éloigner pour toujours. Et si vous décidiez de rester ? Rappelez-vous, vous avez déjà envisagé d'émigrer, de refaire votre vie aux colonies. Ce n'est pas pour moi.

Theo alla à la fenêtre et contempla la campagne brumeuse.

— On dirait que je suis condamné à perdre tous les êtres qui comptent pour moi.

— Vous partez quand même ?

— Oui. Je n'ai pas le choix.

Dick traversa la pièce et posa une main sur l'épaule de son demi-frère.

— Vous avez raison. Je vous retrouve enfin, même si je sais que vous êtes déçu que je reste.

— C'était trop te demander. Tu as le droit d'avoir ta vie. Et puis, ajouta-t-il avec un petit sourire, il faut bien qu'il y ait quelqu'un pour aider Diarmid à gérer le domaine quand je serai parti. Autant que ça reste dans la famille. Tu serais d'accord ?

— Évidemment.

— Je voyagerai avec les chevaux. Comme ça, je pourrai garder un œil sur eux pendant la traversée. Et j'en prendrai quelques autres pour moi.

Soudain, il débordait d'énergie et d'enthousiasme. Cette nuit-là, il dormit profondément comme cela ne lui était pas arrivé depuis longtemps.

Il avait pris la bonne décision, sans aucun doute.

Il écrivit une lettre laconique à sa femme pour lui annoncer qu'il partait pour l'Australie afin de réparer les torts dont elle était la cause. Désormais, elle devrait communiquer avec Diarmid si elle avait besoin de quelque chose. Il lui rappelait que si elle dépensait toute sa pension, il n'y aurait pas de supplément.

Une fois ce détail réglé, il se lança dans le tourbillon des préparatifs qui l'absorbèrent jusqu'au moment d'embarquer sur le *Golden Princess* avec les chevaux. Exactement ce dont il avait besoin.

*

Après avoir raccompagné Edith et son frère, Mark se hâta de regagner l'auberge où Keara et Maggie avaient déjà préparé le petit-déjeuner. Il réfléchit à l'organisation des tâches pour la matinée.

— Nous allons avoir besoin de *damper bread*[1]. Qui se porte volontaire ?

Elles répondirent en même temps et éclatèrent de rire. D'un geste, Keara invita Maggie à parler en premier.

— J'adore cuisiner, mais je ne sais pas le faire. Au pays, nous achetions toujours notre pain.

— Pareil pour moi, avoua Keara. Vous feriez bien de nous montrer comment on s'y prend, monsieur Gibson.

— Appelez-moi Mark. Ici, les gens sont beaucoup moins formels qu'en Angleterre.

Il se demanda comment elles allaient se débrouiller. Elles ne semblaient pas connaître grand-chose en cuisine. Il sortit les ustensiles et leur montra comment confectionner le *damper*.

1. Pain emblématique de l'Australie, cuit sous la cendre d'un feu de camp ou, par la suite, au four à bois. À l'origine, c'était le pain des colons qui vivaient sous la tente et n'avaient pas de four. On employait souvent de la bière pour faire lever la pâte.

— Une autre fois, je vous montrerai comment faire le pain classique.

Une fois les miches mises à cuire dans le four extérieur, il alla prendre sa fille que Keara venait de changer et se mit à jouer avec elle. Puis, le bébé dans les bras, il leur fit faire la visite du propriétaire. Il leur montra chaque bâtiment dans le détail, ouvrant les placards qui révélaient généralement un tas d'outils et d'ustensiles entassés pêle-mêle. À l'arrière avaient été ajoutés divers appentis et des cabanes tout de guingois.

— Ils n'étaient pas trop propres, les anciens propriétaires, observa Keara d'un ton réprobateur. Et dans la maison, c'est pareil. Mais quand même, il y a de la place.

— C'est assez grand, oui, mais très peu fonctionnel. Vous voyez bien, l'office est à l'opposé de la cuisine. C'est complètement idiot.

— Et on va devoir préparer les repas dans cette cuisine à moitié ouverte ?

Pour Maggie, c'était aberrant.

— C'est l'usage, dans les maisons de colons. Moi aussi, je trouve ça bizarre. Au fait, je dois vous trouver des tabliers de cuir pour protéger vos jupes des étincelles.

« Quand ça commencera à marcher, il va falloir rénover les locaux. Je pense construire une cuisine digne de ce nom à l'arrière de la salle. Il y a assez de pierres dans le coin pour monter une cheminée, dit-il en donnant un coup de pied dans la cahute qui abritait le vieux grill. Regardez-moi ça. Je pourrais la démolir à mains nues.

— Vous aurez besoin d'un charpentier, alors, observa Keara.

— Non, je peux tout faire moi-même. Mon père était très habile de ses mains, et il m'a appris beaucoup de choses.

Il les conduisit à l'habitation principale.

— Je pense qu'il vaut mieux que vous logiez ici. Vous pouvez partager une des chambres du fond, ou même avoir chacune la vôtre.

Keara baissa les yeux vers son ventre.

— Je pense que je vais avoir besoin d'une chambre pour moi, lança-t-elle, puis, remarquant que Mark avait fermé les yeux un bref instant, elle ajouta : J'ai dit quelque chose qu'il ne fallait pas ?

— Non, pas du tout. C'est que… ma femme est morte en donnant le jour à Amy, et j'en ai gardé une angoisse au fond de moi. Mais elle était de santé fragile. Ce n'était pas une femme robuste comme toi, Keara.

Maggie n'avait aucune envie qu'on commence à parler de femmes mortes en couches. Elle coupa court.

— Nous serons très bien ici. Je préfère ne pas dormir dans le même bâtiment que les clients, s'ils sont comme ceux d'hier.

Ils passèrent le reste de la matinée à remettre en ordre la salle de l'auberge. Mark fut heureux de constater qu'elles étaient aussi méticuleuses que lui. Il alla s'occuper des chevaux et donner du grain aux poulets, puis rentra préparer un ragoût pour eux et d'éventuels clients. Il commençait à se sentir chez lui, et devait bien reconnaître que c'était grâce à ces deux femmes qu'il n'avait pas voulu engager. Tous trois se sentaient étonnamment bien ensemble.

Les premiers clients arrivèrent vers midi. Deux jeunes gens qui arrivaient de Perth à cheval. À la vue des jeunes femmes, dont l'une était ravissante, leurs yeux se mirent à briller et Mark comprit qu'il devait désormais s'attendre à ce genre de réaction. Ces deux-là étaient polis et Keara et Maggie se débrouillèrent sans problème avec eux. Mais il savait que tous ses clients n'étaient pas aussi bien élevés. Les hommes privés de femmes pendant longtemps pouvaient parfois se montrer difficiles à contrôler.

De fait, le lendemain soir, trois jeunes gens de la colonie débarquèrent pour boire un verre. Ils durent se contenter de rhum coupé d'eau, car la bière rapportée de Perth devait encore reposer quelque temps. Il était clair qu'ils étaient venus pour les deux jeunes femmes. Ils restèrent polis mais ne jetèrent même pas un regard à Mark, et finirent par repartirent comme ils étaient venus.

— On manque tellement de femmes dans ce coin ? demanda Maggie. Un de ces jeunots m'a proposé d'aller faire un tour avec lui. Pour qui se prend-il, ce nigaud ? Il doit avoir au moins cinq ans de moins que moi, en plus !

— Moi, c'est pareil, je n'ai pas du tout aimé la façon dont ils me regardaient, même dans mon état, renchérit Keara.

Elle se remit à penser à Theo. Elle était certaine qu'aucun homme ne réussirait à effacer son souvenir. Il était constamment présent dans ses pensées depuis son départ d'Angleterre. Elle s'étonnait qu'il lui manque autant, ils avaient été ensemble si peu de temps. Sauf qu'ils avaient vécu sous le même toit depuis qu'elle avait seize ans.

Mark l'observait, préoccupé. De nouveau elle avait cet air triste qu'il avait déjà remarqué. Est-ce qu'elle avait aimé ce patron qui l'avait mise enceinte ? Elle ne parlait jamais de lui, il ne connaissait même pas son nom.

Tout naturellement, son regard glissa vers le ventre rebondi. Elle ne semblait pas inquiète à propos du bébé, le portait avec aisance et son énergie était intacte, contrairement à Patience. C'est lui qui était inquiet. L'état de Keara lui rappelait sans cesse que deux femmes étaient mortes parce qu'elles avaient porté son enfant, et il savait qu'il ne pourrait pas supporter de nouveau pareille épreuve. L'enfant qui allait naître n'était pas de lui mais il se sentait malgré tout responsable.

Il restait encore trois mois avant la naissance. Il se dit qu'il valait mieux ne rien dire de ses préoccupations tout en restant attentif à la santé de la future mère. Si jamais elle semblait en difficulté, il l'emmènerait à Perth.

— Il est un peu coincé, tu ne trouves pas ? lança Maggie, un soir qu'elles étaient assises toutes les deux devant la cheminée, trop fatiguées pour aller se coucher.

— Qui ?

— Mark, bien sûr.

Keara réfléchit quelques instants, la tête penchée.

— Juste un peu timide. Il y a des hommes qui sont comme ça, moi j'aime bien.

— Non, c'est autre chose. Il n'arrête pas de te regarder. Tu ne crois pas qu'il est tombé amoureux de toi ?

— Pas du tout. De toute façon, je n'en ai plus rien à faire de l'amour. Je ne me marierai jamais. Jamais ! Et puis il est hors de question que je m'installe. Nous devons partir à la recherche de mes sœurs dès que nous aurons assez d'argent. Sauf si tu as changé d'avis. Je ne t'en voudrai pas si tu préfères rester ici.

— Bien sûr que non je n'ai pas changé d'avis. Même si je suis bien ici. Nourrie et logée, personne pour me frapper, et des gens avec qui parler. C'est beaucoup moins isolé que ce que je croyais. Et il y a toi qui me traites comme si j'étais vraiment ta cousine. Je n'ai jamais été aussi heureuse de ma vie, Keara mon chou. Je n'arrête pas de me dire que ça va mal tourner.

— Mais pourquoi veux-tu que ça tourne mal ?

*

Un mois plus tard, un cavalier s'approcha de l'auberge. Keara le vit attacher son cheval. Quand il entra dans l'auberge, elle avança pour le servir puis s'immobilisa, paralysée. Elle venait de reconnaître le cousin de Theo qui avait séjourné à Ballymullan, et dont l'épouse s'était montrée si compréhensive avec elle.

Caley Gallagher réagit de même. Il se figea, incapable de faire un geste. C'était elle, il n'avait aucun doute. Il fut le premier à reprendre contenance et fit un pas dans sa direction.

— Keara Michaels, c'est bien toi, n'est-ce pas ?

— Oui, monsieur Gallagher. Je… heu… j'espère que vous-même et votre épouse êtes bien installés ici.

Elle cherchait ses mots en tentant de dissimuler sa gêne. Il allait certainement écrire à Theo pour lui dire où elle se trouvait. Et si Theo se mettait en tête de venir la chercher ? Elle ne supportait pas l'idée de le revoir pour, de nouveau, être séparée de lui quand il retournerait en Angleterre. Et qui sait s'il n'allait pas vouloir lui prendre son bébé ?

— Nous nous sommes établis tout près d'ici, à Bunbury. Quelle incroyable coïncidence ! s'exclama Caley, qui se tourna vers la fenêtre. Est-ce qu'il y a quelqu'un qui peut s'occuper de mon cheval ? Il aurait besoin d'un picotin d'avoine et d'un peu d'eau. Et moi aussi, j'aimerais bien déjeuner si c'est possible.

Il faisait plutôt frais et le panneau annonçant des repas chauds avait appâté Caley. Jusque-là, il avait évité cet établissement, mais on lui avait dit grand bien de la nouvelle gestion. Une bonne auberge pour faire étape quand il se rendait à Perth serait la bienvenue. Contrairement à beaucoup de colons, il n'aimait pas épuiser ses chevaux, ni lui-même d'ailleurs.

Quand il avait choisi l'Australie-Occidentale, il était loin d'imaginer qu'il n'y avait encore ni voie ferrée, ni même de routes dignes de ce nom. Il était obligé de se rendre à Perth de temps en temps et le long trajet était pour lui une corvée.

— Je vais appeler Mark.

Elle fila vers la cuisine avant qu'il ait le temps de dire un mot. Sur le pas de la porte, elle s'arrêta et mit une main sur sa poitrine. Son cœur battait la chamade.

— Ça va ? demanda Mark.

— Oui. Excusez-moi, je suis encore sous le coup. Je viens de voir un compatriote que je connais depuis l'Irlande. Un cousin de mon ancien patron. Il veut qu'on s'occupe de son cheval pendant qu'il déjeune.

Mark fronça les sourcils.

— Il va devoir s'occuper lui-même de son cheval. Dis-lui de le conduire à l'arrière. Il y a de l'eau et de l'avoine, mais je n'ai pas encore les moyens d'embaucher un garçon d'écurie.

Keara ne bougea pas d'un millimètre, et il reprit :

— Tu es sûre que ça va ? Il ne t'a pas… embêtée, j'espère ?

— Non, c'est juste que je n'en reviens pas de le voir ici.

Caley Gallagher hocha la tête quand elle lui expliqua ce qu'il devait faire.

— Keara, il faut que je te parle. J'ai un message pour toi de la part de mon cousin.

Elle ferma les yeux. Quand elle les rouvrit, il était sorti.

Il revint un quart d'heure après. Entre-temps, Keara avait repris possession d'elle-même et elle annonça sèchement :

— Il y a seulement du ragoût, mais il est bon. Et du *damper bread* à peine sorti du four.

— Une assiette de ragoût me convient tout à fait. Et pour moi, il n'y a pas de meilleur pain que le *damper* tout frais.

— Nous avons aussi de la tarte aux pommes avec de la crème.

Le visage de Caley s'illumina.

— Avec plaisir. Je m'étais arrêté une fois dans cette auberge avant, mais j'y avais mal mangé. Je ne m'attendais pas à te trouver ici. En fait, j'allais à Perth pour essayer de te retrouver.

— Ah bon ? Et pourquoi…

Il ne la laissa pas finir sa phrase.

— Theo m'a écrit peu de temps après ton départ d'Angleterre. Il avait appris sur quel paquebot on t'avait embarquée mais il était trop tard. Ce que Lavinia a fait le remplit de honte et il est très inquiet pour toi. Il m'a demandé de te retrouver et de m'assurer que tu vas bien.

Comme Keara ne répondait pas, il la regarda et vit qu'elle réprimait ses larmes à grand-peine.

— Ça ne va pas si bien, on dirait.

Keara déglutit.

— C'est juste que… ça me remue un peu, de vous entendre parler de Theo. Qu'est-ce qu'il a dit ?

Il lut dans ses yeux à quel point elle aimait son cousin et en fut triste pour elle. Il allait lui expliquer ce qu'il en était lorsque Maggie fit irruption dans la salle. Il se reprit et demanda :

— Y a-t-il un endroit où nous pouvons parler seul à seul après que j'aurai mangé ? J'ai d'autres choses à te dire.

Elle lui servit une assiette de ragoût accompagnée d'un beau morceau de pain tout frais, puis alla se poster au fond de la salle, où Maggie l'attendait.

— Ça va, mon chou ? Tu te sens bien ? Il ne t'a pas embêtée, au moins ?

— Non, non, pas du tout. Mais… je le connais, enfin je l'ai déjà rencontré. C'est un cousin de Theo, et il a un message pour moi. Tu veux bien garder un œil sur la salle après qu'il aura déjeuné ? Nous devons parler tous les deux, je vais le conduire à la véranda.

— Tu m'as l'air toute retournée.

— Oui, je le suis. Je n'imaginais pas rencontrer quelqu'un du pays, en tout cas pas ici. Est-ce que ça se voit ? demanda-t-elle en posant machinalement une main sur son ventre.

— Non, pas si tu fais attention.

Sauf que Caley avait déjà eu deux enfants, et un troisième était en route. Il avait vu maintes fois son épouse faire le même geste, ce geste protecteur de toutes les futures mères depuis la nuit des temps. Il en oublia de manger, comprenant ce que cela signifiait. Puis il retrouva son appétit. Une fois englouti l'excellent déjeuner, il se leva et paya l'addition.

— Tu peux venir avec moi maintenant, Keara ?

Elle hocha la tête, fit un signe à Maggie et le conduisit dehors.

Lorsque Mark vint déjeuner à son tour, Maggie lui raconta ce qu'elle savait et ils allèrent tous deux jeter un coup d'œil discret vers la véranda. Mais ils ne virent que deux silhouettes assises à l'écart dans le soleil hivernal.

Caley ne sachant pas comment s'y prendre avec tact, il demanda sans tourner autour du pot :

— Tu es enceinte de Theo ?

Elle hocha la tête.

— Il le sait ?

Elle secoua la tête.

— Mais enfin, tu sais qu'il désire un enfant plus que tout au monde. Comment as-tu pu le lui cacher ?

— Il a un fils. Cet enfant, il est à moi.

— Son fils est mort. Nous avons reçu une lettre de Theo il y a un mois, qu'il a écrite peu de temps après ton départ d'Angleterre. Il semblait très triste.

— Quoi ? Richard n'a pas survécu ? Oh non, pas ça ! Pas cette fois encore !

Son visage avait pris la pâleur du marbre. Elle pressa une main contre sa bouche, incapable de retenir ses larmes. Caley la regardait, préoccupé.

— Il a dû être dévasté, reprit-elle. Et ce n'est sûrement pas elle qui a pu le consoler !

— À mon avis, elle s'en moque. Cette femme est abominable. Il a vendu Eastwood House et désormais, ils vivent séparément. Elle est restée dans le Lancashire et lui est retourné à Ballymullan. Theo se ronge les sangs à ton sujet, Keara. Il m'a écrit pour me demander de te retrouver à Perth. Tiens, tu peux lire pour toi-même, ajouta-t-il en lui tendant la lettre.

Keara ne réussit pas à lire, les mots se brouillaient devant ses yeux.

— Vous allez devoir me la lire. Déjà que je ne suis pas bonne en lecture, mais en plus je ne vois rien à cause des larmes.

Elle laissa échapper un gros sanglot et baissa la tête.

Caley lut la lettre de sa voix douce teintée d'accent irlandais. Il n'en fallut pas plus à Keara pour ressentir une immense nostalgie de Ballymullan. Quand il eut terminé, elle resta silencieuse puis prit une profonde inspiration entrecoupée d'un hoquet.

— Vous voulez bien me la relire ? Comme ça, je me la rappellerai bien.

Il s'exécuta. De nouveau la lecture fut suivie d'un long silence, puis elle observa.

— Il a raison, vous savez.

— Que veux-tu dire ?

— Je ne veux plus vivre avec lui dans le péché. Nous n'aurions pas dû… je n'ai pas réfléchi…

Elle ne retint plus ses sanglots. Mark apparut à la porte de la véranda.

— Qu'est-ce qu'il y a, Keara ?

Dans le regard qu'il lança à Caley, la méfiance se mêlait à l'animosité. Keara se reprit et expliqua :

— Ce n'est pas… C'est le cousin de Theo.

Maggie avait suivi Mark. Elle poussa les hommes pour aller prendre Keara dans ses bras et lança d'un ton farouche.

— Laissez-moi avec elle.

Ils sortirent.

— Vous feriez bien de m'accompagner à l'intérieur, monsieur Gallagher. Il faut que je sache ce qui la perturbe à ce point.

Après quelque hésitation, Caley raconta tout ce qu'il savait. Une fois qu'il l'eut écouté, Mark lâcha un profond soupir et s'affaira pour faire du thé.

— Si j'ai bien compris, Keara a été enlevée et mise sur un bateau contre son gré ?

— Oui, et c'est mon cousin Theo qui est le père du bébé. De plus, il souhaite ardemment avoir un enfant et il vient de perdre son seul fils, qui n'avait que quelques mois. Il serait très cruel de le priver de ce bébé.

— Ce qui est arrivé à Keara est également très cruel.

L'idée qu'on puisse enlever une femme enceinte pour l'expédier à l'autre bout du monde rendait Mark absolument furieux.

— Mais Theo n'y était pour rien.

— Peut-être, mais il n'en reste pas moins que l'enfant est de lui et qu'il ne peut pas épouser Keara puisqu'il est déjà marié. Elle, c'est une fille bien, elle mérite mieux que ce qu'il peut lui offrir.

— Il en est tout à fait conscient. Il m'a chargé de lui donner de l'argent de sa part. Il semblerait que ceux qui l'ont enlevé ont en outre volé ses économies. Il sait qu'elle devra aller à Melbourne pour retrouver ses sœurs, et il se sent très coupable de ce que son épouse a fait.

— C'est la moindre des choses.

— Pouvez-vous me servir un rhum ? J'ai besoin de quelque chose de plus fort que le thé. Et permettez-moi de vous en offrir un.

Quand Keara et Maggie les rejoignirent dans la salle, Caley se leva avec une telle précipitation qu'il renversa son tabouret.

— Ça va, maintenant, Keara ?

Elle hocha la tête.

— Vous pouvez me donner l'argent, déclara Maggie. Elle ne veut plus jamais vous revoir, et lui non plus. Surtout lui. Elle veut juste avoir son bébé et retrouver ses sœurs.

— Keara, tu es sûre que c'est ce que tu veux ? Tu sais ce que pense Theo de tout cela.

— C'est la seule solution. Ma mère ne possédait qu'une chose, sa respectabilité. Moi aussi, jusqu'à il n'y a pas si longtemps. C'est déjà assez dur comme ça de porter son bâtard, il est hors de question que je redevienne sa maîtresse.

Elle se sentait épuisée. Elle s'écroula sur la chaise la plus proche et, s'appuyant du coude sur la table, laissa retomber sa tête dans sa main.

Caley farfouilla dans sa poche et en sortit quelques pièces.

— Je t'apporterai le reste à mon retour de Perth. Theo m'a envoyé un billet à ordre et je dois aller à la banque pour prendre l'argent.

Comme Keara ne bougeait pas, Maggie empocha les pièces.

— Je les garde pour toi, mon chou. Au fait, monsieur Gallagher, où habitez-vous ? demanda-t-elle d'un ton soupçonneux.

Keara la tira par la manche.

— Ça n'a pas d'importance.

— Que si ! rétorqua Maggie. Nous devons voir le côté pratique des choses, Keara. Cet argent est une bénédiction. S'il nous le donne, nous pourrons partir à la recherche de tes sœurs lorsque le bébé sera né.

Caley écrivit son adresse sur un bout de papier qu'il trouva dans sa poche. Il indiqua en outre la route pour s'y rendre.

Maggie, toujours aussi méfiante, prit le papier.

— Bon, moi j'emmène Keara, elle doit se reposer. J'espère que vous serez parti quand je reviendrai, monsieur Gallagher. Elle a eu plus que sa dose de soucis pour aujourd'hui.

Il les regarda sortir, plein d'admiration pour la loyauté de Maggie envers son amie. Quant à Keara, malgré sa tristesse, elle était plus jolie que dans son souvenir. Peut-être était-ce la grossesse qui lui donnait ce teint lumineux. Il se retourna et tomba sur le regard de Mark qui le fixait.

— Je m'en vais, mais je reviendrai dans une semaine ou deux. Je dois récupérer des chevaux que Theo m'a expédiés. Je ne peux pas vous donner une date précise, cela dépend de l'arrivée du bateau, mais je vous garantis que je reviendrai avec l'argent.

Mark hocha la tête. Mais une autre préoccupation se fit jour dans son esprit, tout égoïste celle-là. Si Keara avait de quoi partir à la recherche de ses sœurs, elle quitterait Meriniup peu après la naissance du bébé. Il suffisait de l'entendre parler d'Ismay et de Mara pour comprendre à quel point elle leur était attachée.

Mais alors, comment Amy et lui se débrouilleraient-ils ?

Peut-être qu'il devait envisager de se remarier, après tout. Il avait une fille à élever, et un enfant a besoin d'une mère. Il avait bien vu à quel point Amy se sentait bien avec Keara, la jeune femme était merveilleuse avec la petite. Mais il ne pourrait épouser qu'une femme qu'il aimerait profondément. Ce n'était pas ce qu'il éprouvait pour Keara même s'il l'aimait bien et qu'il admirait son courage.

19

Août-septembre 1864

Theo avait craint de s'ennuyer durant la traversée, mais celle-ci se révéla plutôt plaisante. Le capitaine, un homme d'expérience, partageait volontiers les informations relatives à la position du bateau et à son allure, et dirigeait son petit monde avec efficacité. Il offrait aux voyageurs des menus copieux et bien préparés, et veillait à maintenir les éléments perturbateurs sous contrôle. Il organisait parfois des fêtes auxquelles se joignaient les passagers de troisième classe qui aimaient danser.

Theo passait le plus clair de son temps en compagnie des chevaux. Les pauvres créatures voyageaient sur le pont, dans de grandes cages en bois que l'on descendait à fond de cale en cas de tempête, ou lorsque le navire croisait parmi les eaux glacées de l'océan Austral et que les passagers eux-mêmes restaient calfeutrés dans leurs cabines.

Non seulement Theo n'était pas sujet au mal de mer, mais il se délectait du roulis et du tangage quand la mer était grosse. Il bavardait indifféremment avec tous les gens qu'il croisait, qu'ils soient de première ou de troisième classe, et apprenait beaucoup de ceux qui étaient déjà allés en Australie. À ce qu'ils disaient (Dieu les entende !), il serait difficile à Keara de disparaître complètement de Perth, qui était la plus petite des capitales du pays, au point qu'on l'avait surnommée la « colonie Cendrillon ».

Il avait relégué Lavinia loin de ses pensées. Elle n'était désormais son épouse que sur le papier (et quelle valeur avait un bout de papier ?). Mais il ne pouvait pas oublier Richard, dont la petite frimousse et les sourires fugaces venaient hanter ses rêves.

Lorsqu'ils atteignirent enfin l'Australie-Occidentale, début septembre, il avait hâte de retrouver la terre ferme, et après plus de trois mois de confinement forcé, ses chevaux étaient tout aussi impatients de se dégourdir les jambes.

Mais on l'informa que ses bêtes ne pourraient débarquer que le lendemain.

Theo était épuisé et ne voulait qu'une chose : manger un morceau et dormir dans un lit qui ne tanguait pas.

Le lendemain matin, il retourna sur la jetée, où il dut patienter jusqu'à midi pour récupérer ses chevaux. Il resta sur le quai à faire les cent pas sous le beau soleil de printemps. Il était impatient de revoir son cousin, et dès qu'il aperçut Caley une vive émotion s'empara de lui.

Les deux hommes s'étreignirent avec effusion, en échangeant les plaisanteries habituelles sur lequel des deux avait le plus mal vieilli depuis la dernière fois qu'ils s'étaient vus.

— Ça fait du bien de voir de la famille, dit Caley, visiblement ému. C'est ce qui manque le plus quand on part vivre à l'étranger. On n'a personne de vraiment proche à qui se confier et sur qui on sait qu'on peut compter en cas de pépin.

Il lâcha un petit rire gêné, puis demanda :

— Mais raconte-moi plutôt ce qui t'amène !

— Keara.

— Ah.

L'expression de son cousin mit Theo en alerte.

— Ne me dis pas que tu l'as retrouvée ?

— Si.

— Et… elle va bien ?

— Très bien.

Theo poussa un immense soupir de soulagement.
— Dieu soit loué !
Puis comme Caley ne disait rien, il s'écria :
— Eh bien ? Où est-elle ? Est-ce qu'on peut aller la voir ?
— Elle vit à deux jours de route de Perth. Elle travaille dans une auberge. Theo, je ne suis pas certain que…, commença-t-il, mais voyant l'air obstiné de son cousin, il ajouta, embarrassé : En fait, elle a dit que c'était aussi bien que tu restes loin d'elle – elle n'est clairement pas du genre à se faire entretenir, et à part faire d'elle ta maîtresse, tu n'as pas grand-chose à lui offrir. À moins qu'il ne soit arrivé quelque chose à Lavinia ?
— Non, car même si elle a le cœur malade, elle semblait tout à fait sereine et en bonne santé la dernière fois que je l'ai vue. Si ça se trouve, elle nous enterrera tous.
Il marqua une pause pour ne pas montrer son émotion d'être si près de Keara, puis dit :
— Il faut que je la voie ! Je veux être certain qu'elle est heureuse, et puis je lui ai promis de l'aider à retrouver ses sœurs.
Caley soupira.
— Et rien de ce que je pourrai dire ne te fera changer d'avis ?
— Rien.
— Dans ce cas, je vais tout te raconter.
— Que veux-tu dire ? demanda Theo en le saisissant par le bras. Elle ne s'est pas mariée au moins ?
— Non, étant donné les circonstances, elle ne ferait rien de la sorte.
Caley hésita, ne sachant comment présenter les choses. Puis voyant qu'il n'avait d'autre choix, lança de but en blanc :
— Elle attend ton enfant, Theo. La vieille gouvernante de ta femme l'avait deviné, c'est sans doute pour cela qu'elle s'est débarrassée de Keara. C'est pourquoi je…

Voyant l'expression angoissée de son cousin, il n'acheva pas sa phrase et lui passa un bras autour des épaules.

— Allons, viens, ne restons pas dans cette cohue.

Il le mena un peu à l'écart, et ils s'assirent sur un muret.

Pendant un long moment Theo ne dit rien, puis un regard plein de reproches dans les yeux, il dit :

— Et tu m'as caché tout ça ?

— Pour être tout à fait honnête, je ne savais pas quoi faire. On ferait mieux d'aller récupérer les chevaux. Ils vont devoir s'acclimater un peu avant de pouvoir prendre la route. J'ai trouvé quelqu'un qui veut bien me prêter son écurie, le temps qu'ils se remettent du voyage. Mais il va falloir y aller doucement, bien les nourrir en cours de route, et faire de fréquentes haltes. Ça te laissera le temps de réfléchir.

Theo hocha la tête en silence, puis ils retournèrent sur le quai et attendirent qu'on débarque les chevaux. Ils étaient terriblement amaigris et nerveux. C'était un miracle qu'ils aient survécu. Il allait leur falloir une bonne semaine avant de récupérer, et même là, ils allaient devoir les ménager.

Quand il vit son cousin se détendre et parler à ses bêtes pour les rassurer, Caley poussa un soupir de soulagement. Theo leur prodigua des caresses, leur laissant le temps de prendre pied sur la terre ferme, avant de leur passer le harnais.

Il y en avait trois pour son cousin et trois pour lui, en l'occurrence un étalon et deux juments.

— Avec de pareilles beautés, on va faire sensation, dit Caley en examinant les bêtes avec l'œil d'un connaisseur. Je vais les garder chez moi en attendant que tu te sois installé, proposa-t-il, puis, réalisant ce qu'il venait de dire, il ajouta : Tu es bien venu pour cela, n'est-ce pas ?

Theo opina d'un air distrait.

— Peut-être.

— Tu me prêteras ton étalon pour qu'il couvre mes juments, dis ?

— Mmm.

Après cela, Caley ne chercha plus à dérider son cousin. D'ici qu'ils aient atteint Meriniup, Theo aurait eu le temps de digérer la nouvelle et de prendre une décision. Il n'allait tout de même pas obliger Keara à vivre à nouveau en concubinage avec lui ?

Il y avait un enfant à présent, et cela risquait de changer la donne.

*

Alex avait un air triomphant quand il sortit de la chapelle, son épouse marchant tristement à sa suite.

— Vous les avez entendus, hein ?

Elle hocha la tête.

— Ils ont compris que ma cause était juste. Ils m'ont donné de l'argent. Ce sont de vrais frères.

Elle ne chercha pas à le contredire, mais au fond elle se demandait si les autres membres de la congrégation n'avaient pas saisi l'occasion de se débarrasser d'Alex, qui avait eu maille à partir avec plusieurs d'entre eux récemment.

— Nous allons embarquer sur le prochain navire en partance, dit-il.

— Ne devrait-on pas d'abord essayer de savoir où Mark s'est installé ?

— Non. Nous le ferons une fois sur place, ce sera beaucoup plus simple. D'autant que nous ne voulons pas lui mettre la puce à l'oreille. Il risquerait de déménager s'il apprend que nous sommes en route, et peut-être même de retourner en Angleterre.

Elle secoua la tête, effarée par ce que manigançait Alex, mais celui-ci prit son silence pour de l'assentiment.

— Vous feriez bien de vous occuper des bagages sur-le-champ. Nous allons vendre ce dont nous n'avons pas besoin et voyager avec le strict minimum. Je vais déposer mon préavis dès demain au travail, puis j'irai à l'agence maritime pour m'enquérir du prochain départ.

Une fois de retour à la maison, il sortit l'argent qu'il avait récolté à l'église et le recompta en gloussant d'aise. C'était plus que suffisant pour couvrir leurs frais. Il se voyait déjà revenant, triomphant, avec sa petite-fille.

De son côté, son épouse avait commencé à trier leurs affaires, la mort dans l'âme, car elle savait qu'il ne lui permettrait pas d'emporter avec elle les choses auxquelles elle tenait.

— Les fruits de la tentation ! rugit-il en fracassant un vase qu'elle tenait de sa grand-mère.

Cette fois, la coupe était pleine ! Quelle sorte d'époux était-ce là ? À la première occasion, elle le quitterait.

*

Mark attendit un jour ou deux, puis proposa à Keara de l'emmener faire un tour dans la forêt.

— Pour quelle raison ? demanda-t-elle, surprise.

— Je voudrais vous parler en tête à tête sans risquer d'être dérangé.

— Allons-nous emmener Amy avec nous ?

Il hésita, puis secoua la tête.

— Non. Je ne préfère pas. C'est… il s'agit d'une affaire importante.

Tandis qu'ils cheminaient sur la piste, elle respirait le parfum acidulé des eucalyptus et admirait les innombrables fleurs sauvages qui formaient un magnifique tapis de printemps.

Elle connaissait les noms de certaines, comme les rouges et vertes qu'on appelait pattes de kangourou, ou les orchidées, tantôt frêles et délicates, tantôt vigoureuses et à la robe chatoyante. Il y avait aussi des immortelles, ainsi que des grimpantes rouges et bleues, qui s'enroulaient parfois autour des arbres jusqu'à plusieurs mètres de hauteur. Les bleues étaient ses préférées, avec leurs reflets presque violets.

Il y avait aussi des plantes semblables à des arbres que les colons avaient baptisés « blackboys », à cause de leurs troncs couleur de suie formés d'une multitude de racines qui s'enroulaient à l'infini les unes avec les autres. Elles étaient si cassantes qu'elles se brisaient comme du verre, et pourtant elles arrivaient à former des troncs. Certains blackboys avaient des fleurs pareilles à d'immenses fers de lance.

Toutes sortes d'oiseaux voletaient parmi les arbres, comme des perroquets et des cacatoès, de minuscules honeyeaters, et ses préférés, les hochequeues. Elle réalisa soudain que Mark était en train de lui parler.

— J'ai remarqué ta réaction quand M. Gallagher est arrivé, dit-il. Tu as peur de cet homme, celui qui t'a envoyé de l'argent ?

Elle s'arrêta de marcher et secoua la tête.

— Non, je n'ai pas peur de Theo.

C'est de ses propres sentiments qu'elle avait peur, parce qu'elle ne cessait de penser à lui. Il lui manquait.

— C'est le père de ton enfant, mais il est marié, n'est-ce pas ?

— Oui, dit-elle en recommençant à marcher, les yeux baissés.

— Que vas-tu faire quand le bébé sera né ?

— Maintenant que j'en ai les moyens, je vais aller à Melbourne pour chercher mes sœurs. (Elle se figea soudain sur place. Elle venait de comprendre où il voulait en venir.) Oh, vous n'êtes pas sûr de pouvoir nous remplacer ?

Je vous promets que nous n'allons pas vous laisser tomber. Nous allons attendre que vous ayez trouvé quelqu'un.

Elles lui devaient bien ça.

— C'est pour toi que je me fais du souci, Keara, dit-il avec douceur. Tout est différent ici. Melbourne est une grande ville, et les gens des villes ne sont pas toujours très bien intentionnés.

— Maggie va venir avec moi, je ne serai pas seule.

— Parce que Maggie a l'habitude des grandes villes ?

Keara écarquilla des yeux surpris.

— Qu'insinuez-vous par là ? Vous ne pensez tout de même pas que je devrais renoncer à retrouver mes sœurs ?

Ils recommencèrent à marcher, et après quelques pas, il murmura :

— Je me fais aussi du souci pour Amy. Tu es la seule mère qu'elle ait jamais connue, et la meilleure qui soit.

— J'y suis très attachée, reconnut-elle simplement. J'aurai le cœur brisé quand je vais devoir partir. Mais elle vous aura vous et je sais combien vous l'aimez.

Sans plus chercher à tourner autour du pot, il déclara de but en blanc :

— Je crains que ça ne suffise pas. C'est pourquoi je me demandais si... nous ne pourrions pas nous marier, toi et moi ? Tu serais en sécurité, à l'abri de cet homme qui t'empêche de dormir. (Il étira la main et effleura les cernes bruns sous ses yeux.) Et puis j'aurais une maman pour Amy, en plus d'une épouse pour travailler à mes côtés.

— Et mes sœurs ?

— Je suis prêt à revendre l'auberge et à rentrer à Melbourne pour t'aider à les retrouver. Tu vas avoir du mal à mener seule tes recherches. Tu as besoin d'un homme pour te protéger.

Il était même prêt à affronter son beau-père s'il le fallait, même s'il allait tout faire pour éviter les Jenner.

Keara le considéra un instant en silence. Il était grand et assurément beau. Il était doux, attentionné, honnête et travailleur. Alors pourquoi ne faisait-il pas battre son cœur, comme Theo, dès qu'il entrait dans une pièce ? Elle aimait beaucoup Mark, mais à l'idée de se retrouver dans un lit avec lui… Se rappelant soudain ses ébats avec Theo, son visage s'empourpra.

— Mais vous ne m'aimez pas, Mark. Et je ne vous aime pas.

— Non, mais nous nous entendons bien. J'apprécie ta compagnie et tu as l'air d'apprécier la mienne. C'est un bon départ pour une vie commune, tu ne penses pas ?

— Vous n'aimiez pas davantage votre épouse, n'est-ce pas ? demanda-t-elle, bien qu'elle connût déjà la réponse.

— Je… j'avais beaucoup d'affection pour elle.

— Ce n'est pas la même chose.

Pour elle qui avait connu l'amour véritable et la passion, un mariage de raison semblait impensable.

Il lâcha un rire amer.

— Ma sœur aînée a connu le grand amour. Mais je n'ai pas eu cette chance. Tu penses que tu vas le revoir ?

Elle secoua la tête.

— Non. Theo était… quelqu'un de spécial. Même avant que nous ne devenions amants, il y a toujours eu quelque chose entre nous.

Elle l'avait consolé quand il avait du chagrin et il avait fait de même pour elle. C'était bien plus que de la passion.

— Mais je n'aurais pas pu continuer d'être sa maîtresse, dit-elle, puis, levant les yeux, elle ajouta : Vous êtes un homme bon, Mark, mais je ne sais que vous dire. Vous me prenez au dépourvu.

— Ne dis rien dans ce cas. Pense simplement à ma proposition. Prends ton temps.

— Entendu.

Elle tourna les talons et reprit le chemin de l'auberge en marchant d'un pas rapide malgré son gros ventre.

Il la suivit, mais sans chercher à la rattraper. Il espérait qu'elle allait dire oui. On ne pouvait pas vivre bien longtemps aux côtés de Keara Michaels sans réaliser à quel point elle était extraordinaire et attachante.

Elle ne remarqua pas le serpent lové dans une flaque de soleil et quand Mark ouvrit la bouche pour crier, elle l'avait déjà dépassé. C'est pourquoi il ne dit rien, se contentant de contourner prudemment le reptile. Il allait devoir expliquer aux deux femmes comment se comporter en présence d'un serpent, une chose qu'il avait apprise quand il travaillait à la concession.

Ce soir-là, une fois couché, il se mit à penser à ce qu'elle avait dit et songea que jamais il ne connaîtrait le grand amour. Il s'était enfui deux fois. Quelle sorte d'homme se comportait ainsi ? Sans doute pas la sorte qui pouvait conquérir le cœur d'une femme.

Dans quelques semaines, le bébé allait naître. Cette pensée le fit frissonner. Mais Keara ne semblait avoir peur de rien. Elle était en pleine santé et estimait que, comme sa mère, elle n'aurait aucun mal à accoucher.

Il espérait de tout son cœur qu'elle allait accepter sa proposition et fut déçu quand, le lendemain, elle lui annonça qu'elle ne pouvait prendre aucune décision tant que le bébé ne serait pas né.

*

Caley Gallagher n'ayant toujours pas donné signe de vie après deux semaines, Maggie déclara d'une voix ferme :

— S'il n'apporte pas le reste de l'argent bientôt, nous irons le lui réclamer en personne.

Keara sourit.

— Il reviendra.

— Comment peux-tu en être aussi sûre ?

— Parce que.

— Tu es trop confiante, rétorqua Maggie avec un petit reniflement de dépit.

Deux jours plus tard, il y eut un bruit de sabots sur la piste et quand Maggie s'approcha de la fenêtre, elle s'écria, tout excitée :

— C'est lui ! Il y a un autre homme avec lui, et ils amènent des chevaux avec eux. Ils vont sur l'arrière, c'est qu'ils ont l'intention de passer la nuit ici. Viens voir, vite !

Mais Keara, qui était en train de faire sauter Amy sur ses genoux, se sentait d'humeur paresseuse aujourd'hui.

— Ils viendront ici quand ils seront prêts. Tu ferais mieux d'aller à la cuisine et de mettre la tourte à la viande au four. Ils vont avoir envie de manger. Heureusement que Mark a tué un kangourou.

Maggie fit la grimace et fila à l'office.

Dans la cour, sur l'arrière, Caley salua Mark et lui lança gaiement :

— Auriez-vous une chambre pour la nuit ?

— Bien sûr. Mais vous allez devoir vous occuper vous-mêmes de vos bêtes. Il y a un petit enclos juste là, avec encore plein d'herbe à brouter. Et nous avons de l'avoine en réserve aussi. Je la vends au boisseau.

Il songea qu'il allait devoir retourner à Perth pour refaire ses stocks. Le bouche-à-oreille avait l'air de fonctionner car il y avait de plus en plus de voyageurs qui venaient faire une halte pour manger ou dormir, sans parler des gens de Meriniup qui venaient pour acheter des victuailles.

— Keara est là ? demanda Caley.

— Oui, bien sûr. Elle est dans la maison.

Mark jeta un regard curieux à l'autre homme, attendant d'être présenté, mais ce dernier se dirigea aussitôt vers l'auberge, laissant les chevaux en plan.

Mark allait lui emboîter le pas, mais Caley le retint.

— Laissez-le s'entretenir en privé avec Keara. C'est mon cousin, le père de son enfant.

Mark resta sans voix. Puis au bout d'un moment, fronçant les sourcils, il dit d'un ton de reproche :

— Vous auriez dû la prévenir, la dernière fois que vous êtes venu. Un choc comme celui-là n'est pas bon pour une femme dans sa condition.

— Mais je ne savais même pas qu'il était en route pour l'Australie. Comme Mark faisait mine de gagner la porte de derrière, Caley dit sèchement :

— Laissez-les. Ils ont besoin de s'entretenir en privé.

Mark ne voulait pas que cet individu s'approche de Keara. À supposer qu'il la persuade de partir avec lui ? Comment se débrouillerait-il avec Amy ? Mais Keara n'était pas idiote, elle ne se laisserait pas embobiner par des promesses.

Maggie tourna au coin de la maison en fredonnant, puis s'interrompit et lança gaiement :

— Eh, vous êtes de retour, monsieur Gallagher ?

— Oui. Et j'ai apporté le reste de l'argent à Keara.

— Et aussi le père de l'enfant de Keara, intervint Mark avec humeur. Il est en train de lui parler en ce moment même.

— Il a toujours une femme en Angleterre ? demanda-t-elle à Caley.

Il hocha la tête.

— Dans ce cas, il aurait dû rester là-bas.

Comme elle se dirigeait vers la porte, Caley lui barra le chemin.

— Laissez-les s'expliquer. C'est à eux de régler leurs problèmes, pas à nous.

*

Keara était en train de faire sauter la petite Amy sur ses genoux en lui chantant une comptine. Elle ne réalisa pas d'emblée qui était entré et ne tourna pas immédiatement la tête.

Theo put l'observer et observer la forme arrondie de son ventre. Son teint avait cet éclat des personnes en bonne santé. Il avait vu des peintures de la Madone et son enfant, mais jamais aussi belles et touchantes que la scène qu'il avait sous les yeux. Sa gorge se serra. Il était incapable de faire un geste ou de parler.

Elle se tourna en souriant.

— Maggie ? Tu as…

Elle eut le souffle coupé et devint blanche comme un linge.

L'espace d'un instant, Theo crut qu'elle allait s'évanouir. Il s'élança vers elle, mais elle eut un geste de recul.

— *Pourquoi êtes-vous venu ?* demanda-t-elle, la gorge serrée.

— Parce que je me faisais un sang d'encre pour toi. Il marqua une pause, puis confessa : Mais surtout parce que je ne peux pas vivre sans toi, Keara. Je t'aime trop.

Elle déglutit avec difficulté. Avec son teint hâlé, il était plus beau que jamais. Et elle le croyait quand il lui disait qu'il l'aimait, parce qu'elle pouvait le voir dans ses yeux. Et ses yeux à elle ? Trahissaient-ils ses sentiments pour lui ? Sans doute. Elle ouvrit la bouche pour parler, mais ne sachant que dire, la referma.

Ce fut Amy qui rompit le sortilège en poussant de petits cris et en tendant les bras vers le nouveau venu.

Theo vint s'agenouiller devant elles.

— Quelle adorable petite fille. À qui est-elle et quel est son nom ?

— Amy est la fille de mon patron. Sa mère est morte en couches. C'est moi qui m'occupe d'elle.

Amy se tourna vers Theo et il la prit dans ses bras, laissant à Keara le temps de se remettre de ses émotions.

Au bout d'une minute ou deux, elle parvint à parler normalement.

— Ce n'est pas une bonne idée, Theo. Je ne veux plus être votre maîtresse.

— Je sais. Je te comprends. Mais je ne peux pas vivre sans toi, ma chérie.

Keara mourait d'envie de le toucher. Elle ferma les yeux, mais sans parvenir à effacer la présence du corps ferme et musclé qui se tenait à côté d'elle.

Amy se mit à gigoter et à émettre de petits bruits de protestation. Theo la tenait trop serrée. Keara s'approcha pour la lui reprendre, puis se figea soudain à quelques centimètres de lui. Le temps semblait s'être arrêté tandis qu'ils se regardaient l'un l'autre. L'attirance entre eux était aussi palpable que l'air qu'ils respiraient, ils ne pouvaient rien y faire.

Mais lorsqu'il tendit la main pour prendre la sienne, elle se dégagea.

— Non, Theo.

Il retira sa main, pétrifié.

— S'il te plaît ! Il faut que nous parlions.

Mais Amy avait sommeil et frottait ses yeux de ses petites mains potelées.

— Il faut que je la mette au lit, dit Keara en se dirigeant vers la porte qui menait aux appartements. Je n'en ai pas pour longtemps.

— Tu ne vas pas… te sauver ?

Elle lui lança un regard par-dessus son épaule.

— Non, Theo.

Quand elle revint dans la grande salle, elle s'efforça de se comporter normalement.

— Voulez-vous une bière ? Ou un thé ?

— Je veux juste que nous parlions, ma chérie.

— Nous n'avons rien à nous dire qui n'ait déjà été dit. Je sais que vous m'aimez, mais vous avez une épouse. Rien n'a changé.

— Comment peux-tu dire que rien n'a changé alors que tu portes mon enfant ?

D'un geste machinal elle posa une main sur son ventre.

— Si je te promets de ne plus essayer de te toucher, accepteras-tu de venir t'asseoir avec moi et de parler, Keara ? Il faut que nous décidions de ce que nous allons faire.

— Nous n'allons rien faire.

C'est alors qu'elle songea à la seule chose qui pût le dissuader d'insister et déclara :

— De toute façon, j'ai reçu une proposition de mariage. Je n'attends plus rien de vous.

Il la regarda abasourdi.

— Non, c'est impossible ! Tu portes mon enfant.

— Il n'y voit pas d'inconvénient. Il a besoin d'une épouse et j'ai besoin d'un foyer.

— Qui est-ce ?

— Le propriétaire de cette auberge.

Le visage de Theo se crispa en un masque de douleur.

— Tu ne peux pas, Keara.

— Pourquoi cela ?

— Parce que tu ne l'aimes pas.

— Je l'estime et le respecte.

Il secoua la tête.

— Ça ne suffit pas. Tu m'aimes encore et ce sera toujours un obstacle entre vous. Crois-moi, ma chérie, il n'y a rien de pire que de devoir partager la vie d'une personne quand on en aime une autre.

Elle se leva et se mit à faire les cent pas en évitant de trop l'approcher.

— Et puis, je préfère être pendu que de laisser un autre homme élever mon enfant.

— Et le mien ! riposta-t-elle.

La voix de Theo se radoucit :

— Keara, tu es bien placée pour savoir ce que j'ai enduré. Si cet enfant vit, tu ne peux pas me le prendre pour le donner à un autre. Ce serait trop cruel !

Elle resta interdite. Le chagrin dans la voix de Theo lui donnait envie de se jeter dans ses bras, c'est pourquoi elle concéda :

— Je ne vous retirerais pas votre enfant, Theo.

— Oh, Keara, Keara…

— Mais je refuse de retourner dans votre lit ! Ne vous approchez pas de moi. À présent laissez-moi, j'ai besoin de réfléchir.

Puis elle courut se réfugier dans sa chambre et ferma la porte à double tour.

Il s'effondra sur la table, la tête dans les mains.

*

Dehors, Maggie essayait d'épier la conversation entre Theo et Keara. Cette fois, ce fut Mark qui la prit par le bras et la tira à l'écart.

— Laisse-les tranquilles, dit-il calmement.

— Mais, à supposer qu'il lève la main sur elle ?

Caley s'approcha et dit :

— Tu crois sérieusement qu'il va la frapper ?

— Les hommes frappent les femmes.

— Pas Theo.

— Vous dites cela parce que vous êtes son ami.

Mark passa un bras autour de ses épaules.

— Ton mari levait la main sur toi, Maggie ?

Une lueur de défiance dans les yeux, elle rétorqua :

— La plupart des hommes le font.

— Ce n'est pas vrai.

— Comment pouvez-vous en être aussi sûr ?

Il sourit.

— Parce que j'ai huit frères et sœurs et que la plupart sont mariés et heureux, et que mon père s'est remarié trois fois.

— C'est que vous êtes né sous une bonne étoile.

Son expression s'assombrit et il dit :

— Pas vraiment. Je me suis enfui en Australie et ma famille me manque terriblement.

Elle croisa son regard.

— Moi, je n'ai plus personne. Je préférerais être à votre place.

Quand il eut fini de bouchonner les chevaux, Caley alla rejoindre Maggie à la cuisine tandis que Mark s'affairait comme il le pouvait, tout en essayant de ne pas penser à Keara. Il alla donner à manger aux poules et puiser de l'eau fraîche dans le petit ruisseau que les gens du cru appelaient la rivière parce qu'ils trouvaient merveilleux qu'il ne s'assèche jamais, même en été. C'était ce ru qui avait incité les colons à venir s'installer à Meriniup, car de côté-ci de l'Australie les cours d'eau étaient rares.

Une heure entière s'était écoulée quand Theo ressortit. Dès qu'il le vit, Caley comprit que tout ne s'était pas passé aussi bien que son cousin l'avait espéré.

Mark et Maggie échangèrent un regard, puis voyant que les minutes passaient et que Keara ne donnait pas signe de vie, elle décida d'aller voir son amie pour s'assurer qu'elle allait bien.

Mark était d'humeur songeuse. Dès lors que les sentiments de Theo Mullane pour Keara étaient réciproques, était-il raisonnable de vouloir épouser une femme qui en aimait un autre ?

20

Septembre-octobre 1864

Theo et Caley restèrent passer la nuit à l'auberge. Keara les évita dans la mesure du possible. Elle savait que la distance qu'elle imposait à Theo était une torture pour lui mais ne voyait aucune issue. Au point qu'elle se demanda si elle ne ferait pas mieux d'épouser Mark. En était-elle capable ? Elle ne le savait pas. Mille émotions contradictoires l'envahissaient et l'empêchaient d'avoir les idées claires.

Et puis, elle n'était pas si sûre que Mark fût prêt à se remarier. Il était poli, amical, travailleur, mais mettait comme une barrière entre les autres et lui et gardait ses sentiments profonds pour lui-même. Theo était tout le contraire, ses émotions se lisaient sur son visage. La joie comme la colère, et aussi la douleur, comme celle qu'ils ressentaient tous les deux.

Elle ne pouvait pas le priver de son enfant. Elle se savait incapable de faire une chose pareille.

Theo vint vers elle le lendemain après le petit-déjeuner. Sur ses gardes, elle lui demanda ce qu'il voulait.

— Nous partons. Tu veux bien m'accorder quelques minutes ?

— Qu'est-ce que nous avons à nous dire ?

— Beaucoup de choses.

Elle hésita, puis accepta.

— D'accord. Il y a un sentier qui part derrière l'auberge. Nous pouvons faire quelques pas.

Elle adorait cette forêt, le bruissement des grands eucalyptus, leurs feuilles épaisses qui craquaient sous les pieds en toute saison. C'était si différent des bois irlandais avec leur feuillage tendre en été et leurs branches nues en hiver. Pourtant, dès qu'elle pensait à l'Irlande, la nostalgie la submergeait. Son pays lui manquerait toujours mais elle ne pensait pas qu'elle y remettrait les pieds. Là-bas, il n'y avait plus rien pour elle. Tous les êtres qui lui étaient chers étaient en Australie. Même Theo.

— Tu me promets de ne pas partir sans me dire où tu vas ? demanda Theo de but en blanc. Sinon, je ne bouge pas d'ici.

Elle ne voulait rien lui promettre, mais sentant qu'il avait les nerfs à vif et que son désir pour elle était plus profond que jamais, elle n'eut pas le cœur de refuser.

— Très bien, je vous le promets.

Il soupira de soulagement.

— Merci.

— Regardez, les fleurs sont magnifiques en cette saison, dit-elle histoire de changer de sujet.

— Au diable les fleurs ! C'est de nous que nous devons parler. Du bébé, de notre avenir.

Il fit quelques pas dans le sous-bois, retint une branche pour qu'elle puisse passer. Leurs regards se croisèrent et elle stoppa net, envahie par le souvenir de leurs promenades ensemble, serrés l'un contre l'autre. Elle eut du mal à se remettre à marcher.

— Quand l'enfant sera né, et que nous serons sûrs qu'il se porte bien, je veux t'aider à retrouver tes sœurs. Est-ce que tu es d'accord pour accepter mon aide ?

— Parfois, je me demande si je les reverrai jamais.

— Bien sûr que tu les reverras, parce que nous n'arrêterons pas de les chercher tant que nous ne les aurons pas retrouvées.

— Peut-être, mais l'Australie est un pays immense et Mark a dit un jour qu'il était facile d'y disparaître. J'y repense souvent.

Theo tendit une main vers elle mais elle n'osa pas la prendre. Elle avait peur de le toucher. Ils se remirent à marcher.

— Tes sœurs sont jolies, tout comme toi. On les aura remarquées. Et les religieuses ont leur registre.

— Je leur ai écrit dès que je me suis installée ici mais je n'ai toujours pas reçu de réponse.

— Que la peste soit de ces bonnes sœurs ! Comment peuvent-elles accepter de prendre des jeunes irlandaises pour les forcer à quitter le pays ? Mais surtout, que la peste soit de Lavinia ! Non seulement elle se dresse entre nous et le bonheur, mais de plus, elle n'a pas arrêté de vous faire du mal. Je ne pourrai jamais lui pardonner !

— Elle est malheureuse, elle aussi.

— Elle n'a que ce qu'elle mérite !

— C'est ce que j'ai pensé au début, mais après je me suis dit qu'elle était juste une petite fille égoïste qui n'a jamais grandi. Elle ne supportait pas de vous avoir dans son lit, mais cela ne vous a pas empêché de la forcer.

— Nous étions mariés, grands dieux ! Qu'est-ce que j'étais censé faire ? Il y a des femmes qui sont comme ça, on les éduque de façon qu'elles pensent que c'est uniquement un devoir et elles n'y prennent jamais de plaisir. Dans mon milieu, le mariage est avant tout un arrangement financier, pas un moyen pour s'épanouir au lit. On a des devoirs envers sa famille, comme mon père n'arrêtait pas de me le répéter. Et son père a dû lui seriner la même chanson. Je me suis marié pour leur plaire et j'ai vraiment essayé de rendre les choses agréables pour Lavinia, Keara, je t'assure ! Mais elle ne répondait pas à mes caresses. Je l'aurais bien volontiers laissée tranquille si seulement elle m'avait donné un enfant viable, un seul.

Keara eut envie de se confier à son tour.

— Mes parents aussi étaient malheureux ensemble. Ils ont dû se marier parce que ma mère était enceinte. De moi. Mon père n'avait aucune envie d'une épouse, et encore moins d'une fille. Elle a été malheureuse avec lui mais ça ne l'a pas empêchée de se montrer très aimante avec nous trois. Je me dis parfois qu'elle aurait adoré l'Australie. Elle qui rêvait de chaleur et de soleil, elle a passé sa vie dans une masure humide pleine de courants d'air. Avec même pas de quoi manger. Tout ce qu'elle avait, c'était sa respectabilité et ses trois filles. C'était grâce à ça qu'elle gardait la tête haute, nous disait-elle.

— C'est pour cela que tu ne veux pas vivre avec moi.

— Oui.

— Est-ce que tu accepterais si je promets que je ne te toucherai pas ?

Elle s'arrêta pour le regarder droit dans les yeux.

— À votre avis, ça tiendrait combien de temps ? Ce qui s'est passé se passerait de nouveau. Non, Theo, je ne vivrai pas avec vous.

— Mais est-ce que tu vas me laisser t'aider à retrouver tes sœurs ? Keara, ma chérie, je ne connaîtrai pas la paix tant que nous n'aurons pas tout tenté.

Elle n'avait pas le cœur de refuser. Elle se dit aussi qu'avec un homme, les démarches seraient beaucoup plus faciles. Ou peut-être était-ce juste un prétexte pour le garder à ses côtés.

— Maggie vient aussi.

— Parfait.

Il ne la lâcherait pas, dût-il se contenter de ce pis-aller. L'enfant les souderait l'un à l'autre. S'il vivait ! Pas un seul de ses enfants n'avait survécu. Était-ce seulement la faute de Lavinia, comme le prétendait Nancy ? Il n'en était plus si sûr.

— Rentrons, dit-il en sachant qu'il n'obtiendrait rien de plus. Je vais aller m'installer chez Caley et m'occuper des chevaux, et je te rendrai visite régulièrement. Quand le terme approchera, je viendrai habiter avec toi.

Elle allait protester mais il coupa court.

— Rien ne me fera changer d'avis, Keara. Rien ! Je serai avec toi pour la naissance de notre enfant.

Ils se remirent en marche vers l'auberge.

— Vous pourriez au moins admirer les fleurs. C'est vraiment magnifique, ici, vous savez, dit-elle avec douceur.

Il s'arrêta et prit soudain conscience de la beauté incroyable du sous-bois avec sa multitude de fleurs sauvages.

— Je devais être aveugle pour ne pas avoir remarqué. C'est l'effet que tu me fais, Keara.

Elle ressentait la même chose. Pour rompre l'enchantement, elle s'approcha d'une fleur grimpante qu'elle aimait tout particulièrement.

— Regardez ce bleu, n'est-il pas extraordinaire ?

— Oui, presque aussi extraordinaire que tes yeux. J'espère que notre enfant aura les mêmes yeux.

— Oh, Theo !

Elle toucha sa main brièvement puis la retira en hâte. Elle avait du mal à tenir ses bonnes résolutions. Jamais elle ne pourrait vivre avec lui sans avoir envie de l'aimer, et sans vouloir qu'il l'aime aussi. Elle devait garder ses distances… si elle en était capable.

Une fois à l'auberge, elle s'éloigna sans un mot et alla s'occuper d'Amy.

Elle était trop fière pour sortir dans la cour et le regarder partir, et il ne vint pas lui dire au revoir. Mais elle regarda par la fenêtre et resta longtemps sans bouger après que Caley et lui furent partis vers le sud avec leurs chevaux. Elle essaya de toutes ses forces de ne pas pleurer, en vain.

Du fond de la salle, Maggie regardait son amie sans savoir quoi faire pour elle.

Finalement, Keara se reprit et dit gaiement à la petite.

— Bon, jeune fille, il est temps de vous trouver quelque chose à manger.

Un sourire bravache aux lèvres, elle refusa de parler de Theo Mullane, tant avec Maggie qu'avec Mark.

*

Alex Jenner acheta deux billets pour le cabotier à vapeur qui remontait jusqu'à Perth. Durant la traversée, il passa des heures accoudé au bastingage, absorbé dans la contemplation de l'océan, indifférent aux autres passagers. Du coup, Nan avait enfin un peu de temps libre pour bavarder ou, tout simplement, se reposer.

— Il est bel homme pour son âge, votre mari, remarqua une passagère qui était à côté d'elle sur le pont.

— Les apparences sont trompeuses !

Les mots sortirent de la bouche de Nan avant qu'elle eût le temps de les réprimer.

— Il vous fait la vie dure, on dirait.

Pour toute réponse, Nan retroussa sa manche et montra les bleus sur son bras. La veille, elle avait osé interrompre sa prière pour lui dire que le dîner était servi et qu'il allait refroidir.

— Vous devriez lui rendre la pareille ! Je ne comprends pas que des femmes puissent supporter d'être traitées ainsi, dit-elle en lançant un regard en direction de son mari, un homme plutôt laid mais qui avait l'air aimable. Moi, c'est vrai, je n'ai jamais eu à me plaindre de mon Josh, c'est la bonté même. Et il travaille dur, j'ai de la chance.

Nan repensa à ce que venait de lui dire cette femme. Elle n'avait jamais envisagé qu'elle pourrait ne pas se laisser faire, mais soudain elle comprit que la coupe était pleine. Elle en avait assez du mauvais caractère d'Alex et de ses extravagances. Il avait éloigné ses deux enfants, et maintenant il voulait enlever leur petite-fille à son père. Une pure folie !

Elle commença à réfléchir et se dit qu'elle allait tenter de l'en empêcher. Et quand il fit mine de la frapper encore, elle arrêta son bras.

— Comment osez-vous ? aboya-t-il.

— Désormais, Alex, si vous voulez me frapper, je ne me laisserai pas faire. Je ne mérite pas d'être traitée comme ça.

Abasourdi, il laissa sa main retomber et lui tourna le dos.

Elle-même n'en revenait pas. Mais ça lui avait fait un bien fou de se rebeller après toutes ces années de soumission. Elle avait l'impression qu'elle venait enfin de se réveiller.

Cette nuit-là, elle rêva que sa fille lui souriait. Comme si elle l'approuvait.

*

Quand ils débarquèrent à Perth, les Jenner ne trouvèrent qu'une petite chambre minable d'une propreté douteuse. Nan rongeait son frein. Elle restait très calme avec son mari en attendant d'avoir une idée plus claire de ce qu'elle pourrait faire.

Alex partit à la recherche de renseignements sur Mark Gibson et revint d'une humeur massacrante parce qu'il n'avait rien trouvé et que l'employé de l'administration refusait de le recevoir sans rendez-vous. Le repas servi à la pension était exécrable, ce qui n'arrangea rien, et Nan se dit qu'elle allait en faire les frais tôt ou tard.

Alors qu'ils s'apprêtaient à se coucher, elle dit quelque chose qui lui déplut et il amorça une gifle. Elle l'intercepta au vol.

— Je vous avais prévenu, lança-t-elle d'une voix grave pleine de colère rentrée. Ça, c'est fini, je ne le tolérerai plus.

— Femme…

— Je vous rappelle que j'ai un nom, Alex Jenner ! J'en ai plus qu'assez de votre affreux caractère. J'ai été une épouse dévouée, beaucoup plus que ce que vous méritez, et vous devez me traiter avec respect.

Elle était prête à se battre avec lui, même s'il était beaucoup plus fort qu'elle, mais il tourna les talons et ouvrit la bible qu'il avait toujours avec lui. Il commença à ânonner d'une voix grave et inintelligible, comme à son habitude, comme si elle n'était pas là. Elle se coucha en lui tournant le dos et fit semblant de dormir.

Au matin, il ne lui adressa pas la parole. Quand il partit après un petit-déjeuner roboratif, elle se sentit soulagée.

Comme elle ne savait pas comment passer la journée, elle bavarda un moment avec leur logeuse et lui dit qu'ils cherchaient leur gendre. Qui sait, elle pouvait être de bon conseil.

Alex rentra tard, toujours de méchante humeur.

— Vous avez trouvé quelque chose ?

Il l'ignora et ne répondit qu'au moment où il grimpait dans le lit.

— J'ai rendez-vous demain au palais du gouverneur. Pouvez-vous me repasser une chemise ?

— Je demanderai à la propriétaire, je pense qu'elle me prêtera son fer, elle est gentille.

Il revint de son rendez-vous avec une expression triomphale sur le visage mais refusa obstinément de lui dire ce qu'il avait appris. C'était sa façon de la punir.

Le lendemain, elle décida de le suivre. Depuis quelque temps, il ne prêtait plus aucune attention aux autres et avançait droit devant lui sans prendre garde aux passants.

Son état empirait. Elle se dit avec une crampe d'angoisse à l'estomac que ça risquait de mal se terminer.

Alex fit la tournée des écuries de louage et elle comprit qu'il cherchait une carriole. Elle se demanda s'il allait l'emmener avec elle, et n'était même pas sûre de le vouloir. Il pouvait bien partir sans elle, il ne lui manquerait pas. Mais elle savait qu'il mijotait quelque méfait et elle aurait aimé l'en empêcher.

Lorsqu'elle le vit repartir vers la pension, elle arrêta de le suivre et marcha au hasard. La ville s'étalait le long de l'estuaire. C'était splendide mais elle était une fois de plus une étrangère. Depuis qu'ils avaient quitté l'Angleterre, seule la présence de ses enfants l'avait aidée à se sentir chez elle. Celle de Patience, surtout. Et maintenant, ils étaient partis tous les deux.

Quand elle rentra à la pension, elle trouva Alex en pleine frénésie. Toutes leurs affaires étaient jetées en tas sur le lit.

— Où étiez-vous passée, espèce d'idiote ? Nous partons demain à l'aube. Dépêchez- vous de faire les bagages.

Elle ressortit des sacs les habits qu'il avait déjà entassés pêle-mêle et les replaça avec soin. Ils n'avaient plus grand-chose. Heureusement qu'elle avait réussi à cacher sa parure préférée.

— À quelle heure partons-nous ? demanda-t-elle quand elle eut presque fini.

— Il faut déposer les sacs avant six heures ce soir pour qu'ils les rangent dans la carriole. Vous en avez encore pour longtemps ?

— Cinq minutes.

Il transporta les bagages en vitesse, tout haletant. Nan garda un petit sac, en lui rappelant qu'ils auraient besoin de quelques affaires pour la nuit.

Quand il fut parti, sa tristesse la reprit. Elle le détestait. Il les avait arrachés à leur vie, et pour quel résultat ?

Désormais, toutes leurs possessions tenaient dans une malle et deux sacs.

Une heure plus tard, il n'était toujours pas revenu. Elle décida de profiter de son absence pour se laver de pied en cap, et alla se coucher. Parfois, il sortait se promener à la tombée de la nuit et elle était heureuse de ces moments de répit.

Quand elle se réveilla quelques heures plus tard, il n'était toujours pas rentré. Quelle heure pouvait-il bien être ? Elle n'avait aucun moyen de le savoir, vu qu'il lui avait pris son petit réveil pour le vendre.

Elle se leva et alla jeter un œil par la fenêtre. La rue était totalement déserte, on devait être en pleine nuit.

Elle était trop inquiète pour se rendormir. Quand l'aube pointa dans le ciel, elle comprit qu'il l'avait sans doute abandonnée.

Elle alla réveiller leur logeuse pour lui expliquer le problème. La femme en resta bouche bée.

— Je ne sais pas ce que vous attendez de moi, mais si vous n'avez pas de quoi vous payer une chambre, il faut que vous partiez. Il n'a réglé que jusqu'à aujourd'hui, dit-elle, et un vague sentiment de pitié lui fit ajouter : Mais le petit-déjeuner pour deux est compris, je vous donnerai quelques provisions à emporter. Vous feriez bien d'aller à la police pour savoir si on n'a pas trouvé un corps.

Nan savait que c'était inutile. Elle avait deviné qu'Alex était parti retrouver Mark et le bébé. Ce qu'elle ne comprenait pas, c'était pourquoi il ne l'avait pas emmenée avec lui. S'il réussissait à enlever Amy, comment allait-il s'occuper d'elle ? La petite avait presque un an, à cet âge-là on commençait à bouger beaucoup.

Ce qui l'inquiétait le plus, c'est qu'il avait acheté un pistolet avant leur départ de Melbourne. Il prétendait que la colonie d'Australie-Occidentale était une région arriérée et dangereuse où un homme devait être en mesure de se défendre. Mais qu'allait-il faire de cette arme ? Il n'avait quand même pas l'intention de tuer Mark ?

Elle fondit en larmes. Elle qui avait prévu de contrecarrer ses plans avait échoué avant même de commencer.

*

Theo retourna à Meriniup. Cette fois, il était seul. Il alla directement attacher son cheval à l'arrière de l'auberge. Maggie l'aperçut et se précipita pour prévenir Keara, qui se reposait. Elle était à une semaine ou deux du terme, et même si elle était en bonne forme, elle se fatiguait vite.

Elle se hissa hors du lit, maussade, et prit Amy qui se trémoussait à côté d'elle, bien réveillée.

— Merci de m'avoir prévenue, Maggie. Tu devrais retourner travailler, maintenant.

— Tu ne veux pas que je reste avec toi ?

— Non merci, sans façon ! Je n'ai besoin de personne pour lui dire d'aller au diable.

Quand Theo entra par la porte de derrière, elle l'accueillit avec une grimace et lança :

— Qu'est-ce que vous voulez ?

— Te voir, quelle question !

Amy s'agita, perturbée par les éclats de voix.

— Ce n'est rien, mon amour.

Elle déposa un baiser sur le front de l'enfant et tourna le dos à Theo.

Il s'approcha et l'enveloppa de ses bras.

— Je ne vais pas arrêter de venir, tu ferais bien de t'y habituer.

Sentant son souffle chaud dans son cou, elle ferma les yeux et s'appuya un instant contre lui, puis s'écarta à regret.

— Est-ce que je peux vous servir quelque chose ?

Theo avait senti sa réaction. Il eut la sagesse de ne rien dire.

— Oui, un dîner serait le bienvenu… Et une chambre pour la nuit.

— Très bien. Elle installa Amy dans la chaise haute que Mark avait fabriquée et lui trouva un quignon de pain. Amy faisait ses dents.

Theo s'assit à la grande table qui occupait le centre de la salle.

— J'aimerais t'épargner tous ces efforts, même si tu ne veux pas vivre avec moi. Tu ne devrais pas travailler si dur dans ton état.

— Je me porte comme un charme ! Comment est-ce que je m'occuperais, si je ne travaillais pas ?

— Tu pourrais te reposer.

— Je ne suis pas faite pour me reposer. Je deviendrais folle si je n'avais rien à faire. Bon. Je reviens dans quelques minutes avec votre dîner. Vous voulez bien veiller sur Amy ?

Elle sortit sans attendre la réponse. Son cœur battait la chamade comme à chaque fois qu'elle était près de Theo.

Mark fit irruption à côté d'elle et la contempla quelques instants.

— Ça va ? Il ne t'embête pas, j'espère.

— Mais oui, ça va. Et bien sûr qu'il m'embête. Je voudrais juste qu'il me laisse en paix.

— Il tient à toi.

— Peut-être, mais il est marié !

Il ne fallait surtout pas qu'elle l'oublie.

Mark la regarda tandis qu'elle préparait d'une main experte un plat d'œufs au jambon.

— Nous devons vraiment faire quelque chose avec cette cuisine ouverte à tous les vents, observa-t-il.

— Moi, elle me plaît comme ça, surtout maintenant qu'il commence à faire plus chaud. En fait, j'aime bien l'Australie.

— Moi aussi.

Elle apporta son repas à Theo.

— Tu ne veux pas t'asseoir un instant avec moi ?

Elle ne demandait pas mieux mais résista à la tentation.

— J'ai du travail.

Il agrippa son poignet avant qu'elle eût le temps de réagir et l'assit sur une chaise à côté de lui.

— Ça peut attendre. Et puis il faut bien que quelqu'un veille sur Amy pendant que je mange. Au fait, j'ai oublié de te dire l'autre fois, j'avais la tête ailleurs. Le père Cornelius a reçu une lettre des religieuses. Je l'ai avec moi.

Elle resta le souffle coupé et eut l'impression que la salle se mettait à tourner autour d'elle.

— Keara, ma chérie !

Il écarta son assiette et la prit dans ses bras. Elle se blottit contre lui, toute tremblante.

— Elles vont bien ? Dites-moi qu'elles vont bien. L'idée qu'il leur soit arrivé quelque chose m'est insupportable.

— Elles sont bien arrivées en Australie. La mère supérieure a jugé qu'il était préférable pour tout le monde de ne pas faire de vagues. Ismay a trouvé à se placer peu après son arrivée, et Mara a été adoptée quelques semaines plus tard par un couple de catholiques irréprochables. Elle n'en dit pas plus.

— Elle n'a même pas donné une adresse où je pourrais leur écrire ? Même pas ça ?

Keara pressa son poing contre sa bouche.

— Non.

— C'est trop cruel. Il n'y a pas d'autre mot. Cruel.

— Je suis d'accord, ma chérie, dit-il en embrassant son front avec douceur. Nous allons devoir aller à Melbourne pour forcer cette horrible femme à nous en dire plus.

— Je ne suis pas votre chérie, dit-elle sèchement en s'écartant de lui.

Elle renifla et essuya ses larmes du revers de la main.

— Tu sais, un mouchoir, ça peut servir, dit-il pour plaisanter en lui tendant le sien. Et bien sûr que tu es ma chérie. Sinon, pourquoi serais-je parti à l'autre bout du monde pour te retrouver ?

Elle se souvint qu'une fois déjà, il l'avait consolée. Sauf qu'elle n'était plus la jeune fille ignorante qu'elle était à l'époque. Et lui était plus triste, mais aussi moins tourmenté et moins imbu de lui-même. Il semblait avoir trouvé une certaine paix intérieure. Elle pressa les poings contre ses reins. Elle n'avait guère envie de se remettre au travail.

— Montrez-moi la lettre. Et finissez votre dîner, je déteste qu'on gaspille la nourriture.

Il prit une feuille dans sa poche et la lui tendit.

Elle lut la lettre lentement en suivant les mots de l'index.

— Mais pourquoi la mère supérieure ne dit-elle pas où elles sont ?

— Je ne sais pas.

En fait, Theo était plus inquiet qu'il ne le laissait paraître.

— Nous devrons attendre que le bébé soit assez grand pour voyager.

— Au moins tu es toujours d'accord pour que je vienne avec toi, Dieu merci ! Je craignais que tu aies changé d'avis.

— J'ai besoin de vous. Vu le ton de sa lettre, cette mère supérieure n'en a rien à faire d'une pauvre paysanne comme moi. Il lui faut un vrai gentleman !

— Je ferai mon possible, dit-il en souriant, mais je ne peux rien promettre, Keara. Je suis peut-être un gentleman, mais je ne suis pas doué pour plaire à une supérieure autour d'une tasse de thé. Ma vie, c'est la campagne et les chevaux.

Keara le savait pertinemment.

— On viendra avec vous, Maggie et moi. Mais, Theo…

— Quoi ?

Elle dut se faire violence pour poursuivre.

— Une fois qu'on les aura retrouvées, je ne resterai pas avec vous.

— Nous verrons. Et même si tu ne veux pas vivre pas avec moi, je ne vais pas te laisser me chasser de ta vie. C'est mon seul enfant que tu portes. Je sais que tu n'es pas assez cruelle pour l'oublier.

Elle s'appuya au dossier de la chaise. Elle se rappelait comment elle l'avait consolé quand il pleurait son bébé mort.

— Attendons avant de décider, dit-elle avant de se lever et d'ajouter d'un ton hésitant : Je suis vraiment désolée pour Richard.

— Il est mort dans mes bras, dit-il simplement avec une tristesse infinie.

— Est-ce qu'il y a eu quelqu'un pour vous consoler ?

— Oui. Nancy.

— La nounou de Lavinia ? Keara n'en revenait pas.

— En rentrant du cimetière, j'ai pleuré contre son épaule, je ne pouvais pas m'arrêter. Elle s'est montrée... d'une grande bonté.

Keara lui prit la main, sentant son amour dans ce simple contact. Puis elle se leva.

— Je dois aller me rafraîchir le visage. Finissez votre assiette.

Elle prit Amy dans ses bras et quitta la salle.

Theo avala son dîner distraitement. Il avait remporté une petite victoire, mais il lui restait encore du chemin à parcourir. Cet amour puissant qu'il ressentait était un sentiment nouveau pour lui. S'il ne voulait pas que Keara disparaisse une nouvelle fois, il devait éviter de la blesser.

L'enfantement était si dangereux pour les femmes... Il redoutait de ne pas être à la hauteur.

*

Avant de partir, Alex avait griffonné une adresse sur un bout papier. Nan l'avait aperçue et notée. Elle se rendit au relais et montra l'adresse. S'il le fallait, elle était prête à y aller à pied, mais l'employé lui expliqua que c'était à deux jours de route en carriole. Seule, apeurée, elle reprit sa marche, ne sachant quoi faire ni où aller.

Elle passa la journée à déambuler sans but, portant son petit sac qui contenait tout ce qui lui restait. Elle en aurait pleuré. Le soir venu, elle trouva une rue tranquille et s'affala dans l'encoignure d'une porte. Elle y passa la nuit assise, dormant par intermittence, heureuse qu'il ne plût pas. Elle n'avait pas faim mais se rongeait les sangs au sujet d'Alex. Qu'est-ce qu'il mijotait ?

Le lendemain matin, la tête lui tournait légèrement et elle alla s'asseoir sur les berges du fleuve. Elle s'endormit dans la chaleur du soleil.

Quand elle se réveilla, elle repartit vers le centre. Elle vit une chapelle, y entra sans réfléchir et alla s'asseoir sur un banc.

Au bout d'un long moment, elle sentit une main sur son épaule. Elle était si engourdie qu'elle avait du mal à bouger. Levant les yeux, elle vit la silhouette d'un homme qui se détachait à contre-jour.

— Ça va ? demanda-t-il d'une voix douce.

— Non. Pas du tout ! Mon mari m'a quittée. Je n'ai nulle part où aller et je ne sais pas quoi faire.

Elle entendit des voix au-dessus de sa tête, sans comprendre ce qui se disait. On lui demanda de se lever, mais il fallut la tirer par la manche.

— Vous avez mangé aujourd'hui, ma petite dame ?

Nan secoua la tête. Elle n'y avait même pas pensé.

On lui donna une tasse de thé et une tartine beurrée, et quand elle prétendit qu'elle n'avait pas faim, on insista pour qu'elle l'avalât. Puis une femme lui dit qu'on lui avait trouvé un lit pour la nuit. Soulagée, elle la suivit.

Ce n'est que le lendemain matin qu'elle comprit qu'on l'avait conduite à l'asile des indigentes. Elle éclata en sanglots. Une femme austère lui intima d'une voix sèche de cesser ce tintamarre.

— Vous étiez trop fatiguée pour parler hier soir. Dites-nous comment vous vous appelez, et expliquez-nous ce qui est arrivé, avec votre mari.

Nan raconta alors comment Alex lui avait demandé de faire les bagages, puis l'avait quittée en emportant quasiment tout ce qu'ils possédaient.

— Bon, je pense que nous allons vous garder ici et voir si nous pouvons vous trouver un emploi.

— C'est l'asile des indigentes, n'est-ce pas ?

— Oui.

Nan poussa un long soupir. Elle était trop épuisée pour verser de nouvelles larmes. Jamais elle n'avait pensé qu'elle pourrait tomber si bas. Elle avait tellement honte qu'elle n'arrivait pas à regarder ses interlocuteurs en face.

— En attendant, vous aiderez à l'infirmerie. Pour vous occuper des malades.

Elle était partagée entre la colère et l'humiliation. Comment allait-elle faire pour se sortir de là ? Alex allait-il revenir ? Elle n'était même pas sûre de le vouloir.

21

On était fin octobre quand Theo revint à l'auberge.

— Je reste jusqu'à ce que tu aies accouché ! annonça-t-il.

Il avait dit cela sur un ton sans appel et Keara ne se sentait pas la force de se rebiffer.

Soudain, elle sentit le bébé remuer en elle, lui provoquant un haut-le-corps.

— Il est en forme aujourd'hui, rit-elle.

— Est-ce que je peux… le toucher ?

Elle prit sa main et la posa sur son ventre tandis que le bébé donnait de vigoureux coups de pied. Theo était si rayonnant de bonheur et d'amour, qu'elle se sentait gagnée par une douce euphorie.

— Il a l'air robuste, dit-il enfin.

— Parfois, il remue tellement qu'il me réveille la nuit.

Mal à l'aise de le sentir si près d'elle, elle s'écarta.

— Et maintenant, puis-je vous apporter quelque chose à manger ?

— Seulement si tu me tiens compagnie pendant que je mange.

— De toute façon, tout le monde insiste pour que je ménage mes forces, capitula-t-elle.

Maggie entra juste à ce moment-là et décocha un regard assassin à Theo.

— Vous êtes de retour ? Je me demandais à qui était le cheval dehors.

Il se risqua à la taquiner.

— Ça fait plaisir d'être accueilli à bras ouverts.

Comme elle continuait de le fusiller du regard, il déclara :

— Je vais m'occuper de mon cheval.

Quand Keara et elle furent seules, Maggie dit sèchement :

— Tu ne devrais pas te laisser faire !

— Je sais, mais il est le père de mon enfant.

Ce soir-là, tandis qu'ils finissaient de dîner, Mark dit à Theo :

— Vous avez l'intention de rester pendant combien de temps ?

— Jusqu'à la naissance du bébé, répondit-il en lançant un sourire espiègle à Keara. Même si je dois bivouaquer sur le bord de la route pour cela.

— Ça ne sera pas nécessaire, dit Keara qui ne se sentait pas d'humeur à ergoter.

De toute façon, elle le voulait près d'elle quand le bébé naîtrait, et tant pis si Maggie poussait des hauts cris. Bien qu'elle sût comment s'y prendre et qu'elle eût toutes les raisons de penser que les choses se passeraient bien, elle préférait qu'il soit là.

Mark sourit. La façon dont Theo et Keara se regardaient ne laissait aucune place au doute.

— Dans ce cas, accepteriez-vous de veiller sur l'auberge pendant un jour ou deux, Theo ? Je dois aller faire le plein de provisions à Perth mais je ne veux pas laisser Keara et Maggie ici sans protection.

— Inutile de vous inquiéter. On peut se débrouiller seules, déclara Maggie.

— Il faut que quelqu'un veille sur vous et tu le sais, objecta Mark.

Maggie baissa le nez sur son assiette, et grommela, l'air renfrogné :

— Il dit qu'il va nous protéger, mais où était-il quand Keara a été enlevée et expédiée en Australie ?

Keara lui lança un regard sévère. Maggie se tut. À quoi bon essayer de protéger quelqu'un qui ne voulait pas de votre protection de toute façon ?

— Je vous rendrai très volontiers ce service, dit Theo, avant d'ajouter à l'intention de Maggie : Je m'en veux de n'avoir pas su veiller sur Keara, crois-moi. Je vais faire tout ce que je peux pour me rendre utile. Je sais à peu près tout faire sauf la popote.

— Maggie est une excellente cuisinière, elle s'en chargera, dit Mark en repoussant sa chaise pour se lever. En maintenant, je dois me mettre en route sans délai. (Il sourit à sa fille, puis regarda Keara.) Tu es sûre que tu vas pouvoir t'occuper d'elle ?

— Mais bien sûr ! Je me tue à vous répéter que je ne suis pas malade !

Il embrassa Amy, puis dit à Theo :

— Il y a deux ou trois choses que je dois vous montrer avant de partir, si vous voulez bien me suivre ?

Une fois dehors, Theo le remercia de lui avoir proposé de rester.

— Je redoute cet accouchement, lui avoua Mark. Deux femmes sont déjà mortes en couches à cause de moi.

— Ce n'est pas de votre faute, compatit Theo, surpris par sa franchise. C'est la malchance. Hommes ou femmes, nous prenons tous des risques dans la vie.

— J'espère pour vous qu'il n'arrivera rien à Keara, répondit Mark l'air maussade.

Une heure plus tard il était parti.

Quand Theo revint dans la salle commune, il était tout sourire.

— Et maintenant, je crains que tu ne doives supporter ma présence ici pendant quelques jours.

— J'ai beaucoup à faire, alors n'espérez pas que je vais rester plantée là à vous faire la causette.

Quand Maggie vint chercher Amy, il saisit l'occasion pour se rapprocher de Keara.

— Il y a longtemps que nous n'avons pas eu l'occasion de papoter en tête à tête, dit-il en se calant sur une chaise. De quoi allons-nous parler ?

— Racontez-moi votre traversée, dit-elle, désireuse d'éviter les sujets délicats.

Il lui raconta son périple, puis l'interrogea sur son propre voyage.

— Je veux savoir ce qui s'est passé, comment ils s'y sont pris pour te kidnapper, ce que tu as ressenti.

Tout d'abord elle tenta de se dérober, mais devant son insistance elle accepta de lui révéler quelques détails de son enlèvement.

— Nancy est une femme étrange. Elle m'a dit que ton départ était sans conséquence car ton avenir était en Australie.

— Je pense qu'elle avait raison. Si Ismay et Mara sont ici, pourquoi voudrais-je retourner en Angleterre ?

— Et si toi et mon enfant êtes ici, pourquoi voudrais-je y retourner moi-même ?

Trouvant qu'il allait un peu trop vite en besogne, elle lança d'un ton dégagé :

— Theo Mullane, vous avez de la conversation et je pourrais vous écouter pendant des heures. Mais il faut que j'aille m'occuper d'Amy.

Elle se mit tant bien que mal sur ses pieds, encombrée par son énorme ventre. La trouvait-il laide ainsi ?

Il l'aida à se mettre debout.

— J'ai passé un excellent moment, murmura-t-il d'une voix caressante.

— Mais en venant ici vous jouez avec le feu, se rebiffa-t-elle.

Il l'attira tendrement contre lui et lui effleura la joue d'un baiser.

— Et je ne compte pas m'arrêter là. Est-ce que je peux toucher ton ventre ?

Il y avait une telle vénération dans ses yeux qu'elle n'osa pas refuser.

Le bébé donnait des coups de pied.

— C'est merveilleux de sentir la vie, l'espoir et…

Malgré elle, elle lui caressa la joue.

— Oh, Theo, si seulement… vous n'étiez pas marié.

— Nous allons trouver un moyen de faire notre vie ensemble.

Mais elle secoua la tête et se recula.

*

À Perth, Mark se rendit à la poste centrale. Il était officiellement chargé de la distribution du courrier à Meriniup, ce qui lui rapportait le salaire princier de cinq guinées par an. Toute source de revenus était bonne à prendre, mais l'intérêt de la chose résidait surtout dans le fait que les gens devaient venir à l'auberge pour récupérer ou expédier lettres et colis.

— Vous êtes la troisième personne à s'enquérir de ce patelin cette semaine, fit remarquer le préposé.

— Oh, il y a donc de nouveaux colons qui vont venir s'installer par chez nous ?

— Non. D'abord, c'est un vieil homme qui vous cherchait. Mark Gibson, il a dit, en précisant qu'il était de la famille. Étant donné que la liste de tous les bureaux de poste avec tous les noms des facteurs est affichée au mur, je pouvais difficilement refuser de le renseigner.

— Un vieil homme comment ?

— Un drôle de type, si vous voulez mon avis.

Le préposé se tapa le front en roulant des yeux.

Mark sentit son estomac se nouer.

— Il vous a dit son nom ?

— Non, je lui ai dit d'aller consulter la liste, répondit le postier, qui regarda Mark d'un air suspicieux. Vous n'avez pas d'ennuis avec la police au moins ?

— Non, bien sûr que non.

Il allait tourner les talons quand il se souvint que le préposé avait mentionné une seconde personne.

— Qui d'autre s'est enquis de moi ?

— Une vieille femme. Elle avait l'air d'avoir pleuré. Elle aussi est allée consulter la liste, puis m'a demandé où se trouvait Meriniup. Et quand je lui ai dit, elle a fondu en larmes. Elle a dit qu'elle n'avait pas d'argent et ça m'a fait de la peine. Je n'aime pas voir pleurer les vieilles femmes.

— Et elle vous a dit son nom ?

— Oui, je l'ai écrit quelque part, et ç'a eu l'air de la rassurer, répondit l'homme, qui se mit à fouiller dans le tiroir de son bureau. Où est-ce que je l'ai mis, bon sang ? Ah, le voilà ! Mme Jenner.

Mark sentit ses jambes chanceler. C'était bien eux. Mais pourquoi s'étaient-ils donné tant de mal pour le retrouver ? Et pourquoi étaient-ils venus séparément ?

— Où est-elle ? Elle vous a donné son adresse ?

— Elle a été placée à l'hospice, la pauvre vieille. Pourtant elle avait l'air tout ce qu'il y a de respectable. D'après la cousine de ma femme, qui travaille là-bas, son mari l'a quittée, et l'a laissée sans le sou.

Cette révélation donna du grain à moudre à Mark.

Il hésita tout d'abord à aller voir Mme Jenner à l'hospice, puis décida que c'était la meilleure façon de savoir ce qui se tramait. Patience était très attachée à sa mère, même si cette dernière, entièrement sous la coupe de son époux, semblait dénuée de jugement ou de personnalité.

Mais pourquoi M. Jenner avait-il abandonné sa femme ainsi ? Cela n'avait aucun sens.

À l'hospice, il dut répondre à un grand nombre de questions avant d'être autorisé à voir une « internée », et fut horrifié de trouver Nan Jenner affublée de guenilles. Elle le dévisagea comme si elle était partagée entre la joie et la terreur. Elle forma son nom avec ses lèvres mais aucun son ne sortit de sa bouche.

— Je suis navré de vous trouver ici, madame Jenner. Qu'est-il arrivé à votre époux ?

— Il est parti à votre recherche, seul, sans rien me dire. Elle se mit à pleurer. Je n'ai pas un sou et personne vers qui me tourner. Voyez dans quelle indigence il m'a laissée !

Il lui prit la main et la tapota gentiment. Elle se calma peu à peu.

— Savez-vous ce qu'il veut ? demanda Mark.

— Votre fille. C'est elle qu'il veut. Il s'est mis en tête de l'élever selon les principes de sa secte, répondit-elle, puis elle baissa la voix et ajouta : Il se comportait bizarrement ces derniers temps. Je crois que vous devriez rentrer chez vous au plus vite. Combien de temps vous faut-il pour aller là-bas ?

Le sang de Mark se glaça dans ses veines.

— Deux jours. Il se pourrait même que je le croise en chemin.

— Il n'y a pas moyen d'aller plus vite ?

— Non. Nous ne sommes pas en Angleterre, ou à Melbourne. Il faut suivre une piste de terre et il est important de ménager les chevaux.

— Qui est-ce qui s'occupe d'Amy ?

— Des amis.

Elle se tordit les mains, au comble de l'angoisse.

— Ils ne s'attendent pas à le voir. Il va les prendre par surprise et enlever la petite. Il ne saura pas comment s'occuper d'elle. Il ne s'est jamais occupé de nos enfants quand ils étaient bébés. (Elle se remit à sangloter.) Et moi ? Que vais-je devenir s'il ne revient pas ? Je ne veux plus retourner vivre avec lui, mais je n'ai pas le choix si je ne veux pas finir mes jours à l'hospice.

Quelle tristesse ! songea Mark. Elle ressemblait beaucoup à Patience, simplement en plus vieille et en plus meurtrie par la vie. Jamais il ne laisserait un homme qui avait rendu sa fille aussi malheureuse se mêler de l'éducation d'Amy. Jenner n'allait tout de même pas oser enlever Amy ! Theo était à l'auberge et Keara ne laissait jamais la petite sans surveillance.

Mark posa ses mains sur les épaules de la pauvre femme et lui dit :

— Acceptez-vous que je me charge de vous ?

Elle le regarda comme si elle n'osait pas y croire, puis elle mit une main sur sa bouche et recommença à sangloter.

— Vous allez m'emmener avec vous ?

— Oui, mais il faut faire vite.

Il alla trouver la directrice, et dans l'heure sa belle-mère fut libérée.

Les gens de l'hospice étaient tellement contents de se débarrasser d'une bouche inutile qu'ils lui rendirent ses vêtements et son sac sans soulever la moindre objection.

Mark eut le cœur serré en voyant ses maigres possessions, mais il ne fit aucune remarque. Il la fit monter dans la carriole et se rendit aussitôt chez le grossiste. Jamais il ne pourrait intercepter Alex Jenner avant qu'il n'atteigne l'auberge, c'est pourquoi une heure de plus ou de moins n'y changerait rien. Mais bien qu'il cherchât à se rassurer, il était sur les nerfs. Il aurait dû se mettre en route toute affaire cessante, mais il se retrouva pris dans de longues négociations, après quoi il fallut charger les marchandises.

Enfin, ils prirent la route. Nan Jenner ne disait pas un mot.

— C'est une belle ville, dit-elle en contemplant Perth qui rapetissait dans la distance. Mais j'ai été si malheureuse ici.

Elle se tourna vers Mark et ajouta :

— Je ne pourrai jamais vous remercier assez de m'avoir tirée de cet hospice. Mais quoi qu'il en soit, jamais je ne retournerai vivre avec Alex. Certes, j'ai fait la promesse d'être son épouse pour le meilleur et pour le pire, mais c'est lui qui m'a abandonnée.

— Et que ferez-vous alors ? demanda Mark.

— J'ai pensé, dit-elle en triturant nerveusement sa jupe, que je pourrais peut-être m'occuper d'Amy. Si vous voulez bien. Je vous promets de m'en tenir strictement à vos consignes. Je ne suis pas comme lui. J'ai essayé d'être celle qu'il voulait, parce que j'estimais que c'était mon devoir, mais je me suis trompée. Et mes enfants en ont souffert. Les enfants devraient avoir le droit de rire et de jouer. Ce n'est pas un péché d'être heureux !

— Nous allons attendre de voir comment tout se passe.

Il ne savait pas quoi dire d'autre. Tout d'abord, il devait s'assurer qu'Amy était saine et sauve, et ensuite il fallait qu'il sache ce que Keara avait décidé, et si elle avait vraiment l'intention de partir avec Theo Mullane.

Le soir venu, ils bivouaquèrent à la belle étoile.

— À supposer que votre époux insiste pour que vous reveniez vivre avec lui ? dit Mark.

— Je refuserai. Plutôt mourir que de lui obéir.

— Je ne vous promets rien pour Amy. Il faut d'abord voir comment vous vous entendez toutes les deux. Mais je vais faire en sorte que vous ne manquiez de rien, même si vous ne venez pas vivre avec nous. Il y a du travail à revendre ici. On manque de femmes de chambre.

— Je ne vais pas faire la difficile, dit-elle.

Mais tandis qu'ils faisaient route au sud, elle se jura de lui prouver qu'elle était capable de s'occuper du bébé. Même si Amy n'était plus à proprement parler un bébé. Il y avait presque un an maintenant que Patience était morte. La pire année de la vie de Nan.

*

Le lendemain du départ de Mark, des voyageurs en route pour Perth firent une halte à l'auberge, au grand soulagement de Keara. Non seulement cela lui évitait de se retrouver en tête à tête avec Theo, mais s'occuper des Waller et de leurs trois enfants l'aidait à se changer les idées. Elle prenait plaisir à bavarder avec Mme Waller, une bonne mère et une femme sympathique. À l'évidence, ces gens étaient des colons prospères qui ne regardaient pas à la dépense.

De son côté, Theo faisait lui aussi tout ce qu'il pouvait pour se rendre utile. Il se chargea de M. Waller et de son fils, Bert, qui, à quatorze ans se prenait déjà pour un homme, tandis que les deux filles, âgées de douze et neuf ans, restaient avec leur mère. Il fit visiter les écuries à M. Waller et en profita pour l'interroger sur la vie dans les colonies ; une option qu'il envisageait de plus en plus sérieusement.

Bien que Keara s'efforçât d'ignorer Theo, elle sentait que ce dernier l'observait.

Mais comment aurait-il pu en être autrement alors qu'elle-même cherchait constamment son regard ?

22

Octobre 1864

Le lendemain matin, Keara se réveilla encore plus tôt que d'habitude. Elle aimait beaucoup être la première à se lever pour profiter en toute quiétude de la fraîcheur de l'aube. Amy frétillait déjà sur le lit. Elle la changea et lui donna un quignon à grignoter. L'enfant ne marchait pas encore mais elle arrivait à se mettre debout sur ses petites jambes chancelantes.

Elle était à la cuisine en train de préparer le petit-déjeuner lorsqu'elle entendit des pas derrière elle. Elle continua de remuer le porridge dans la casserole, pensant que c'était Theo. Une voix inconnue retentit.

— Pas un mot ou je serai obligé de tirer.

Abasourdie, elle fit volte-face et se retrouva face à un homme âgé qui pointait un pistolet sur elle.

— Qu'est-ce que vous voulez ?

— Ma petite-fille.

— Vous êtes le père de Patience ?

Mark lui avait raconté la raison pour laquelle il avait dû fuir l'État de Victoria avec sa fille.

Elle n'en revenait pas que M. Jenner eût réussi à les retrouver.

— Oui, c'est moi. Mais assez bavardé. Je ne plaisante pas.

Il agita son pistolet dans sa main. Keara se figea, terrifiée à l'idée que le coup parte tout seul.

— Prends l'enfant et suis-moi.

Elle saisit la petite avec des gestes aussi lents que possible, l'oreille aux aguets, espérant que quelqu'un surgirait et comprendrait ce qui se passait. Mais l'auberge restait totalement silencieuse.

— Dépêche-toi, aboya-t-il. Et pas un bruit, surtout !

Elle laissa la casserole sur le feu. Le porridge n'allait pas tarder à brûler et l'odeur alerterait quelqu'un. Elle ne pouvait rien faire d'autre. L'homme ne sembla rien remarquer.

L'arme était toujours pointée sur elle. Le regard halluciné de ses yeux fixes la fit frissonner. Qu'allait-il faire d'elle et d'Amy ?

Il indiqua le chemin qui partait dans la forêt.

— Par là !

— Mais…

Il lui enfonça le canon dans les côtes.

— Je t'ai dit de te taire, femme !

Elle obtempéra et le précéda sur le sentier, sentant sa présence dans son dos. Avec son ventre énorme et Amy dans les bras, elle avait du mal à avancer. Elle trébucha plusieurs fois, faillit tomber et se cogna contre une branche. Il s'en fallut de peu que la petite ne se blesse.

L'enfant pesait de plus en plus lourd dans ses bras. Haletante, Keara dut s'adosser à un tronc d'arbre pour reprendre haleine. Il gesticula et elle reprit sa marche avec peine. Elle avait arraché discrètement une petite branche qui pendait maintenant, accrochée par l'écorce. C'était un signe ténu de leur passage, elle espérait que quelqu'un le remarquerait.

— Regarde où tu mets les pieds ! Je ne veux pas que tu fasses du mal à ma petite-fille.

— Où allons-nous ?

Il la poussa d'une bourrade qui manqua encore de la faire tomber.

— Tais-toi et avance.

Le sentier serpentait dans la forêt. Elle s'y était promenée plusieurs fois mais ne savait pas où il conduisait. Où cet homme les menait-il ? Peut-être qu'il avait juste l'intention de les tuer à l'abri des regards. La terreur la plomba comme une grosse pierre dans l'estomac. Elle n'en pouvait plus et était à bout de souffle.

— Arrête-toi, lança-t-il soudain. On va faire une petite halte.

Keara avait un point de côté. En se penchant pour poser Amy sur la mousse, elle fut prise d'une crampe qui cessa aussitôt. Elle n'allait quand même pas accoucher ! Elle attendit que la douleur reprenne, mais rien. Ce devait être juste l'effort de porter la petite.

Leur ravisseur regardait autour de lui en fronçant les sourcils. Se pouvait-il qu'il soit perdu ? S'il avait décidé de les enlever, il avait sûrement un véhicule attelé qui attendait quelque part non loin de la route. Et pourtant il s'enfonçait dans le bush. C'était absurde. Tout cela était insensé.

Quand ils reprirent leur marche, il passa devant. Keara laissa tomber son mouchoir en implorant le Ciel qu'il ne se retourne pas. Elle garda le cœur battant jusqu'à ce que la tache blanche disparaisse au détour du sentier.

*

Maggie se leva en bâillant. Tant qu'elle n'avait pas bu sa première tasse de thé, le monde n'existait pas pour elle. Elle alla à la cuisine, s'étonna de ne pas voir Keara et sentit l'odeur de brûlé. Une casserole de porridge était en train de se carboniser sur la cuisinière. Elle se précipita pour l'écarter du feu et regarda autour d'elle, inquiète. Keara n'était pas du genre à oublier une casserole sur le feu aussi longtemps.

Elle inspecta les alentours et rentra à l'intérieur. La chambre de Keara était vide. Maggie entreprit d'inspecter systématiquement leur logement, puis l'office. Aucun signe de son amie ni d'Amy.

Franchement inquiète, elle se rendit au bâtiment où étaient les chambres des voyageurs. Les Waller ne donnaient aucun signe de vie, alors que Keara avait promis de les réveiller dès qu'elle serait debout.

Elle frappa à la chambre de Theo. Il l'ouvrit après quelques minutes, l'air tout étonné.

— Il y a quelque chose qui ne va pas ?

— J'espère que non ! Mais je n'arrive pas à trouver Keara et j'ai regardé partout.

— J'arrive. Il claqua la porte et Maggie alla regarder à l'arrière. Elle jeta même un œil à l'écurie, où Keara mettait rarement les pieds.

Quand elle rentra dans la salle de l'auberge, Theo l'attendait. Il n'avait même pas pris le temps de se raser.

— Dis-moi tout.

— C'est toujours Keara qui est debout en premier. Elle se réveille à l'aube, et Amy aussi. Moi, je me lève un peu plus tard. Ce matin, elles n'étaient pas dans la cuisine et je l'ai cherchée. Je ne peux pas m'empêcher de m'inquiéter pour elle, dans son état. Où peut-elle bien être ? Il n'y a nulle part où aller, et de toute façon Keara ne sortirait pas sans prévenir. Il y avait une casserole de porridge tout brûlé sur la cuisinière. Jamais Keara ne l'aurait laissé brûler comme ça. Qu'est-ce qui a bien pu leur arriver ?

Theo était aussi inquiet qu'elle mais il se maîtrisa.

— Garde ton calme, ça ne sert à rien de s'affoler. Est-ce que ça s'est déjà produit ?

— Non. À notre arrivée, nous avons eu un problème avec quelques voyous, Keara a aidé Mark à les chasser, et ils n'ont jamais remis les pieds ici.

— Avez-vous eu des ennuis à Perth ?

— Nous n'y sommes restées que quelques jours, et nous étions enfermées au foyer la plupart du temps.

— Et Mark ? Sa fille aussi a disparu. Est-ce qu'il y a quelqu'un qui pourrait lui vouloir du mal ?

Elle le regarda fixement, fronça les sourcils et secoua la tête.

— Non, c'est impossible !

— Qu'est-ce qui est impossible ?

— Une fois, son beau-père a essayé d'enlever la petite, mais Mark a quitté l'État de Victoria en secret et n'a dit à personne où il allait. Ce ne peut pas être lui.

— Tu sais, ce n'est pas difficile de retrouver quelqu'un. En Angleterre, nous n'avons eu aucun mal à savoir sur quel navire Keara avait été embarquée.

— Mark dit que M. Jenner est un homme dangereux, un fanatique de religion.

— S'il est venu ici, il y a certainement quelqu'un qui l'a vu. Mais si ça se trouve, Keara est juste allée voir quelqu'un à Meriniup.

— Ici, on a trop à faire pour perdre son temps en visites. Surtout à l'aube ! Keara aime bien faire un petit tour dans les bois, mais l'après-midi.

Les Waller entrèrent à ce moment dans la salle de l'auberge, s'attendant de toute évidence à ce qu'on leur serve leur petit-déjeuner.

— Je suis désolé, Keara et la petite ont disparu. Nous sommes très inquiets à leur sujet, et nous n'avons pas eu le temps de vous préparer quelque chose. Pouvez-vous puiser dans vos provisions ?

— Est-ce qu'elles se sont perdues dans la forêt ? demanda Bert.

Theo le regarda avec étonnement.

— Pourquoi dis-tu cela ?

— Ce matin, je me suis levé tôt pour aller au petit coin. J'ai vu Keara au loin, qui marchait vers la forêt en compagnie d'un homme. Elle portait le bébé.

Theo se raidit.

— Il était comment, cet homme ?

— Vieux, cheveux blancs, à moitié chauve. Plus ou moins de la même taille qu'elle. Je les ai à peine vus. J'ai pensé que c'était un voisin.

— Il n'y a personne qui corresponde à cette description à Meriniup, affirma Maggie. Il n'y a quasiment que des jeunes qui se sont installés dans le coin.

— Montre-nous où tu les as vus.

Bert se hâta de l'accompagner dehors.

— Je peux vous aider. Je me suis fait des amis parmi les indigènes, vers chez nous, et ils m'ont appris comment on suit une piste.

Les parents échangèrent un regard. Visiblement, cette proposition les mettait mal à l'aise.

— Il vous faut un indigène, dit M. Waller. Il n'y a qu'eux qui sachent vraiment pister.

— Nous n'avons pas le temps de trouver quelqu'un. Pouvez-vous autoriser votre fils à m'aider ? Je ne connais pas le pays, je viens d'arriver.

— Bon, d'accord. Mais je viens aussi, et je prends mon pistolet.

— Vous pensez qu'il faut une arme ?

— On ne sait jamais. Vous savez, ici ce n'est pas l'Angleterre, vous avez intérêt à ne pas l'oublier. Ces forêts peuvent receler de nombreux secrets. Nous avons trouvé un corps quand nous défrichions nos terres. Pas vrai, Jane ?

— Oui. Habillé à l'européenne. Pas un indigène. Il avait été tué d'une balle. Mon Len m'a appris à tirer, et les filles aussi savent se servir d'une arme. On n'est jamais trop prudent.

Theo s'inquiéta encore plus pour Keara. Il se tourna vers Maggie.

— Reste ici, et tiens-toi sur tes gardes. On ne veut pas que tu disparaisses, toi aussi.

— Je vais garder le couteau à découper sous la main.

— Nous resterons toutes ensemble, c'est plus sûr.

Mme Waller mit ses bras autour de ses deux filles, l'air vigilant mais pas apeuré.

Bert conduisit la marche sur l'étroit sentier qui serpentait dans la forêt. À un moment, il leva une main.

— Ils sont passés par ici. Vous voyez les traces de pas ?

— Oui, mais avance vite, on ne sait pas ce que veut le vieux.

Si jamais ce type avait fait le moindre mal à Keara ou à leur bébé, il le tuerait de ses mains.

— Non, affirma Bert. Si on va trop vite, on rate des traces.

— Bon, avance lentement si tu veux, mais avance, de grâce !

*

Keara s'arrêta et prit son ventre à pleines mains. Une autre douleur la traversa, beaucoup plus forte cette fois.

— Qu'est-ce qui se passe ? Pourquoi t'es-tu arrêtée ?

— Les contractions ont commencé. Aïe !

— Tu mens. Le vieil homme lui lança un regard glacial. Tu continues à avancer ou bien…

Il agitait son pistolet avec une telle désinvolture qu'elle ravala ses protestations. Serrant les dents, elle se remit à marcher. Mais une autre douleur la cisailla au bout de quelques pas et elle dut s'arrêter. Les contractions devenaient plus fréquentes. Sa mère avait toujours accouché très vite, les femmes du village l'enviaient pour cela. Allait-elle l'imiter ?

Si elle s'arrêtait, elle craignait que l'homme ne l'abatte. Elle réussit à avancer lentement, en gémissant. Une minute plus tard, Amy se mêla de la partie. Elle commença à hurler en s'agitant dans tous les sens. Elle avait faim.

— Qu'est-ce qu'elle a, la petite ?

— Elle veut son petit-déjeuner.

Keara prit le risque de s'arrêter pour tenter de calmer Amy, mais il n'y avait rien à faire. La petite n'avait pas l'habitude d'attendre quand elle avait faim.

— Avance.

— C'est encore loin ?

— L'embranchement doit être là, un peu plus loin.

Keara pensait qu'il n'y avait que ce chemin qui traversait le bush. Le prétendu embranchement était sûrement une piste d'animaux. Comment cet homme était-il arrivé à l'auberge ? Ils auraient dû se rapprocher de la route pour retrouver sa charrette, mais ils étaient en train de s'enfoncer dans le bush. Elle ne dit rien. Après tout, mieux valait qu'il soit perdu. Elle, elle savait comment rentrer.

— Tant pis pour la petite, laisse-la pleurer. « Dans cette vallée des larmes, nous devons être patients. »

— Elle est trop petite pour comprendre. Et elle est mouillée, il faut la changer. Vous avez des vêtements de bébé ?

— On en trouvera à Perth.

Perth ? Il n'imaginait quand même pas qu'Amy allait attendre deux jours ! Keara ne lut aucun signe de compréhension sur son visage. Il était juste ennuyé par les pleurs incessants du bébé. Keara sentit une nouvelle contraction qui la fit se pencher en avant. Il lui pointa le pistolet dans le dos.

— Continue d'avancer. Lentement, je dois trouver l'embranchement.

Elle fit de son mieux pour obtempérer mais la douleur lui coupa le souffle. Soudain, elle sentit un liquide s'écouler entre ses jambes. Elle perdait les eaux. Ils arrivèrent à une petite clairière. Keara s'arrêta, posa Amy sur le sol et agrippa son ventre.

— Je ne peux pas ! cria-t-elle. Le bébé arrive.

Il la regarda avec dégoût.

— « Tu accoucheras dans la douleur. Les femmes sont des créatures impures. »

Keara sentait qu'elle devait accompagner les contractions. Elle s'accroupit, le dos appuyé à un arbre, et releva ses jupes pour libérer ses jambes. Elle se moquait bien qu'il voie son corps. Une seule chose comptait, faire naître son bébé.

Il recula et détourna les yeux de ce spectacle qui l'effrayait.

Les contractions étaient de plus en plus rapprochées mais Keara trouva l'énergie de regarder vers Amy pour s'assurer qu'elle allait bien. Ce qu'elle vit la remplit de terreur. Un gros serpent, qui s'était probablement endormi dans la clairière, rampait en direction de l'enfant en pleurs. Keara tenta d'avancer mais elle ne pouvait pas bouger. C'était un serpent-tigre. Mark disait que sa morsure était mortelle.

— Là ! hurla-t-elle en montra le serpent à son ravisseur. Vite, tirez ! S'il la mord, elle mourra.

Keara chercha désespérément une pierre, quelque chose pour frapper, mais il n'y avait rien d'autre que des petites branches, des feuilles et des morceaux d'écorce.

Alex hésita, il essaya de viser puis baissa son arme.

— Je ne peux pas tirer, il est trop près d'elle. Je risquerais de la tuer alors qu'elle n'est pas encore entrée dans la grâce du Seigneur.

Une autre contraction arracha un gémissement de douleur à Keara. L'homme lâcha son arme et fit un bond en avant. Elle le vit se jeter sur le reptile et tenter de le saisir, mais au mauvais endroit. Mark lui avait expliqué comment s'y prendre, les serpents n'étaient pas rares dans le bush.

— Non, pas comme ça ! Prenez-le par la queue et frappez sa tête contre un arbre !

Mais, avant qu'il ait le temps de réagir, la bête, furieuse d'être dérangée, releva la tête et planta ses crochets dans son poignet. L'homme poussa un hurlement, lança le serpent loin de lui et saisit son bras, le visage paniqué.

Sans même regarder où le reptile était tombé, il s'enfuit à toutes jambes sur le chemin, en appelant à l'aide. Elle le vit trébucher et s'étaler de tout son long. Sa tête avait heurté une racine et il resta un moment sans bouger. Puis il se releva, le visage ensanglanté, et disparut dans le sous-bois.

Keara chercha le serpent du regard mais ne vit rien. La petite Amy s'était calmée et suçait tranquillement son pouce. Une contraction violente ramena Keara à son corps et elle poussa pour faire naître son bébé.

*

Bert trouva la petite branche cassée qui pendait encore à l'arbre.

— Regardez, elle a été brisée délibérément, et c'est tout frais. C'est malin d'y avoir pensé.

Un peu plus loin, il tomba sur le mouchoir.

— C'est celui qu'elle avait hier soir, je le reconnais.

Au même moment, ils entendirent quelqu'un crier au loin et un bruit de pas qui se rapprochait. Theo écarta le garçon et partit en courant sur le sentier.

Pourvu qu'il ne soit rien arrivé à Keara…

23

Mais ce n'était pas Keara. Un vieil homme apparut, titubant comme un ivrogne. Il se tenait le bras et du sang s'écoulait de sa tempe droite.

— Au secours ! cria-t-il. J'ai été mordu par un serpent ! À l'aide !

S'ils ne l'avaient pas retenu, ils les auraient dépassés en gesticulant, comme s'il n'avait pas remarqué leur présence.

— Ce serpent, le diable en personne ! marmonna-t-il. Oui, le serpent de la tentation.

— À quoi ressemblait-il ? demanda M. Waller.

Comme l'homme ne répondait pas, il le gifla.

Ce dernier sursauta en roulant des yeux affolés.

— Grand, avec des rayures.

— Un serpent-tigre !

M. Waller et son fils échangèrent un regard inquiet.

— Est-ce un serpent venimeux ? s'enquit Theo.

— Très. Sa morsure est le plus souvent mortelle.

Une terreur folle s'empara de Theo, qui saisit le vieil homme par le bras et le secoua.

— Où sont la femme et l'enfant ?

— Là-bas. Le serpent !

Theo s'élança à fond de train sur le sentier.

Lorsqu'il atteignit la clairière, il vit Amy assise toute seule sur l'herbe en train de jouer. Où était Keara ? Un grognement lui parvint soudain, il se retourna et la vit qui gémissait en se tortillant au pied d'un grand arbre.

— Est-ce que le serpent t'a mordue ? demanda-t-il en accourant vers elle.

— Non. Je… je suis en train d'accoucher.

Un frisson de soulagement le parcourut. Elle se mit à pousser et à grogner sous l'effort tandis qu'il la soutenait. Il avait plus d'une fois assisté Lavinia dans pareille situation, mais contrairement à son épouse, Keara n'avait pas besoin d'encouragements. Quand la contraction cessa, il demanda :

— Tu peux rentrer à l'auberge, si je t'aide à marcher ? Il faut te mettre au lit, ma chérie.

Elle lâcha un petit rire tremblant.

— Je suis désolée, mais c'est trop tard. Si vous ne savez pas comment faire, je vous guiderai.

— Je sais comment faire, répondit-il d'une voix posée et rassurante, tandis qu'il l'aidait à remonter sa jupe.

Il se demanda un instant où étaient les autres, mais cette pensée fugace s'évanouit quand la tête du bébé commença à apparaître. Il n'arrivait pas à croire que tout allât aussi vite. Des larmes lui montèrent aux yeux. Son enfant. Oh, mon Dieu, faites qu'il soit vivant ! Réalisant qu'il allait devoir l'envelopper dans un linge, il ôta sa chemise, puis nettoya la terre autour d'eux en repoussant les brindilles et les feuilles.

Quelques minutes plus tard, dans un ultime grognement, Keara expulsa le bébé et Theo le déposa délicatement sur sa chemise. Dieu soit loué, tout s'était bien passé !

— C'est une fille, et elle respire. *Keara, elle respire !* Elle est toute rose et…

Submergé par l'émotion, ses joues s'inondèrent de larmes tandis que la femme qu'il aimait lui souriait. Quand le placenta sortit, il ôta un de ses lacets de chaussures et le noua autour du cordon ombilical pour le sectionner. Puis l'espace d'un précieux instant, il prit sa fille dans ses bras.

Il était le premier à la tenir. Il déposa un baiser sur sa joue veloutée et la plaça ensuite sur la poitrine de sa mère.

— Notre fille, murmura Keara. Comme elle est belle !

La petite cligna des paupières en agitant un bras minuscule et se pelotonna instinctivement dans la chaleur du sein maternel.

Il essuya ses larmes.

— Je suis un idiot. Il n'y a vraiment pas de quoi pleurer.

— Ce sont des larmes de joie, dit Keara dont les joues aussi étaient humides.

Elle n'avait jamais réalisé à quel point l'amour d'une mère pour son nouveau-né était fort.

— Comment te sens-tu, mon adorée ?

Bien qu'elle eût les paupières lourdes, elle s'obligea à ouvrir les yeux pour le tranquilliser.

— Je suis juste fatiguée, Theo. Laissez-moi me reposer pendant une minute ou deux. Et ensuite nous nous mettrons en route.

— Pas question que tu marches dans ton état !

Elle laissa échapper un petit rire.

— Bah, si je ne peux pas voler, je vais devoir marcher, non ?

Ses paupières se refermèrent, puis s'ouvrirent à nouveau tandis qu'une expression inquiète se peignait sur ses traits.

— Amy ! Où est-elle ? Il y avait un gros serpent.

Absorbé qu'il était par l'accouchement, il avait oublié la fillette. Il se releva d'un bond et traversa la clairière. Il la trouva endormie paisiblement, le pouce dans la bouche, les joues striées de larmes séchées et de terre. Il la prit délicatement dans ses bras et l'emporta auprès de Keara.

— Elle va bien, ma chérie. Elle a juste sommeil, comme toi.

Keara étira le bras et posa sa main sur la tête de la plus grande des deux filles, puis soupira et s'endormit, son bébé blotti contre sa poitrine.

Theo s'assit à leurs côtés, à l'affût des serpents et des araignées, certain que les autres allaient venir les aider dès qu'ils le pourraient. Mais pour l'heure, il avait envie qu'on les laisse tranquilles pour pouvoir savourer le plus beau jour de sa vie. Il baissa la tête pour écouter la respiration de sa fille et ferma les yeux, émerveillé. Il n'avait jamais rien vu de plus beau que ce bébé potelé et rose pelotonné contre sa mère.

Son cœur se serra quand il entendit des gens approcher.

Maggie et M. Waller parurent, et elle s'écria :

— Ils sont là-bas !

Theo mit un doigt sur sa bouche, mais trop tard. Keara remua et ouvrit les yeux. Son premier regard fut pour s'assurer que sa fille allait bien. Il s'agenouilla à côté d'elle et l'aida à s'asseoir.

— Il faut rentrer à présent, ma chérie, lui dit-il. Maggie, tu veux bien te charger d'Amy ? Keara, M. Waller et moi allons te porter et –

Elle rit.

— Je peux marcher sur mes deux jambes, Theo Mullane. J'ai juste besoin de votre bras.

Il lui enserra la taille pour la soutenir, Maggie et Waller marchant derrière, chacun avec un bébé dans les bras.

Une fois à l'auberge, Keara accepta que Maggie l'aide à faire sa toilette avant de se mettre au lit, mais refusa qu'on la traite comme une invalide.

Theo n'en revenait toujours pas de la vaillance de Keara. Elle avait accouchée dans des circonstances extrêmes avec une aisance stupéfiante. Et quelle jolie et robuste petite fille elle lui avait donnée ! Sa gorge se serrait d'émotion à chaque fois qu'il pensait au bébé.

Bert passa la tête dans l'embrasure et poussa un soupir de soulagement lorsqu'il le vit.

— Venez vite, dit-il. Maman pense que le vieil homme est en train de mourir.

Theo le suivit à contrecœur jusqu'à la chambre où Alex Jenner était alité. Ce dernier cherchait son souffle, les yeux révulsés. Plus tard, sa respiration se changea en râle.

Debout au pied du lit, Mme Waller semblait très inquiète.

— Il s'est débattu pendant un moment en se plaignant de la tête, chuchota-t-elle. Son bras a doublé de volume. Après quoi il s'est plaint de ne plus pouvoir respirer. J'ai bien peur de ne rien pouvoir faire pour lui.

— La morsure du serpent-tigre est généralement fatale.

Theo s'approcha de celui qui avait mis la vie de son enfant en danger, et son sang se glaça en voyant l'homme congestionné et hagard, dont les râles emplissaient la pièce.

— Non, en effet. Je doute qu'on puisse le sauver.

Il sortit, alla s'assurer que Keara allait bien, puis se rendit à l'écurie. Là, il posa sa tête contre le cou de sa jument. Il éprouvait le besoin d'être un peu seul.

Une heure plus tard, il retourna au chevet du vieil homme dont la respiration était de plus en plus irrégulière et laborieuse, jusqu'à ce qu'elle s'arrête complètement.

— Il est parti, prononça Mme Waller d'une voix posée. Il a eu de la chance que ça n'ait pas duré. Certains mettent une journée entière à mourir.

Elle couvrit le visage du mort, puis demanda à Theo :

— Vous savez qui c'est ?

— Je ne l'ai jamais vu, mais je crois qu'il s'agit du beau-père du propriétaire. À ce qu'il paraît, il n'avait plus toute sa tête ces derniers temps.

— Len et moi allons l'enterrer. Nous allons garder le contenu de ses poches, c'est plus sûr. Il avait une somme d'argent importante sur lui. Savez-vous s'il y a un cimetière dans les environs ?

— Je l'ignore. Je ne suis ici que depuis quelques jours. Je vais poser la question à Maggie.

Il retourna dans la salle commune au moment où Maggie ressortait sur la pointe des pieds de la chambre de Keara, qui dormait.

— Le vieil homme est mort, lui dit-il. Sais-tu où l'on enterre les gens ici ?

— Mon Dieu, non ! Mais je vais aller au campement pour me renseigner. Vous saurez vous occuper de Keara quand elle se réveillera ? Elle va avoir très soif quand son lait va monter. Hé, vous deux ! lança-t-elle aux filles Waller. Vous voulez venir avec moi ?

Les fillettes se levèrent d'un bond.

Maggie prit un châle au porte-manteau, mais une fois à la porte, elle se ravisa et dit avec un sourire gêné :

— Je suis bête. Je n'ai pas besoin de châle. Vous avez vu ce beau temps ? Et ce n'est même pas encore l'été.

Theo sortit sur le porche. Il faisait un soleil magnifique, dont les chauds rayons étaient comme une caresse. Il entendit M. Waller entrer dans la salle commune et alla le rejoindre.

— Le vieil homme avait certainement une voiture quelconque, dit-il. Vous avez entendu quelque chose ?

Theo fronça les sourcils, essayant de se souvenir.

— Hier soir tard, une carriole est passée, qui faisait route au sud, mais elle ne s'est pas arrêtée.

— Il l'aura laissée quelque part. Bert et moi allons fouiller les environs pendant qu'il fait encore jour. Je crois que ce sera plus simple d'y aller à pied. Elle ne peut pas être bien loin. Ma femme va prendre soin d'Amy. Jane adore s'occuper des bébés.

Le silence se fit dans l'auberge. Quand il entendit du bruit dans la chambre de Keara, Theo entra sur la pointe des pieds et la trouva assise dans le lit.

— Tu as soif ?

Elle hocha la tête.

— Je vais te préparer du thé.

— J'ai faim aussi. Une faim de loup.

Elle sourit de toutes ses dents.

— Tu es incroyable. Tu es censée être épuisée après l'épreuve de l'accouchement.

— Ce n'est pas vrai. Les femmes du peuple s'occupent de leur famille sitôt après avoir accouché. Ma mère ne s'est jamais prélassée au lit.

Il s'approcha et sourit tendrement à sa fille, puis déposa un baiser sur la joue de Keara. Après quoi il alla à la cuisine. Par chance, il trouva une bouilloire déjà pleine sur le feu. Il prépara le thé, puis remplit à nouveau la bouilloire et la remit sur le poêle, là où il l'avait trouvée.

Quand Keara demanda ce qu'il était advenu de M. Jenner, il fut bien obligé de lui dire la vérité :

— Il est mort.

Elle resta un instant silencieuse.

— Au risque de passer pour une sans-cœur, je pense que c'est aussi bien ainsi. Il était fou à lier, dit-elle, et sa voix se mit à trembler quand elle ajouta : Oh, Theo, j'ai cru qu'il allait nous tuer, mon bébé et moi.

Il la prit dans ses bras et la serra contre lui.

Ce n'est que lorsque le bébé se réveilla et chercha son sein qu'elle se dégagea de son étreinte.

Pendant qu'elle allaitait leur fille, il l'aidait à prendre une gorgée de thé ici et là en riant doucement.

— Comment est-ce que nous allons l'appeler ?

— Tu veux lui donner le prénom de ta mère ? demanda-t-il.

— Non, ma mère s'appelait Betsy. Ce n'est pas très joli. Et puis j'aimerais qu'elle ait un prénom qui n'appartienne qu'à elle.

— Nell ? suggéra-t-il. J'ai toujours aimé ce nom. Un diminutif d'Helen.

Elle réfléchit un moment, puis hocha la tête.

— Oui. Nell.

Son sourire rayonnait. Jamais il n'aurait cru possible d'aimer à ce point.

— J'espère que je pourrai t'épouser un jour, murmura-t-il. Mais en attendant, rien ni personne ne pourra jamais me persuader de vous quitter, Nell et toi.

Son visage s'assombrit et elle sourit tristement.

— Les paysannes irlandaises comme moi n'épousent pas des gentlemen comme vous, Theo.

— Peut-être pas sur le Vieux Continent, mais en Australie, c'est différent.

— Et Lavinia ?

— Je n'ai pas de nouvelles. Mais Nancy m'a laissé entendre qu'elle n'était pas en bonne santé et qu'elle n'allait pas faire de vieux os.

— Je m'en voudrais de bâtir mon bonheur sur les malheurs d'une autre, dit-elle gravement.

— Je veux vivre avec toi et Nell, mariés ou pas, amants ou pas.

Le silence se fit. Il étira le bras pour lui toucher la joue, puis laissa retomber sa main. C'était lui en demander beaucoup, il le savait. Qu'allait-elle décider ?

Elle posa sur lui un regard plein de tendresse.

— Theo, je sais que c'est péché, et que cela va à l'encontre de tous les principes que l'on m'a inculqués, mais je veux bien vivre avec vous comme une épouse. Je vous aime moi aussi et j'ai besoin de vous. Nous avons toutes les deux besoin de vous.

Ils échangèrent un long baiser jusqu'à ce qu'un petit vagissement les oblige à se séparer.

Theo regarda sa fille, rouge d'indignation, puis regarda à nouveau les yeux bleus magnifiques de la femme qu'il aimait.

— Je suis le plus heureux des hommes, dit-il d'une voix rendue rauque par l'émotion.

*

Deux heures plus tard, M. Waller et son fils étaient de retour avec une haridelle à bout de forces et un buggy en piteux état.

— La pauvre bête était attachée à un arbre à l'écart de la route, lança M. Waller. Pas de nourriture, pas d'eau. C'est Bert qui a remarqué les traces de roues sur un chemin de traverse. On a trouvé un cours d'eau et on l'a fait boire avant de l'atteler à nouveau. Mais la pauvre bête n'aurait pas eu la force de tirer deux gaillards comme nous en plus de la carriole, alors on a fait le chemin à pied.

Il donna une tape affectueuse à son fils. Le cœur de Theo se gonfla dans sa poitrine quand il réalisa que lui aussi avait désormais une vraie famille.

Si les prédictions de Nancy au sujet de Lavinia se confirmaient, et s'il pouvait un jour prendre Keara comme légitime épouse, il le ferait sans la moindre hésitation.

*

Le lendemain matin, un homme monté sur un magnifique pur-sang se présenta à l'auberge.

Il arrima son cheval à la barre d'attache, hésita un instant, puis entra.

Maggie le salua d'un :

— Puis-je vous aider, monsieur ?

— Qui est le responsable ici ?

Elle n'appréciait guère le ton de l'étranger, mais elle ravala la réponse acerbe qui lui montait aux lèvres.

— M. Mullane. Je vais le chercher.

Quand Theo parut, l'homme le toisa un instant.

Theo attendit qu'il prenne la parole.

— Charles Dangerfield.

— Theo Mullane.

Ils échangèrent une poignée de main.

— Irlandais ?

— Oui.

— Ma mère était irlandaise. Je… j'ai cru comprendre que quelqu'un était mort ici.

— En effet, une morsure de serpent.

— Je possède un terrain qui a été béni par un prêtre. Ma première épouse y est inhumée et d'autres personnes des environs ont commencé à y enterrer leurs proches. C'est aussi bien ainsi. Je n'aime pas l'idée que Margaret repose seule sous terre. Vous pouvez disposer d'une partie du terrain, si vous le souhaitez.

— C'est très aimable à vous. Puis-je vous offrir un rafraîchissement. Maggie ?

Ils allaient s'entendre comme cul et chemise, ces deux-là, songea la jeune fille. Les aristos se serraient toujours les coudes.

— Il y a des scones et du thé, ou de la bière ou du rhum, répondit-elle.

— Du thé et des scones nous irons très bien, dit Theo. Asseyez-vous, monsieur Dangerfield, je vous prie. Je ne suis pas le propriétaire. Mark Gibson est allé à Perth, mais il sera de retour dans un jour ou deux.

— Jamais eu l'occasion de le rencontrer, mais on dit que c'est un travailleur. Il y a une autre femme ici, n'est-ce pas ? Sa femme ?

— Non, ma femme à moi.

Dangerfield le regarda comme s'il avait des doutes, mais ne chercha pas à le contredire. Peut-être avait-il des choses à cacher lui aussi ? Après tout, il n'était pas courant de trouver quelqu'un de sa condition dans une aussi petite colonie.

La porte des appartements privés s'ouvrit et Keara parut, habillée et portant le bébé dans ses bras. Theo se leva et accourut vers elle.

— Est-ce bien raisonnable de te lever ?

Elle lui sourit.

— Je vous l'ai dit. Je ne suis pas malade. Et Nell veut voir le monde.

— Laisse-moi te présenter M. Dangerfield, de Meriniup. Mon épouse, Keara.

Elle se tourna vers l'étranger.

— On raconte que vous avez été malade, monsieur Dangerfield. J'espère que vous allez mieux.

— Oui, merci, répondit l'homme dont le regard fourbe contredisait ses manières affables.

— Félicitations pour votre *accouchement*[1], lui dit-il. Votre petite fille respire la santé.

Il engloutit plusieurs scones avec une satisfaction évidente, puis prit congé.

— Je ne savais plus où me mettre quand vous m'avez présentée comme étant votre épouse, dit Keara quand l'homme fut parti. Il sait certainement que nous ne sommes pas mariés.

— Quand nous partirons d'ici, personne, hormis nos amis, ne le saura. En fait, nous pourrions laisser entendre que nous sommes venus en Australie parce que ma famille ne voulait pas de toi. Mais quoi qu'il en soit, tu *es* ma femme désormais. Et maintenant, assieds-toi, sinon je t'attache sur une chaise. Maggie et moi pouvons tout à fait nous débrouiller sans toi, et Mme Waller est ravie de s'occuper d'Amy.

*

Ils enterrèrent Alex Jenner l'après-midi même. Bert et son père se rendirent au cimetière avec Theo, la pauvre haridelle tirant la carriole sur laquelle reposait le cercueil

1. En français dans le texte original.

fabriqué à la hâte. Ils franchirent de grandes grilles, prirent ensuite à droite comme on le leur avait indiqué, puis longèrent un sentier envahi par la broussaille avant de déboucher dans une sorte de clairière. Un trou avait déjà été creusé, et à côté une pelle était plantée en terre, droite comme une sentinelle.

Les Waller aidèrent Theo à descendre le cercueil dans la tombe, puis tous se tinrent silencieux tandis qu'il récitait une courte prière. Après quoi, ils comblèrent la fosse chacun à tour de rôle, puis tassèrent la terre. Il y avait quatre piquets de bois dans le petit cimetière, ainsi qu'une stèle de marbre sur laquelle on pouvait lire *Margaret Dangerfield, épouse bien aimée de Charles.*

— On ne voit pas souvent du marbre dans ces contrées, commenta Len Waller sur le chemin du retour. Il devait être très attaché à son épouse pour avoir fait venir une pierre tombale depuis Perth.

À moins qu'il ne se soit senti coupable, songea Theo avec cynisme. Maggie disait que sa seconde épouse était beaucoup plus jeune que lui et très jolie, mais que les enfants de Dangerfield ne leur rendaient jamais visite.

*

À la surprise de Mark, non seulement Nan Jenner supportait bien le voyage, mais elle semblait y prendre plaisir, offrant voluptueusement son visage à la caresse du soleil. Une fois vaincue sa timidité, elle s'était mise à parler de tout et de rien. Mark réalisa à quel point elle avait souffert de la domination de son époux et découvrit une femme sensible et affectueuse.

Elle pleura quand il lui parla de sa vie avec Patience.

— Je suis heureuse qu'elle ait connu un peu de bonheur avec vous, dit-elle. Car à la maison, on ne riait pas souvent. Alex n'était pas aussi méchant qu'il l'est devenu il y a un an ou deux, mais il s'est toujours montré très strict avec les enfants. Quand nous avons débarqué, il a eu la mauvaise surprise d'apprendre que son frère était mort. Je crois que ça l'a beaucoup affecté. Je n'ai jamais compris pourquoi il tenait tant à venir en Australie alors qu'il déteste ce pays.

Un peu plus tard, elle soupira et réitéra :

— Quoi qu'il en soit, je ne retournerai jamais vivre avec lui. À dire vrai, j'ai peur qu'il cherche à m'obliger à le suivre.

Elle lança un coup d'œil suppliant à Mark, qui déclara :

— Je ne le laisserai pas vous forcer à quoi que ce soit.

— Il peut être très vindicatif, vous savez… et puis je suis son épouse.

— Il vous a abandonnée et maltraitée. Cela change tout.

Plus ils se rapprochaient de Meriniup, plus il avait hâte d'arriver. Alex Jenner avait deux jours d'avance sur eux. Si seulement il avait pu lancer les chevaux au galop sur la piste qui menait à l'auberge ! Mais les pauvres bêtes avaient déjà beaucoup marché et elles étaient à bout de forces. Pourquoi diable avait-il acheté une auberge dans ce coin reculé ? Rossall Springs lui convenait beaucoup mieux. Il n'y avait que très peu de monde dans l'ouest, et les nouveaux venus se faisaient attendre. C'est parce que les gens s'étaient rués pour chercher de l'or dans la colonie de Victoria que Melbourne, la capitale, grossissait à vue d'œil. Mais de ce côté-ci personne ne parlait d'or, juste de terres et de bois, de moutons et de cultures.

Comme ils prenaient le dernier virage, il s'écria :

— Ah ! Enfin !

Les chevaux prirent aussitôt le chemin de l'écurie en secouant la tête, heureux d'être de retour au bercail. Mark lâcha les rênes et sauta de la carriole juste au moment où Theo sortait de la maison.

— Est-ce que tout va bien ? s'inquiéta Mark en voyant sa mine sombre.

— Votre fille va bien, mais nous avons eu quelques soucis.

— Ah, je parie que c'est Alex qui a encore fait des siennes, gémit Nan Jenner.

Keara apparut à son tour, Amy dans ses bras. Soulagé, Mark s'élança vers sa fille et la prit dans ses bras.

Theo aida Nan à descendre de voiture. Elle faisait peine à voir tant elle semblait affolée.

— Je vous présente ma belle-mère, Mme Jenner, dit Mark. Voici Theo Mullane, et Keara, mon employée…

— Votre ex-employée, rectifia Theo.

Mark réalisa soudain ce qui avait changé.

— Tu as eu ton bébé, Keara !

— Oui, je vais vous présenter notre petite Nell dans une minute.

Avec un sourire, elle le regarda cajoler sa propre fille, puis la soulever bien haut au-dessus de sa tête, une chose que la petite adorait. Il se tourna ensuite vers Nan, qui était restée en retrait, et lui dit :

— Approchez, que je vous présente Amy !

Elle s'approcha, émue. Amy l'observa un instant, sa tête inclinée de côté, puis lui sourit en lui tendant les bras.

Mark se tourna alors vers Theo et Keara et leur demanda tout bas :

— Que s'est-il passé ?

Tous deux regardèrent Nan, l'air hésitant.

— Elle sait pourquoi son mari est venu ici et dans quelle intention. Il l'a abandonnée à Perth. Je l'ai trouvée à l'hospice.

Keara s'approcha de la vieille femme.

— Pourquoi n'entrez-vous pas, madame Jenner ? l'invita-t-elle. Je vais vous servir une bonne tasse de thé et quelque chose à manger…

En quelques mots, Theo fit le récit des événements à Mark.

— Comment allons-nous l'annoncer à sa femme ?

— Je m'en charge. Je crois qu'elle sera plus soulagée qu'autre chose. Il lui a mené une vie impossible ces deux dernières années. Elle était décidée à le quitter quoi qu'il arrive, dit-il, puis il ajouta avec un sourire amer : Je vous avoue que cela me simplifie la vie. Si elle et Amy s'entendent bien, elle pourra rester pour s'occuper de ma fille. J'ai cru comprendre que vous et Keara vouliez partir à la recherche de ses sœurs.

Theo hocha la tête et déclara haut et fort :

— Keara et moi avons décidé de vivre maritalement.

— C'est une excellente idée, ma foi.

— Si je le pouvais, croyez bien que je l'épouserais demain. Vivre en concubinage n'est pas mon choix, d'autant qu'elle considère que c'est un péché. Mais nous ne voulons plus jamais être séparés. Et puis nous devons penser à notre enfant.

Un sourire se dessina sur ses lèvres et il ajouta :

— Mais venez donc faire la connaissance de notre petite Nell !

Mark gravit les trois marches du porche, puis s'arrêta. Il ne se sentait pas chez lui ici. Il avait besoin de plus. Il voulait la même vie que Theo et Keara, la même vie que sa sœur Annie. Et ça n'était pas en restant ici, au milieu du bush qu'il allait la trouver. Connaîtrait-il un jour un amour comme le leur ? Il l'espérait de tout son cœur.

Quand tous eurent admiré Nell, Mark prit Nan à part pour lui annoncer la mort d'Alex. Elle ne pleura pas, mais ne manifesta pas non plus de soulagement. Elle dit simplement :

— C'est mieux ainsi. Il avait perdu la tête. Même s'il devait subsister un peu de bonté dans son cœur puisqu'il est mort en voulant sauver Amy.

— Voulez-vous rester un peu seule ? Vous pouvez vous retirer dans ma chambre.

Elle secoua la tête.

— Non, j'ai besoin de compagnie. J'ai été tellement seule. Et surtout, je veux profiter de ma petite-fille. N'est-ce pas qu'elle est adorable ? Vous devez être fier d'elle, Mark.

— Je le suis. Et je vois que vous avez l'air de bien vous entendre toutes les deux. J'espère que vous allez rester avec nous.

Cette fois, Nan fondit en larmes, mais c'étaient des larmes de joie.

*

Les Waller se joignirent à eux pour le dîner. Ils semblaient très à l'aise à l'auberge et pas du tout pressés de poursuivre leur voyage.

— Je vous envie, monsieur Gibson, déclara Jane Waller sans détour quand le repas s'acheva. Nous voudrions prendre un nouveau départ, mais pas dans l'agriculture. Notre fils aîné veut se marier et reprendre le domaine familial, et Bert va retourner vivre avec Peter. Mais moi, j'aimerais entreprendre quelque chose de différent, avant qu'il ne soit trop tard pour moi et mes filles.

Elle jeta un regard circulaire à la salle et soupira :

— C'est dans un lieu comme celui-là que j'aimerais vivre, un endroit où il y a du passage et où l'on peut rencontrer des gens.

— Vraiment ? s'étonna Mark.

— Oh, mais oui.

M. Waller passa un bras autour des épaules de son épouse.

— Jane a parfois le cafard quand nous sommes à la maison, à force de ne voir personne. C'est une femme courageuse, dit-il en riant, et si elle veut que nous changions de vie, pourquoi pas ! Nous en avons les moyens après tout.

Mark prit une profonde inspiration.

— Monsieur Waller, je songe à vendre l'auberge et à retourner à Melbourne. Que diriez-vous de reprendre l'affaire ?

Le visage de Mme Waller s'illumina.

— Oh, Len ! Ce serait parfait ! Suffisamment près pour que nous puissions rendre visite à Peter, mais assez loin pour que sa femme ne se sente pas envahie.

— Nous allons faire le tour du propriétaire demain, déclara Len. Car avant d'acheter une maison, il faut toujours en inspecter chaque recoin.

Sans doute son épouse s'attendait-elle à ce qu'il dise cela, car elle sourit, puis elle se mit à regarder autour d'elle comme si elle possédait déjà les lieux.

Keara se retrouva assise à côté de Mark quand Maggie se leva pour débarrasser.

— Qu'allez-vous faire maintenant ? lui demanda-t-elle.

— Retourner dans l'État de Victoria, et ouvrir une rôtisserie ou une auberge. Mais dans un lieu plus vivant, dit-il tout en lançant un coup d'œil dans la direction de Nan qui faisait sauter la petite Amy sur ses genoux et semblait beaucoup s'amuser.

— Dans ce cas, nous pourrons faire route ensemble. Nous allons partir à la recherche de mes sœurs dès que j'aurai retrouvé toutes mes forces.

Comme Keara se levait, Theo lui dit :

— Il faut te reposer.

— Allons, cessez de me couver, voyons. Je me sens très bien, et Nell aussi. D'ailleurs c'est l'heure de sa tétée.

— Je viens avec toi, dit Theo en se dirigeant aussitôt vers le berceau installé dans un coin de la salle.

Il adorait voir sa fille sucer avidement le lait de sa mère.

— Emmenez-la dans la chambre, dans ce cas, lui dit Keara. Il faut que je dise un mot à Maggie.

Elle trouva son amie à la cuisine, les poings serrés et l'air renfrogné. Keara s'élança aussitôt vers elle pour la prendre dans ses bras.

Mais Maggie fit volte-face.

— En quel honneur ?

— Je ne veux pas que tu te sentes misérable. Tu ne penses tout de même pas que je vais t'abandonner ?

— Je n'ai plus ma place parmi vous.

— Bien sûr que si. On est cousines, oui ou non ?

— Non, et tu le sais très bien !

— Parce que tu as décidé de me renier ? la taquina Keara.

La voix de Maggie se mit à trembler.

— Oh, Keara, vous avez tous quelqu'un et moi je n'ai personne.

— Tu me connais donc si mal ? s'esclaffa Keara. Il va tout de même falloir que tu t'occupes un peu de Nell.

Maggie fondit en larmes.

— Allons, cesse de pleurer. J'ai un bébé à nourrir. Et on a un voyage à préparer.

Elle ressortit juste au moment où Theo passait la tête dans l'embrasure. Elle alla aussitôt se jeter dans ses bras.

— N'est-ce pas merveilleux de s'aimer comme ça ? soupira Nan. M. Mullane a de la chance. Viens donc t'asseoir à côté de moi, Maggie et parle-moi de toi...

*

Tandis que le vapeur fendait les flots de la Grande Baie, Keara dit, songeuse :

— Je me demande où sont Mara et Ismay.

— Où qu'elles soient, si elles sont aussi vaillantes que toi, elles ne seront jamais à court de ressources, répondit

Theo, avant d'ajouter : Je te promets que nous allons les retrouver.

Il y eut un petit vagissement derrière eux, et comme personne n'y prêtait attention, le vagissement fit place à un rugissement de colère.

Keara se retourna en riant.

— Ma pauvre chérie, personne ne s'occupe de toi !

Nell, âgée de quatre mois à présent, agitait rageusement ses petits poings pour signifier qu'elle avait faim.

— Allons, allons, dit Theo en s'emparant du berceau que Mark et lui avaient fabriqué de leurs mains. Nous allons vous descendre dans la cabine pour que Madame s'occupe de vous.

Keara éclata de rire.

— Elle te tient déjà enroulé autour de son petit doigt.

— Et elle n'est pas la seule. Mais ça me va très bien.

Cet ouvrage a été composé
par Facompo, Lisieux (Calvados)

Impression réalisée par

NORMANDIE ROTO S.A.S.
à Lonrai (Orne)
en décembre 2020
pour le compte des Éditions de l'Archipel
département éditorial
de la S.A.S. Écriture-Communiciation

Imprimé en France
N° d'impression : 2004636
Dépôt légal : janvier 2021